W0403040

HORTENSE
AU POINT DU JOUR

DU MÊME AUTEUR
CHEZ POCKET

Dans le lit des rois
Dans le lit des reines

Les dames du Méditerranée-Express

1. La jeune mariée
2. La fière Américaine
3. La princesse mandchoue

La Florentine

1. Fiora et le magnifique
2. Fiora et le Téméraire
3. Fiora et le Pape
4. Fiora et le roi de France

Les loups de Lauzargues

1. Jean de la nuit
2. Hortense au point du jour
3. Félicia au soleil couchant

Le roman des châteaux de France t. 1 et t. 2

Les Treize Vents

1. Le voyageur
2. Le réfugié
3. L'intrus
4. L'exilé

Le Boiteux de Varsovie

1. L'étoile bleue
2. La rose d'York
3. L'opale de Sissi
4. Le rubis de Jeanne la Folle

Un aussi long chemin

JULIETTE BENZONI

Les Loups de Lauzargues

* *

HORTENSE AU POINT DU JOUR

PLON

La loi du 11 mars 1957 n'autorisant, aux termes des alinéas 2 et 3 de l'article 41, d'une part, que les « copies ou reproductions strictement réservées à l'usage privé du copiste et non destinées à une utilisation collective », et, d'autre part, que les analyses et les courtes citations dans un but d'exemple et d'illustration, « toute représentation ou reproduction intégrale ou partielle, faite sans le consentement de l'auteur ou de ses ayants droit ou ayants cause est illicite » (alinéa premier de l'article 40).

Cette représentation ou reproduction, par quelque procédé que ce soit, constituerait donc une contrefaçon sanctionnée par les articles 425 et suivants du Code pénal.

© Librairie Plon, 1985

ISBN 2-266-05004-4

A Catherine Jurquet,
avec tout autant d'affection

Première Partie

LES RUES DE PARIS

CHAPITRE PREMIER

LE LOCATAIRE

Hortense avait oublié que Paris fût si bruyant.

La malle-poste en provenance de Toulouse qu'elle avait rejointe à Cahors venait d'entrer en trombe, sur le coup de sept heures et au son des trompes des postillons dans la cour de l'hôtel des Messageries situé dans l'ancienne rue Plâtrière. Les chevaux fumaient. La malle avait pris du retard à Orléans à cause d'un sac postal égaré que l'on avait retrouvé de justesse et l'on avait laissé les bêtes prendre le mors aux dents. Tandis que les cavaliers sautaient à terre et faisaient jouer leurs articulations ankylosées, les valets d'écurie armés de couvertures prenaient soin de l'attelage; les employés de la poste aux lettres accouraient pour prendre livraison du courrier, et les commissionnaires, les portefaix se lançaient à l'assaut de la voiture dans l'espoir de récupérer de la clientèle. Tout cela en s'interpellant, criant, se chamaillant même, au milieu du concert des sonnailles et du grincement des brouettes.

Assourdie par le vacarme, la tête douloureuse, Hortense descendit d'un pas que la fatigue rendait hésitant, aidée silencieusement par l'un de ses compagnons de route. C'était un homme encore jeune, d'une quarantaine d'années environ, aux allures d'ancien militaire. Mais d'ancien militaire pauvre, ce qui trahissait le demi-solde plus encore que les longues moustaches à la hussarde et la fleur rouge de la Légion d'honneur qui faisait vivre la redingote noire lustrée aux coudes et aux endroits de fatigue.

Depuis qu'il était monté à Limoges, lui et Hortense

n'avaient pas échangé une seule parole. Contrairement aux deux autres occupants du coupé – un couple de bourgeois de Toulouse affreusement bavards – l'officier avait respecté comme une sévère consigne le grand deuil arboré par cette jeune femme blonde qui répondait à peine quand ses voisins lui parlaient. Les Toulousains avaient d'ailleurs fini par y renoncer. Lui-même se contentait de la saluer matin et soir en lui offrant la main comme il venait de le faire pour monter ou pour descendre de la voiture. Mais souvent, au cours de la longue route parcourue à un train d'enfer, Hortense avait surpris son regard gris posé sur son visage, à peine visible cependant sous le voile noir dont elle enveloppait son chapeau.

Cette fois encore, l'inconnu vint lui offrir, en se découvrant, sa main gantée de cuir noir usagé. Et ce fut seulement quand la jeune femme eut mis le pied à terre qu'il demanda en s'inclinant légèrement :

– Êtes-vous attendue ici, madame?

– Non, monsieur. Personne ne m'attend.

– En ce cas, puis-je vous être bon à quelque chose? J'ai peu de pouvoir ici mais il me reste au moins celui d'escorter une dame seule...

Sous son voile, Hortense sourit, notant au passage le son grave de la voix et l'amertume légère du ton. Encore un ancien de la Grande Armée qui se faisait mal à une vie dépourvue d'horizon...

– Je vous remercie monsieur...

– Colonel Duchamp, pour vous servir...

– Eh bien! je vous remercie, colonel. Si vous pouviez appeler pour moi une voiture de place, je vous en serais très obligée.

– Veuillez seulement m'attendre un instant.

Ce fut très bref. Une minute plus tard, un fiacre s'arrêtait devant la jeune femme et chargeait son léger bagage.

– Où dois-je dire que l'on vous mène? demanda le colonel.

– Chaussée d'Antin. J'indiquerai moi-même la maison.

Duchamp lança l'adresse au cocher puis s'inclina de nouveau, chapeau bas :

– Je suis votre serviteur, madame... Il hésita un court instant puis, presque timidement, il ajouta : Au cas où vous auriez besoin d'une aide quelconque... d'un bras, je compte prendre logis ici près, à l'hôtel du Rhône.

L'offre toucha Hortense. Fallait-il que sa détresse fût profonde et visible pour que cet inconnu l'eût devinée sous le double masque du deuil et du silence?... D'un geste vif, elle releva son voile pour lui offrir au moins la gratitude d'un sourire, même si ce sourire était bien mélancolique.

– Qui vous dit que je pourrais avoir besoin d'aide? dit-elle doucement. Je suis née à Paris et j'y ai passé mon enfance.

– Je ne sais pas. Mais il me semble l'avoir senti dès l'instant où je me suis assis en face de vous. Bien sûr, je souhaite me tromper. Pardonnez-moi si je me suis montré indiscret.

– Il n'y a rien à pardonner... et il est toujours agréable de se découvrir un ami.

– Merci de l'accepter. Dieu vous garde, madame Coudert... Fouette cocher!

La silhouette raide de l'officier disparut derrière le haut porche de l'hôtel des Messageries tandis qu'Hortense se mordait les lèvres. Elle n'était pas encore habituée à ce nom – celui d'une vieille cousine du Dr Brémont – porté par précaution sur le passeport qu'on lui avait procuré à Chaudes-Aigues et elle avait encore peine à y répondre. Mais, cette fois, le mouvement ébauché pour se retourner fut sans importance. Elle était bien seule dans le fiacre et, avec un soupir de lassitude, elle se laissa aller contre le drap fatigué sentant l'usure et la poussière tandis que son esprit attachait une dernière pensée au colonel Duchamp.

Cette sollicitude inattendue rencontrée à l'instant même où elle posait le pied sur le pavé de Paris lui était réconfortante et même précieuse. C'était un instant de douceur semblable à celui qu'elle avait vécu au moment où elle était arrivée à Chaudes-Aigues, où, après une folle chevauchée sous la pluie et par de mauvais chemins, alors qu'elle était encore mal remise de ses couches, elle avait vu s'ouvrir devant elle la porte et la chaude amitié du Dr Brémont et de sa famille.

Il n'y avait pourtant que trois semaines d'écoulées depuis la nuit dramatique de Lauzargues où Jean des Loups était venu l'arracher à la mort qui guettait. Et cependant Hortense avait l'impression qu'il y avait un siècle et qu'en reculant dans l'espace les tours de Lauzargues reculaient aussi dans le temps sans parvenir à franchir les limites du souvenir. Peut-être parce qu'une partie d'elle-même y demeurait attachée comme une partie du cœur de sa mère avait dû y rester liée quand elle avait, elle aussi, fui le château.

C'était un sentiment bizarre, complexe et déconcertant. Hortense aurait dû souhaiter voir les événements des derniers mois rejoindre le monde fumeux des mauvais rêves que la venue du jour rejette hors de la mémoire. Or, il n'en était rien. Elle ne souhaitait pas oublier. Elle se reprochait presque sa fuite comme une lâcheté et elle n'éprouvait même pas de peur rétrospective. Mais plutôt une forme de chagrin qui jetait sur son âme une lumière trouble. Comme si, en quittant Lauzargues, elle avait subi une sorte de dédoublement.

Peut-être, après tout, y avait-il en elle deux femmes bien distinctes? L'une qui avait fui, épouvantée, le honteux marché offert par le marquis, son oncle et beau-père : devenir sa maîtresse si elle voulait revoir l'enfant qu'on lui avait arraché au lendemain de la naissance ou mourir immédiatement afin qu'on pût la croire victime d'une fièvre de lait. Et l'autre qui, par la pensée, vivrait toujours, son amour pour Jean, le meneur de loups, dans la chambre turquoise où était né leur fils. Là, elle avait tremblé de peur mais aussi d'amour, de joie, d'espérance et de colère. Là demeurait en dépit de tout le meilleur d'elle-même...

Bien sûr, elle protesterait violemment si on venait lui dire qu'elle aimait Lauzargues autant que Victoire, sa mère, l'avait aimé, et qu'elle emportait plus de regrets que de rancune. Et qu'au fond, c'était à Paris où elle naquit et où elle avait passé tant d'années insouciantes et heureuses qu'elle allait se sentir étrangère... Pourtant, ce n'était que la vérité et elle le sentait confusément. Ses racines arrachées s'étaient replantées dans la terre d'Auvergne et y tenaient bien...

Tiré par un solide cheval, le cabriolet allait vite et atteignait la ligne brillante des Boulevards où les préposés de la préfecture allumaient les grosses lanternes à huile et les quelques reverbères à gaz déjà installés.

Le contraste avec les rues mal éclairées d'où l'on sortait était saisissant. Le Boulevard traçait, à la lisière du Paris de Louis XIV, un ruban scintillant qui éclairait le ciel.

Les lumières des théâtres et des cafés, derrière les hautes vitres desquels on voyait s'agiter les consommateurs, rejoignaient celles de la large chaussée où défilaient incessamment voitures et chevaux de selle. L'éclairage jaune se reflétait dans le feuillage des grands arbres qui, doublés par une longue file de grosses bornes de pierre, délimitaient le domaine des piétons.

C'était l'heure des spectacles et, derrière les glaces des landaus miroitants, on pouvait apercevoir l'édifice compliqué d'une coiffure féminine, le scintillement d'une girandole de diamants, les nuages mousseux des plumes d'autruche ou les couleurs fraîches d'un bouquet de fleurs auréolé de dentelle. Parfois, un tilbury passait, mené à vive allure par un dandy en cape doublée de satin, le chapeau sur l'oreille, le cigare aux lèvres, dominant de sa superbe le groom minuscule assis auprès de lui, bras croisés sous l'absurde tuyau de son « tube » à cocarde.

Les privilégiés de la capitale entamaient une nouvelle nuit de fête, semblable à celle de la veille et à celle du lendemain. Une nuit dont Hortense, en dépit de son grand nom, de sa beauté et de sa fortune, se sentait curieusement absente.

Entre elle et ces gens heureux, il y avait infiniment plus que l'épaisseur d'une portière de voiture! Les illuminations du boulevard blessaient ses yeux habitués au grand ciel nocturne dont s'enveloppait l'Auvergne. Tandis que le cabriolet traçait son chemin, elle n'aspirait qu'à une chose : retrouver sa maison d'enfance, même si, inhabitée depuis deux ans, elle n'avait à lui offrir que des meubles poussiéreux, des fauteuils drapés de housses blanches, des lampes sans huile et des lits sans draps. Même si aucune présence tendre ne l'y attendait, même s'il allait lui falloir affronter le vide dramatique d'un logis abandonné, privé de son âme! C'était « sa » maison, le seul lieu où il lui serait possible de se retrouver elle-même, un refuge contre la tempête, une branche secourable traînant dans le flot tumultueux qu'était sa vie depuis la naissance du petit Étienne. Elle avait hâte d'y être.

La voiture atteignit la Chaussée d'Antin mais avant que le cocher tournât l'angle du restaurant Nibaut, Hortense se pencha :

– Vous m'arrêterez à l'hôtel qui est en face de l'hôtel Perregaux, cria-t-elle.

L'homme se détourna à demi.

– L'hôtel Granier de Berny?
– Oui...
– Alors dites-le tout de suite!
Hortense se traita de sotte. Qu'avait-elle été imaginer? Que la maison de son père avait perdu son nom à la suite du drame qui s'y était joué? Elle avait craint obscurément une quelconque remarque du cocher, un commentaire qui lui eût été cruel et qui...

La stupeur arrêta net le cours de ses pensées. Elle s'attendait à des murs sombres, une porte close, une maison muette. Or, l'hôtel abandonné ruisselait de lumières. Depuis les deux pavillons sur rue qui encadraient le haut portail jusqu'à l'attique, orné d'un fronton triangulaire où s'alanguissait une nymphe, qui couronnait le corps central, toutes les fenêtres jusqu'à la plus simple lucarne étaient éclairées. Les deux vantaux largement ouverts laissaient contempler à loisir la noble ordonnance de la cour et les grands pots plantés d'orangers touffus qui l'agrémentaient d'une note verte. L'écho lointain d'une ariette de Mozart voltigeait dans la nuit et là-bas, près du perron, un landau déposait un couple en tenue de soirée – robe mauve et aigrettes noires pour la dame, frac noir et culotte courte sur bas de soie pour l'homme – qu'un grand laquais dont la livrée pourpre et argent n'était plus celle des valets d'autrefois accueillait.

Le cocher du cabriolet arrêta sa voiture avant le portail.

– On dirait qu'il y a une fête, grogna-t-il. Vous êtes sûre que vous ne vous trompez pas d'adresse?

D'abord muette de stupeur, Hortense se ressaisit.

– Pourquoi me tromperais-je?

– Ben, je ne sais pas moi! Mais si vous venez pour une place, c'est pas par ici qu'il faut passer. Faut faire le tour...

Apparemment, la *vêture* de sa passagère ne lui inspirait pas grand respect. Hortense la compensa par un ton suffisamment hautain pour faire comprendre à l'homme qu'il n'avait pas affaire à une servante.

– Cette maison m'appartient, dit-elle sèchement. Conduisez-moi jusqu'au perron! Il faut voir ce que cela signifie...

– Ah! bon.

L'homme, mal convaincu, engagea sa voiture à une allure précautionneuse. A peine d'ailleurs avait-elle franchi le porche qu'un vieil homme jaillissait de la loge du concierge et se lançait à la tête du cheval.

– Hé là! Où est-ce que vous allez comme ça, l'homme au cabriolet? On n'entre pas ici comme dans un moulin.

Mais déjà Hortense, envahie d'une onde de joie, s'était élancée hors de la voiture et retroussant son voile noir courait se jeter au cou du concierge.

– Mauger! Mon bon Mauger! Enfin je te retrouve!

L'ancien cocher d'Henri Granier de Berny poussa un cri où se mêlaient la joie, la surprise et une vague inquiétude.

– Mademoiselle Hortense! C'est vous? C'est bien vous?... Mais qu'est-ce que...

– Qu'est-ce que je viens faire ici? Mais je rentre chez moi pour y rester, mon bon Mauger. En revanche, j'aimerais bien comprendre ce qui s'y passe? Est-ce que quelqu'un se serait permis de s'installer dans la maison de mon père?

L'air très malheureux tout à coup, Mauger baissa la tête triturant entre ses mains le bonnet soutaché qu'il avait ôté en reconnaissant Hortense...

– Monsieur le prince de San Severo qui préside le conseil d'administration de la banque Granier a demandé la permission de s'y installer pour être plus près de ses bureaux. Le Roi lui a accordé gracieusement cette permission. C'est aussi pour que la maison ne s'abîme pas. C'est que ce n'est pas bon le vide, l'abandon...

Le pauvre homme donnait l'impression pénible de réciter une leçon difficilement apprise. La tristesse qui habitait son bon regard de vieux serviteur en disait long sur ses sentiments intimes.

Il y eut un silence, vite coupé par l'impatience du cocher :

– Alors? Qu'est-ce que je fais? On s'en retourne?

– Pas question! Menez-moi au perron! décida Hortense en remontant dans la voiture. Je te verrai plus tard, Mauger. Pour l'instant, j'ai à faire...

Et sans écouter les timides représentations du vieil homme, Hortense fit signe au cocher d'avancer. En même temps, elle lui tendait une pièce de monnaie pour régler sa course. Quelques secondes plus tard, le valet de pied stupéfait et vaguement scandalisé regardait sans songer un instant à aller au-devant d'elle, cette vulgaire voiture de place qui s'arrêtait devant les marches blanches du perron. La tête d'Hortense parut à la vitre baissée.

– Eh bien, mon ami, on ne vous a pas appris à ouvrir une portière? fit-elle sèchement.

Le ton impérieux secoua la torpeur de l'homme qui, presque machinalement, vint délivrer Hortense. Celle-ci sauta à terre.

– Vous prendrez mon bagage! ordonna-t-elle, puis vous irez dire à votre maître que je veux lui parler.

– Mais Madame, s'écria le valet qui retrouvait ses esprits, c'est tout à fait impossible. Monseigneur donne un grand dîner à cette heure et je ne saurais...

– Il faudra bien que vous sachiez, si vous ne voulez pas que je fasse irruption dans ce dîner...

– Madame! Madame! Monseigneur a horreur d'être dérangé.

– Et moi j'ai horreur que l'on s'installe dans ma maison sans m'en avertir. Et j'ai plus horreur encore que l'on prétende m'en interdire l'entrée. Allez annoncer la comtesse de Lauzargues. J'attendrai dans le salon des Quatre Saisons... si toutefois il existe toujours?

Le valet hocha la tête mais, dompté, s'inclina profondément avant d'aller ouvrir devant la jeune femme une porte qui se trouvait à gauche du grand vestibule dallé de noir et blanc. Hortense pénétra dans le gracieux salon dont les murs bleu turquoise s'ornaient de nymphes en demi-bosse représentant les quatre saisons exécutées en stuc blond.

En dépit de son courage, de l'espèce de force que l'on trouve dans la colère, elle fut heureuse d'un instant de solitude qui lui permettait de donner libre cours à son émotion. Sa mère avait aimé cette pièce dont elle avait elle-même choisi la couleur – ce bleu aux reflets de mer qu'elle aimait entre tous –, les meubles et même chaque objet, tels ces grands vases de cristal antique où elle se plaisait à disposer des brassées de roses pâles. D'une main tremblante, Hortense alla caresser le lampas tissé d'argent de la chaise longue disposée près de la cheminée où tant de fois Victoire Granier de Berny s'était étendue sous des dentelles mousseuses ou des mousselines irisées pour accueillir quelques intimes. Comme autrefois, le long cornet de cristal mauve posé sur un guéridon près du récamier contenait trois roses blanches veinées de vert pâle, les plus belles parmi celles que produisaient les serres de Berny.

Hortense ferma les yeux un instant pour retenir les larmes qui venaient. La présence de ces trois fleurs avait quelque chose d'hallucinant parce que c'étaient toujours celles que choisissait sa mère pour ce vase-là et si, pour compléter le tableau, une écharpe eût été abondonnée sur le dos d'un fauteuil, la jeune femme, peut-être, eût éclaté en sanglots.

Le grincement léger d'une porte l'en sauva et, ouvrant les yeux, elle se retourna d'un mouvement brusque qui fit voler son voile de crêpe. Debout sur le seuil, un petit homme mince dont l'étroit visage s'ouvrait sur les plus beaux yeux noirs qu'Hortense eût jamais vus s'inclinait silencieusement. Il était si sec de corps que sa figure semblait taillée dans du bois d'olivier mais ses mains étaient admirables et son élégance sans défaut. Le frac à haut col de velours dont s'échappait le flot de dentelles du jabot, la culotte de satin noir étaient si justement coupés qu'ils semblaient peints sur sa personne.

Le salut fut bref. Quelques pas rapides amenèrent le prince auprès d'Hortense qui n'avait pas bougé, raidie d'avance contre l'intrus. Son regard rejoignit la main de la jeune femme qui s'attardait autour de la corolle d'une rose.

– Il y en a toujours dans ce vase, dit-il d'une voix douce. Votre mère les aimait et je m'en souviens.

– Le marquis de Lauzargues, mon beau-père, m'a dit, en effet, que vous êtes un ancien ami de mon père. Pourtant, je ne me souviens pas de vous.

Le ton était à la limite de l'insolence mais San Severo se contenta de sourire.

– Une jeune fille élevée dans un couvent ne saurait connaître tous ceux que fréquente un puissant banquier. Vos parents, comtesse, étaient entourés d'un très grand nombre d'amis. J'admets que certains étaient plus en évidence que d'autres. Nos relations se situaient davantage sur le plan des affaires. A présent... me direz-vous quelle heureuse chance me vaut cette visite inattendue?

– Croyez, prince, que votre présence ici est tout aussi inattendue pour moi. J'ignorais que l'hôtel de mes parents eût un nouveau possesseur.

– Je n'en suis pas possesseur mais simple locataire. Il est bon, pour les affaires de la banque dont je préside le conseil d'administration, que mon logis n'en soit point trop éloigné. C'est du moins ce qu'ont pensé le Premier ministre, M. de Polignac... et aussi Sa Majesté le Roi Charles X. J'ajoute que le marquis de Lauzargues est parfaitement au courant de cet état de choses.

– Il ne m'en a rien dit. Il semblerait que l'on m'ait tenue fort éloignée des affaires de mon père...

– Croyez-vous vraiment que ce soit le fait d'une jolie femme?... Pardonnez-moi, je ne vous ai pas encore priée de vous asseoir mais je ne vous cache pas que votre vue me bouleverse. Vous ressemblez tellement à votre mère! J'étais son... très respectueux admirateur et je crois qu'elle voulait bien voir en moi un ami.

Il avançait un siège qu'elle refusa du geste.

– Je vous remercie. Je n'ai pas l'intention de m'attarder puisque aussi bien je ne suis plus ici chez moi.

– Ne dites pas cela! Cette maison est toujours vôtre, je vous l'assure, et si vous aviez bien voulu me prévenir de votre venue...

– A quel titre l'aurais-je fait puisque j'ignorais votre présence? Au surplus, l'heure me paraît mal choisie pour ce genre de discussion. Vous recevez, ce soir, je crois?...

– J'ai, en effet, quelques amis à dîner et d'autres vont venir pour la soirée, mais il n'y a là rien qui doive vous contrarier. Vous devez avoir un très grand besoin de repos et je vais donner des ordres pour que l'on vous prépare l'appartement le plus éloigné possible. Grâce à Dieu cette maison est assez grande pour que...

– Je vous en prie, prince, coupa Hortense, vous êtes en train de vous méprendre. Je comptais habiter chez moi mais je ne logerai chez vous à aucun prix. Vous occupez la maison, soit! Il me reste Berny et si vous voulez bien m'y faire conduire, vous aurez rempli amplement votre devoir de gentilhomme envers une voyageuse isolée.

– Vous voulez... aller à Berny, cette nuit?

– Ce n'est pas si loin. Et vous comprendrez que j'aie envie de me retrouver vraiment chez moi.

San Severo baissa la tête et, les mains nouées derrière le dos, entreprit d'arpenter lentement le grand tapis fleuri. Il semblait extrêmement contrarié et mordillait sa lèvre inférieure.

– Madame, fit-il au bout d'un instant, il semble que vous ne sachiez vraiment rien de ce qui concerne les biens de votre père. Je m'étonne d'ailleurs que M. le marquis de

Lauzargues vous ait laissée dans une telle ignorance. Mais peut-être... ne l'avez-vous pas vu depuis fort longtemps?

– Est-ce que trois semaines vous paraissent un laps de temps extravagant? fit Hortense qui, envahie d'un pressentiment, avait peine à empêcher sa voix de trembler.

– Certes pas. Je suis d'autant plus surpris. L'affaire s'est traitée voici plus de six mois et avec le plein accord de votre beau-père agissant en votre nom.

Cette fois Hortense cria presque :

– Quelle affaire?

– Mais... la vente du château de Berny, voyons!... Mon Dieu vous n'allez pas vous évanouir au moins?...

Le choc, en effet, avait été si rude qu'Hortense, les jambes fauchées, cherchait l'asile et l'appui d'un fauteuil tandis que des larmes lui montaient aux yeux. Vendu, son cher Berny!... la douce maison claire au bord de l'étang qu'elle teintait d'opale, le château de l'enfance, des beaux jours d'été, celui de l'automne aussi quand le tumulte des chevaux, des chiens et des piqueurs faisait vivre l'épais manteau de forêt qui le retranchait du monde! Berny et ses fenêtres translucides ouvrant sur des jardins de rêve, Berny et ses serres construites jadis pour la mère d'Hortense! Berny et ses eaux vives!

Le regard de la jeune femme accrocha soudain le cornet de cristal mauve qu'elle désigna d'une main tremblante.

– Si Berny est vendu, d'où tenez-vous ces roses? C'est une espèce rare que mon père avait fait venir de Perse et que ses jardiniers avaient longuement travaillée pour la joie de ma mère.

La colère vibrait dans sa voix, balayant la douleur. Celle du prince fut un poème de lénifiante douceur.

– Sachant ma dilection pour elles, le nouveau propriétaire... je devrais dire la nouvelle propriétaire puisqu'il s'agit d'une dame, m'en fait porter quelquefois... Chère, chère comtesse! je conçois votre chagrin mais vous devez comprendre : Berny est une demeure quasi royale. Il faut pour l'entretenir une grande fortune.

– Cette fortune a-t-elle donc cessé d'exister? Tant que mon père a vécu, il n'a eu aucune peine à faire vivre ses demeures.

– Je sais, je sais... mais les choses ont changé. La banque, certes, est toujours florissante mais les affaires, du fait de la politique, ont subi de graves dommages. Il y a eu la dette de guerre laissée par la défaite...

– Que me parlez-vous de cela? Je n'ignore pas que mon père en a, de son vivant, payé une grande partie en accord avec la banque Laffitte et quelques autres.

– Il en restait encore. Puis il y a eu le milliard des Émigrés, la guerre avec l'Espagne, enfin le manque de confiance qui règne actuellement dans l'épargne. Garder Berny eût été une folie que la banque Granier ne peut plus supporter. Je vous l'ai dit, une telle demeure exige une grande fortune... et lady Linton est fort riche.

– Lady Linton? Vous avez vendu la maison de mon père à une Anglaise? Mais je rêve!

– Nous avons vendu à qui était prêt à payer, madame! Les Anglais ne sont plus nos ennemis, bien au contraire. Le rapprochement se fait sur tous les plans et j'irais même jusqu'à dire que l'Angleterre est des plus à la mode en France. Quant à lady Élisabeth... c'est l'une des femmes les plus aimables et les plus accueillantes qui soit. Après tout, votre idée de vous rendre à Berny n'est peut-être pas si mauvaise? Je suis certain qu'elle vous accueillerait avec une joie...

– Je vous en prie, monsieur, brisons là! Toutefois, avant de me retirer je désire encore apprendre de vous un ou deux détails...

– Mais je vous en prie.

– Vous m'avez dit que M. de Lauzargues avait été tenu informé de cette... tractation?

– Je vous en donne ma parole. Le marquis d'ailleurs a reçu, pour vous-même et votre fils, une somme correspondant à la moitié du prix de vente, le reste demeurant à la banque pour y être réinvesti au nom de votre fils, bien entendu.

Soulevée par une colère dont elle n'était plus maîtresse, Hortense repoussa brutalement, en se levant, le fauteuil qui l'avait accueillie.

– Mais enfin, monsieur, cette fortune est la mienne et je m'étonne que personne, à la banque, ne daigne s'en souvenir. Je connais trop mon père pour imaginer un seul instant qu'il ait négligé de prendre des dispositions propres à m'assurer l'indépendance financière. Qu'a-t-on fait de ces dispositions?

– Elles ont été, il me semble, scrupuleusement respectées. La banque a versé pour vous, jusqu'à votre mariage, une pension au marquis de Lauzargues. Ensuite, elle a versé votre dot qui était de cent mille livres, enfin les dividendes – sans compter la part de Berny – sont versés régulièrement...

– A M. de Lauzargues? Et pourquoi pas à moi? Je suis veuve, monsieur.

– Certes et nous avons tous ressenti ce deuil qui vous a frappée mais...

– Je ne vous en demande pas tant! Je veux entrer en possession de ce qui m'appartient et auquel le marquis de Lauzargues n'a aucun droit. Je suis jeune, sans doute, mais ni passive ni imbécile, et le code Napoléon n'a jamais indiqué qu'une femme, une mère surtout, dût être dépouillée de ses biens au profit d'étrangers. Demain, j'irai à la banque.

– Calmez-vous, je vous en prie, calmez-vous! Cette maison est pleine de monde. On pourrait vous entendre...

– Voilà qui m'est égal. Que l'on m'entende donc! On ne m'entendra jamais assez!

– Mais que voulez-vous faire enfin?

Elle tourna la tête vers lui avec un sourire plein de lassitude :

– Prendre un peu de repos d'abord. Je crois que j'en ai le plus grand besoin.

– C'est évident, voyons! Je vous en prie, laissez-moi vous offrir l'hospitalité... en toute amitié.

– Je vous remercie, mais je ne peux accepter.

– Pourquoi? Cette maison est la vôtre après tout.

– Après tout, en effet! Et puis, êtes-vous marié, prince?

– Non, hélas. Mon épouse a quitté ce monde voici bientôt quinze ans et je n'ai pas eu le cœur de la remplacer.

– Je vous en félicite mais en ce cas vous comprendrez que je ne saurais demeurer sous le même toit qu'un homme seul. Dans ma situation, je dois veiller à ma réputation.

– Croyez-vous qu'un quelconque hôtel lui sera plus favorable? repartit San Severo vexé visiblement de cette leçon de bienséance.

– Aussi n'irai-je pas à l'hôtel. Si vous voulez bien me faire appeler une voiture, j'ai l'intention de me rendre au couvent des Dames du Sacré-Cœur où j'ai été élevée. Je suis certaine que la Révérende Mère Madeleine-Sophie Barat m'accueillera. Nous nous reverrons demain, à la banque, où je me rendrai dans la journée.

– Rien ne presse. Prenez un peu de repos!

– Monsieur, je n'ai pas les moyens de prendre de repos. J'entends réclamer aux guichets de mon père au moins une part de ce qui m'est dû.

– N'est-ce que cela? Alors soyez sans crainte. Dès demain, je donnerai ordre qu'on vous porte, rue de Varenne... c'est bien rue de Varenne?... une certaine somme pour vos premiers frais. Nous aurons, par la suite, le temps de voir avec vous comment nous pouvons vous satisfaire tout en respectant les intérêts de chacun.

– Maintenant, je vous en prie, veuillez me faire appeler une voiture.

– Il n'en est pas question. Je vais dire que l'on attelle. Vous refusez mon hospitalité mais vous accepterez au moins ma voiture, j'espère?

Sans attendre la réponse, San Severo s'élançait vers la porte, poussé par une hâte dont Hortense ne sut pas très bien si c'était celle de rejoindre au plus tôt ses invités ou celle d'être débarrassé d'elle. Il disparut avant qu'elle eût le temps de lui faire remarquer qu'un simple coup de sonnette aurait suffi sans doute et qu'il était bien inutile qu'il se dérangeât lui-même. Au temps d'Henri Granier il y avait toujours au moins deux valets prêts à répondre à son appel quelles que fussent les circonstances. Mais, après tout, le prince tenait peut-être à ménager les jambes et les oreilles de ses gens. Et puis, elle-même se sentait si lasse qu'au fond tout cela n'avait plus la moindre importance. Tout ce qu'elle souhaitait à présent, c'était une présence amie et aucune ne serait plus réconfortante, plus bénéfique, plus douce que celle de Mère Madeleine-Sophie. Et puis... un lit!

Quelques instants plus tard, le prince reparaissait.

– La voiture sera là dans une minute, fit-il en se frottant les mains en un geste de satisfaction parfaitement incongru chez un grand seigneur et qui choqua Hortense. Demain, je passerai moi-même prendre de vos nouvelles et vous porter ce que je vous ai promis...

– Comprenez-moi bien, vous aussi! dit Hortense froidement. Je ne vous demande pas l'aumône. J'entends obtenir ce qui m'appartient par droit de naissance. Je n'ai pas, en effet, l'intention de passer ma vie au couvent. Il faudra que je songe à trouver, pour moi et mon fils, un logis convenable puisque cette maison est occupée. A moins que votre bail de location ne tire à sa fin? Ce que je préférerais de beaucoup.

La figure brune du prince prit une légère teinte brique.

– Vous ne retournerez pas en Auvergne?

Apparemment c'était cette solution-là qui recueillait tous ses suffrages et Hortense faillit sourire de cette naïveté grossière.

– Pas pour le moment.

Un valet annonça que la voiture était avancée et de ce fait coupa court à l'entretien. Cérémonieusement, le prince raccompagna sa visiteuse jusqu'au grand vestibule. L'ariette de Mozart avait fait place à un lieder de Schubert qui était alors fort à la mode, et qui servait de musique de fond au murmure policé des conversations et au tintement des cristaux. Par les hautes fenêtres du vestibule Hortense aperçut non pas une mais deux voitures. L'une dans laquelle un valet plaçait son bagage, l'autre, un landau superbe verni noir et jaune, dont un autre valet était en train de distraire, avec mille précautions, une dame en grand apparat.

– Ah, mon Dieu! La voilà enfin! s'exclama le prince. Voulez-vous m'excuser un instant, comtesse?

Et de se précipiter vers la nouvelle venue avec tout un luxe d'exclamations où la bienvenue se mêlait à une bruyante admiration. La dame en valait d'ailleurs la peine. Hortense put apprécier à sa juste valeur un immense manteau de faille pourpre sur une très belle robe de satin gris pâle. Des fusées de « paradis » aux deux nuances couronnaient la chevelure noire et lustrée de la dame qui se défendait en riant des compliments hyperboliques de son hôte. Bien loin de s'excuser de son retard, elle déclara qu'elle s'était attardée au Jardin des Plantes pour voir le repas de la girafe.

– La girafe! s'écria San Severo en s'efforçant de trouver la chose amusante. Quand donc, ma chère, très chère comtesse, cesserez-vous de me tourmenter, moi qui suis votre esclave?

– Quand vous cesserez de m'inviter. Que voulez-vous, mon cher, il faut vraiment n'avoir rien de mieux à faire pour venir chez vous.

Elle riait, mais Hortense, réfugiée par discrétion derrière un énorme vase antique débordant d'iris noirs et de lilas blanc, avait déjà reconnu cette voix, ce rire, ce visage... Elle quitta son abri parfumé et s'avança dans la lumière. Le rire de la dame s'arrêta net et ses yeux s'agrandirent.

– Est-ce que je rêve? Hortense? Hortense ici?

– Mais oui, Felicia, c'est bien moi. Et, apparemment, c'est bien vous aussi.

La même fougue juvénile jeta les deux jeunes femmes dans les bras l'une de l'autre sous l'œil rond de leur hôte. La simarre cardinalice enveloppa le modeste manteau de drap noir et Hortense sentit son cœur se réchauffer sous l'étreinte de son ancienne compagne du Sacré-Cœur. Felicia retrouvée! La princesse Felicia Orsini qui avait été son ennemie des années durant et qui pourtant, à l'instant du malheur, s'était révélée son plus vigoureux défenseur! Felicia dont, tant de fois, dans la solitude de Lauzargues, elle avait évoqué avec nostalgie le caractère intraitable et la silhouette altière! Et voilà qu'elles se retrouvaient face à face par une sorte de magie incompréhensible! Hortense eut le sentiment qu'elle allait être un peu moins malheureuse.

La première, Felicia retrouva son souffle :

– Mais que faites-vous ici? Je vous croyais en Auvergne?

– J'en suis arrivée tout à l'heure et je pensais venir m'installer ici, dans l'ancienne demeure de mes parents. J'ignorais qu'on en eût disposé.

– Et, naturellement, vous partiez? Où donc alliez-vous comme cela?

– Je comptais demander l'hospitalité de notre ancien couvent...

– J'ai bien proposé à madame de prendre logis chez moi... risqua San Severo qui commençait à se sentir oublié. – Mal lui en prit : Felicia le foudroya de l'un de ces regards dont elle semblait avoir conservé le secret.

– Chez vous? Sans femme pour la recevoir? Vous perdez l'esprit, mon pauvre Fernando! Où avez-vous pris votre éducation? Chez les lazzaroni de Naples?

– Mais que vouliez-vous que je fasse?

– La courtoisie exigeait que vous rendiez immédiatement à madame... au fait comment vous appelez-vous à présent, Hortense?

– Lauzargues. J'ai épousé mon cousin Étienne... et je

l'ai perdu peu après notre mariage. Je suis veuve, Felicia!

– Tiens! Comme moi! fit distraitement la jeune femme. Mais revenons à vous, Fernando. Je disais donc qu'il eût été élégant de votre part de rendre sa maison à Mme de Lauzargues et d'aller coucher à l'hôtel!

– Vous n'y pensez pas, comtesse! Oubliez-vous que j'ai une soirée? Il est même grand temps que nous allions rejoindre mes invités. Je mets madame en voiture et...

– Que nous allions rejoindre? Parlez pour vous, mon cher! Moi j'ai retrouvé mon amie Hortense et je la garde. Et puisque vous n'avez pas su lui offrir une hospitalité qu'elle pût accepter, je l'emmène! Faites donc revenir ma voiture, s'il vous plaît!

Du coup, Hortense crut que San Severo allait se mettre à pleurer.

– Vous voulez partir tout de suite, alors que l'on vous attend?

– Qui? tous vos chers amis du ministère Polignac? Monbel, Guernon-Ranville, La Bourdonnais? Toutes ces nullités? Mon cher Fernando, vous devriez être enchanté que je reparte car vous savez très bien que je ne les rencontre que pour le seul plaisir de leur dire des choses désagréables. Pour une fois, vous passerez une bonne soirée!

– Mais j'aime à vous avoir chez moi, Felicia *cara*...

– Vous avez tort!

– C'est une joie si profonde et si rare...

– C'est un service que je vous rends! Vous savez bien que je suis toujours bonapartiste! Venez, Hortense, vous devez avoir grand besoin de repos.

– Mais enfin, notre whist?

– Remerciez le ciel, vous savez bien que je ne vous vaux rien!... Venez, Hortense, vous devez être épuisée.

Toujours suivies du prince qui ressemblait de plus en plus à une poule affolée, les deux femmes gagnèrent le péristyle. Mais, au moment de monter en voiture, Felicia s'arrêta un instant pour considérer sévèrement le véhicule qui avait été préparé pour Hortense.

– Est-ce là votre équipage, Fernando? Je n'y vois ni vos armes ni d'ailleurs votre cocher? Il me semble que vous eussiez pu faire plus d'honneur à Mme de Lauzargues.

– Le moindre détail échappe-t-il jamais à votre œil, chère comtesse? soupira San Severo. Si vous voulez tout savoir, mon Luigi est malade. Quant à cette voiture, elle est neuve. On n'a pas encore pris le temps de l'armorier. Je vous baise les mains, mesdames.

Il se reculait de quelques pas après avoir aidé les deux femmes à monter. Hortense se pencha à la portière :

– N'oubliez pas ce que vous m'avez promis, prince. Il me serait agréable de le recevoir au plus tôt.

Il s'inclina :

– Je le ferai porter dès demain rue de Babylone, chez la comtesse Morosini.

– Je ne sais pas ce que c'est mais n'y manquez pas! lança Felicia à la cantonade tandis que l'attelage démarrait. Ouf! ajouta-t-elle en se laissant aller contre le capiton de satin blanc où son fier profil dessina aussitôt un camée, non seulement j'ai la joie de vous retrouver mais j'échappe à une soirée ennuyeuse.

– Pourquoi y alliez-vous, alors?

– Parce que je suis joueuse, ma chère, joueuse de toutes les manières et il arrive que l'on joue chez San Severo un jeu d'enfer.

– Voulez-vous dire, fit Hortense choquée, que ce prince a fait de ma maison un tripot?

– Le mot est peut-être un peu fort. On y joue entre soi, entre gens de bonne compagnie... enfin, en principe. Mais parlez-moi de vous. Qu'êtes-vous devenue depuis ce dernier jour où nous nous sommes vues?

– C'est une longue et sombre histoire que je vous conterai à loisir. Mais, au Sacré-Cœur, vous avez dû en apprendre quelques bribes lorsque vous êtes rentrée?

– Le malheur, c'est que je ne suis jamais rentrée. Vous vous rappelez que je suis partie, un peu brusquement d'ailleurs, et sous un vague prétexte?

– En effet, vous deviez, si je me souviens bien, rentrer d'urgence chez votre cousine et correspondante à Paris, la comtesse Orlando, mais j'ai pensé que votre départ soudain pouvait avoir quelque rapport avec l'étrange incident créé par ce jeune homme inconnu lors des funérailles de mes parents. Vous m'avez laissée très intriguée car justement, cet inconnu, vous sembliez le connaître.

– J'avais toutes les raisons de penser qu'il s'agissait de mon frère, Gianfranco Orsini. Si vous le voulez bien, Hortense, nous remettrons ce récit à plus tard. Sachez seulement qu'en arrivant chez la comtesse Orlando je l'ai trouvée en train d'écrire à Mère Madeleine-Sophie pour demander mon retour immédiat.

– Une coïncidence?

– Absolue. Ce sont de ces choses qui arrivent. Mais celle-là était particulièrement désagréable : mon père réclamait mon retour à Rome. Et avant même d'avoir eu le temps de me reconnaître, on me faisait monter en voiture à destination du palais familial. La berline de voyage était déjà attelée dans la cour de l'hôtel. Je n'ai même pas eu le loisir de m'occuper un seul instant de mon frère qui d'ailleurs devait être en prison...

– Mais pourquoi ce retour si rapide? Un deuil familial peut-être?

– Non. Mon père avait décidé de me marier. Deux mois plus tard, j'épousais Angelo Morosini, j'habitais un palais sur le Grand Canal à Venise... et j'étais heureuse.

– Si vite? Vous connaissiez donc votre futur époux?

– Je l'ai vu pour la première fois lors de la signature du contrat de mariage. Mais je l'ai aimé immédiatement. Il était... tout ce qu'une femme comme moi rêve d'épouser : noble, brave, généreux, avec un cœur épris de liberté. Il était beau aussi... et il m'aimait autant que je l'aimais.

Hortense retint son souffle. La belle voix chaude venait de se briser sur ce qui ressemblait fort à un sanglot. Un brusque silence envahit l'étroit et soyeux espace qui enfermait les deux femmes. C'était comme si Felicia hésitait au bord des mots, comme si elle en redoutait une souffrance. Et, de fait, ce qu'elle avait encore à dire était affreux.

– Six mois après notre mariage, Angelo était assassiné. Les Autrichiens l'ont fusillé contre le mur de l'Arsenal pour incitation à la révolte.

L'exclamation horrifiée d'Hortense ne fut suivie d'aucune autre parole. Elle sentait qu'il n'y avait vraiment rien à dire et que cette douleur était de celles qui ne veulent pas de consolation. Elle se contenta de chercher la main de son amie parmi les plis de faille rouge et de la serrer. Curieusement, celle-ci répondit, s'accrocha comme fait la main d'un enfant qui a besoin d'aide. Et Hortense comprit que Felicia, l'orgueilleuse, l'insolente Felicia, portait au cœur une blessure qui, peut-être, ne se refermerait plus jamais.

Un long moment, elles restèrent ainsi, la main dans la

main, sans bouger, unies comme elles ne l'avaient jamais été. La voiture poursuivait son chemin. Elle avait laissé derrière elle l'église de la Madeleine encore en chantier avec ses colonnes coiffées d'un toit de tôle, fantôme de temple romain au milieu d'un terrain vague. Et aussi la place Louis-XV [1]. On s'engageait sur le pont Louis-XVI [2] et Hortense put contempler le large ruban moiré de la Seine qui reflétait les lumières des Tuileries et celles des maisons du quai Voltaire. Les barges et chalands arrêtés pour la nuit y mettaient de grosses taches noires et mates. Là-bas, au fond, se profilaient les tours de Notre-Dame et les poivrières de la Conciergerie. Ce Paris nocturne était décidément très beau.

Cependant, Felicia avait dominé son émotion. Détachant doucement sa main, elle tira un petit mouchoir et s'y moucha avec juste un petit peu trop d'énergie. Puis reprit son récit :

– Avec l'aide de trois de mes serviteurs qui m'ont d'ailleurs suivie jusqu'ici, j'ai pu fuir Venise à temps. J'allais être arrêtée moi aussi. J'ai réussi à emporter mes bijoux, de l'argent, quelques bibelots précieux. Rentrer à Rome ne m'eût servi de rien. Il me fallait Paris car ce que je voulais, ce que je veux toujours, c'est me venger. Il me fallait revenir en France.

– Je ne comprends vraiment pas pourquoi? N'est-ce pas de l'Autriche que vous voulez tirer vengeance?

– Si fait, mais l'Autriche, songez-y Hortense, garde par-devers elle un prisonnier infiniment précieux pour la France, infiniment dangereux s'il venait à prendre le large.

– Le roi de Rome?

– Oui, celui que l'on a affublé de ce titre grotesque pour un prince français : duc de Reichstadt. Quand il sera devenu Napoléon II, il représentera la plus sûre vengeance que l'on puisse exercer contre son geôlier. Metternich en mourra de fureur... Et moi je suis venue ici parce qu'avant de l'arracher à sa prison il convient d'y faire place nette.

– Cela veut-il dire que... vous conspirez, Felicia?

– Pourquoi pas? s'exclama celle-ci, tout son enjouement revenu. Aimez-vous à ce point les Bourbons? Moi,

1. Place de la Concorde.
2. Pont de la Concorde.

ma chère, je les hais. N'oubliez pas qu'ils ont jeté mon frère dans leurs prisons. En outre ils ne vont pas à la France. Cette vieille monarchie percluse et égrotante qui s'efforce de recouvrir, de sa face mal plâtrée et de ses rides, l'effigie de bronze de l'Empereur me soulève le cœur. Pour se maintenir au pouvoir, elle emploie les plus vils moyens de basse police et d'oppression mais elle est en train de pourrir. Néanmoins, comme tous les détritus, elle a besoin d'un bon coup de balai pour l'envoyer à l'égout.

Instinctivement, Hortense reprit la main de sa compagne tandis que son regard inquiet se fixait sur le siège du cocher.

– Moins haut, je vous en prie! murmura-t-elle. Vous dites des choses terribles! Et d'une telle imprudence!

Cette fois, Felicia se mit à rire et, se penchant, posa un baiser léger sur la joue d'Hortense :

– C'est Gaetano qui vous fait peur? Cela vient de ce que vous ne le connaissez pas. Sachez qu'avec Livia, ma femme de chambre, et Timour, mon intendant, ils composent cette trilogie de serviteurs à qui je dois d'être restée libre. Ainsi, nous pouvons parler dans cette voiture aussi sûrement que dans mon boudoir. A présent, si mon hospitalité vous fait peur, vous n'aurez pas grand chemin à faire pour retrouver l'aile tutélaire de Mère Madeleine-Sophie : j'habite rue de Babylone, entre son école pour jeunes filles pauvres et la caserne des gardes suisses.

– Vous n'imaginez pas cela, je pense? Moi aussi j'ai à me plaindre du régime actuel, du Roi et même de toute la famille royale. C'est seulement votre coup de balai qui...

Un brusque arrêt de la voiture lui coupa la parole tandis que le cocher réclamait à grands cris qu'on lui fît place. Felicia se pencha à la portière :

– Que se passe-t-il, Gaetano?

– Madame ma comtesse peut voir : la rue est bouchée par un attroupement. Je crois qu'on est en train d'arrêter quelqu'un.

Un cordon de police tenait, en effet, toute la largeur de la rue du Bac. Il y avait aussi une voiture cellulaire dont la portière ouverte attendait quelqu'un. Deux hommes à figures rébarbatives, longues redingotes et chapeaux castors, portaient les torches qui éclairaient l'entrée d'une maison bourgeoise. Regroupés derrière la voiture, quelques passants tendaient le cou pour voir et, aux fenêtres des maisons avoisinantes, on distinguait des têtes coiffées de bonnets de coton à pompons ou de batiste à rubans. Un vague murmure planait sur toute la scène, fait d'attente et de crainte.

Ce qui suivit fut bref. De la maison on sortit trois hommes et une femme pauvrement vêtus, les mains liées derrière le dos. On les jeta dans la voiture en les y entassant avec une hâte brutale. Au cri de douleur que poussa la femme répondit le vibrant : « Vive la Liberté! A mort les Bourbons! » hurlé par les trois hommes. Leur colère gagna la petite foule qui murmura. Trois policiers, le gourdin haut, fondirent alors sur elle et la dispersèrent brutalement tandis que le fourgon démarrait, arrachant des étincelles aux pavés. Un instant plus tard, le passage était libre et Felicia qui était restée penchée à la portière se rassit.

– Voilà! soupira-t-elle. Il en est ainsi presque chaque nuit car on ose de moins en moins arrêter en plein jour. Vous avez entendu ces gens qui regardaient? Ils murmuraient parce qu'ils n'étaient pas en force. Le jour où ils le seront, croyez-moi, ils mordront.

Comme s'il avait hâte de s'éloigner de ce lieu tragique, Gaetano mit ses chevaux au galop. Aussi bien, il n'y avait plus âme qui vive. Et quelques instants plus tard, la voiture pénétrait dans la cour d'un petit hôtel derrière les toits duquel on apercevait les arbres d'un jardin.

– Vous voilà chez vous pour aussi longtemps qu'il vous plaira d'y rester, dit Felicia.

– Vous êtes bien certaine que je ne vous gênerai pas? J'ai peur de vous être une charge supplémentaire. Peut-être même un danger? Je suis toujours aussi mal avec la Cour...

– Donc vous êtes toujours aussi intéressante, ma chère enfant, et doublement la bienvenue. D'ailleurs, vous n'avez plus aucun moyen de vous enfuir. Le cher San Severo ne doit-il pas vous faire porter quelque chose ici demain?

– Oui. De l'argent. J'ai l'impression qu'il ne souhaite pas que je me rende à la banque de mon père. Cependant je dois me méfier aussi d'un jugement téméraire. C'est l'un de mes défauts, hélas...

– Avec San Severo cela relève plutôt de la prémonition. En dépit d'une grande naissance et de hautes alliances, je n'aurais, si j'étais vous, aucune confiance en lui. Mais entrons! Demain il fera jour...

Comme les deux femmes pénétraient dans un élégant vestibule où, derrière un portique d'ordre toscan, se déployait la gracieuse volute d'une montée d'escalier enrichie d'une rampe en fer forgé aux enroulements de rocaille, un homme vêtu d'un habit de livrée noir dépourvu de galons arriva en courant.

– Tu rentres déjà, Madame la Comtesse? s'écria-t-il d'une voix de basse-taille qui semblait sortir des profondeurs mêmes de la terre. Une voix qui allait bien avec son style plus qu'original. C'était en effet un homme aussi grand et aussi large qu'une armoire. En outre, son crâne rasé et sa figure plate ornée d'une paire de longues et fines moustaches à la mongole ne rappelaient en rien à l'image que l'on pouvait se faire d'un serviteur de bonne maison. Ce personnage ressemblait plutôt au génie de la lampe d'Aladin...

Le tutoiement dont il usait devait être habituel pour Felicia. Elle se mit à rire et répondit sur le même mode.

– Tu devrais être content puisque tu n'aimes pas que j'aille chez le prince San Severo.

– Tu sais ce que j'en pense, maîtresse! C'est un homme mauvais, dangereux. Je le crois capable de tout!

– Mais quand même pas d'égorger une de ses invitées en plein milieu de son salon. En outre, cette fois, j'ai eu raison de ne pas t'écouter puisque j'ai trouvé chez lui une amie d'autrefois. Va dire à Livia qu'elle prépare tout de suite une chambre pour Mme la comtesse de Lauzargues...

Puis, tandis que l'étrange serviteur s'inclinait avec une grâce inattendue :

– Je vous présente Timour, mon majordome, dit Felicia. Mon cher Angelo auquel il était totalement dévoué l'a ramené, voici cinq ans, des bords de la mer Caspienne. A présent, il est pour moi le meilleur des gardes du corps.

– Un garde qu'on n'emmène pas quand on va dans les mauvais lieux, grogna le Turc [1] l'œil en bataille.

– Tu sais très bien pourquoi. La dernière fois, ma chère, il a rossé si copieusement l'un des valets du prince

1. L'empire turc s'étendait autrefois jusqu'à la mer Caspienne.

que ce malheureux est resté plié en deux pendant trois semaines.

– Il le méritait! C'est une bête brute!

– Tout cela parce qu'en m'aidant à ôter mon manteau il a fait un faux mouvement et m'a légèrement bousculée. Le prince n'ayant pas apprécié le traitement infligé à son valet, j'ai pris le parti de laisser Timour ici quand je vais chez lui. A présent, laisse-nous! Quand tu auras prévenu Livia, tu nous feras porter une collation dans mon boudoir. Mme de Lauzargues arrive d'un long voyage...

Le majordome effectua une sortie digne d'un empereur, tandis que les deux femmes commençaient à gravir, bras dessus bras dessous, le grand escalier de pierre.

Ce fut en arrivant à l'étage que, soudain, le cœur d'Hortense creva. L'angoisse et le chagrin causés par les derniers jours à Lauzargues s'unirent à l'extrême fatigue du trop long voyage et aux cruelles déceptions de l'arrivée. Elle éclata en sanglots...

CHAPITRE II

« UNA CARBONARA... »

En voyant Hortense quitter son bras, chercher l'air comme si elle étouffait puis s'effondrer en larmes sur la rampe palière, Felicia ne perdit pas de temps. Elle prit son amie à bras-le-corps, l'arracha de la rampe où elle risquait de basculer et la porta presque dans une petite pièce tendue de velours vert dont elle ouvrit la porte d'un coup de pied. Là, elle la fit étendre sur une méridienne, entreprit de la débarrasser de son chapeau et de son voile qui, entortillé autour de son cou, menaçait de l'étrangler, ouvrit son manteau, le col de sa robe et finalement courut se pendre à un cordon de sonnette. Cela fait, elle revint s'asseoir auprès d'elle et prit dans les siennes ses mains glacées pour tenter de les réchauffer... Quelques secondes plus tard, une petite femme brune et maigre, coiffée d'un soupçon de mousseline, entrait en coup de vent dans un grand bruit de jupons et de tablier blanc amidonnés.

– Va me chercher de l'eau de Cologne, des sels et de l'eau fraîche, ordonna Felicia, puis reviens m'aider à délacer la comtesse...

– Encore une comtesse! Où donc avez-vous trouvé celle-ci, Madona? Elle est jolie, d'ailleurs, mais bien pâle? Comment peut-on être malheureuse avec pareille figure?

– Tu lui feras part de tes considérations esthétiques plus tard, Livia! Pour le moment, elle a surtout besoin d'aide. Fais ce que je te dis!

Elle achevait à peine de parler que la petite femme lui mettait dans les mains un verre d'eau et entreprenait de bassiner d'eau de Cologne les tempes d'Hortense qu'elle débarrassa ensuite de son manteau avant de l'envelopper dans un grand cachemire moelleux.

– On la déshabillera plus tard! Pour le moment, il faut la réchauffer. Pauvrette! Si jeune... et déjà si malheureuse!

– Je suis tout aussi jeune, ronchonna Felicia, et presque aussi malheureuse! Mais moi tu ne me plains pas.

– Vous, Eccellenza? Vous êtes aussi difficile à démolir que le géant Atlas. Je vais voir ce que votre Turc fait avec son plateau.

Elle disparut dans le même tourbillon de robe noire et de jupons blancs, tandis qu'Hortense progressivement se calmait. Les sanglots s'apaisèrent et elle put boire, sans s'étrangler, quelques gorgées d'eau fraîche. Mais, privée de ses forces, elle ne réussit pas à se redresser et resta à demi étendue sur la chaise longue, la tête appuyée sur un coussin. Elle eut, pour son amie, un regard contrit en s'efforçant de trouver un sourire :

– J'ai peur de m'être couverte... de ridicule.

– C'est à présent que vous allez l'être si vous entreprenez d'offrir je ne sais quelles excuses parfaitement hors de saison. Mais je ne me féliciterai jamais assez d'être allée ce soir chez San Severo...

Changeant brusquement de ton, elle pencha vers Hortense son profil d'impératrice romaine :

– Cela a été si dur? demanda-t-elle gravement.

– Plus encore que vous n'imaginez, Felicia... Je me demande même si vous allez me croire et si vous n'allez pas me prendre pour une folle. Mon histoire est pleine... de cris... de fureur, d'horreurs... d'amour aussi, bien sûr, mais l'invraisemblable l'emporte, je crois.

– Essayez toujours! Auparavant, vous allez vous restaurer et peut-être prendre enfin un peu de repos?

Timour entrait, en effet, chargé d'un immense plateau bosselé de tant de couvercles d'argent qu'il ressemblait à une mosquée. Une longue bouteille posée au milieu jouait assez bien le minaret. Il déposa le tout sur une console, tira un guéridon près de la chaise longue, dressa un couvert pour deux en quelques secondes puis, soulevant le premier couvercle, libéra les effluves d'un odorant bouillon. C'était peu de chose, un simple petit plaisir de la vie, mais Hortense y trouva un rien de réconfort. Ce parfum lui rappelait ceux que l'on respirait dans la cuisine de Godivelle, à Lauzargues, et il lui sembla tout à coup sentir à nouveau près d'elle la présence rassurante de la vieille cuisinière. C'était comme si les humbles choses de la vie quotidienne lui faisaient un signe encourageant.

– Je crois que si je bois un peu de ce bouillon j'aurai assez de force pour tout vous dire dès ce soir. Après tout, Felicia, vous avez le droit de savoir quel genre de femme vous accueillez chez vous.

– Est-ce que je ne le sais pas depuis longtemps?

– Non. Ces deux années nous ont changées l'une et l'autre. Vous moins que moi, je le reconnais. Mais sur l'une comme sur l'autre, l'amour et le malheur sont passés et c'est cela qui change tout.

Soudain Felicia baissa la voix, comme si la seule évocation de l'Amour était lourde de dangers et réclamait le secret :

– Avez-vous donc aimé, vous aussi?

– J'aime encore et ne cesserai jamais d'aimer. Pourtant... il se peut que vous me méprisiez, vous si fière de votre nom et de vos origines, lorsque j'aurai parlé.

– Vous ne me ferez pas croire que votre cœur pourrait déchoir. Je vous ai mené la vie dure, jadis. Je vous ai dit un jour pourquoi. Aussi ne m'envoyez plus à la tête mes hautes origines. J'ai fini par comprendre que vous me valiez largement.

– Sans doute, mais vous, vous avez aimé selon votre rang, dans le mariage et dans l'honneur.

– J'ai eu de la chance. Pas vous?

– Mon mari n'a jamais été mon époux. Celui que j'aime est du même sang mais bâtard. Il vit comme un sauvage au creux d'une gorge boisée gardée par les loups. Les loups qui lui obéissent et dont il est le maître... comme il est le mien.

Un éclair de flamme traversa le regard noir de la Romaine. Elle eut un demi-sourire qui lui prêta un charme étrange, un peu mystérieux. Un sourire qui s'adressait peut-être davantage à elle-même qu'à Hortense.

– Racontez! dit-elle seulement [1].

La nuit était avancée quand enfin les deux jeunes femmes se décidèrent à laisser la place au sommeil mais ni l'une ni l'autre n'en avait vraiment envie. Durant des

1. Lire ou relire *Jean de la Nuit* (Librairie Plon).

heures elles avaient été prisonnières d'une sorte de charme et ce charme les avait unies comme ne l'avaient jamais fait les années de couvent vécues cependant côte à côte mais séparées par tant d'incompréhension et par toute cette passion que l'extrême jeunesse met en toutes choses.

Dans l'élégant salon parisien, Hortense fit surgir pour un moment le sauvage décor de la planèze et de la gorge solitaire d'où jaillissait Lauzargues. Elle le fit avec des mots simples mais plus simples encore lorsque la haute silhouette de Jean de la Nuit vint s'inscrire dans le paysage. Pour le décrire, elle laissa simplement parler son cœur et ce cœur trouvait tout seul les images.

Fascinée, Felicia entendit résonner dans son âme la voix passionnée de son amie, cette quasi-inconnue qui lui était devenue brusquement aussi proche qu'une sœur. Et quand, enfin, Hortense un peu honteuse de sa propre ardeur lui demanda si elle n'était pas choquée par les confidences d'un amour adultère, la Romaine se contenta de hausser les épaules :

– Chez nous, les Orsini, les bâtards ont parfois compté bien plus que les fils légitimes. Ils étaient souvent plus beaux, plus forts, plus habiles. Plus vaillants aussi quelquefois... ou plus infâmes mais aucun n'a été indifférent. Je crois qu'à votre place j'aurais subi la même magie. Ce Jean est un homme et, depuis la chute de l'Empire, la race m'en semble en décadence.

Ce fut le mot de la fin. Les deux jeunes femmes regagnèrent chacune leur lit avec du rêve dans les yeux. Le cœur d'Hortense avait débordé dans celui de son amie, ravivant des souvenirs ou de secrètes aspirations. Il y avait de l'amazone dans cette femme si essentiellement femme et cette amazone avait vibré. Les gens de Lauzargues faisaient à présent partie de son univers.

Tandis qu'Hortense, enfin terrassée par la fatigue, s'endormait dans une aimable chambre tendue de satin vieil or à palmettes blanches, Felicia dans la sienne, plus virile, où l'aigle impériale et le lion de Venise se faisaient face, l'une éployée sur un lutrin, l'autre passant superbement sur le marbre blanc de la cheminée, Felicia resta longtemps les yeux ouverts dans l'obscurité entretenue par les grands rideaux de velours pourpre. Apparemment, sa rêverie lui donnait toutes satisfactions car elle souriait encore lorsque enfin, au petit matin, elle s'endormit alors qu'au-dehors les bruits de la rue commençaient à s'éveiller.

L'hôtel qu'habitait la comtesse Morosini avait appartenu au marquis de La Ferté, commissaire général des Menus-Plaisirs du Roi, mais c'était une maison assez petite et qui n'avait rien d'officiel. Le marquis y avait logé ses propres menus plaisirs sous les espèces juvéniles et moelleuses d'une ravissante demoiselle d'opéra. C'était une sorte de bonbonnière qui allait assez mal d'ailleurs à l'altière beauté de Felicia. Les amours joufflus, enrubannés de bleu tendre qui folâtraient au-dessus des portes, les rinceaux abondamment dorés décorant les frises et les pilastres, certaines peintures du grand salon où des nymphes coquines, fort rebondies du postérieur jouaient à cache-cache avec de galants chèvre-pieds à la barbe follette et à cornes vertes au milieu de buissons de roses, tout cela suggérait les fêtes galantes et les fins soupers.

– Ce décor me donne mal au cœur, expliqua la maîtresse de maison à son invitée, mais mon propriétaire y tient essentiellement. Et comme le prix de location est peu élevé, je m'efforce de ne pas voir ces horreurs.

– Vous êtes peut-être un peu sévère. J'admets que cela ne vous va pas mais ce n'est pas si vilain...

– Il paraît même que c'est assez touchant. C'est du moins ce que prétendent certains de mes « fidèles » que vous verrez ce tantôt. Le vicomte de Vanglenne surtout qui a la larme à l'œil chaque fois qu'il contemple la petite nymphe au voile bleu qui est près de la deuxième fenêtre. On dit qu'elle lui rappelle ses amours défuntes. Des amours qui n'étaient pas sa femme, bien sûr. On n'imagine pas une vicomtesse en semblable appareil...

Si elle n'avait pas touché aux pièces de réception, Felicia s'était rattrapée sur son appartement privé et les chambres du premier étage. Là s'épanouissaient à loisir les sévères splendeurs de l'Empire défunt, les acajous luisants, les sphinx et les victoires de bronze, les tentures semées d'abeilles ou de palmettes. Dans cette maison vouée aux fastes parfumés de l'Ancien Régime, un pareil décor était presque un défi.

– Personne n'y vient, rassura Felicia, uniquement ceux que j'aime ou dont je suis sûre. La coterie qui fréquente chez moi n'a droit qu'au rez-de-chaussée. Vous pourrez y voir, tout à l'heure, une étonnante collection de vieilles perruques mêlées à quelques étrangers qui m'aident à soutenir une réputation un peu excentrique. Mais mon salon est très « bien-pensant »... à la limite de l'ultra.

Hortense supposa qu'elle plaisantait, elle comprit qu'il n'en était rien quand Timour, toujours en habit noir mais le crâne caché sous une perruque blanche de livrée qui en faisait une sorte d'épouvantail, introduisit dans le salon une étonnante collection de vieilles personnes qui, brusquement, ressuscitèrent sous ses yeux tout ce qui avait été l'élégance de Versailles : larges robes tout de même dépouillées des encombrants paniers, joues de pastel, mouches et vastes chapeaux fleuris. Les femmes arboraient de longues anglaises poudrées qui glissaient le long de leur cou fané, des corsets à longue pointe qui leur faisaient une taille de guêpe. Les hommes avaient des habits de velours brodés et des perruques terminées par de courtes queues retenues par un ruban de taffetas noir. Et tout ce monde s'abattit dans les fauteuils et les canapés formant une étrange et archaïque toile de fond sur laquelle tranchèrent les toilettes modernes de quelques jeunes femmes et les habits signés Blin ou Staub qui sanglaient leurs compagnons.

Dans une robe de velours noir appartenant à Felicia, Hortense reçut un accueil flatteur tempéré par le respect que l'on doit à un deuil. Une ou deux douairières crurent lui faire un immense plaisir en lui parlant de « ce cher, cher marquis » que l'on avait eu plaisir à recevoir lors de son dernier passage à Paris et dont on avait applaudi l'accueil qu'il avait reçu de Sa Majesté. On lui posa quelques vagues questions sur sa vie en Auvergne puis comme, décidément, elle n'avait rien à dire de nouveau pour tous ces gens avides de potins, on la laissa finalement dans son coin.

La conversation générale roulait sur le théâtre. Certains des visiteurs étaient allés récemment voir la nouvelle pièce de M. Victor Hugo, cet *Hernani* qui déchaînait le scandale à chaque représentation. Et naturellement, on n'avait pas du tout aimé. Un marquis dont les bons mots auraient dû faire la joie de Mme de Pompadour prit un air important pour déclarer :

– Cette pièce est une honte. Songez, mesdames, que l'on y voit un grand prince, l'empereur Charles Quint devenu le rival d'un va-nu-pieds et obligé de se cacher dans un placard. C'est insoutenable...

Et tous de renchérir sur l'incroyable dépravation des

temps et sur la trop grande bonté, la coupable indulgence du Roi qui laissait s'étaler de telles horreurs sur le pavé de Paris. On parla aussi, pour le louer grandement, du dernier bal du duc de Blacas où n'avaient été conviés que les « purs », ceux qui n'avaient jamais frayé ni avec les révolutionnaires régicides ni avec la racaille impériale affublée par le Corse de titres ridicules :

– On était entre soi... C'était merveilleux...

Abasourdie, Hortense écoutait sans parvenir à comprendre et sans réagir. Son regard, de temps en temps, cherchait Felicia mais celle-ci ne semblait pas entendre ces propos auxquels, bien sûr, elle ne participait pas. Toute à son rôle d'hôtesse, elle allait de l'un à l'autre groupe sans s'arrêter vraiment à aucun. N'entendait-elle rien? Était-il possible qu'elle, cette fanatique de l'Empire, tolérât sous son toit de tels propos? Une injure plus forte lancée contre Napoléon par un jeune homme précieux dont le haut col et l'énorme cravate mettaient le menton à la hauteur des corniches faillit néanmoins la jeter dans la mêlée au mépris de tout sens de l'hospitalité, quand une grande jeune femme blonde prit la parole avec un accent d'Europe centrale

– Ne dites pas trop de mal de Napoléon, baron! Nous autres Polonais lui sommes restés attachés. Il nous avait donné la liberté. Ce sont de ces choses que l'on n'oublie pas...

– Ma chère princesse, on peut vous comprendre mais il n'en demeure pas moins fort surprenant d'entendre une Sapieha montrer tant... d'indulgence envers l'Usurpateur...

Timour qui circulait à travers le salon armé d'un plateau où s'alignaient les tasses de thé vint le placer si brusquement sous le nez du baron que celui-ci dut faire un saut en arrière. Cela créa une diversion et l'on parla d'autre chose. La princesse s'était d'ailleurs éloignée avec un léger haussement d'épaules.

Quand tous se furent retirés, Hortense ne put retenir plus longtemps ce qui l'étouffait. Elle rejoignit Felicia qui, adossée contre un pilastre, mordillait son mouchoir en regardant disparaître ses derniers visiteurs.

– Vraiment, Felicia, je ne comprends pas... je ne vous comprends pas.

– Vous ne comprenez pas pourquoi je reçois tous ces gens d'un autre âge? Je dirais qu'ils sont mes voisins et que grâce à eux j'obtiens à bon compte un brevet de bonne conduite vis-à-vis de la police. Même chose pour tous ces thuriféraires des Tuileries. Ils me donnent une excellente façade à l'abri de laquelle je peux cacher mes activités réelles.

– Vos activités? Vous conspirez donc véritablement?

– Avec ardeur, ma chère! Seuls les étrangers que vous avez vus ici, la princesse Sapieha et sa mère, les deux Potocka, sont là pour mon plaisir...

– Et cette femme pas très jolie mais si charmante, la comtesse Kavoli? N'est-elle pas autrichienne?

– Si fait. Elle est même fille de ministre, fit tranquillement Felicia. Mais elle aussi peut présenter une certaine utilité. Ne fût-ce que lorsque je me rendrai à Vienne un jour prochain.

– Vous comptez vous rendre à Vienne?

– Quand le temps en sera venu. Ne vous ai-je pas dit que je formais certains projets touchant au prisonnier de Schönbrunn? Qui veut la fin veut les moyens. Quant à vous, il est grand temps que vous appreniez chez qui vous habitez. Hier, vous craigniez pour l'amie de Jean, le meneur de loups, mais peut-être allez-vous hésiter à lier pour un temps votre destin à celui d'une rebelle. Je peux me retrouver en prison du jour au lendemain...

– C'est à ce point?

– Mais oui. Je suis, ma chère, *una carbonara.*

Chez les Dames du Sacré-Cœur, Hortense avait appris l'italien, et aussi l'anglais, mais, traduisant littéralement elle crut avoir mal compris :

– Une charbonnière? Felicia, vous vous moquez?

– Pas le moins du monde. Il est vrai qu'en Auvergne on ne doit guère avoir l'occasion d'être au fait de la politique étrangère. La Carbonaria est une société secrète, déjà ancienne car elle est, en fait, partie de chez des charbonniers français mais, tombée en désuétude ici, elle a repris une vigueur nouvelle dans le royaume de Naples d'abord puis dans les États pontificaux. Les membres en sont tous de « bons cousins » et chaque groupe s'appelle une « vente ». Cette société est opposée à toute forme d'oppression et je reconnais qu'à l'origine elle a été ressuscitée pour faire obstruction à l'occupation française. Mais, depuis, l'Histoire a marché en Italie. L'Autriche est devenue sa seule, sa véritable ennemie. Quant à la France, la Carbonaria y est revenue en 1818 avec l'intention déclarée de lutter contre les rois Bourbons. Évidemment, ses buts, que je reconnais essentiellement révolutionnaires, diffèrent suivant les groupes. Certains veulent le retour de la République. D'autres, dont je suis, veulent le retour du fils de l'Aigle.

– Et vous êtes nombreux?

– Il paraît. C'est difficile à savoir pour les « bons cousins » de la base. Chaque vente, composée d'une vingtaine de personnes, ignore ce qui se passe dans les autres. Cela est préférable pour des raisons de sécurité.

– N'avez-vous pas au moins un chef?

– Chaque vente en a un. Quant au chef suprême qu'ils connaissent tous et qu'en fait nous connaissons tous, je ne suis pas certaine que ce soit le vrai. Je parle du chef révélé car il en existe un autre, secret celui-là, ignoré du plus grand nombre.

– Qui est le chef révélé?

– Le général de La Fayette, ce qui dit tout. Son âge et son esprit brouillon prouvent qu'il n'est rien qu'une façade, un nom, le symbole des vieilles libertés...

– Et, cette révolution, c'est pour bientôt?

– Peut-être. Le Roi et son entourage accumulent les fautes. Voulez-vous un exemple : la suppression de la garde nationale à qui tout le peuple était attaché... Voyez-vous, la Cour s'oppose à trop d'intérêts privés et l'on commence à voir s'unir des gens que l'on n'aurait jamais imaginé voir travailler ensemble. Autre exemple : en janvier dernier, on a fondé un nouveau journal d'opposition : *le National*. Les trois hommes qui le dirigent sont d'abord deux publicistes, Thiers et Mignet, que l'on a surnommés les Frères Provençaux par allusion au célèbre restaurant. Le troisième est Alexis Carrel, un ancien bon cousin carbonaro. Quant à l'inspiratrice de ce journal d'opposition, ce n'est autre que la duchesse de Dino, la nièce très aimée... trop aimée, dit-on, du vieux Talleyrand. Enfin, pour compléter le tableau, je vous dirai que l'argent vient de chez le banquier Laffitte.

– J'entends. Et que veut cette opposition-là? L'Empire, la République?

– Ni l'un ni l'autre : la monarchie constitutionnelle qu'elle brûle d'offrir au duc Louis-Philippe d'Orléans... lequel brûle de l'accepter. Vous voyez qu'en France l'exercice de la politique n'est pas simple.

– Vous voulez dire que c'est effrayant!

– Une simple habitude à prendre. Quant à vous, de la façon dont se présentent vos affaires, il faudra bien que vous vous y fassiez. Un parti politique est une arme. Sa protection n'est pas à dédaigner et, de toute façon, en cette période, il n'est pas bon de rester isolée. Chacun choisit le camp qui lui convient. Au fait, mes visiteurs vous ont-ils à ce point captivée que vous n'ayez pas remarqué une absence?

– Laquelle?

– Mais celle de ce cher San Severo. Il devait venir; il n'est pas venu... et n'a rien envoyé.

– C'est pourtant vrai, fit Hortense consternée. Je l'avais oublié. Dieu sait pourtant l'importance que cela a pour moi. Qu'est-ce que cela veut dire?

– Qu'il n'a aucune envie de vous donner de l'argent. Mais rassurez-vous. Nous allons, et tout de suite, lui rafraîchir la mémoire...

Felicia alla prendre place à un petit secrétaire, prit une plume neuve, du papier et griffonna rapidement quelques mots d'une grande écriture fantasque. Les quelques mots couvrirent la page blanche en un rien de temps. Elle ne relut pas, sabla, plia sa lettre, la scella d'un gros cachet de cire rouge qui lui donnait l'air d'une épître officielle puis agita une petite sonnette de bronze placée sur l'écritoire. Timour parut presque aussitôt :

– Prends la voiture et va porter cette lettre chez le prince San Severo.

– Moi? Chez lui. Je croyais, maîtresse, que tu ne voulais plus que mes pieds se posent sur son sol maudit?

– Le cas est exceptionnel. J'entends que cette lettre lui soit remise en main propre et tu es le seul qui ne se laissera pas détourner de son but. Mais ne tue personne et ne casse rien. Enfin... pas trop!

– Il y a une réponse?

– Je pense bien. Une lettre... et un paquet. La lettre d'ailleurs n'est pas indispensable.

Enfouie au fond d'une bergère bleue, en plein désenchantement, Hortense observa la sortie du majordome d'un œil sceptique :

– Pensez-vous vraiment obtenir satisfaction?

Felicia lui offrit un sourire rayonnant.

– Mais naturellement. Il est très difficile de dire « non » à Timour et quand il doit remplir une mission, aucune force humaine n'est capable de l'en empêcher...

– Il n'est tout de même pas à l'épreuve des balles?

– Il l'est pourtant. Depuis que nous avons quitté Venise, Timour porte sous son habit une fine cotte de mailles, chef-d'œuvre d'un armurier florentin du XVIe siècle qu'il a découverte un jour dans le grenier du palais Morosini. Il entend qu'aucun geste un peu inconsidéré ne vienne me priver de mon meilleur gardien. Quand on vit comme je vis c'est une chose qu'il faut considérer...

Timour revint au moment où les deux femmes allaient passer à table. Il rapportait en effet une lettre et un petit paquet.

– Tu n'as rien cassé? demanda Felicia.

– Rien, maîtresse. Simplement poussé une porte un peu fort. Je crois qu'il faudra faire changer la serrure...

Tandis que Felicia ouvrait le paquet qui pesait assez lourd et révéla cent écus, Hortense décachetait la lettre. En termes fleuris, le prince s'y excusait de n'avoir pas trouvé un instant pour se rendre lui-même chez la comtesse Morosini comme il en avait formé le projet puis s'excusait de la modicité de la somme envoyée :

« ... A mon grand regret, je n'ai pu convaincre ces messieurs de la banque Granier de distraire une partie des fonds que l'on fait tenir régulièrement à Monsieur le marquis de Lauzargues. Ils sont trop importants pour que l'on y ajoute et j'ai dû prendre sur moi de vous faire tenir cent louis qui devraient, à mon sens, être suffisants pour un bref séjour...

La voix d'Hortense qui avait lu tout haut s'étrangla de fureur. Froissant nerveusement la lettre elle la roula en boule et l'envoya avec rage à l'autre bout de la pièce.

– Non seulement il ose me faire l'aumône mais il me renvoie à Lauzargues comme une gamine irresponsable ou comme une indésirable...

– Que vous êtes, n'en doutez pas un seul instant, dit Felicia qui s'en alla tranquillement ramasser la lettre pour la défroisser avant de la ranger dans son secrétaire. Je commence à me demander si tout cela n'a pas été soigneusement mis en scène pour vous dépouiller de votre fortune.

– Vous croyez?

– C'est l'évidence même. Vous ne doutiez pas d'ailleurs de l'intérêt que votre bon oncle portait à vos biens mais je commence à croire qu'il n'est pas le seul et que San Severo est en train de s'attribuer une part du gâteau. Ce doit être assez facile quand on est à la tête d'une banque...

– Eh bien! C'est ce que nous verrons. Demain, j'irai à la banque, je verrai au moins un administrateur. Certains, comme M. Girodet, M. de Dureville ou M. Didelot qui m'ont connue enfant me recevront...

– Je peux me tromper mais je crains fort que vous ne rencontriez là encore quelques surprises...

– Vous pensez qu'ils ne sont plus administrateurs? Il est vrai que le bon Louis Vernet qui était le fondé de pouvoirs de mon père et son secrétaire privé a été remercié. Oh, si seulement je pouvais au moins le voir, lui... mais je ne connais même pas son adresse.

– Venez dîner! Le calme et le contentement intime qu'apporte un bon repas aident à la réflexion.

Composé d'un potage aux champignons, d'épigrammes d'agneau accompagnées d'une purée de cardons et suivies d'œufs à la neige, le dîner était à la fois léger et délectable mais Hortense n'y fit pas grand honneur. Elle qui avait tellement cru que toutes choses s'arrangeraient pour elle dès qu'elle serait arrivée à Paris, elle avait à présent l'impression d'être prise au piège, petite mouche insignifiante, perdue, engluée au centre d'une énorme toile d'araignée, et elle ne voyait plus maintenant de moyen d'en sortir. Si elle ne pouvait disposer en rien de sa fortune, cette fortune qui décidément attirait par trop les convoitises, il lui serait impossible de mener à bien le plan, fort simple en vérité, qu'elle s'était tracé : faire venir son petit Étienne à Paris, l'y élever et vivre avec lui à l'écart des mouvements du monde. Surtout à l'écart des mouvements du monde car elle avait aussi caressé l'idée que Jean pourrait peut-être, un jour, la rejoindre.

Dans ces projets paisibles, le château de Berny avec ses grandes forêts et son merveilleux jardin tenait une place privilégiée. Et tandis que la malle-poste l'amenait vers la capitale, Hortense avait imaginé le petit garçon courant au milieu des parterres de roses, jouant avec un petit chien, montant un poney en attendant un cheval et apprenant, sous son regard tendre, à devenir un homme. Un homme auquel plus tard l'énorme charge de la banque serait remise... à moins qu'il ne préférât une autre carrière. Et tout ce beau rêve s'était écroulé sous quelques mots, cruels comme des balles : Berny avait été vendu, Berny appartenait à quelqu'un d'autre... Privée d'argent, Hortense n'aurait aucun moyen de racheter une autre maison, même beaucoup plus modeste. Tout cela était d'une tristesse infinie...

– Où êtes-vous, Hortense? Très loin, j'imagine, dit Felicia qui avait gardé le silence durant tout le repas, se contentant d'observer le joli visage soucieux dont les yeux dorés, lourds de larmes contenues, demeuraient cachés sous les paupières... Hortense eut pour elle un petit sourire, tout petit mais qui représentait déjà une belle somme de courage.

– C'est vrai. Excusez-moi, Felicia. Je pensais à mon fils. Avec le sort qui m'est fait, à présent, je crains de ne pas le revoir de sitôt... à moins d'en passer par les volontés du marquis.

– Vous n'y songez pas, j'espère? Vous rendre à merci? Vous courber sous ses fourches caudines déshonorantes? Je ne vous le permettrai jamais. Il y a autre chose à faire.

– Et quoi?

– Combattre, ma chère, c'est la seule manière d'espérer obtenir un jour la victoire.

– Encore faudrait-il posséder des armes.

– Les armes, cela se forge. La première chose importante est d'obtenir une vue claire de ce qui se passe ou s'est passé dans votre banque. Ainsi, demain, j'obtiendrai les noms de ceux qui en composent le conseil d'administration. Nous verrons bien s'il en subsiste quelques-uns parmi ceux qui formaient votre conseil de tutelle. Lequel conseil, bien sûr, a cessé d'exercer ses droits au jour de votre mariage. Ensuite, vous pourriez essayer de voir ce M. Vernet...

– Je vous ai dit que j'ignorais son adresse et cela m'étonnerait qu'on me la donne.

– A vous, non. Mais Livia, ma femme de chambre, est une parfaite comédienne. Nous l'enverrons, sous un déguisement, demander cette adresse. Ne fût-ce qu'au concierge de la banque. Et vous irez le voir discrètement. Je suppose qu'il doit être au courant de bien des choses. Le seul fait qu'on l'ait écarté en est une preuve. Ensuite, il faudra essayer de savoir ce que mon frère avait pu découvrir au juste touchant la mort de vos parents. Le sort que l'on vous fait me laisse supposer qu'il pourrait avoir raison... et qu'il y a eu crime.

Hortense devint soudain très rouge.

– Pardonnez-moi, mon amie, je me suis montrée d'un égoïsme incroyable en ne vous demandant même pas de nouvelles de ce jeune homme qui, pour avoir voulu m'avertir, a été jeté en prison... En vérité, je suis impardonnable.

– Impardonnable? Mon Dieu non, dit Felicia, dont la voix se chargea tout à coup d'une lourde tristesse. Je serais bien incapable de vous en donner, des nouvelles. Je... Je ne sais toujours pas ce qu'il est devenu. Sans doute est-il toujours prisonnier, mais où? Voilà ce que j'ignore, ce que je n'arrive pas à savoir. Dieu sait pourtant que, depuis mon arrivée en France, j'ai tout essayé.

– Mais, après son arrestation, il a dû être jugé?

– Apparemment non. D'ailleurs, lorsqu'il s'agit d'un agitateur politique, on se garde bien, ici, de le traduire en jugement. On l'enferme simplement. Où et pour combien de temps? Personne n'en sait rien. Même ses compagnons carbonari n'ont rien pu me dire. Ce secret, c'est la force de la police, de ce qu'on appelle la justice, ici. Mais je ne désespère pas...

Tout en parlant, elle avait pris, sur une petite table de desserte, une boîte de bois des îles qu'elle ouvrit. A sa grande stupeur, Hortense vit qu'elle y prenait un long et mince cigare, en coupait l'une des extrémités puis, avec les gestes sûrs que crée l'habitude, l'allumait à l'une des bougies des chandeliers qui éclairaient la table. Ensuite, elle se laissa aller sur son siège et tira quelques longues bouffées, le regard perdu dans la fumée bleue du cigare dont l'odeur fine prit possession de la pièce...

Elle avait fermé les yeux pour mieux la savourer et, pendant un instant, le silence habita la petite salle à manger intime avec ses tentures jaunes et ses boiseries dorées qui reflétaient la lumière des chandelles. Hortense était tellement stupéfaite que c'était tout juste si elle osait respirer.

Consciente de l'effet produit, Felicia entrouvrit les yeux et sourit :

– Gageons que vous pensez à la tête que ferait la Mère de Gramont, notre directrice du Sacré-Cœur, si elle était à votre place en ce moment. En fait, j'en ai une idée assez claire en voyant la vôtre. Je vous choque horriblement?

– Horriblement, non... Un peu tout de même. C'est... une habitude d'homme!

– Manger aussi est une habitude d'hommes, et boire. Pourtant toutes les femmes mangent ou boivent... certaines plus que les hommes même. J'en suis venue à penser qu'il n'y avait aucune raison pour qu'une femme ne fume pas. D'ailleurs, je ne suis pas la seule à Paris.

– Les dames fument ici?

– Les dames non, ou alors en cachette. J'en connais au moins une qui le fait ouvertement : la baronne Aurore Dudevant, une Berrichonne qui est la maîtresse d'un publiciste et qui écrit. Il est vrai qu'elle s'habille parfois en homme et se fait appeler George mais ce n'en est pas moins une créature fascinante, d'une remarquable intelligence. D'après ce que je sais d'elle, je lui crois du talent. Deux ou trois fois, je l'ai rencontrée dans les salons, chez Julie Davillier, chez les Delessert. C'est là qu'elle m'a expliqué les vertus du cigare : il a des pouvoirs miraculeux pour aider à la détente et à la réflexion. Voulez-vous essayer?

– Dieu non! fit Hortense en riant. Cela ne me tente pas le moins du monde.

Felicia se leva, posa son cigare dans une coupelle d'onyx, chassa la fumée qui l'environnait puis vint à Hortense et, fraternellement, la prit dans ses bras :

– Ne vous découragez pas mon amie, fit-elle avec une soudaine gravité. Dites-vous que vous n'êtes plus seule dans ce Paris plein de pièges. Je suis à vos côtés pour autant qu'il vous plaira que j'y reste et, à nous deux, je nous crois capables de vaincre n'importe quelle difficulté...

– Vous êtes bonne de me dire cela mais vous avez une vie déjà si compliquée, chère Felicia! Je crains vraiment de vous la compliquer davantage...

– Chassez ce souci. Vous m'apportez au contraire la compagnie, l'appui... peut-être l'affection.

– N'en doutez pas un seul instant!

– J'en avais, figurez-vous, le plus grand besoin.

La minute d'émotion passa sur les deux jeunes femmes, également belles, également éprouvées par la vie mais qui étaient persuadées de pouvoir, à présent, s'appuyer l'une sur l'autre comme deux arbres un peu fragiles menacés par une tempête mais qui savent qu'en s'étayant l'un l'autre, ils acquerront de la force. Elles s'embrassèrent en se souhaitant une bonne nuit. Puis Felicia alla reprendre son cigare pour l'achever au salon tandis qu'Hortense remontait chez elle.

Enveloppée dans une robe de chambre de laine bleue qu'elle devait à la générosité d'Amicie Brémont, Hortense s'assit devant le petit bureau plat installé près d'une des deux fenêtres de sa chambre et se mit en devoir de faire son courrier. Elle disposa une feuille blanche sur le sous-main de cuir blond, la lissa d'un revers tout en cherchant ses premiers mots puis choisit une plume qu'elle tailla soigneusement et la trempa dans l'encre.

Cette première lettre s'écrivit toute seule. C'était très simple : Hortense l'adressait au docteur Brémont et à sa famille. Elle leur avait promis, en effet, de donner de ses nouvelles dès son arrivée et elle ne voulait pas qu'un retard, si léger fût-il, ne pût les laisser dans l'inquiétude ou, pire encore, leur faire croire que Paris pouvait lui faire oublier leur extrême gentillesse et les bienfaits qu'elle en avait reçus...

Mais, sa lettre achevée, Hortense reposa la plume et adossée au velours de son fauteuil s'accorda quelques instants de réflexion. Car c'était à présent un moment rare, un moment qu'il s'agissait de savourer dans toute sa plénitude : elle allait écrire à Jean de la Nuit, à l'homme qu'elle aimait et dont l'absence lui était aussi cruelle sinon plus que celle de son enfant.

C'était à François Devès, le fermier de Combert, qu'elle pensait adresser sa lettre car elle ne voyait vraiment aucun autre moyen de la faire tenir à Jean sans risquer de la voir tomber entre des mains hostiles...

Elle resta là un long moment, le regard perdu dans les flammes qui léchaient les grosses bûches et dont la chaude lumière se reflétait sur la dorure d'un cadre ou la sombre glace d'un grand miroir ancien. Le feu la ramenait à Lauzargues dans la chambre aux tentures vertes où, dans le petit secrétaire qui avait appartenu à sa mère, elle avait découvert l'ancien amour de Victoire pour un jeune paysan qui s'appelait François, où elle-même avait écrit sur des feuilles de papier jaunies les menus faits de sa vie quotidienne et les premiers émois d'un amour qui n'osait même pas dire son nom. Oui, le feu abolissait le temps, la distance. Il suffisait d'un tout petit effort d'imagination pour se croire encore là-bas...

Bien sûr, il y avait peu de chances d'entendre, dans le lointain, le hurlement d'un loup. Le roulement d'une voiture sur le pavé de la rue acheva de chasser l'illusion mais déjà Hortense recréait au plus chaud de son cœur la puissante silhouette de Jean, son rude visage aux yeux clairs, l'éclair blanc de ses dents quand il riait et la douceur de ses mains quand elles se posaient sur elle. Oh! retrouver tout cela... cette chaleur... cette passion qu'ils vivaient à deux dans l'accord total de leurs corps et de leurs âmes, cette passion qu'un petit enfant faisait vivre à présent.

– Mon tout-petit... murmura Hortense, bouleversée à la pensée de ce morceau d'elle-même qu'on lui avait à peine laissé le temps d'embrasser avant de l'emporter chez une nourrice dont elle ne savait même pas le nom. Elle le revoyait pourtant bien clairement, son petit Étienne, avec ce visage si semblable à celui de Jean et l'arrogante crête de cheveux noirs qui surmontait son crâne rond de petit Auvergnat solide. Quand le reverrait-elle? Combien de semaines, de mois s'écouleraient avant que ce grand bonheur lui soit donné, avant que l'enfant puisse enfin connaître les traits de sa mère? Jean avait promis : « Je te le rendrai... » Mais où, quand, comment? Déjà fallait-il qu'il le retrouvât et l'Auvergne était vaste, autant que la ruse du marquis de Lauzargues...

Hortense se redressa, reprit sa plume. A présent, le lien distendu par le voyage s'était resserré. Elle pouvait s'adresser à Jean comme si elle l'avait quitté la veille, comme si elle devait le revoir le lendemain. La plume posée sur la blancheur du papier traça d'elle-même :

« Mon amour... »

Il était tard quand, enfin, Hortense cacheta sa lettre à l'intérieur d'une autre lettre, beaucoup plus courte, destinée à François. Mais elle ne sentait plus la fatigue, ni la crainte des jours à venir. Peut-être que, dans quelque temps, Jean trouverait pour eux et l'enfant un asile inviolable dans quelque vallée profonde au cœur d'une forêt immense. Alors Hortense repartirait vers lui, abandonnant sans l'ombre d'un regret ses espoirs de vie confortable, sa fortune aux mains de ceux qui la convoitaient si fort... et même sa réputation...

Un instant, elle avait eu la tentation d'écrire aussi à Mlle de Combert mais elle avait estimé que ce ne serait peut-être pas prudent. Les liens qui attachaient Dauphine à Foulques de Lauzargues étaient trop forts. C'étaient ceux d'un amour qui depuis l'enfance ne s'était jamais démenti, n'avait jamais faibli. De toute évidence, dans la bataille qui opposait le marquis à sa belle-fille elle ne pouvait être que du côté de son amant... On verrait plus tard!...

L'âme en paix, Hortense alla couvrir de cendres le feu de la cheminée comme elle en avait pris l'habitude en Auvergne afin qu'il fût plus facile à ranimer le lendemain, ôta sa robe de chambre, souffla sa chandelle et se coucha.

Le lendemain, bien qu'on ne fût pas dimanche, elle décida d'entendre une messe et de se confesser. Il y avait des mois qu'elle ne s'était pas présentée au tribunal de la Pénitence et elle pensait que faire sa paix avec Dieu pouvait être une bonne chose. Sur le conseil de Felicia elle se rendit, à quelques maisons de celle de son amie, à la chapelle des Missions étrangères qui depuis 1802 servait de succursale à l'église Saint-Thomas d'Aquin, nettement plus éloignée.

Felicia l'avait dissuadée de se rendre auprès du chapelain des Dames du Sacré-Cœur ainsi qu'elle en avait eu primitivement l'intention :

– Le cher homme est habitué aux gentils péchés des jeunes filles, lui dit-elle à sa manière abrupte, il va se trouver débordé par votre... vie passionnée et risque de vous blesser. Vous trouverez plus de hauteur de vue chez ces prêtres qui, dans les terres païennes, affrontent la vie en ce qu'elle a de difficile et de cruel. Vous y trouverez sûrement plus de réconfort...

Le conseil était bon. Dans l'austère et froide chapelle de style janséniste, Hortense, derrière le grillage de bois du confessionnal, aperçut un jeune visage qui lui parut très pâle mais dont les yeux brillaient comme des étoiles dans la pénombre. La voix qui vint à elle était douce, chaleureuse et ce lui fut facile de tout dire. Quelque chose lui soufflait qu'aucune condamnation ne viendrait jeter l'anathème sur l'adultère si volontairement commis... Pourtant, sa voix à elle se brisa quand il fallut évoquer la mort d'Étienne.

– J'aurais dû deviner, sentir qu'il ne supporterait pas la venue de l'enfant. Sans doute alors, n'aurais-je pas fait ce que j'ai fait...

– Croyez-vous? L'amour est une force terrible à laquelle on ne résiste pas. Votre plus grande faute est, sans doute, de vous être détournée de Dieu. Il vous aurait aidée. Quant à votre malheureux époux, je crois que tôt ou tard, il aurait fini par commettre ce crime contre lui-même. Dieu le lui aura pardonné. Ce n'est pas lui le coupable mais celui qui a laissé se développer en son enfant ce dégoût de la vie, cette volonté de s'en délivrer. Vous n'avez été que l'instrument... Quant à celui qui est le père de votre fils, quels sont actuellement vos sentiments pour lui?

– Je l'aime... et je crois que je ne cesserai jamais de l'aimer. J'ai besoin de lui...

– Pourtant, il est bon que vous en soyez séparée pendant quelque temps au moins. Acceptez cela comme une pénitence et n'accusez pas le Ciel si cette pénitence dure plus que vous le voudriez. Dieu n'envoie jamais à l'homme plus qu'il ne peut supporter. Même quand c'est le martyre car le martyre ouvre le chemin de l'éternelle béatitude. Prenez courage, ma fille, et priez pour ceux que vous aimez. Ce sera votre meilleure manière de les aider...

Après l'absolution, après qu'elle eut récité les quelques prières de pénitence rituelle, Hortense resta un long moment agenouillée sur un prie-Dieu, sans prier, ensevelie dans le silence qui accentuait l'extraordinaire impression de paix dont l'enveloppait le pardon divin. La chapelle était vide à l'exception d'une autre femme, également vêtue de noir comme elle-même. On n'entendait aucun bruit. C'était comme si un grand mur se dressait, infranchissable, entre cette chapelle et le monde extérieur, et Hortense, pour la première fois, comprit que ce silence pouvait être un appel assez fort pour tenter, attirer de jeunes vies éprises de pureté ou d'autres, moins jeunes, avides de panser des blessures.

Elle goûta longuement cette paix profonde à laquelle se joignait une grande sensation de délivrance et, quand enfin elle quitta la chapelle, il lui sembla que ses pieds avaient des ailes.

Le temps pourtant n'avait rien d'exaltant, ce matin-là. Ce premier jour de mai était doux mais gris, ce gris particulier au ciel de Paris qui fait si bien ressortir le vert des feuilles nouvelles. Et ce feuillage, il en débordait de hautes vagues par-dessus les hauts murs de la rue de Babylone.

Le nez en l'air, l'œil fixé sur les joues roses d'un buisson d'aubépine cultivée qui se montraient à travers les lances d'une grille, Hortense ne prêtait guère attention au mouvement de la rue quand elle fut tirée de sa contemplation par des appels qui venaient derrière elle.

– Monsieur! Eh, monsieur! Ne courez donc pas si vite, je ne vous veux aucun mal...

Elle se retourna et vit Timour qui fonçait droit sur elle. Un grand jeune homme brun courait après lui et c'était lui qui lançait ces appels. Hortense pensa que le Turc allait s'arrêter auprès d'elle pour lui rendre compte de sa mission : il revenait en effet des Messageries où il était allé porter ses lettres. Mais il n'en fit rien. Bien plus, la jeune femme dut s'écarter précipitamment pour ne pas être renversée par lui. Timour ne l'avait même pas vue.

Les deux hommes passèrent près d'elle comme des flèches, l'un mâchonnant on ne sait quels jurons dans sa langue natale, l'autre continuant ses appels et ses objurgations. Surprise mais amusée, Hortense les vit s'engouffrer l'un derrière l'autre dans la cour de l'hôtel Morosini et les y suivit presque immédiatement car elle était rendue à destination.

Elle arriva juste à temps d'ailleurs pour voir le dos de Timour qui disparaissait derrière la porte tandis que l'inconnu arrachait son élégant chapeau, le jetait à terre et le piétinait de rage :

– Quel imbécile, mon Dieu! Mais quel imbécile! glapissait-il.

Après une courte hésitation, il allait s'élancer à l'assaut de la porte quand il s'aperçut de la présence d'Hortense, ramassa son chapeau, le secoua vigoureusement et s'approcha de la jeune femme avec la mine qui convient lorsque l'on est surpris dans une posture ridicule...

– Pardonnez-moi, madame... mais habiteriez-vous cette maison par hasard?

– En effet, monsieur. Encore que j'y sois seulement reçue en invitée...

– Ah! fit le jeune homme visiblement déçu. Est-ce trop demander que vous prier de me dire qui en est le propriétaire... ou l'habitant principal?

Hortense se donna, avant de répondre, le temps d'examiner son interlocuteur. Très élégamment habillé de gris foncé avec un gilet vert, c'était un grand garçon qui pouvait avoir trente ans, très mince mais dont l'extraordinaire physionomie faisait oublier ce que son corps pouvait avoir d'un peu maigre. Sous d'abondants cheveux noirs poussant dru et un peu en désordre, il avait un visage mat, légèrement olivâtre, éclairé par des yeux fauves, presque sauvages, couverts d'épais sourcils dont la pointe intérieure se retroussait. Les lèvres étaient fines, bien tendues sur des dents éclatantes de blancheur, le menton volontaire et puissant. Le nez légèrement retroussé avait de l'insolence, encore souligné par une fine moustache...

Son examen se révélant favorable, Hortense consentit à dire que l'hôtel était celui de la comtesse Morosini puis se hâta de demander ce que Timour avait pu faire à l'inconnu pour justifier une poursuite aussi ardente.

– Rien du tout, madame. Et je crains bien sincèrement que ce brave homme ne se soit mépris sur mes intentions, que je vais d'ailleurs vous expliquer si vous voulez bien m'entendre encore un moment. Auparavant, souffrez que je vous adresse une nouvelle question. Cet homme a tout à fait l'air d'un Turc...

– Il n'en a pas que l'air, monsieur; c'en est un. Il est né je crois sur les bords de la mer Caspienne.

Le jeune homme parut soudain s'épanouir comme si un rayon de soleil était venu se poser sur lui :

– C'est merveilleux! Il me le faut absolument!

– Il vous le faut, dites-vous? s'écria Hortense choquée. Mais, monsieur, comment l'entendez-vous? La comtesse Morosini dont il est le plus fidèle serviteur n'acceptera jamais de vous le céder...

– Je n'en demande pas tant, madame...

– Alors que demandez-vous au juste, monsieur? coupa la voix froide de Felicia qui venait d'apparaître sur les marches du perron, flanquée de Timour qui dirigeait vers l'inconnu un doigt accusateur.

Le chapeau cabossé exécuta un balayage tout à fait Grand Siècle tandis que son propriétaire saluait profondément, en homme du monde.

– Que vous accordiez à votre serviteur l'autorisation de venir poser dans mon atelier... madame. A condition qu'il y consente, bien sûr... Ce qui ne me paraît pas évident.

– Vous êtes peintre?

– J'ai cet honneur, fit le jeune homme avec une certaine hauteur. Mon nom est Eugène Delacroix.

Les nuages d'orage qui assombrissaient les yeux de la comtesse s'envolèrent comme par miracle.

– Vous êtes l'auteur de *la Barque de Dante*, et de cette extraordinaire *Mort de Sardanapale*?

Si le peintre fut flatté, il n'en montra rien et ne daigna même pas sourire mais il salua de nouveau :

– En remarquant mon œuvre, vous me faites, madame, une précieuse faveur...

Felicia se mit à rire.

– Il serait difficile de ne pas la remarquer. Votre peinture a autant de puissance que d'originalité, monsieur Delacroix. Mais, je vous en prie, prenez la peine d'entrer au salon. J'ai honte de vous obliger à discuter ainsi au milieu de la cour...

Suivi de Timour dont l'œil soupçonneux ne quittait pas l'intrus, le groupe pénétra dans la maison et gagna le salon.

– Ainsi, dit Felicia en désignant un siège à son étrange visiteur, vous souhaitez que Timour pose pour vous?

– J'en serais très heureux. Je m'intéresse passionnément aux peuples du Levant et, je vous l'avoue, j'ai eu tout à l'heure un véritable coup au cœur en me trouvant en face de votre serviteur. Un Turc, un vrai Turc! Et à Paris! j'ai essayé de l'aborder mais il est d'humeur plus que farouche. Alors je l'ai suivi...

– Vous l'avez même poursuivi, dit Hortense en riant. Vous êtes passés tous deux auprès de moi comme si le Diable était à vos trousses.

– ... et je crois même que nous avons bien failli vous bousculer. Il faut me pardonner, madame, mais quand il s'agit de mon travail, je ne vois, je ne connais plus rien.

Les palabres pour décider Timour à poser pour le peintre durèrent infiniment moins longtemps qu'on ne le craignait. Une fois assuré que les intentions de cet inconnu étaient des plus honnêtes, le majordome laissa percer une certaine satisfaction à l'idée de voir son visage peint dans l'une de ces grandes compositions pour lesquelles Delacroix commençait à être célèbre, sinon toujours apprécié à sa juste valeur. On prit rendez-vous pour le lendemain et le Turc promit de se rendre vers trois heures dans l'atelier du peintre qui se situait au numéro 15 du quai Voltaire. Puis Delacroix remercia Felicia de son amabilité.

– C'est à moi de vous remercier, dit la jeune femme. Timour ne le montre guère mais il est immensément fier. Il voit là une sorte d'hommage rendu aux qualités physiques et même morales de son pays natal.

– En ce cas, il a tort. Puisque vous me faites l'honneur de vous intéresser à mon œuvre, madame, vous savez que mes sympathies vont à la Grèce martyre plus qu'à l'Empire ottoman. Mais il se trouve que j'ai vraiment besoin d'une physionomie aussi puissante que la sienne... Puis-je, avant de prendre congé, vous demander si je peux me permettre de revenir vous saluer?

– Bien sûr. Je reçois tous les mercredis mais je suis souvent chez moi le soir vers sept heures...

– Je profiterai de la permission. Et peut-être aurai-je un jour le privilège de fixer votre visage sur la toile...

– Mon Dieu! Vous êtes insatiable! Et quel rôle m'attribueriez-vous? Une captive, une favorite royale?

– Non. Cet aspect conviendrait mieux à la blondeur de votre amie. Pour moi, votre visage évoque, je ne sais pourquoi, l'indépendance, la liberté...

Toujours avec la même exacte courtoisie, le peintre prit congé et se retira. Les deux femmes écoutèrent un instant le bruit de ses pas décroître sur les dalles du vestibule. Puis, quand on n'entendit plus rien, Felicia soupira :

– Je suis heureuse de le connaître! Ses toiles sont étonnantes par la puissance et la passion qui en émanent. La critique les éreinte le plus souvent. Mais moi j'aime! Quant à lui il est aussi étonnant que ses œuvres.

– Qui est-il au juste? demanda Hortense. Il ressemble à un prince oriental...

– Oriental? non. Mais pour le sang princier, vous ne vous trompez guère : il est le fils bâtard du vieux Talleyrand et d'une jolie bourgeoise appartenant à une grande famille d'ébénistes royaux. Un mélange extraordinaire comme vous voyez...

– Mais qui ne vous déplaît pas? fit Hortense avec un sourire. Gageons que vous le recevrez de nouveau avec grand plaisir?

– Mon Dieu, je l'avoue. Quand on a la chance de rencontrer un génie, ce serait un péché de lui fermer sa porte.

– Surtout quand ce génie voit en vous l'image même de la liberté! conclut Hortense malicieusement.

Le retour de Livia que sa maîtresse avait envoyée rue Le Peletier, à la banque Granier, pour tenter d'y recueillir quelques informations mit fin à la conversation. Vêtue en bourgeoise cossue, les cheveux blanchis à la poudre, la camériste de la comtesse Morosini représentait un personnage tout à fait différent de ce qu'elle était habituellement. La transformation était étonnante. Mais les nouvelles qu'elle rapportait n'étaient pas bonnes : deux des anciens administrateurs dont Hortense avait conservé le souvenir, MM. Didelot et Girodet, avaient quitté ce monde. Le troisième, M. de Dureville, avait pris sa retraite et vivait retiré sur ses terres normandes.

– Et M. Vernet ? demanda Hortense avec anxiété. Avez-vous pu savoir ce qu'il est devenu ?

– Oui, Madame la Comtesse. C'est sans doute la seule bonne nouvelle que j'apporte : j'ai pu obtenir son adresse.

Elle tendit à Hortense un petit papier sur lequel une écriture maladroite avait inscrit quelques lignes.

– Je vous remercie, dit la jeune femme. C'est un renseignement précieux. Je m'y rendrai cet après-midi même.

CHAPITRE III

LA VOITURE NOIRE

Bordée d'anciens hôtels aristocratiques et de quelques maisons bourgeoises, la rue Garancière étirait sa voie étroite mais rectiligne entre le chevet de Saint-Sulpice et les dépendances du Luxembourg. En dépit de la présence de la mairie du XIe arrondissement, c'était une rue tranquille et calme, assez bien pavée car le trafic n'y était pas intense. Dominée par la masse blanche de l'église aux tours rondes et les grands toits du séminaire voisin, à deux pas de Saint-Germain des Prés et des trois églises de la montagne Sainte-Geneviève [1], elle se situait au cœur du quartier chrétien de Paris, ce qui faisait dire à certains esprits malintentionnés que l'odeur de l'encens et de l'eau bénite s'y respirait plus aisément que celle du crottin de cheval.

Hortense qui, vu la douceur du temps, avait choisi de venir à pied de la rue de Babylone, pensa que c'était sans doute un bon quartier pour prendre sa retraite mais qu'il ne correspondait guère au jeune homme aimable, élégant et un peu dandy dont elle avait gardé le souvenir.

La maison dont elle avait l'adresse se trouvait au numéro 10, au voisinage immédiat de la mairie qui occupait au 8 l'ancien hôtel de Sourdéac, et de la belle maison de la fontaine construite jadis sur l'ordre de la princesse Palatine pour fournir en eau tout le pâté de maisons. C'était, au fond d'une large cour défendue par un grand porche, un corps de bâtiment à trois étages

1. Le Panthéon était encore l'église Sainte-Geneviève. C'est Louis-Philippe qui, quelques mois plus tard, en fit ce qu'il est aujourd'hui.

construit en belles pierres blanches et coiffé d'ardoises fines. Une aristoloche aux longues fleurs jaunes et un petit lierre à feuilles courtes s'en disputaient les murs.

L'entrée d'Hortense dans la cour fit accourir le portier, petit bonhomme à cheveux gris et figure de furet qui mit son bonnet à la main à la vue de cette grande jeune femme en deuil dont l'allure n'était vraiment pas celle de tout le monde.

– Est-ce que je peux quelque chose pour le service de Madame? demanda-t-il.

– Je pense. C'est bien ici que demeure M. Vernet?

– Avec sa sainte mère, oui, Madame! Pauvre jeune homme!...

Hortense haussa les sourcils.

– Est-il donc si à plaindre?

– A plaindre? Oh, Madame! Je vois que Madame ne sait pas. Madame n'est peut-être pas une amie intime?...

Visiblement, le portier brûlait de parler mais l'indiscrétion de ses questions déplaisait à Hortense. S'il était arrivé quelque chose à Louis Vernet, s'il y avait quelque chose à apprendre, elle préférait l'apprendre de sa bouche ou de celle de sa mère, puisque apparemment il vivait avec elle, et non de celle d'un concierge bavard...

– Je ne l'ai pas vu depuis quelque temps, se contenta-t-elle de répondre brièvement. Voulez-vous me dire à quel étage il habite?

– A celui-ci, Madame, à celui-ci. La porte à droite de l'escalier. Grâce au Ciel, il a au moins comme cela la jouissance du jardin...

La porte que l'homme avait indiquée était une belle porte de chêne dont les cuivres, astiqués, brillaient comme de l'or dans la légère pénombre apportée par la volute de l'escalier. Hortense tira la sonnette qui pendait le long du chambranle et le tintement d'une cloche répondit à son appel.

Quelques secondes plus tard, la porte s'ouvrait sous la main d'une jeune femme de chambre en tablier amidonné et bonnet tuyauté.

– Je voudrais voir M. Louis Vernet, dit Hortense. Si cela ne le dérange pas trop tout au moins...

– C'est que... je ne sais pas si Monsieur peut recevoir. Il faudrait que je demande à Madame...

– Eh bien, demandez-le-lui. Je suis la comtesse de

Lauzargues mais votre maître me situera mieux si vous dites Mlle Granier de Berny...

Visiblement impressionnée par le titre, la petite bonne esquissa une révérence.

– Si Madame la Comtesse veut se donner la peine d'attendre, fit-elle en désignant la banquette de velours brun qui tenait tout un côté de l'antichambre.

Puis elle disparut par une porte donnant sur une pièce qui devait être très claire. Un moment plus tard, une dame d'une cinquantaine d'années, vêtue de noir à l'exception d'un petit col blanc, ses cheveux gris dépassant à peine d'un grand bonnet de dentelle blanche, faisait son entrée par cette même porte en la refermant soigneusement derrière elle. Hortense vit que ses yeux bruns étaient pleins d'inquiétude en se posant sur elle. D'ailleurs la dame ne s'embarrassa pas de formules préliminaires.

– Vous êtes Mlle Granier de Berny, mademoiselle Hortense?...

– Je ne m'appelle plus ainsi mais, effectivement, je suis Hortense...

– Alors, je vous supplie de partir! Pardonnez-moi si je vous parais discourtoise, grossière même... mais je ne puis permettre que vous voyiez mon fils! Votre présence auprès de lui ne pourrait que lui rendre plus présentes les heures terribles que je m'efforce de lui faire oublier!

– Permettez-moi de m'étonner, madame... Mon père a toujours témoigné à M. Vernet une entière confiance et même une grande amitié. Je pensais pouvoir lui redemander un peu de cette amitié à un moment où je me trouve aux prises avec de grandes difficultés...

– Je vous supplie de ne pas insister, madame. Mon fils a payé trop cher l'amitié respectueuse que lui-même portait à monsieur votre père. Comprenez que je veuille qu'il en reste là!... Encore une fois, je vous demande de me pardonner si je vous parais aussi inhospitalière, incivile, tout ce que vous voudrez. Mais je suis sa mère et aucune force humaine ne m'empêchera de veiller sur lui, de le défendre...

La porte qui avait livré passage à Mme Vernet se rouvrit. La jeune femme de chambre parut. Sans oser regarder sa maîtresse, elle annonça :

– Monsieur prie Madame la Comtesse de bien vouloir venir jusqu'à lui!

Avec un sanglot, la mère alla s'asseoir sur la banquette

et se mit à pleurer, le visage caché dans son mouchoir. Hortense hésita un instant. La douleur de cette femme la touchait mais elle avait trop besoin de savoir ce qui motivait l'étrange réception qu'on lui faisait. Elle avait trop besoin d'entendre ce que Louis Vernet avait à lui dire. Alors, résolument, elle marcha vers la porte qu'on lui tenait ouverte, entra...

La pièce était un grand salon meublé de ces jolis meubles clairs que la Restauration avait mis à la mode. Elle était pleine de livres et de fleurs et, par les fenêtres dont les grands rideaux bleus étaient ouverts, on pouvait voir un petit jardin vert autour d'un étroit bassin où chantait un jet d'eau. C'était en vérité une très jolie pièce, pleine de lumière et de gaieté mais toute cette lumière sombra pour Hortense quand elle vit Louis Vernet, ou ce qu'elle devina être Louis Vernet tant il avait changé.

Assis dans un fauteuil près de la fenêtre, une couverture écossaise sur les genoux, il semblait n'être plus que l'ombre de lui-même. Ses cheveux blonds, jadis épais, étaient à présent rares et clairsemés. Il était maigre et pâle et son visage aux traits creusés disait assez les longues souffrances endurées. Il eut pourtant, pour la jeune femme si visiblement déroutée, un sourire :

– C'est bien moi, mademoiselle Hortense... Pardonnez-moi de ne pas aller vous accueillir mais je n'ai plus l'usage de mes jambes. Voulez-vous venir jusqu'à moi?

Elle s'avança comme dans un rêve et prit place sur le petit fauteuil qu'une main trop maigre lui indiquait. Elle ne savait pas très bien ce qu'elle devait faire : s'enfuir ou éclater en sanglots comme l'avait fait la mère.

– C'est à vous de me pardonner, dit-elle enfin. Si j'avais su... si j'avais pu deviner, je ne me serais jamais permis de venir vous importuner.

– Vous ne m'importunez pas. Je suis même heureux de vous voir. Les journées sont longues, vous savez, quand on est comme je suis. Et les nuits plus encore... Mais oublions cela un moment! Ainsi vous êtes mariée? Au nom que vous portez j'imagine que vous avez épousé votre cousin?

– En effet, mais je suis veuve. Il est mort quelques mois avant la naissance de mon fils... Mais vous, je vous prie, dites-moi ce qui vous est arrivé! Ou bien est-ce... trop difficile?

– Non. Il vaut mieux que vous sachiez. Nous y

reviendrons tout à l'heure. Dites-moi d'abord comment est mort votre époux?

Une vague de sang monta au visage d'Hortense et l'empourpra... Elle faillit mentir, attribuer à Étienne une mort bénigne, maladie ou accident, mais elle n'était pas venue ici pour mentir :

– Il s'est pendu! dit-elle d'une voix dont la sécheresse l'étonna. Il... il ne voulait pas de notre mariage. Il ne m'a épousée... que pour me sauver moi-même.

Si horribles qu'eussent été ses paroles, elles ne parurent pas faire grande impression sur Louis Vernet. C'était comme si de tels événements lui étaient devenus naturels.

– Bien sûr, approuva-t-il. Si vous n'aviez pas contracté mariage, le seul moyen qu'avait le marquis de s'attribuer votre fortune était de vous supprimer...

– Il n'y a pas renoncé et j'ai dû fuir après qu'il m'eut enlevé mon fils au lendemain de sa naissance...

– L'héritier, bien entendu!... Pauvre, pauvre demoiselle Hortense! Comme vous avez dû souffrir mais comme tout cela éclaire ma lanterne à moi...

– Vous ne semblez pas surpris, en effet!

– Non. Vous vous souvenez de ce jeune homme qui, au cimetière, est venu vous crier que votre père ne s'était pas tué mais qu'on l'avait tué ainsi que votre mère?

– Je m'en souviens d'autant mieux qu'il est le frère d'une de mes compagnes de couvent, la princesse Orsini, aujourd'hui comtesse Morosini qui me donne asile. Il a été arrêté aussitôt et je dois dire que sa sœur ignore toujours ce qu'il est devenu...

– Il doit être enfoui dans quelque prison, au secret... Le préfet de police d'alors, M. de Belleyme, était un homme juste et honnête. Il n'aurait pas permis un assassinat... Dans un sens, ce garçon est mieux en prison que libre car il serait en butte à ceux qui m'ont mis dans cet état...

– Qui sont-ils? Le savez-vous?

– Je m'en doute, pour ne pas dire que j'en suis sûr : ceux-là mêmes qui ont voulu la mort de vos parents. Êtes-vous retournée rue de la Chaussée d'Antin?

– C'est là que je suis allée en arrivant. J'ai eu la pénible surprise de trouver ma maison occupée par un certain prince San Severo dont on m'a dit qu'il est apparenté à la famille royale...

– On le dit, en effet... Votre père le connaissait d'ailleurs et entretenait avec lui de bonnes relations. C'est un financier de quelque valeur. Après le drame, il a proposé ses talents au conseil d'administration. Le sachant bien en cour certains l'ont accepté, d'autres pas...

– MM. Didelot, Girodet et de Dureville?

– Exactement. Ils ont continué à protester même après qu'un ordre royal eut intronisé officiellement le prince parmi les dirigeants de la banque. Ils n'ont pas fait long feu alors... sauf M. de Dureville qui a eu le bon esprit de prendre sa retraite en Normandie.

– Vous voulez dire... qu'on les a tués?

– Ils sont morts bien opportunément en tout cas. Quant à moi...

Il hésita un moment comme si l'évocation de ce qu'il avait enduré lui était tout à coup insupportable. Mais il était trop engagé à présent pour reculer.

– Eh bien? dit Hortense dont le cœur battait à un rythme inhabituel.

– Moi donc, j'avais toujours refusé farouchement d'abandonner le poste où votre père m'avait placé. Je pensais qu'il y fallait quelqu'un de fidèle, quelqu'un qui aurait en vue vos seuls intérêts. Plusieurs fois, M. San Severo s'était entretenu avec moi. Il tentait de me persuader de partir pour notre succursale de Bruxelles, ou notre bureau de Londres. Mais je n'aimais pas ce qui se passait à la banque, ces têtes nouvelles que la Cour y imposait. Un soir, alors que je rentrais chez moi, mon cabriolet, que je conduisais moi-même, a été arrêté par quatre hommes dont l'un s'est jeté à la tête de mon cheval. C'était sur le Pont-Neuf et l'endroit était désert car il était tard. Ensuite on m'a jeté à bas de mon siège, roué de coups de bâton mais l'un des hommes avait un couteau et m'en a porté un coup... Heureusement pour moi une voiture arrivait en sens inverse. Mes agresseurs ont paré au plus pressé. Ils m'ont pris qui par les pieds qui par les épaules et jeté à la Seine puis ils se sont enfuis avec ma voiture...

On était en décembre. Le fleuve était glacial et quand des mariniers m'ont tiré de l'eau, je ne sentais plus mes jambes. Ma blessure, heureusement, n'était pas grave : la lame avait dévié sur une côte mais j'avais perdu du sang...

Il y eut un silence. Horrifiée, Hortense ne trouvait rien à dire et Louis Vernet s'efforçait de maîtriser son émotion. Il tendit la main vers une carafe d'eau posée à sa portée, s'en versa un verre et le but d'un trait. Puis s'excusa.

– Pardonnez-moi, je ne vous ai rien offert. Voulez-vous du café, du sirop d'orgeat?

– Rien, je vous remercie. Je suis bouleversée... Ainsi vous avez tout de même été sauvé?

– Oui. J'ai un oncle médecin à l'Hôtel-Dieu. C'est lui qui m'a soigné et il a fait son possible pour me rendre l'usage de mes jambes. Malheureusement... c'était plus qu'impossible... alors, j'ai voulu porter plainte, faire rechercher mes agresseurs...

– On les a retrouvés?

– Il aurait fallu pour cela les chercher. L'attentat avait eu lieu depuis quelques jours quand j'ai reçu un paquet et une lettre. Le paquet contenait une belle somme d'argent et la lettre quelques mots, sans signature, bien entendu.

– Que disait-elle?

– « Si vous voulez vivre encore et ne pas mettre en danger ceux que vous aimez, tenez-vous tranquille. Il ne vous arrivera rien tant que vous vous tairez... »

A nouveau le silence, puis la voix de Mme Vernet se fit entendre :

– Vous comprenez à présent, madame, pourquoi je ne voulais pas vous laisser entrer? Si quelqu'un vous a suivie...

– La rue était bien déserte quand je suis arrivée : je n'ai rencontré que deux religieuses. D'ailleurs je vis chez une amie et n'ai pas assez d'importance pour que l'on me fasse suivre.

Vernet fronça les sourcils :

– Si vous voulez dire que vous n'êtes plus une gêne pour ceux qui souhaitaient s'approprier votre fortune, vous avez sans doute raison. Néanmoins, prenez garde. Ceux qui ont abattu vos parents ne reculent devant rien et, malheureusement, ils ont tous les appuis politiques qu'ils veulent...

– Qui sont-ils, selon vous?...

– Mon fils vous a suffisamment répondu, madame, coupa la mère. Je vous en prie, laissez-le!

– Vous n'êtes guère hospitalière, ma mère, reprocha l'infirme. Cela ne vous ressemble pas... J'aimerais pouvoir vous répondre, mademoiselle Hortense. Mais en vérité je ne sais rien de précis.

– Une chose tout de même : le prince San Severo et le marquis de Lauzargues se connaissent-ils?

– Non seulement ils se connaissent mais ils sont amis. Cela, je peux vous le dire avec certitude.

– Bien... merci... Merci de ce que vous venez de faire pour moi, monsieur Vernet. J'aimerais pouvoir faire quelque chose, à mon tour. Malheureusement je me sens affreusement faible... et démunie. Néanmoins, si je puis vous être agréable en quoi que ce soit...

Elle n'acheva pas sa phrase. La main de Louis Vernet avait saisi la sienne et la serrait, la serrait tandis qu'une flamme sauvage s'allumait dans ses yeux, si mornes encore quelques instants plus tôt :

– On dit que dans Paris, la révolte est sur le point d'éclater, que dans l'ombre des groupes se préparent, s'organisent. S'ils réussissent à abattre cette royauté pourrie, les choses changeront peut-être pour vous. Les langues se délieront et peut-être apprendrez-vous ce que vous souhaitez apprendre. Alors...

– Alors?

– Alors, vengez-vous! Vous me vengerez par la même occasion et je crois que j'aurai alors un peu de bonheur...

Il lâcha la main d'Hortense et ferma les yeux tandis que sa mère passait sur son front un mouchoir imbibé d'une fraîche eau de senteur.

– Le goût de la vengeance est âcre, mon fils... Il empoisonnerait ton âme... Il y a Dieu...

D'un geste impatient, Louis Vernet rejeta le mouchoir, repoussant sa mère du même coup mais sans brutalité :

– Dieu n'était pas sur le Pont-Neuf, ma mère... Et il ne me reste rien à quoi accrocher ma vie, sinon le besoin d'apprendre un jour que ceux qui l'ont brisée ont enfin payé...

Il semblait avoir oublié Hortense. Sur la pointe des pieds, comme si cette pièce était la chambre d'un mourant, celle-ci se dirigea vers la porte, suivie de Mme Vernet, qui essuyait ses yeux.

– Je vais vous raccompagner jusqu'à la rue, dit-elle. Et ne m'en veuillez pas de ce que je dirai alors... Il faut que je le protège... qu'il ait au moins la paix.

En effet, au seuil du porche, la mère de l'infirme se mit à crier :

– Ne revenez pas ici, madame! Ne revenez jamais! Nous ne savons rien de vos affaires et nous ne voulons rien en savoir.

Puis, tournant les talons, elle revint vers la maison en intimant au portier l'ordre de ne plus jamais laisser passer cette dame en noir. Celui-ci, du coup, referma le portail comme si toute une armée ennemie s'apprêtait à lui donner l'assaut...

Hortense faillit protester. Bien que prévenue, elle ne s'attendait pas à cette algarade publique. Évidemment, il y avait peu de monde dans la rue – un couple qui sortait de la mairie et remontait vers le Luxembourg – mais c'était tout de même très désagréable. Elle eut envie de se mettre en colère mais réussit à se contenir. Cette pauvre femme mourait de peur et elle avait déjà tant souffert! Pour rien au monde, Hortense n'eût voulu ajouter à ses chagrins. Se contentant de hausser les épaules, ce qui était une manière comme une autre de jouer le jeu, elle reprit son chemin en direction de l'église Saint-Sulpice.

Le couple ayant disparu derrière elle, il n'y avait plus que deux promeneurs dans la rue : un jeune prêtre qui, le nez au vent, semblait chercher quelque chose et un homme vêtu de noir qui venait en sens inverse d'Hortense, les yeux fichés à terre, une canne à la main.

Une vague angoisse serrait le cœur de la jeune femme qui se proposa d'entrer un moment dans l'église pour tenter de retrouver sa sérénité. Elle venait, en effet, de jeter un regard dans une sorte d'enfer comme elle n'imaginait pas qu'il pût en exister. Quelle sorte de gens étaient donc ses contemporains et surtout à quelle espèce humaine appartenaient ceux qui, depuis la mort de ses parents, s'étaient abattus comme des oiseaux de malheur sur la banque familiale? De toute évidence, il ne faisait aucun doute, pour Louis Vernet, qu'Hortense n'aurait aucun droit à la fortune de son père, sinon celui de la transmettre à son fils. En admettant même qu'il en restât quelque chose car le marquis avait les dents longues et il était apparu que ce prince San Severo qui, cependant, n'y avait aucun droit, semblait fermement décidé à en prendre une part. On ne met pas en œuvre de tels moyens quand les intentions sont pures...

Perdue dans ses pensées, Hortense ne prêtait aucune attention à ce qui se passait autour d'elle. Elle suivait d'un pas lent la rue qui allait se rétrécissant et arrivait à la hauteur de l'homme à la canne quand un bruit de tonnerre la fit retourner. Lancée à fond de train, de toute la vitesse de ses deux chevaux, une voiture noire fonçait droit sur elle... Terrifiée, car elle ne voyait pas comment elle pourrait éviter l'attelage, elle n'eut pour toute réaction qu'un cri... Encore une seconde et elle aurait été piétinée, écrasée par les roues ferrées qui grondaient dans ses oreilles avec un bruit d'apocalypse quand elle se sentit saisie par des mains sans douceur, aplatie dans le renfoncement d'une porte et à demi étouffée par un corps fleurant le tabac qui se pressait contre le sien...

La voiture passa en trombe, si proche du couple qu'on en sentit le vent. A peine fut-elle passée que le sauveur d'Hortense la saisissait par la main et l'entraînait au pas de course, jusqu'à l'escalier latéral de Saint-Sulpice qu'il lui fit monter. Ce fut seulement quand ils furent à l'abri de l'église, qu'il demanda :

– Vous n'avez rien?

Elle fit signe que non, fermant à demi les yeux, au bord de l'évanouissement, mais les rouvrit aussitôt en constatant que cette voix lui était connue et que, d'ailleurs, elle s'écriait :

– Madame Coudert? Comment?... C'est vous?

Elle reconnut alors le colonel Duchamp, ce compagnon de voyage qui s'était si obligeamment mis à son service au moment de l'arrivée à Paris. Et elle se rappela à temps qu'il ne la connaissait, en effet, que sous une fausse identité.

– Comment vous remercier, colonel? soupira-t-elle en reprenant peu à peu son souffle. Sans vous, je crois que je ne serais plus vivante à la minute présente.

Sourcils durement froncés, il la considérait, perplexe.

– Est-ce à vous que ces gens en voulaient?

– Je ne vois que deux solutions, fit-elle en s'efforçant dc sourire. Si ce n'était à moi, c'était à vous?

– Cela m'étonnerait. Je suis ici en séjour régulier, appelé par un ami qui occupe un certain rang au ministère. Et j'allais simplement revoir les jardins du Luxembourg où j'ai des souvenirs. Mais vous? Avez-vous quelques raisons de croire que l'on puisse en vouloir à votre vie? Avez-vous des ennemis?...

Le regard gris dont il scrutait le visage pâle de la jeune femme était franc, direct et inspirait confiance. Et puis, cet homme dont elle savait qu'il était un officier en demi-solde, donc un ennemi presque obligatoire du régime, n'était pas un inconnu pour elle...

– J'ai peur que oui. A présent, colonel, recevez mes chaleureux remerciements et ne vous attardez pas davantage auprès de moi. Je suis en sûreté dans cette église où je vais prier un instant. Quant à vous, je ne voudrais pas vous priver de cette promenade dont vous vous promettiez du plaisir...

– Le Luxembourg ne s'envolera pas, madame Coudert. Quant à vous, il faudra bien que vous en sortiez, de cette église. Aussi, vous allez me permettre de vous ramener chez vous. On peut vous guetter encore... puisque le coup a manqué.

– Ceux qui l'ont monté peuvent supposer qu'il a réussi puisqu'ils ne sont pas revenus voir ce qu'il en était...

– Ils peuvent être embusqués près d'ici, tout disposés à recommencer. Restez ici à prier un instant, si vous le voulez. Cela vous remettra. Pendant ce temps, je vais chercher une voiture...

– Ce n'est pas la peine, croyez-moi. Je peux très bien rentrer à pied. Et si vous voulez bien m'offrir votre bras.

– Rentrer à pied? A la Chaussée d'Antin?

Elle se souvint qu'en effet c'était lui qui avait, dans la cour des Messageries, donné l'adresse au cocher de son cabriolet.

– Je n'habite pas Chaussée d'Antin. Je ne l'habite plus tout au moins. Je loge rue de Babylone chez une amie, la comtesse Morosini. Vous voulez bien m'attendre un moment?

Il s'écarta discrètement tandis qu'elle gagnait la chapelle de la Vierge et allait s'agenouiller au pied de la superbe statue de Pigalle représentant la Madone et l'Enfant. Là, elle s'abîma un instant dans sa prière, implorant le ciel de calmer les battements désordonnés de son cœur, de chasser cette peur qui s'insinuait en elle, livide, glacée et menaçait de la paralyser. Elle bénissait à présent Mme Vernet de lui avoir ménagé la sortie que l'on sait car il ne faisait plus aucun doute pour Hortense qu'elle était suivie et menacée. Tout au moins tant qu'elle resterait à Paris.

Elle écourta néanmoins sa prière pour ne pas abuser de la patience de son compagnon et le rejoignit.

– Vous voulez vraiment rentrer à pied? demanda-t-il.

– Oui, vraiment. La marche me fera du bien...

Au bras du colonel, Hortense descendit le grand escalier de façade. Un peu de soleil avait fini par percer les grisailles du ciel et arrachait des étincelles joyeuses à la fontaine de la place où des pigeons se promenaient à pas lents. Le décor était si paisible qu'il acheva de réconforter la jeune femme, déjà un peu remise par sa prière. Et puis, le bras qui la soutenait semblait solide. Personne, sûrement, ne s'attaquerait à elle tant qu'elle serait aux côtés d'un tel défenseur.

Tous deux cheminèrent un moment en silence. Duchamp, visiblement, réfléchissait et Hortense n'osait pas troubler sa méditation. Pourtant, elle savait que la plus simple reconnaissance lui faisait un devoir de lever pour lui le masque, bien fragile, qu'elle avait porté tout au long du voyage. Elle le souhaitait même car, en cet homme énergique, elle devinait un esprit intelligent, capable de lui donner de bons conseils. Et Dieu savait si elle en avait besoin!... Mais comment engager de nouveau la conversation? Après tout, peut-être le colonel n'avait-il pas envie d'en savoir davantage?

Elle se trompait car, au bout d'un moment, il dit, sans la regarder :

– Ne me répondez pas si cela vous déplaît, madame... mais je ne crois pas que vous vous appeliez réellement Mme Coudert, ni que vous soyez provinciale.

– Je suis la comtesse de Lauzargues et quand vous m'avez rencontrée, je fuyais le château de mon beau-père qui est aussi mon oncle. De là le pseudonyme que j'ai pris. En outre, je suis née à Paris. Je m'appelais Hortense Granier de Berny.

– Vous êtes la fille du banquier assassiné?

Elle le regarda, sincèrement surprise.

– Pourquoi dites-vous assassiné alors que tout un chacun croit qu'il s'est donné la mort après avoir tué ma mère?

– Tout un chacun? Allons donc! Dites la Cour et tout ceux que cela arrange de croire cette sinistre fable. Votre père était trop riche et, surtout, on lui reprochait d'avoir trop bien servi l'Empereur. Il ne lui est rien arrivé sous Louis XVIII qui était un homme intelligent et qui savait où étaient les intérêts du royaume. Mais la mort du Roi a lâché la bride à tous les appétits rentrés. Charles X est un tel imbécile qu'on peut lui faire avaler n'importe quelle couleuvre pourvu qu'elle soit présentée avec toutes les formes de l'étiquette de Versailles!... Quant à vous, que vous soyez en danger à présent, ne m'étonne plus guère.

– Vous n'imaginez pas le bien que vous me faites en pensant ainsi. Déjà, au jour de l'enterrement de mes parents, quelqu'un était venu crier la vérité...

– Je sais! Ce jeune fou de Gianfranco Orsini dont on ne sait plus rien à présent... et qui doit pourrir dans quelque prison bien cachée.

– Vous le connaissiez?

– Un peu. Voyez-vous, tous ceux qui veulent en finir avec ce régime étouffant sont frères et se reconnaissent pour tels. Avez-vous, au moins, un asile sûr? Cette amie qui vous héberge...

– ... est la propre sœur de Gianfranco Orsini. Elle aussi cherche désespérément sa trace...

Un éclair de joie illumina le visage ordinairement sévère de Duchamp, lui rendant une jeunesse que les épreuves subies depuis la chute de l'Empire avaient fait disparaître.

– Nous allons chez elle, alors?

– Mais oui...!

– Alors, allons-y vite!

Le récit du danger couru par son amie arracha des cris d'indignation à Felicia. Puis une décision à laquelle Duchamp applaudit.

– Quand vous aurez à sortir, décréta-t-elle, Timour vous accompagnera, ou encore Gaetano avec la voiture. Mais le mieux serait encore que vous n'ayez plus à sortir seule.

Cela dit, elle remercia le colonel de son aide miraculeuse puis, ayant appris qu'il avait connu son frère, l'invita à dîner sans plus de façons. Mais il déclina l'invitation :

– Je suis venu à Paris sous l'égide d'un ancien camarade qui a su conserver sa place à la Police et qui est des nôtres secrètement mais j'y suis venu dans un but bien précis. Ma promenade au Luxembourg n'était qu'un passe-temps agréable en attendant l'heure d'un rendez-vous. Je ne vous en remercie pas moins, comtesse...

– Une autre fois, peut-être?

– Ce sera avec plaisir... Mme... Coudert sait où me trouver...

– Comptez-vous rester longtemps à Paris?

– Assez longtemps, j'espère pour y voir changer les choses. A moins que l'on ne m'arrête.

– En ce cas, prenez bien garde à vous! dit Hortense en lui tendant une main qu'il baisa avec élégance, sans doute, mais aussi une sorte de dévotion.

– Cet homme-là est amoureux de vous, Hortense, affirma Felicia dès que Duchamp eut disparu escorté jusqu'à la porte de la rue par Timour.

– Ce serait une maladie bien soudaine. Je ne vois pas quand il en aurait pris le temps...

– Je sais ce que je dis. En tout cas, c'est une bonne recrue. Cet homme-là est des nôtres ou je ne suis plus une Orsini...

– Vous pensez que c'est un...

– Un carbonaro? Sans aucun doute! Et je vous dirais même mieux, il est sûrement venu à Paris appelé par sa « vente » en vue d'une mission... D'ailleurs, nous allons nous en assurer.

Felicia achevait à peine de parler qu'elle s'était déjà installée à son secrétaire et couvrait une grande page de son écriture nerveuse...

Déjà au couvent, Felicia avait toujours eu une extrême facilité pour écrire. Les devoirs qu'elle rendait étaient abondants, prolixes même, et rédigés dans un style imagé qui faisait la joie des connaisseurs mais déchaînait parfois l'hilarité des ignares. Hilarité qui se devait de demeurer feutrée car on craignait les rebuffades de la jeune princesse Orsini autant que son orgueil de caste. Il semblait qu'elle n'eût rien perdu de ce talent car, en un rien de temps, la page fut remplie, séchée, cachetée. Et Timour, appelé par une sonnette impatiente, était aux ordres :

– Ce mot à qui tu sais, où tu sais! ordonna Felicia. Puis, comme le serviteur s'éloignait, elle s'excusa auprès de son amie des termes sibyllins de son commandement.

– Je n'ai pas encore le droit de vous mettre au fait de certains secrets, lui dit-elle, mais je demande justement dans cette lettre l'autorisation de vous instruire étant donné la situation particulière et... dangereuse qui est la vôtre. Or, c'est aujourd'hui le premier jeudi du mois...

– Ah! fit Hortense qui ne voyait pas ce que tout cela pouvait signifier mais ne cherchait pas à l'éclaircir.

Felicia se mit à rire.

– Cela ne vous dit rien, n'est-ce pas?

– Rien du tout, en effet.

– C'est très simple pourtant : le jeudi est la veille du vendredi et certaine « vente » dont je suis proche se réunit toujours le premier vendredi du mois...

Il était assez tard quand Timour revint, porteur d'un petit billet dont le contenu sembla satisfaire tout à fait la comtesse Morosini, car elle souriait en le dépliant dans la cheminée.

– Demain soir, si vous le désirez, vous êtes autorisée à m'accompagner chez des amis. Viendrez-vous?

– Vous savez bien, Felicia, que j'irais avec vous jusqu'en enfer si cela pouvait m'aider à mettre ordre à mes affaires et surtout à venger les miens...

– Pour demain, vous n'irez pas plus loin que le Palais-Royal. Nous prendrons cependant certaines précautions puisque apparemment on vous surveille...

– Mais enfin qui peut me surveiller ou me faire surveiller. Personne ne sait que je suis ici!

– Sauf ce cher San Severo. Avez-vous pu voir quelque détail de la voiture qui vous attaquait?

– Tout ce que je peux vous dire, c'est qu'il s'agissait d'une voiture noire attelée de deux chevaux. Je n'ai rien vu d'autre : le colonel Duchamp m'avait aplati le nez contre une porte. Vous ne pensez tout de même pas que la Police...

– La Police vous arrêterait sous un prétexte quelconque, fumeux très certainement, mais ne vous tuerait pas. On vous enfermerait jusqu'à ce que l'on juge que vous avez cessé d'être gênante. Je croirais plutôt...

Elle arrêta sa phrase, réfléchit un moment, puis reprit :

– Au fond qui gênez-vous le plus?

– Le marquis de Lauzargues, bien sûr, puisqu'il voulait ma mort...

– Je ne crois pas qu'il vous aurait tuée. Il a sans doute voulu vous faire très peur pour vous amener à composition. Il vous aime...

– Vous appelez ça aimer? s'écria Hortense révoltée.

– Tout au moins il vous désire comme il désirait sa

sœur. Et vous êtes à présent sa seule chance de jamais assouvir ce désir ancien... D'ailleurs, il faudrait qu'il vous sache à Paris et même s'il entretient des relations avec San Severo, la peste n'a pas encore atteint à ce degré de rapidité. Je crois, moi, qu'il y a ici quelqu'un que vous gênez bien davantage... et surtout plus immédiatement.

– Vous voulez dire : le prince?

– Eh oui, le prince à qui vous n'avez pas craint de laisser entendre que vous souhaitiez récupérer votre hôtel, le prince qui n'a aucune envie de vous voir réclamer auprès de ces messieurs de la banque tout ce que l'on vous a... dirais-je, volé? A commencer par le château familial.

– Et vous croyez qu'il pourrait aller jusqu'à tenter de me tuer?

– Je me demande même s'il n'en a pas eu l'idée dès le premier soir. Souvenez-vous de la voiture qui vous attendait. C'était une voiture noire, sans armoirie, attelée de deux chevaux. Souvenez-vous que je me suis étonnée de ne pas voir sur le siège son cocher habituel, Luigi. Le prince nous a donné des explications plutôt vagues.

– Mais enfin, Felicia, c'est de la folie! Qu'aurait-il pu faire? Je lui avais demandé de me faire conduire auprès de Mère Barat, chez les Dames de la rue de Varenne.

– Vous n'y seriez probablement jamais arrivée. Réfléchissez, voyons! Personne ne savait votre arrivée à Paris hormis San Severo. .

– Et le vieux Mauger, l'ancien cocher de ma mère, qui est...

– ... portier rue de la Chaussée d'Antin! Autant dire personne. Si San Severo voulait vous faire disparaître, c'était l'occasion rêvée. Une fois dans la voiture bien fermée, on pouvait vous emmener n'importe où. De préférence dans la Seine avec une pierre au cou. L'homme qui devait vous conduire avait la taille d'un ours adulte. Vous n'auriez pas pesé lourd...

Accablée sous l'impitoyable logique de son amie, Hortense se laissa tomber sur une chaise et se mit à pleurer. N'y avait-il donc au monde que des gens avides qui en voulaient à sa vie pour mieux s'approprier sa fortune? Elle se sentait lasse à mourir et regrettait amèrement à présent d'avoir obéi à Jean, d'avoir fui l'Auvergne. Elle n'aurait jamais dû aller plus loin que Chaudes-Aigues. Elle aurait dû insister pour qu'on lui trouve un asile sûr, bien caché... un couvent peut-être dont les portes eussent arrêté la malfaisance du marquis. Or, elle n'était venue à Paris que pour y constater qu'elle n'était plus rien sinon un pion gênant sur un échiquier où les rapaces évoluaient presque à visage découvert, à serres ouvertes...

Agenouillée devant elle, Felicia écarta doucement les mains qu'elle tenait appliquées sur son visage, découvrant des yeux déjà rougis, des joues vernies de larmes.

– Je n'ai pas changé, Hortense, dit-elle gentiment. J'ai toujours gardé la mauvaise habitude de dire les choses trop brutalement. Il ne faut pas m'en vouloir...

– Je ne vous en veux pas, Felicia. C'est à moi que j'en veux d'être venue follement me jeter dans ce piège... et vous y jeter vous aussi par la même occasion. Je crois que... je ferais mieux de retourner en Auvergne...

– Pour y retrouver votre délicieux beau-père? Êtes-vous folle?

– Non. Pour y retrouver au moins Jean. Je suis sûre qu'il pourrait me cacher quelque part...

– Vous dites des pauvretés. S'il l'avait pu, il l'aurait sans doute fait sans attendre que vous le lui demandiez. Il est probable qu'entre lui et le marquis la guerre est déclarée à cette heure. Il n'a sûrement pas besoin de vous. En outre, je vous rappelle qu'il n'y a pas cinq minutes vous vous déclariez prête à me suivre jusqu'en enfer pour venger vos parents. Où sont vos belles résolutions?

Il y eut un silence. Puis, avec un soupir, Hortense se releva, essuya son visage et rejeta les mèches de cheveux qui retombaient devant ses yeux.

– Vous avez raison, dit-elle enfin avec un sourire encore tremblant, je dis des pauvretés...

Il était déjà tard et la nuit était tombée quand Felicia pria Hortense de venir dans sa chambre pour lui faire endosser des habits d'homme. Depuis vingt bonnes minutes déjà, Livia, enveloppée d'un manteau de soirée et empanachée, était partie avec Gaetano et la voiture pour laisser croire aux observateurs éventuels que sa maîtresse se rendait à une soirée.

Le déguisement amusa Hortense. Elle et Felicia étaient de même taille et celle-ci possédait plusieurs jeux d'habits masculins.

– C'est très commode quand on veut passer inaperçue... ou quand on veut se faire remarquer comme la baronne Dudevant qui d'ailleurs vient de décider de prendre un pseudonyme : elle se fait appeler George... Sand, je crois bien. Tout dépend de l'endroit où l'on se rend : dans un salon, nous ferions sensation mais dans un café, à cette heure-ci, c'est habillées comme d'habitude qu'on nous remarquerait...

Une chemise blanche à jabot, une redingote prune cintrée et quelque peu juponnante, un pantalon gris firent d'Hortense un personnage hybride et charmant. La difficulté se présenta avec les chaussures mais la jeune femme possédait des escarpins plats qui s'accommodèrent assez bien du pantalon à sous-pieds. Quand Felicia eut tressé ses cheveux, les eut ramenés au-dessus de la tête et eut placé dessus un haut-de-forme gris en laissant dépasser tout autour quelques mèches, Hortense ressembla à un très jeune homme qui d'ailleurs ne manquait pas d'allure. Une badine à tenir sous le bras compléta la transformation.

Felicia, pour sa part, avait choisi un costume vert bouteille et un pantalon noir et Hortense s'amusa beaucoup en la voyant coller autour de ses maxillaires un mince collier de barbe postiche qui en faisait un fort beau garçon, suffisamment viril pour être crédible.

Ainsi équipées, les deux amies quittèrent l'hôtel aussi discrètement que possible. Envoyé en éclaireur, Timour avait rapporté qu'aucune présence suspecte, aucune voiture inquiétante ne se trouvaient aux alentours. Elles partirent à pied, au pas de promenade, et gagnèrent le boulevard des Invalides où elles étaient certaines de trouver des fiacres. Elles en trouvèrent un presque aussitôt, en effet, et quelques instants plus tard elles roulaient en direction du Palais-Royal.

Le cœur battait un peu à Hortense à l'idée de se rendre dans ce lieu dont la réputation n'était pas des plus pures. Une vague anxiété se mêlait en elle à une curiosité bien de son âge. Elle le dit à Felicia qui éclata de rire :

– Pour... un Parisien, je vous trouve bien provincial, mon cher! Il est vrai que vous êtes si jeune! Mais on ne peut se vanter de connaître notre capitale si l'on n'a pas visité au moins une fois le Palais-Royal. C'est très... pittoresque, vous verrez...

Depuis l'année précédente, le fameux palais-centre commercial, était débarrassé des galeries de bois qui enlaidissaient la belle architecture de Victor Louis et cachaient en partie les jardins. De même, on avait fait disparaître les enseignes et autres verrues qui déparaient les harmonieuses façades.

Même élevée dans un couvent, une Parisienne se devait d'avoir au moins entendu parler du Palais-Royal, à mots couverts, bien sûr, car on disait que c'était un mauvais lieu où une femme honnête ne saurait mettre le pied sinon dans la journée et à des endroits bien précis : ceux où il lui était possible de faire son marché. Ainsi, dès les premières lueurs du jour, bourgeoises et cuisinières de grandes maisons se retrouvaient chez les grands marchands de comestibles : Hyrment, spécialisé dans les charcuteries fines, les truffes, les homards, les liqueurs et les vinaigres, Chevet, le maître du gibier à poil, à plume et aussi des produits de la mer, enfin Corcellet, le plus beau magasin des célèbres galeries où l'on trouvait de tout à foison mais surtout des pâtés de foies gras de Strasbourg ou de Toulouse, de veau de rivière de Rouen, de mauviettes de Pithiviers, de perdrix de Périgueux et aussi des langues de Troyes, des mortadelles d'Italie, des saucissons d'Arles, du bœuf fumé de Hambourg, des nonettes de Reims, des pruneaux d'Agen, des pâtes d'abricot de Clermont, des cotignacs d'Orléans... en fait presque toutes les spécialités gourmandes de France et d'Europe. D'autres magasins encore créaient dans les galeries une animation, même une grande affluence : couturières, modistes, tailleurs, chapeliers, marchandes de dentelles, de gants ou de corsets, bijoutiers et fleuristes attiraient en foule jolies femmes, femmes de toutes sortes et hommes de toutes catégories.

Cela, c'était le Palais-Royal du grand jour. Celui dans lequel Felicia introduisit son amie était presque aussi animé mais combien différemment : c'était l'heure des restaurants élégants, et aussi des salles de jeu, des tripots, des cafés et des filles publiques. Les maisons de plaisir étaient assez nombreuses dans les étages qui surmontaient les boutiques pour que leurs pensionnaires fussent trop visibles. Certaines se contentaient de robe décolletées à outrance, d'autres portaient des tuniques de voile qui ne laissaient rien ignorer de leurs charmes.

Dans les galeries, le public était surtout composé d'hommes et, si l'on apercevait des femmes, c'était à travers les vitres des restaurants, les plus célèbres de Paris : le Véfour, Very ou les Frères Provençaux qui brillaient de mille feux et illuminaient les arcades...

Felicia se dirigeait au milieu de cette foule avec l'assurance d'une habituée. Son but était le café Lemblin, fondé par un ancien garçon du café de la Rotonde, qui était le rendez-vous déclaré des bonapartistes. Ce café-là, comme le Palais-Royal lui-même, avait une double vie. De jour, une élite de gourmands venait y déguster son chocolat de Bayonne, son thé de Chine et son café des Antilles accompagnés de pâtisseries. On y rencontrait Chappe, Dupont de l'Eure et Brillat-Savarin, mais la nuit venue, ceux qui poussaient la porte vitrée étaient le plus souvent d'anciens généraux de Napoléon, des officiers en demi-solde et toutes sortes de nostalgiques de l'Empire défunt. Plus de thé, plus de chocolat! Le café, y subissant une solide adjonction d'eau-de-vie, y devenait une vigoureuse boisson d'hommes nommée superbement « gloria ».

Suivie par son amie, Felicia pénétra avec décision dans le café, évalua du regard ceux qui s'y trouvaient puis, après un signe de tête au patron qui saluait du fond de son comptoir, traversa la salle aux boiseries claires déjà noircies par la fumée des pipes ou des cigares, et gagna l'arrière-salle. Là une dizaine d'hommes étaient réunis autour d'une longue table.

L'odeur de café et d'alcool y était plus forte que dans la première pièce. Derrière la buée odorante qui montait des verres épais, Hortense vit un éventail de visages jeunes ou plus âgés mais tous marqués de ces plis que tracent, sur une figure d'homme, l'énergie ou le désenchantement. Des regards gris, bleus, noirs ou bruns se fixèrent sur les deux faux garçons tandis que tous, d'un même mouvement, se levaient, habitués apparemment au travesti de Felicia. Celui qui paraissait le chef et qui siégeait au centre, vint vers elle. C'était un homme d'environ trente-cinq ans, au visage maigre et volontaire. Il se nommait Buchez et c'était l'un des maîtres du mouvement carbonaro, qu'il avait d'ailleurs introduit en France.

– C'est l'amie dont vous me parlez dans votre lettre, princesse? demanda-t-il après avoir salué brièvement.

– Oui. La fille du banquier Granier de Berny dont mon frère était sûr qu'il a été assassiné. Elle court, je crois, de graves dangers...

On s'écarta pour leur faire place à la grande table et on

leur offrit une tasse de café qu'elles demandèrent instamment dépourvu d'alcool. Puis Felicia entama le récit des mésaventures parisiennes de son amie, ne mentionnant ses déboires auvergnats que juste ce qu'il fallait pour la compréhension du récit.

Quand elle eut fini, Buchez quitta sa place et se mit à marcher de long en large, l'œil visiblement soucieux.

– Ce qui est arrivé cet après-midi, fit-il après un moment de silence, prouve une chose désagréable : votre maison est surveillée, princesse...

– Pas par la police, en tout cas, coupa un homme déjà âgé dont la haute stature portait une tête assez belle, sommée d'une forêt de cheveux gris mais dont les petits yeux, enfoncés sous d'épais sourcils, trahissaient une certaine dose de ruse. Je le saurais...

– Je ne songeais pas à la police non plus, cousin Vidocq. Depuis longtemps nous soupçonnions ce prince San Severo de malversations mais avouez que nous ne le croyions pas capable d'aller jusqu'au crime...

– Vous pensez vraiment que c'est lui? dit Hortense.

– Cela ne fait aucun doute, ma chère! C'est une chance que le colonel Duchamp se soit trouvé là à point nommé pour vous sauver la vie. A propos, princesse, il fait réellement partie de nos « bons cousins ». C'est nous qui l'avons fait venir à Paris pour une mission particulière. Vous pouvez avoir toute confiance en lui : c'est un homme d'une rare énergie et d'une droiture absolue...

– Malheureusement, dit Felicia, il ne peut se charger de la protection de mon amie puisqu'il est déjà investi d'une mission et ce qui s'est passé aujourd'hui peut se reproduire...

– Il est bien certain, reprit Buchez, que si madame avait pu se trouver un asile en Auvergne elle y eût été plus en sûreté qu'ici. Mais dans l'état actuel des choses, elle y rencontrerait aussi un isolement dangereux...

– Il est toujours possible de lui procurer un autre abri, dit Vidocq. Le village de Saint-Mandé où j'habite est parfaitement tranquille. On pourrait sûrement lui trouver un logement...

– Ce serait une autre forme d'isolement, coupa Felicia. Ma maison est solide, bien défendue par des serviteurs à toute épreuve. C'est encore là qu'elle sera le plus en sûreté...

– A condition de n'en sortir que le moins possible et

sous bonne escorte, reprit Vidocq. Son ennemi finira peut-être par se fatiguer...

– La cause est entendue : je la garde mais, je vous en conjure, essayez de l'aider dans la tâche qu'elle entreprend : laver son père de l'accusation de meurtre et de suicide et le venger... Vous êtes journaliste, Buchez, vous devez pouvoir apprendre certaines choses? Et vous, Vidocq, le fameux chef de la police de Louis XVIII, comment n'êtes-vous pas au fait de cette histoire?

– Je suis certain que le banquier et sa femme ont été tués, tout comme votre frère en était certain, protesta l'interpellé, mais le coup a été si bien monté que les traces sont difficiles à relever et les preuves plus encore. Je vous rappelle d'ailleurs qu'en décembre 1827 je n'étais plus à la tête de la Police judiciaire. Je le regrette d'ailleurs car à cette heure nous saurions où se trouve votre frère...

– On ne sait toujours rien? murmura Felicia, la voix soudain altérée.

– On sait qu'il n'est pas à Paris. Mais la France est grande. Notre cousin Dugied qui couvre la Bourgogne et la Franche-Comté a pu nous donner deux assurances : Gianfranco Orsini ne se trouve ni au château de Dijon ni au fort de Joux. Arnold Scheffer dit qu'il n'est pas non plus au château d'If, à Marseille, ni à l'île Sainte-Marguerite. A présent, c'est au tour de Rouen l'aîné, chargé de la Bretagne, de donner ses résultats. Il nous a déjà fait savoir que votre frère ne se trouvait pas au Mont-Saint-Michel mais il y a encore beaucoup d'autres prisons à explorer... et malheureusement, nous avons beaucoup à faire ici même si nous voulons en finir avec ce maudit régime...

Un homme vêtu dans la meilleure tradition des demi-soldes : redingote sombre pincée à la taille, cravate noire, pantalons à la houzarde tombant sur les bottes garnies d'éperons, la Légion d'honneur à la boutonnière et le « bolivar » planté sur la crinière, venait de faire irruption.

– Une escouade de police vient de s'arrêter devant le café, lança-t-il. Il faut filer!...

– Pas tous! protesta Buchez. Il n'a jamais été défendu de boire un gloria avec de vieux compagnons. Mais, vous Vidocq, toi Flotard et toi, Sigaud, il vaut mieux que vous disparaissiez! Vous aussi, mesdames. On va vous montrer le chemin...

Le chemin, c'était d'abord une trappe menant dans la cave. Sous la conduite de Vidocq, les quatre personnages désignés s'y engagèrent l'un après l'autre tandis que l'on faisait disparaître tasses et verres en surnombre. Les carbonari restants reprirent place à table et Buchez s'en alla même commander d'autres consommations. Juste à ce moment, les argousins, le gourdin brandi et l'œil soupçonneux, pénétraient l'un après l'autre dans le café...

Le bruit de leurs pas se répercutait dans le caveau souterrain, encombré de barriques, de sacs de thé ou de café et de tout ce dont on a besoin dans un café bien achalandé.

– La trappe n'est même pas cachée, dit Hortense. Ils vont nous découvrir sans peine...

– Aussi n'allons-nous pas rester là, fit Vidocq.

Il prit un rat-de-cave sur une étagère, l'alluma à son briquet puis, avec l'aide d'un de ses compagnons fit basculer tout le devant d'une grosse barrique dans laquelle il invita les deux femmes à le suivre. Les deux autres hommes s'y engagèrent à leur suite et le dernier referma l'étrange porte qu'un ingénieux mécanisme ouvrait et refermait à volonté.

Un système analogue ouvrait l'autre fond de la barrique et, instantanément accueillis par une bouffée de musique, les fugitifs se trouvèrent dans l'endroit le plus étrange du monde.

C'était une sorte de longue cave, décorée de façon criarde, mais séparée, par des cloisons de bois peintes de fleurs et de nymphes vaporeuses, en une vingtaine de boxes dans lesquels s'ébattait une compagnie fort mélangée. Des hommes de mauvaise mine et des filles, d'autres hommes et de jeunes garçons y buvaient ou s'y livraient à des plaisirs moins innocents. Au bout de la longue travée centrale un orchestre de quatre musiciens faisait rage.

La barrique débouchait sur l'un de ces boxes, celui du fond, qui était aussi le plus obscur mais quand on voulut la diriger vers la sortie, Hortense eut un mouvement de recul.

– C'est insensé, dit-elle. On va nous voir...

– Il n'y a aucun danger, chuchota Vidocq. C'est ici le Café des Aveugles et les quatre musiciens que vous voyez là-bas sont d'anciens pensionnaires des Quinze-Vingts qui ont appris la musique. Sous la Révolution, c'était le lieu de rendez-vous favori des sans-culottes. Au-dessus de la porte, il y avait une inscription qui disait : « Ici on s'honore du titre de citoyen, on se tutoie et on fume »... On ne s'appelle plus citoyen, on ne se tutoie plus... enfin pas obligatoirement, mais on y fume toujours. On y fait aussi pas mal d'autres choses que la morale réprouve. Aussi, je vous conseille vivement de ne pas regarder ce qui se passe dans les compartiments devant lesquels nous allons passer. Cela risquerait d'offenser vos yeux mais je peux vous garantir que personne ne fera attention à nous...

Accrochée au bras de Felicia que rien apparemment n'effrayait, Hortense se laissa conduire au long de la galerie. Des rires gras, des chants, des plaisanteries affreuses s'élevaient de l'ignoble ruche. Persuadée d'être au fond de l'enfer, la jeune femme s'efforçait de ne rien voir, et d'entendre le moins possible... Enfin, on fut près de l'orchestre dont le vacarme était presque insoutenable. Vidocq mit une pièce dans la main du tenancier qui, lui, voyait très clair mais se contenta d'une grimace de connivence. Puis on s'engagea dans un escalier raide et gras qui débouchait au fond d'une courette obscure prolongeant l'entrée d'une maison où se faisait entendre un vrai tintamarre de bacchanale...

– Allez devant! conseilla Vidocq aux deux femmes, après s'être assuré qu'aucun policier ne patrouillait devant la porte. Il vaut mieux se séparer ici. Rentrez vite chez vous et prenez bien garde... On vous fera savoir des nouvelles dès qu'on en aura!

Quelques secondes plus tard, Felicia et Hortense se retrouvaient mêlées à la foule des galeries. La porte qui leur avait livré passage jouxtait le superbe magasin de Corcellet et personne parmi les badauds qui contemplaient, derrière les grilles, l'étalage de l'épicier, ne fit attention à elles.

Sur la place du Palais-Royal, elles trouvèrent sans peine un fiacre qui les ramena rue de Babylone...

CHAPITRE IV

UNE INVITATION OU UN ORDRE?...

Les jours qui suivirent firent à Hortense l'effet d'une halte après un long voyage fatigant. Le temps de ce mois de mai était beau et déjà chaud. Dans le jardin de Felicia les roses promettaient d'être nombreuses autant que précoces, les glycines et les seringas croulaient sous les fleurs et grâce à ce petit havre de paix, Hortense n'éprouvait aucune peine à rester au logis. D'ailleurs, autour d'elle, Paris commençait à revêtir son visage d'été...

C'était le moment où, dans la Société, on prenait les dispositions nécessaires pour fermer les hôtels et gagner les châteaux ou encore les villes d'eaux. Certains n'avaient pas encore décidé ce qu'ils feraient à la belle saison, hésitant entre Vichy ou Aix-les-Bains, un séjour aux bains de mer que la duchesse de Berry venait de mettre à la mode, ou une retraite moins onéreuse dans quelque vieille demeure campagnarde pour y refaire un peu les finances ébréchées par les fêtes de l'hiver. Quoi qu'il en soit, la vie mondaine cessait progressivement et, aux réceptions hebdomadaires de la comtesse Morosini ne venaient plus que de rares habitués. Car il y avait aussi la catégorie de ceux qui, n'ayant pas les moyens d'aller aux eaux et ne possédant pas de château, s'enfermaient chez eux tous volets clos pour laisser croire qu'ils étaient absents.

La Cour, elle aussi, avait plié bagage. Le Roi était à Saint-Cloud pour y méditer sans doute sur l'effet désastreux produit, chez les Français, par la nomination du ministère super-ultra du prince de Polignac, plus royaliste que le Roi lui-même, et en contradiction formelle avec la

Chambre dont, depuis les dernières élections, la majorité des députés appartenaient à l'opposition libérale. Les méditations ne devaient pas être très profondes parce que l'esprit de Sa Majesté ne lui permettait pas de tels excès et qu'en tout état de cause, si la nation presque entière abhorrait ses ministres, lui les trouvait tout à fait à sa convenance. Dans le joli palais d'été jadis construit par Monsieur, frère de Louis XIV, et dont Napoléon Ier avait fait un séjour des plus agréables, Charles X rêvait au plaisir qu'il allait goûter à se comporter en monarque absolu.

A Paris, dans les faubourgs, les quartiers modestes et même dans certains beaux quartiers, l'atmosphère s'échauffait doucement comme une marmite d'eau qui s'en va paisiblement vers l'ébullition mais ce n'était pas encore perceptible à l'œil nu... Le duc Louis-Philippe d'Orléans qui attendait son heure en comptant paisiblement les gaffes royales était à Neuilly au milieu de ses jardins et de sa nombreuse famille. Mais tout ce beau monde reviendrait vers la fin du mois pour recevoir le roi et la reine de Naples dont on attendait la visite.

Dans les cafés, on commentait, en bien ou en mal, la prochaine expédition française en Algérie où il s'agissait de venger l'honneur d'un ministre plénipotentiaire, souffleté à coup de chasse-mouches par le dey d'Alger. Quant aux rares salons encore ouverts comme celui de la duchesse de Maillé ou de la marquise de Montcalm, on commençait à y envisager des moyens possibles pour un renversement du ministère, alors que chez le vieux prince de Talleyrand et sa beaucoup plus jeune nièce et néanmoins maîtresse, la duchesse de Dino, on complotait la mise à la retraite de la branche aînée des Bourbons au profit de leurs cousins d'Orléans... Mais tout cela se disait doucement, petit bruit plus léger qu'un vent du soir, chuchotements rythmés par le jeu nonchalant des éventails et les accords des dernières contredanses.

Enfin, rue de Babylone, on n'avait eu aucune nouvelle de Buchez et de ses amis. Si l'on avait appris l'arrestation de quelques carbonari par le préfet de Police Mangin, qui leur avait voué une haine farouche et leur faisait une chasse acharnée, du moins rien ne laissait supposer que les compagnons de Felicia eussent été inquiétés. C'eût été une grosse prise que les journaux eussent proclamée avec force commentaires.

La vie des deux jeunes femmes s'écoulait donc paisible et douce, partagée entre la tapisserie, la lecture, la musique et quelques visites. Parmi elles, le peintre Delacroix qui prenait doucement l'habitude de s'arrêter un moment, pour une tasse de thé ou de café, sur le banc du jardin. Il était toujours très satisfait de sa collaboration avec Timour, encore que le Turc lui posât parfois certains problèmes : ainsi le jour où, devant poser pour un portrait équestre, le Turc avait refusé farouchement d'enfourcher le cheval d'atelier, réclamant un vrai pur-sang...

Les visites de Delacroix étaient un plaisir pour Hortense. Très cultivé, le jeune peintre était aussi introduit – c'était là l'œuvre discrète de Talleyrand – dans les meilleures maisons de Paris et de Londres où il avait fait un séjour et comptait nombre d'amis. Il savait parler avec esprit d'une foule de choses mais, quand il parlait d'art, c'était un feu d'artifice qui plongeait les deux femmes dans le ravissement.

Immanquablement, ses visites se terminaient toutes de la même façon. En s'inclinant sur la main de la comtesse Morosini, il demandait :

– Quand me ferez-vous la grâce de poser pour moi, comtesse? Votre visage est tellement celui dont je rêve pour une Liberté...

– Le temps n'est pas encore à la liberté, mon ami, répondait Felicia. Peut-être, lorsque je la verrai, consentirai-je à la représenter... en toute humilité d'ailleurs!

Enfin, chaque dimanche, dans la voiture de Felicia, Hortense et son amie se rendaient à la messe aux Missions étrangères. N'ayant reçu aucune nouvelle d'Auvergne, Mme de Lauzargues trouvait une douceur à se sentir plus proche de Dieu qui seul pouvait accueillir sa nostalgie et l'adoucir. Mais presque chaque fois, elle avait cru apercevoir la voiture noire dont elle avait gardé si grande peur et, de ce fait, elle avait même renoncé, comme elle en avait eu pourtant la ferme intention, à se rendre chez les Dames du Sacré-Cœur. D'ailleurs, au billet qu'elle avait envoyé, demandant la permission d'une visite, il lui avait été répondu que la Mère Générale était malade et ne recevait pas...

– Cela ne lui ressemble pas, commenta Felicia. Quand il s'agit de réconforter une âme en peine, la Mère Madeleine-Sophie reviendrait des portes mêmes de la mort. J'en viens à me demander si elle a seulement reçu votre lettre...

– Vous pensez que l'on crée autour d'elle une sorte de barrage, qu'elle aurait été prévenue contre moi?

– Ma chère, je ne pense rien du tout! Mais souvenez-vous que Madame la Dauphine a toute-puissance chez ces Dames et que votre crédit à la Cour doit être fortement négatif. Ne songez pas à sortir encore, Hortense, même pour une visite dans un si proche voisinage. Peut-être éprouveriez-vous des déceptions dont vous n'avez nul besoin.

Pour meubler son temps et ne pas trop laisser s'installer la mélancolie, Hortense lisait beaucoup. Il y avait alors floraison de Mémoires de toutes sortes. Tous ceux qui avaient, de près ou de loin, touché ou participé à la Révolution ou à l'Empire jugeaient indispensable de faire connaître au monde leur point de vue. Les Mémoires apocryphes connaissaient aussi un grand succès. Ainsi de ceux de Mme Du Barry que, bien entendu, la favorite de Louis XV n'avait jamais trouvé le temps d'écrire avant de finir tragiquement et encore dans la fleur de l'âge sur l'échafaud. Cette littérature était plus ou moins réussie et faisait hennir de mépris M. de Chateaubriand dont tout un chacun savait qu'il avait entrepris d'écrire ses propres Mémoires mais dont seuls quelques rares privilégiés pouvaient entendre, en lecture directe, des extraits dans le salon de Mme Récamier à l'Abbaye-aux-Bois.

Assise au jardin, entre deux massifs de pivoines, roses à ravir un porcelainier chinois, Hortense lisait les *Mémoires d'une contemporaine* et prenait un certain plaisir aux aventures de cette demi-Hollandaise, maîtresse du général Moreau, qui, après avoir subi quelques fours retentissants à la Comédie-Française, était tombée amoureuse du maréchal Ney au point de s'engager dans la Grande Armée sous un déguisement afin de le suivre au cœur des batailles. Le temps était délicieux avec une toute légère brise qui venait jouer dans la mousseline blanche dont s'enveloppait la tête de la jeune femme, apportant du jardin voisin – et de la caserne des Suisses non moins voisine les senteurs de chèvrefeuille et une vague odeur de crottin de cheval. Hortense aurait pu se croire revenue dans le joli jardin de Mlle de Combert, au temps de ses étranges fiançailles, mais aussi au temps où Jean respirait à deux lieues d'elle seulement...

Par instants, elle abandonnait sa lecture pour sourire à cet instant de paix et au doux souvenir de son amour. C'était une de ces minutes où le courage était au plus haut, où tout paraissait possible, où l'espérance rejoignait la jeunesse. Autour d'elle, Paris n'était que silence...

Il faut peu de chose pour détruire un moment d'exception. Cette fois, ce fut l'arrivée de Felicia portant sur son visage mobile tous les stigmates de l'inquiétude. Entre ses mains, un pli de grandes dimensions cacheté d'un sceau dont la taille proclamait qu'il était officiel.

– Un messager de la Cour vient de l'apporter, s'écria-t-elle. Il vous est destiné... Si je n'avais écouté que mon impatience, je crois que je l'aurais ouvert. Mais c'eût été tout de même par trop indiscret...

– Vous avez eu bien tort, Felicia. Nous sommes embarquées ensemble dans la même galère et ce qui concerne l'une ne peut manquer de concerner l'autre. Voyons donc ce que l'on nous veut...

C'était assez long mais fort net. Le message émanait du marquis de Dreux-Brézé, maître des cérémonies de la Cour, qui après les formules d'usage faisait savoir à Mme la Comtesse de Lauzargues le bon plaisir du Roi qui était de la recevoir, aux fins de présentation, le dimanche 30 mai, à la sortie de la messe des Tuileries. Eu égard au deuil récent de ladite comtesse, le cérémonial usité en pareilles circonstances serait légèrement modifié quant à la toilette qui ne comporterait pas l'habituel décolleté. A l'endroit de la présentation aussi qui, au lieu de la Salle du Trône serait la galerie précédant la chapelle. Cet arrangement aurait pour avantage de présenter ainsi la comtesse à tous les membres de la famille royale d'un seul coup et de ne pas lui faire faire le tour des divers appartements royaux. Mais, pour le reste, on suivrait la procédure habituelle : deux marraines, Mmes d'Agoult et de Damas, viendraient prendre la présentée à son domicile dans l'une des voitures de la Cour et M. Abraham, maître à danser du Palais, aurait l'honneur de se présenter à elle quelques jours auparavant afin de lui enseigner les révérences protocolaires...

Ce morceau de littérature compliqué laissa les deux jeunes femmes éberluées et silencieuses. Felicia prit la lettre des mains d'Hortense pour la relire à son aise, sourcils froncés. Ce fut Hortense qui réagit la première :

– Moi, présentée à la Cour? Qu'est-ce que cela veut dire?

– Honnêtement, je n'en sais rien. Mais, à première vue, je n'aime pas cela!

– Alors, c'est tout simple, dit Hortense, je n'irai pas...

Lentement Felicia roula la lettre et se mit à jouer machinalement avec elle.

– C'est impossible. Je ne vois vraiment pas comment vous éviter cela.

– Je pourrais ne pas être là... être... repartie?

– Ce n'est plus possible et je dois dire que c'est de ma faute. Le messager insistait pour vous remettre cette lettre en main propre et, ignorant ce qu'elle contenait, je me suis contentée de lui dire que vous n'étiez pas visible parce que vous étiez souffrante...

– Eh bien, voilà l'excuse toute trouvée : je suis malade, incapable de me traîner... encore plus de faire une révérence. Alors, vous pensez! Trois!...

Felicia hocha la tête :

– Si l'on veut vous voir, on y arrivera. On vous enverra un médecin royal pour juger de votre état. On fera prendre de vos nouvelles par des gens qui auront tout loisir de venir jusqu'à vous. La seule solution serait, sans doute, de prendre la fuite dès ce soir. Vous, moi... et toute ma maison.

Hortense se sentit pâlir.

– Vous voulez dire qu'un refus pourrait vous mettre en danger?

– Sans aller jusque-là. Mais je suis assez mal vue aux Tuileries. Madame la Dauphine n'aime guère les Italiens qu'elle assimile tout simplement à Napoléon. Ce en quoi elle nous fait beaucoup d'honneur. En outre, souvenez-vous que mon frère est en prison.

Un silence passa sur les deux amies. Les fauvettes chantaient toujours mais elles ne les entendaient plus. De même qu'elles ne sentaient plus le parfum des fleurs.

– Que dois-je faire, Felicia? demanda Hortense au bout d'un instant. Y aller?... Je ne sais pas pourquoi mais cela me fait peur...

– Je ne crois pas que vous ayez quelque chose à craindre dans une voiture de la Cour. Pas davantage aux Tuileries. On n'y a pas grand-chose à vous reprocher, sinon d'avoir faussé compagnie à votre beau-père. Et jusqu'à présent, je n'ai jamais entendu dire que l'on eût arrêté une dame au jour de sa présentation... Mais je vais tout de même demander un conseil...

– A qui?

– A la femme la plus intelligente de Paris. A la duchesse de Dino. Nous sommes assez liées et je sais qu'elle a quitté son château de Rochecotte, sur la Loire, pour participer aux fêtes données en l'honneur du roi et de la reine de Naples. Voulez-vous venir avec moi? C'est la créature la plus fascinante que je connaisse.

– Non, merci, Felicia. Vous savez que j'aime peu me montrer et je ne serais pas très à l'aise. Ma situation est déjà tellement bizarre. Je crois que ce que je crains le plus, dans cette affaire de présentation, ce sont les regards qu'il va me falloir subir. J'ai encore en mémoire ceux qu'il m'a fallu supporter à l'enterrement de mes parents...

– Comme il vous plaira.

Laissant son amie sur le banc aux pivoines, Felicia quitta le jardin en courant. Hortense l'entendit commander sa voiture puis, par la fenêtre ouverte de sa chambre, demander une robe à sa Livia... Puis elle n'entendit plus rien. Felicia était partie.

De longues minutes, la jeune femme demeura au jardin mais sans plus songer à lire. Les *Mémoires de la contemporaine* avaient glissé de ses genoux et gisaient à présent sur l'herbe. Hortense se sentait la tête vide, avec une curieuse envie de pleurer. C'était ridicule sans doute. Une invitation aux Tuileries n'équivalait tout de même pas à une condamnation à mort mais celle-là ressemblait trop à un ordre pour qu'il fût agréable d'y répondre. En outre, pour que, chez le Roi, on sût sa présence rue de Babylone, il fallait que quelqu'un l'eût révélée. Et ce quelqu'un ne pouvant être que le prince San Severo, cette révélation fleurait un peu la dénonciation puisque, apparemment, le prince était son ennemi...

Elle eut froid tout à coup et rentra au salon où, en prévision de la fraîcheur qui tombait avec le soir, un valet était en train d'allumer le feu. Le valet, un jeune homme blond du nom de Firmin et qui rappelait un peu Pierrounet à Hortense, leva les yeux quand la jeune femme prit place auprès de la cheminée :

– Madame la Comtesse est un peu pâle, remarqua-t-il. Veut-elle que je lui apporte du thé?

– Non, merci, Firmin. J'ai seulement senti un léger froid. Le feu me réchauffera...

Il flambait joyeusement à présent et Hortense, pelotonnée dans une bergère bleue, se sentit, en effet, moins angoissée. Le feu avait toujours été son ami mais aucun ne la réchaufferait jamais autant que ces grandes flambées que l'on faisait dans la cuisine de Lauzargues. Sans doute parce que la vestale en était la vieille Godivelle, le génie familier de la maison, le bon génie que l'on avait éloigné d'elle afin de pouvoir en disposer et lui offrir le plus odieux des marchés... Où était Godivelle à cette heure? Que lui avait dit le marquis pour expliquer la fuite d'Hortense? Il avait dû inventer un mensonge bien noir, bien affreux... Restait seulement à savoir si Godivelle l'avait cru? La vieille femme avait tant de bon sens! Et Hortense avait toujours eu l'impression qu'elle l'aimait bien...

De Godivelle, Hortense passa à son fils. Il fallait qu'elle fût bien déprimée pour s'autoriser d'y penser car généralement elle s'efforçait de tenir à distance le souvenir du petit Étienne de peur d'y laisser son courage. Cette fois elle permit à la minuscule image de l'envahir, de s'emparer de son cœur et de le noyer de désespérance. Alors, elle s'abandonna et se mit à pleurer...

Les larmes coulaient encore quand Felicia revint et, à sa grande confusion, Hortense vit qu'elle n'était pas seule : une dame l'accompagnait, une dame en qui tout de suite elle devina quelqu'un d'important. C'était une femme jeune, bien qu'elle eût passé l'âge de la prime fraîcheur, mais d'une extrême beauté. Petite, faite à ravir, elle avait un visage en forme de cœur où les yeux, énormes, prenaient tant de place que l'on en oubliait de regarder les traits, jolis d'ailleurs. Avec une suprême élégance, la dame portait, sur une robe blanche dont la grande collerette de dentelles retombait sur ses épaules, un manteau de soie mordorée coupé à la dernière mode, dont l'ampleur, resserrée par une ceinture large, rendait pleine justice à une taille d'une extraordinaire minceur. Un grand chapeau de paille d'Italie, à larges bords sous la passe duquel moussaient des dentelles précieuses et que nouaient sous le menton des rubans de satin mordoré complétait, avec des gants blancs et un réticule brun, une toilette qu'Hortense, en dépit de son chagrin, apprécia, en bonne fille d'Ève, à sa juste valeur.

– Mme de Dino a tenu à venir vous voir, Hortense, commença Felicia. Mais déjà la nouvelle venue, coupant court à la révérence de la jeune femme, l'entraînait avec autorité jusqu'à un canapé où elle la fit asseoir auprès d'elle.

– Ma parole, elle pleure! s'écria-t-elle d'une voix chaude et un peu rauque d'où avait disparu depuis longtemps toute trace d'accent allemand. Mais, ma chère, on ne pleure pas parce qu'on est invitée à la Cour. On s'entraîne seulement à ne pas bâiller avec trop d'évidence. Ce n'est pas un endroit inquiétant : c'est l'endroit du monde où l'on s'ennuie le plus. Les rois ne sont impressionnants qu'autant que l'on veut bien se laisser impressionner...

– Vous parlez d'or, Madame la Duchesse, dit Felicia. Les cours royales sont pour vous le lieu du monde le plus familier...

En effet, née princesse de Courlande, mariée par le tsar Alexandre Ier et pour des raisons politiques à Edmond de Périgord, neveu et héritier de Talleyrand, Dorothée de Dino – le titre lui avait été offert par le royaume de Naples après le congrès de Vienne – avait été dame d'honneur de l'impératrice Marie-Louise mais, surtout, elle avait aidé puissamment Talleyrand, auquel l'attachait une tendresse passionnée en dépit de leur différence d'âge, quand il s'était agi d'imposer la présence de la France à ce fameux congrès dansant. Elle avait reçu pour lui au palais Kaunitz, promu ambassade de France, tout ce que l'Europe d'alors comptait de grand ou d'illustre car elle était sans doute la femme la plus européenne qui fût au monde.

Tout cela, Hortense le savait par Felicia. Elle savait aussi que l'hôtel de la rue Saint-Florentin que Mme de Dino partageait avec son oncle était le lieu géographique où se retrouvaient tous les partisans des princes d'Orléans et qu'en dépit du rang de Grand chambellan de son oncle, la duchesse était assez mal vue de la Cour. La Dauphine la considérait avec une sorte d'horreur, le Roi avec indifférence. Seule la pétulante duchesse de Berry trouvait plaisir à la rencontrer mais son avis comptait pour peu de chose.

– En outre, reprit Hortense, ma situation personnelle est de celles où l'on souhaite l'obscurité bien plus que les flambeaux. La comtesse Morosini a dû vous dire, Madame la Duchesse, que je souhaite surtout éviter de me rendre aux Tuileries.

– Cela, ma chère, c'est impossible, fit Mme de Dino catégorique. Dites-vous bien que même une maladie ne dispense pas de se rendre à un ordre royal. Car, bien sûr, le mot invitation n'est qu'un euphémisme. Il faudrait que vous soyez à la mort ou avec les deux jambes cassées pour que l'on vous permît de rester chez vous. Il faut vous exécuter. C'est mieux pour la sécurité de tous ici. Vous aurez, en vous présentant, fait acte de bonne sujette...

– Mais pourquoi veulent-ils me voir? Ne peuvent-ils me laisser tranquille?

La duchesse se mit à rire.

– Voilà un « ils » fort peu respectueux et qui sent sa rebelle d'une lieue... Allons, ma chère, remettez-vous, ajouta-t-elle plus doucement en posant sa main gantée sur celle d'Hortense. Ce n'est pas si grave. D'ailleurs, je serai là...

– Vraiment? Je croyais que...

– J'étais mal vue à la Cour? C'est un fait. Mais c'est un fait aussi que l'on reçoit le roi de Naples, mon suzerain direct pour le duché de Dino. On ne peut se dispenser de m'inviter, même si l'on n'y trouve aucun plaisir...

– C'est un peu ce que j'espérais en venant à vous, Madame la Duchesse, dit Felicia. N'ayant pas droit de cité au palais, je vous avoue que j'étais... je ne dirais pas inquiète, mais un peu soucieuse de laisser mon amie aller seule dans un endroit où l'on ne doit guère l'aimer.

– Elle n'y va pas seule puisqu'elle a deux marraines. J'avoue qu'à mon sens c'est cela le plus redoutable. Mmes d'Agoult et de Damas, qui sont de l'entourage de notre Dauphine, sont à son image : ennuyeuses et compassées. Elles ne vous diront pas trois paroles et vous aurez l'impression d'être en état d'arrestation. Mais après tout le parcours n'est pas si long...

Ayant dit, elle embrassa spontanément Hortense, lui prodigua encore quelques bonnes paroles puis disparut, laissant derrière elle une légère senteur de tubéreuse.

– J'irai donc, soupira l'invitée royale en se laissant aller contre le dossier du canapé. Mais presque aussitôt, elle se redressa épouvantée :

– Mon Dieu, Felicia, la robe!

– Quelle robe?

– La fameuse robe de cour, indispensable. Je ne

possède rien de tel... et ne suis pas assez riche pour une telle dépense.

– Très juste! C'est une chose qu'il faut considérer...

Felicia réfléchit un instant puis son visage s'éclaircit :

– Je crois que j'ai trouvé la solution. Je vais, de ce pas, demander l'argent nécessaire à San Severo. Selon toute vraisemblance, c'est lui qui est responsable de cette corvée, c'est à lui de payer...

– Il n'acceptera jamais.

– Croyez-vous? Alors je le lui gagnerai au jeu... Cela me gêne un peu de vous le dire mais je peux, pour une bonne cause, y être d'une extrême habileté. Et puis je ne serais pas fâchée de voir un peu la tête que va faire en face de moi cet assassin en puissance...

Mais, de ce discours, Hortense n'avait retenu que la première phrase.

– Felicia! Voulez-vous dire que vous allez... tricher?

La jeune comtesse lui dédia un sourire sardonique.

– C'est selon la bonne volonté que l'on mettra. Je n'aurai peut-être pas à utiliser ce petit talent... que je dois à un croupier vénitien qui avait gagné un peu trop d'argent à mon époux et que j'ai obligé, sous la menace d'un pistolet, à me révéler la méthode... Allons, je vais m'habiller! Passez une bonne soirée et dormez bien. Je rentrerai sans doute tard et n'irai pas vous réveiller.

Hortense s'élança vers son amie et la retint par un bras.

– Emmenez Timour avec vous! Je serai plus tranquille...

– Gaetano sera très suffisant. Il a lui aussi des talents que vous ne soupçonnez pas. D'ailleurs, je ne crains rien. N'oubliez pas que San Severo se dit amoureux de moi... En revanche, si j'emmenais Timour, il pourrait profiter de notre absence pour envoyer ici une quelconque expédition déguisée en cambriolage...

Son inquiétude, même manifestée sur un ton léger, était sérieuse. Hortense devait s'en apercevoir, en découvrant le lendemain matin que le Turc avait dormi sur une banquette tirée en travers de la porte de sa chambre...

Mais, au petit déjeuner qu'Hortense et son amie prenaient traditionnellement devant la fenêtre du petit salon, ouverte ce matin-là sur un joyeux soleil et un vol de pigeons blancs, Felicia arborait une mine réjouie et caressait amoureusement un portefeuille de maroquin vert rebondi à souhait qui reposait auprès de sa main droite.

– Succès complet! lança-t-elle à Hortense quand celle-ci la rejoignit. J'ai plumé le cher prince comme un simple poulet.

– Est-ce que cela veut dire que vous avez...

– Eh oui! J'ai... Le saint homme ne voulait rien savoir. Il jurait ses grands dieux qu'il n'était pour rien, n'étant pas dans le secret des dieux, dans cette invitation à vous adressée. Partant, il ne voyait pas pourquoi il serait obligé de vous offrir une robe. Alors, je n'ai pas insisté. J'ai seulement proposé de jouer. C'est une invitation à laquelle il est incapable de résister. Cette nuit, il n'a vraiment pas eu de chance...

– Combien... lui avez-vous pris?

– Vingt mille livres! répondit la jeune femme, triomphante. Il y a là plus qu'il ne nous en faut. Mais, si vous voulez bien avaler ce déjeuner rapidement, nous irons nous occuper de cette satanée robe. Nous n'avons qu'une semaine à peine...

Ce fut une semaine plus que remplie. Quelques heures après l'arrivée de la lettre royale, M. Abraham, petit vieillard sec et précieux, confit dans la poudre et le fard comme d'autres dans la dévotion, se présentait rue de Babylone pour faire pénétrer « Madame la Comtesse » dans les arcanes difficiles des trois révérences de cour.

Hortense en avait bien appris quelque chose chez les Dames du Sacré-Cœur où le maintien était une matière très prisée. Mais elle s'aperçut vite que faire une révérence avec une robe de tous les jours et la faire avec une robe à traîne étaient choses tout à fait différentes. D'autant qu'il ne s'agissait pas d'un seul plongeon mais de trois qu'il fallait exécuter à reculons et, de préférence, sans se prendre les pieds dans la traîne.

Cela donnait lieu à toutes sortes de marches et de contre-marches, de courbettes gracieuses, de pas mesurés, de ruades discrètes destinées à éloigner les traîtres plis de la queue. Se retourner n'eût guère présenté de difficultés mais, justement, il ne pouvait être question de se retourner, les personnes royales ne devant jamais voir leurs visiteurs autrement que de face. Cela compliquait singulièrement les choses car, les devoirs une fois rendus, il s'agissait en général de retraverser un immense salon à reculons sans dévier d'un pouce de la ligne prévue. Si l'on avait mal calculé l'emplacement de la porte, on se retrouvait le dos contre le mur et couverte de ridicule.

– Nous avons peu de temps, glapissait M. Abraham mais, grâce à Dieu, Madame la Comtesse est jeune et fort souple. Elle devrait se tirer à son avantage de cette petite épreuve... La révérence, bien sûr, est tout un art... Ah! si vous aviez pu voir la défunte reine Marie-Antoinette! Que de grâce, que d'élégance...

M. Abraham avait été, jadis, en effet, le maître à danser de la malheureuse souveraine et ne permettait à personne de l'ignorer. La majeure partie de ses phrases en forme de regrets s'achevait par : « Ah! si vous aviez vu... »

La robe présentait une autre sorte de problème. Le deuil en noir n'étant pas de mise à la Cour, Felicia avait fait choix, pour son amie, d'un brocart améthyste légèrement fileté d'argent dont la nuance convenait à son teint de blonde. La robe était fort belle et seyait merveilleusement à Hortense. Malheureusement, Madame la Dauphine quand elle n'était encore que duchesse d'Angoulême avait édicté pour les présentations une mode étrange, en forme d'ukase, qui détruisait le charme de n'importe quelle toilette : il fallait porter de longues barbes de dentelles accrochées à la chevelure, une ample mantille et, sur la gorge, une sorte de plastron de dentelles empesées aussi désagréable à porter que disgracieux.

Quand, au matin du dimanche 30 mai, Hortense se vit ainsi accoutrée dans la haute psyché de sa chambre, l'encombrement de sa coiffure sommé d'une paire de plumes d'autruche blanches, elle ne put s'empêcher de rire :

– Je ressemble à un cheval de corbillard, soupira-t-elle. Quand je pense que ma mère a dû, un jour, s'attifer de la sorte! Elle a dû souffrir le martyre, elle qui s'habillait toujours divinement...

– Ajoutez à cela, renchérit Felicia en tendant les longs gants blancs qui complétaient la toilette, qu'elle n'a pas dû recevoir un accueil très encourageant, assez semblable à celui réservé aux maréchales d'Empire. Quand la maréchale Ney, princesse de la Moskowa, s'est inclinée devant elle, Madame lui a lancé de sa voix de grenadier un : « Bonjour Aglaé! » sans autre commentaire qui la renvoyait à ce qu'elle était au temps de Versailles : la fille d'une femme de chambre de la Reine... Mais assez causé! J'entends la voiture...

Spontanément, elle prit Hortense à bout de bras, la regarda puis l'embrassa chaleureusement mais en prenant bien soin de ne pas porter tort à son édifice capillaire.

– Revenez vite! fit-elle avec émotion. Vous aurez sans doute à me raconter beaucoup de choses fort drôles dont nous rirons ensemble. Mais, en attendant... je vais prier pour vous!

Dans la pompeuse voiture royale deux dames attendaient, curieusement semblables avec leurs satins brodés surchargés de colifichets, leurs dentelles, leurs plumes, leurs diamants, leur air solennel et leur mine revêche. Aucune d'elles ne daigna descendre pour faciliter l'embarquement à la nouvelle venue. On se serra seulement un peu, à bouche pincée, pour faire place à ses falbalas et l'une d'elles déclara – Hortense ne sut jamais de qui il s'agissait :

– Vous êtes à temps, madame, c'est bien...

Ce fut toute la conversation jusqu'à ce que la voiture pénétrât dans la cour du Carrousel. A cet instant seulement, celle des deux dames qui n'avait pas encore parlé, ouvrit la bouche :

– N'oubliez pas une chose importante : si Sa Majesté le Roi veut bien vous adresser une question, vous ne devez en lui répondant employer aucune des deux appellations « Sire » ou « Votre Majesté ». Seul « Le Roi », avec bien sûr la troisième personne, est convenable...

– Ni Sire ni Majesté? Mais pourquoi?

La dame lui jeta un coup d'œil glacé. Puis remontant le menton à la hauteur des toits :

– Ces deux titres ont été souillés par le Corse usurpateur. Le Roi légitime ne saurait admettre qu'on les lui donne.

– Bien! soupira Hortense. Je vous remercie, madame, d'avoir bien voulu m'informer...

– J'ai seulement souci de votre réputation, ma chère. Nous n'avons ni l'une ni l'autre choisi d'être vos marraines mais nous ne tenons pas à donner à rire plus qu'il ne convient! Descendez à présent...

Au prix d'un violent effort sur elle-même, Hortense retint la bouffée de colère qui lui venait. Elle avait envie de gifler ces deux vieilles pécores insolentes et de leur rappeler que le nom qu'elle portait était peut-être plus ancien que le leur. Mais elle était sur le chemin du calvaire, il lui fallait le gravir jusqu'au bout et en silence... Après tout, cela n'était que piqûres d'épingles sans importance, l'important étant d'en finir le plus vite possible avec cette affreuse corvée...

Pourtant, en pénétrant dans ce palais qui avait été celui de son illustre parrain, elle ne put se défendre d'une émotion. On n'avait guère touché au décor qu'il avait voulu, ordonné. Sous les fleurs de lys à l'or trop neuf, elle devinait la trace des aigles impériales, comme elle croyait entendre le pas sonore de Napoléon sur les marbres du grand vestibule... Les larmes lui montèrent aux yeux. Puis elle ne vit plus rien, n'entendit plus rien, happée qu'elle fut par un tourbillon de bruit et de couleurs. On avait tenté ici de ressusciter les fastes et la minutieuse étiquette de Versailles. Ce n'était partout qu'habits chamarrés, uniformes rutilants soutachés, gansés, passepoilés, aigrettes et plumets. C'était là apparemment le domaine des militaires, gardes du corps ou gardes suisses. Les pas s'y cadençaient, les commandements résonnaient sous les hautes voûtes mais on se rangeait sur le passage des trois femmes que précédaient une escouade de valets de pied...

Encadrée de ses deux dragons, Hortense gravit un grand escalier de pierre blanche au pied duquel rêvaient les statues du Silence et de la Méditation. Il montait, cet escalier, vers un large palier soutenu de colonnes ioniques. En face, une double porte donnait accès à la chapelle...

En dépit des belles dimensions que lui avaient données les décorateurs de l'Empire, Percier et Fontaine, cette chapelle était toujours trop petite pour contenir la Cour, aussi y avait-il beaucoup de monde sur ce palier. Mais, sur le côté, les portes d'un salon s'ouvrirent devant Hortense et ses marraines. Un salon qui n'était pas vide lui non plus...

Combien de temps fallut-il rester là, debout, immobile et rigide, plantée face à cette porte qui tout à l'heure s'ouvrirait? Parfois les clameurs des grandes orgues arrivaient en bouffées étouffées. Elles résonnaient dans le cœur oppressé d'Hortense qui, sans trop savoir pourquoi, se sentait étrangement lasse et mal à l'aise. Autour d'elle on chuchotait, avec ce ton feutré que l'étiquette exige... C'étaient là, sans doute, conversations particulières qui ne la concernaient en rien. Pourtant elle avait la sensation pénible que des centaines d'yeux étaient fixés sur elle, irritants comme des piqûres d'insectes...

L'orgue, à présent, jouait une marche triomphale dont les échos allaient grandissant. Cela signifiait que la messe était dite et que le Roi allait sortir. Quelques instants encore et les portes s'ouvrirent toutes grandes. Précédé par les gardes de la Manche [1], le roi Charles X venait de faire son entrée. Derrière lui entraient un petit bonhomme sans aspect qui était le roi de Naples et une grosse dame empanachée de rose qui était sa reine. Ensuite encore la famille royale qui s'immobilisa un instant comme si elle posait pour la postérité : Madame la Dauphine d'abord, toujours aussi peu féminine et dont l'air revêche semblait n'avoir subi aucune modification heureuse, le Dauphin auprès d'elle, le dos rond, l'air de ne pas être là. Enfin, tenant par la main une petite fille et un petit garçon, une jeune femme mince, casquée de superbes cheveux blonds et au visage un peu irrégulier qui respirait la bonne humeur : Mme la duchesse de Berry... Tout ce monde formait un kaléidoscope de couleurs sur lesquelles scintillait l'éclat des pierreries et qui brouilla les yeux d'Hortense.

– Allons! dit l'un de ses mentors.

Elles se mirent en marche, toutes trois de front vers la haute silhouette élégante de Charles X, sanglé dans un uniforme violet brodé d'or. Mais, avant qu'elles n'eussent atteint le groupe royal, une voix se faisait entendre :

– Daigne le Roi permettre que je lui présente la comtesse Hortense de Lauzargues, ma belle-fille et sa très humble servante.

La voix avait sonné aux oreilles d'Hortense comme les trompettes de l'Apocalypse. C'était celle du marquis, son beau-père. Ses yeux se troublèrent et elle crut défaillir. Mais déjà une main dont elle reconnaissait la fermeté avait saisi la sienne et la conduisait à peu de distance du Roi où elle plongea dans sa première révérence... Là on la lâcha... Comment réussit-elle les deux autres saluts protocolaires, elle ne le sut jamais. Cela tenait apparemment du miracle...

En réponse, le Roi hocha la tête et émit un vague grognement. Alors la main impitoyable reprit la sienne et

1. Gardes qui se tenaient aux côtés mêmes du Roi.

l'amena devant la Dauphine qu'il fallut saluer elle aussi et qui lâcha :

– Apprenez à vous tenir tranquille! Il est temps que l'on cesse de courir après vous! Puis passa.

Seule, la duchesse de Berry eut, pour la jeune femme au bord de l'évanouissement, un gentil sourire :

– Revenez me voir, dit-elle. Pourquoi ne seriez-vous pas de mes dames, comtesse?

L'ombre noir et or qui semblait s'être donné à tâche de doubler Hortense répondit pour elle :

– Votre Altesse Royale est infiniment bonne. Mais Mme de Lauzargues n'est pas faite pour la vie de cour et nous repartons sous peu pour nos terres d'Auvergne...

– Vraiment? C'est dommage. En ce cas, adieu comtesse...

C'était fini. La famille royale s'éloignait et derrière elle les « marraines » postiches et toute la cour. Le salon se vida. Alors seulement Hortense trouva assez de courage pour regarder Foulques de Lauzargues.

Il était bien là, toujours le même : arrogant et cynique sous l'auréole majestueuse de ses cheveux blancs. Suprêmement élégant aussi. L'habit de cour de satin noir brodé d'or lui seyait superbement et les blancheurs de son linge avaient l'éclat de la neige. Il souriait avec une satisfaction trop visible pour ne pas être insultante mais le sourire n'atteignait pas ses yeux d'azur pâle. Curieusement, ce fut cet air triomphant qui rendit à Hortense un courage qui venait de subir une déroute presque totale. Dégageant sa main si brusquement qu'il ne réussit pas à la retenir, elle s'écarta de lui :

– Si je ne me trompe, c'est à vous que je dois la grotesque comédie à laquelle je viens d'être contrainte?

Le marquis se mit à rire, chiquenaudant son gilet de brocart de ce geste familier qu'il avait pour se débarrasser de menus brins de tabac.

– Quelle phrase discourtoise pour des retrouvailles entre gens qui ne se sont pas vus depuis si longtemps!

– Si longtemps! Quelques semaines. Mais le temps ne fait rien à la chose. Des années de séparation n'eussent rien changé à notre revoir, marquis. Et si j'eusse pu supposer un seul instant que je vous trouverais ici...

– On ne décline pas une invitation royale, ma chère Hortense. Je croyais vous avoir au moins appris cela.

– Trêve de persiflage. Ce que vous m'avez appris de

plus clair, c'est à quelle sorte d'homme vous appartenez. C'est aussi à vous haïr.

La colère faisait monter le sang aux joues de la jeune femme et s'enfla encore à constater que son ennemi se contentait de sourire.

– Je vous dis que je vous hais et cela vous amuse? s'écria-t-elle.

– Oui, parce que c'est sans importance. Ce qui compte c'est que la colère vous va toujours aussi bien. Vous êtes infiniment belle aujourd'hui, madame, et j'en suis infiniment heureux. Cela me montre combien j'avais tort, naguère, de me laisser aller à... certaines humeurs excessives...

– Humeurs excessives! Votre intention de me supprimer?

– Plus bas, je vous prie! fit le marquis en désignant les gardes, dressés comme des cariatides bleu et or de chaque côté de la porte. N'oubliez pas où vous êtes!

– Vous l'avez oublié avant moi en m'attirant dans ce piège... déshonorant.

– En vérité, vous perdez l'esprit! Que voyez-vous de déshonorant dans le fait que j'aie demandé votre présentation à la Cour? Sans vos folies, la chose se fût faite avec infiniment plus d'éclat et tout naturellement.

– Oserai-je vous rappeler qu'en fait de cérémonie, c'était plutôt celle de mes funérailles que vous prépariez?

– Ne revenons pas là-dessus! Je vous ai laissé entendre que je regrettais cette poussée de fièvre. D'honneur, ma chère Hortense, je ne souhaite rien d'autre que vous ramener avec moi à Lauzargues pour y vivre à mes côtés selon les règles normales d'une famille...

– Je sais! Vous l'avez même annoncé à Son Altesse Madame la Duchesse de Berry, sans même songer à me demander ce que j'en pensais. Or, il se trouve que je n'ai aucune envie de retourner en Auvergne.

– Vraiment? N'avez-vous pas envie de revoir votre fils?

Sous le choc du mot, sous la douleur de l'image instantanément évoquée, Hortense ferma les yeux. Ce misérable employait pour la ramener le plus odieux des chantages... Bien sûr, elle mourait d'envie de retrouver son enfant mais, si elle acceptait de suivre le marquis, vers quoi la ramènerait-il? Vers quel esclavage ignoble? A quoi devrait-elle se soumettre une fois revenue derrière les murailles de Lauzargues?... Néanmoins sa tendresse fut la plus forte et elle ne put s'empêcher de demander, d'une voix que l'émotion fragilisait :

– Comment va-t-il?

– A merveille! Nous avons dû lui trouver une nouvelle nourrice tant il est vorace. C'est un superbe enfant... un vrai Lauzargues!

Le sourire attendri qui s'épanouissait au cœur d'Hortense monta, sans qu'elle en eût conscience, jusqu'à son visage.

– J'en suis heureuse! Mon petit Étienne...

La voix froide du marquis trancha net cette minute de douceur.

– Je ne connais pas d'Étienne. Mon petit-fils s'appelle Foulques, comme moi!... Allons, ma chère, je crois que nous nous sommes suffisamment attardés ici, avec, je dois le dire, la bienveillante permission du Roi. Sa Majesté a volontiers admis qu'avant de quitter le palais nous aurions quelques phrases à échanger. A présent, il est temps de rentrer...

– Je partage votre avis. Aussi vais-je rentrer. Je suppose que les aimables dames qui m'ont amenée vont me reconduire?

– Il n'en est pas question, dès l'instant où je me trouve à point nommé pour remplir cet office. Accepterez-vous mon bras?

Après une toute légère hésitation, la jeune femme posa sa main sur la manche brodée. Mieux valait peut-être ne pas créer d'esclandre dans ce palais où elle devinait que tout lui était hostile... Silencieusement, ils quittèrent le salon, descendirent le grand escalier où Hortense prit conscience, cette fois, des regards qui s'attachaient à elle, curieux ou admiratifs. Elle songeait que dans son émoi de tout à l'heure, elle n'avait même pas cherché à voir si Mme de Dino était mêlée à la suite royale... Mais, au fond, c'était sans importance. La nièce de Talleyrand eût été impuissante à la protéger. De quoi d'ailleurs? D'un oncle à l'allure superbe, au sourire plein de charme? La duchesse qu'une si longue passion liait à son propre oncle qui, lui, était un vieillard devait à cette heure la prendre pour une folle...

Quand ils atteignirent le grand vestibule, la voix d'un laquais se fit entendre, appelant la voiture de M. le

Marquis de Lauzargues. On l'attendit à peine et, avec la parfaite courtoisie qui le caractérisait lorsque l'on ne se mettait pas à la traverse de ses projets, le marquis aida sa nièce à monter en voiture et prit place à ses côtés. La voiture tourna lentement puis se dirigea vers les guichets du Louvre.

– C'est aimable à vous de me ramener chez la comtesse Morosini, dit Hortense au bout d'un moment. Mais perdez dès à présent l'idée de me voir vous accompagner dans votre voyage de retour. Je ne rentre pas à Lauzargues...

– Je crois, moi, que vous y viendrez. De toute façon, vous ne rentrez pas davantage rue de Babylone...

– Comment?... Où prétendez-vous donc m'emmener?

– Mais... chez vous, tout simplement!

– Je n'ai plus de chez moi... Vous savez aussi bien que moi qu'un intrus s'y est installé et que l'on a osé vendre sans mon aveu « mon » château de Berny...

– Ne faites pas la sotte. Vous êtes toujours chez vous rue de la Chaussée-d'Antin. La meilleure preuve est que j'y loge moi-même. La maison est immense et le prince San Severo est bon homme au fond...

– Vous voulez m'emmener chez ce...

Elle n'acheva pas la phrase, la gorge serrée par la peur qui lui venait. Ce n'était pas possible!... Elle ne pouvait pas se laisser emmener chez cet homme... et par cet autre homme qui, naguère encore, prétendait la tuer...

La panique lui inspira un geste insensé. La voiture qui venait de franchir les guichets allait heureusement assez lentement mais eût-elle été plus vite qu'Hortense eût sans doute agi de même. Ramassant d'un geste brusque l'encombrante traîne de sa robe, elle ouvrit la portière et, avant que le marquis ait pu l'en empêcher, sauta sur le pavé. Puis se mit à courir, droit devant elle, sans prendre garde aux cris du marquis, ou à la stupeur des passants qui prenaient le soleil de ce dimanche sur le quai de la Seine... Beaucoup d'entre eux devaient garder le souvenir de cette très belle jeune femme en robe de cour qui, jupe relevée, courait comme une folle, serrant contre elle un impressionnant métrage de brocart améthyste, ses blonds cheveux, vite dénoués par le mouvement de la course, dansant sur son dos sans perdre pour autant les grotesques barbes de dentelle qui y demeuraient accrochées...

Hortense n'avait plus qu'une idée : rentrer chez Felicia,

retrouver la sûreté de la maison paisible et surtout la silhouette rassurante de Timour... Il fallait qu'elle rentre, il fallait qu'elle réussisse cette espèce d'exploit insensé... Sans regarder derrière elle pour voir si on la suivait – le marquis sans doute avait ordonné que l'on fît tourner la voiture – elle courait, elle courait... Bientôt elle atteignit le Pont-Royal. Son cœur cognait dans sa poitrine mais elle ne ralentit pas sa course quand elle entendit derrière elle la voix du marquis crier : « Arrêtez-la! » et le bruit des sabots des chevaux... Heureusement, il y avait beaucoup de monde, sur le pont. La foule s'ouvrait devant la jeune femme mais elle vit, soudain, barrant toute la largeur du pont, une bande d'étudiants qui brandissaient des cannes et chantaient quelque chose qu'elle ne comprit pas.

La bande ne s'ouvrit pas devant elle et même l'un des jeunes gens l'arrêta :

– On vous poursuit? demanda-t-il.

– Oui... là... derrière... cette voiture.

– Continuez votre chemin! Je vous garantis qu'elle ne passera pas!

Il y avait donc, parfois, des miracles? Le mur de jeunes gens s'ouvrit devant elle puis se referma tandis qu'elle reprenait sa course. Elle atteignit le bout du pont... Il fallait à présent prendre la rue du Bac... Mais soudain, elle eut conscience de l'aspect étrange qu'elle devait présenter, des regards curieux. Elle crut apercevoir, vers l'entrée de la rue, la double silhouette noire de deux agents de police. Sûrement, ceux-là allaient l'arrêter!... Ils arrivaient de son côté et elle était si fatiguée, si fatiguée... Il lui sembla que son cœur allait céder, qu'elle allait tomber là, aux pieds des argousins quand, soudain, elle sentit une main vigoureuse s'emparer de son bras.

– Par ici!

Il venait d'arriver trop d'aventures pour qu'elle fût seulement surprise de reconnaître Eugène Delacroix.

– Je ne peux pas... Je suis... à bout de souffle...

– Si, vous pourrez! A-t-on idée aussi d'un pareil attirail! J'habite à deux pas... Courage!

Hortense sentit qu'il glissait un bras sous sa taille pour mieux la soutenir. Il devait être d'une grande force nerveuse car elle eut soudain l'impression de s'envoler. Après tout, c'était peut-être tout simplement parce qu'il la portait plus qu'il ne l'aidait à marcher.

Avec surprise, elle vit que les deux policiers passaient à

côté d'eux sans paraître marquer la moindre surprise. Ce genre d'incident était-il donc si fréquent?... Tournant la tête vers le pont, Hortense vit, avec une joie immense, que la voiture était toujours prisonnière de l'espèce de petite émeute que les étudiants avaient déchaînée et elle leur envoya une pensée pleine de gratitude...

Déjà l'ombre d'une porte cochère les engloutissait, le peintre et elle. C'était celle d'une haute maison et, pour gravir l'escalier avec Hortense, Delacroix la lâcha, se contentant de tenir sa main :

– Mon atelier est au dernier étage, dit-il. Vous sentez-vous encore un peu de force?

Hortense lui dédia un sourire tremblant :

– Vous m'avez sauvée. Je me sens forte à présent...

Derrière lui, elle monta plusieurs étages. Enfin, le peintre s'arrêta devant une porte de bois luisant et tira une clef de sa poche :

– C'est ici, dit-il. Donnez-vous la peine d'entrer.

Hortense entra comme on l'y invitait, fit quelques pas... et s'évanouit avec grâce...

CHAPITRE V

L'ATELIER D'UN PEINTRE

Hortense reprit connaissance dans un océan de coussins moelleux mais sous le choc de deux gifles assenées plutôt sèchement :

– Excusez-moi, dit Delacroix, mais je ne possède pas de sels d'ammoniac. Il n'est encore jamais arrivé que l'un de mes modèles s'évanouisse... Tenez, buvez ceci...

Elle vit qu'il était assis près d'elle et qu'il lui tendait un petit verre plein d'un liquide doré.

– Qu'est-ce que c'est?

– Du rhum... C'est souverain pour une foule de malaises, et vous me semblez encore un peu pâle.

– Du rhum? Je n'en ai jamais bu...

– Cela, je le crois volontiers, mais vous ne risquez rien à essayer.

La brutalité du liquide la fit tousser, cependant sous le feu qu'il fit couler dans sa gorge elle découvrait un parfum agréable. Sans aller jusqu'à vider le verre, elle but une seconde gorgée et se sentit assez bien pour s'asseoir sur le bord du grand divan où on l'avait étendue. Le peintre s'était levé aussi et, debout à quelques pas d'elle, la regardait avec un demi-sourire qui lui fit penser qu'elle devait avoir une allure impossible.

– Vous devez me prendre pour une folle, dit Hortense. De quoi est-ce que j'ai l'air?...

– A dire vrai, je n'en sais trop rien. Je ne vous cache pas que votre aspect est d'autant plus étrange qu'à voir cet attirail – il désignait le plastron amidonné – il n'est pas difficile de deviner que vous sortiez tout droit des Tuileries... et même d'une présentation. Mais de là à vous croire folle!...

– Il m'est difficile de vous expliquer ce qui vient de se passer car cela vous obligerait à écouter une longue et fastidieuse histoire. Je voudrais que vous me croyiez si je vous dis que je viens d'échapper à un grand danger... peut-être un danger de mort.

– Je vous crois...

Il vint s'accroupir auprès d'elle et prit ses mains dans les siennes.

– Il y avait dans vos yeux, tout à l'heure, quand je vous ai rencontrée, une véritable terreur, dit-il avec une grande gentillesse. Vous étiez affolée, perdue... Vous avez tourné sur vous-même un moment et j'ai cru que vous alliez vous jeter à la Seine. Tenez! Vous aviez exactement cette expression-là...

Se relevant prestement, il alla jusqu'à une grande table chargée de carnets de croquis et de feuilles de papier, prit un fusain et jeta sur la feuille quelques traits rapides puis rapporta le tout à la jeune femme.

– Voyez!

Elle vit, en effet, une étonnante esquisse de son propre visage où l'on voyait surtout les yeux, des yeux de bête terrifiée qu'Hortense ne se connaissait pas... Elle hocha la tête.

– Vous avez vraiment beaucoup de talent, monsieur Delacroix. C'est un miroir que vous m'avez tendu là, n'est-ce pas? Car... je crois bien que j'ai encore très peur.

– Vous êtes en sûreté ici. Qui pourrait songer à chercher la belle comtesse de Lauzargues chez un modeste barbouilleur nommé Eugène Delacroix...

– Barbouilleur! Et modeste! Pardonnez-moi, monsieur, mais à vous regarder on peut vous créditer de beaucoup de beaux sentiments : la générosité, le courage... pas la modestie! Vous ressemblez plus à un paladin qu'à un moine.

Il se mit à rire découvrant une denture éblouissante qui en rappela une autre à Hortense. Par certains côtés : la manière arrogante de porter la tête, le pli volontaire de ses lèvres, il évoquait un peu Jean. C'était peut-être à cause de cela qu'elle se sentait si facilement en confiance avec lui.

– Touché! dit-il. A présent, passons aux choses sérieuses et dites-moi ce que je peux faire pour vous. Appeler une voiture pour vous faire reconduire rue du Bac?

– A dire vrai, je n'en sais rien... Je crains que ceux qui me poursuivent...

– N'aillent vous y chercher tout droit? Je pense aussi qu'il vaut mieux attendre et si vous voulez m'en croire...

Il s'interrompit parce que l'on frappait à la porte.

– Un instant! cria-t-il. Puis, obligeant Hortense à se recoucher, il tira sur elle les grands rideaux qui fermaient l'alcôve. Ensuite, s'assurant d'un coup d'œil circulaire que rien ne trahissait sa présence, il alla ouvrir. Un garçon de café portant un plateau apparut...

– Bien le bonjour, monsieur Delacroix! Tiens, vous n'êtes pas en train de peindre aujourd'hui?

– C'est dimanche, mon garçon! Ce dont tu n'as pas l'air de t'être aperçu. C'est tout ce que tu m'apportes?...

– Ben... oui. Vous avez si faim que ça?

– Une faim de loup. J'ai fait une grande promenade, ce matin. Va me chercher encore du lapin et de la tarte!

Avec un sourire malin, le garçon eut un clin d'œil en direction des rideaux fermés.

– Tout de suite, monsieur Delacroix. Sûr que le grand air, ça creuse!

Un instant plus tard, il revenait avec un plateau identique... et un autre couvert. Le peintre repoussa ses papiers, étala une grande serviette et mit la table. Puis il alla ouvrir les rideaux :

– Venez déjeuner, dit-il avec bonne humeur. On réfléchit mieux le ventre plein!

Il aida la jeune femme à se lever, tirant après elle la traîne entortillée dans les coussins.

– Par tous les diables! jura-t-il. Quel accoutrement! Puis-je suggérer que vous alliez ôter cette robe impossible derrière ce paravent. Je n'ose vous proposer le peignoir que je prête à mes modèles mais vous pourriez mettre une de mes blouses. Vous seriez plus à votre aise...

D'un coffre, il tira une grande blouse de flanelle rouge qu'il lui tendit avec un sourire engageant.

– Celle-ci est toute propre!

Hortense hésita puis prit la blouse. Enfin, timidement...

– Il faut que je vous demande... de me dégrafer, dit-elle. Je suis incapable de le faire moi-même...

– Je le crois volontiers. Tournez-vous!

Le peintre dégrafa la robe avec tant de délicatesse

qu'Hortense sentit à peine le contact de ses doigts. Puis il tira sur elle les rideaux de l'alcôve et, un instant plus tard, elle reparaissait flottant dans l'ample et chaude blouse rouge.

– Vous êtes charmante ainsi, apprécia Delacroix. Aucune force au monde ne pourra m'empêcher de faire un dessin de vous. Je préfère cela de beaucoup à la robe de cour...

– Vous êtes pourtant fort élégant vous-même...

C'était vrai. La redingote amarante que portait le peintre, assortie à sa haute cravate était admirablement coupée et lui allait à merveille mais, grand et d'une minceur nerveuse, il était de ceux à qui tout va. S'y joignait tout de même une élégance naturelle et ces signes presque imperceptibles qui trahissent le sang noble...

– J'aime à être bien vêtu, admit-il. C'est une manie que j'ai beaucoup cultivée en Angleterre. Quand il s'agit d'habiller un homme, les Anglais sont imbattables. Mais ne me dites pas que les robes officielles telles que les conçoit Mme la Duchesse d'Angoulême sont élégantes! Il faut être aussi belle que vous pour n'y être pas ridicule... A présent déjeunons sinon tout va être froid...

Simple, le repas était excellent. Hortense, avec le bel appétit qu'elle ne réussissait jamais à perdre, apprécia le lapin et la tarte aux pommes. Et aussi un doigt de l'excellent vin de Bourgogne qui les accompagnait. Ce fut peut-être ce dernier qui en fut la cause car il détendait agréablement l'esprit mais la jeune femme se retrouva en train de raconter à son nouvel ami les raisons qui l'avaient poussée à fuir éperdument la voiture du marquis de Lauzargues et à se jeter en aveugle sur le pavé de Paris... Il l'écoutait avec une attention que trahissait le pli dur creusé entre ses sourcils.

– A vrai dire, fit-il enfin, je n'ai jamais pensé que vous puissiez être de ces femmes qui font des folies pour le plaisir d'en faire ou d'être remarquées. Mais cela est beaucoup plus grave que je ne le pensais. Que croyez-vous qu'il va se passer à présent?

– Je ne sais pas. Plus que certainement, mon oncle me cherchera chez la comtesse Morosini et je vous avoue que je ne suis pas sans inquiétude en pensant à elle... Je serais tellement désolée s'il lui arrivait quelque chose!

– Que voulez-vous qu'il lui arrive? Paris n'est tout de même pas un coupe-gorge. Donner l'hospitalité à une amie de couvent n'est pas un crime. Le pire qu'elle puisse risquer est une visite domiciliaire. Or, on ne vous trouvera pas rue de Babylone...

– Il faut que je rentre. C'est là que j'habite et je ne saurais où aller...

– Pour le moment, le mieux est que vous restiez ici... Non, ne protestez pas! D'abord vous ne me gênez pas, je vous l'assure, dit-il avec un sourire qui le rajeunissait de dix ans tant il recelait de gaieté et de gentillesse. Ensuite, il est impossible, et dangereux, que l'on vous voie dehors, même avec l'assistance d'une voiture. On peut toujours faire parler un cocher de fiacre... Vous avez disparu : c'est une circonstance dont il convient de profiter.

– Mais que va penser mon amie Felicia? Déjà elle doit être dans l'inquiétude...

– Qu'elle soit inquiète n'est pas une mauvaise chose si l'on est déjà venu s'enquérir de vous. Elle n'en jouera son rôle qu'avec plus de naturel. Je vais tout de même me rendre chez elle de ce pas. On m'y a déjà vu venir, cela ne surprendra personne et, ensemble, nous pourrons décider de la meilleure conduite à tenir.

Tout en parlant, il enlevait les assiettes, les verres et les plats, empilait le tout sur le plateau et allait le poser dans un coin. Le garçon du restaurant le reprendrait en venant apporter le dîner du soir. Puis, conseillant à Hortense de ne pas s'inquiéter, de se reposer durant son absence et surtout de n'ouvrir à personne, il prit son chapeau, sa canne et salua la jeune femme avec une pompe toute théâtrale :

– Voyez en moi votre très humble serviteur, jolie dame! Soyez assurée qu'il ne vous arrivera rien tant que je veillerai sur vous...

Il sortit et referma soigneusement la porte derrière lui. Hortense entendit la clef tourner dans la serrure. Avec un soupir, elle alla s'asseoir sur le haut tabouret qui, avec le divan et quelques chaises de paille, composait le côté sièges de l'ameublement.

Le centre d'intérêt de l'atelier c'étaient, bien entendu, le haut chevalet de châtaignier et la grande table mais une autre table, plus petite, soutenait la pierre lithographique protégée de l'éclat du jour par un écran. Il y avait aussi une estrade pour les modèles et une sorte de bâti évoquant vaguement la forme d'un cheval et qui, en dépit de son anxiété, fit sourire Hortense au souvenir des protestations indignées de Timour. Dans un coin un énorme poêle de fonte noire d'où sortait un tuyau coudé tout aussi noir servait pour l'instant d'appui à une infinité de pots et de bassines contenant des restes de peinture. Et puis un peu partout des toiles rangées à la diable et tournées vers le mur. Celle qui occupait le grand chevalet était recouverte d'une toile verte qu'Hortense n'osa pas déranger par crainte de brouiller peut-être des couleurs encore fraîches.

Elle retourna néanmoins plusieurs toiles et reçut le choc d'une peinture à la puissance ardente et quasi sauvage. Les rouges et les ors y éclataient par contraste avec une étonnante gamme de verts foncés qui composaient souvent les fonds. Les scènes qu'Hortense contemplait dégageaient une violence qui l'effraya un peu comme si l'âme profonde de son sauveteur avait ouvert soudain devant elle des abîmes tragiques. Eugène Delacroix semblait aimer les chevaux fous, les corps tourmentés, le sang, l'angoisse et la souffrance, les ciels d'orage mais aussi la grandeur et la noblesse. Les figures qu'elle découvrait étaient en général d'une grande beauté si le sourire ne s'y épanouissait guère...

Tandis qu'elle allait vers une autre série de tableaux, une glace haute et étroite plaquée contre le mur lui renvoya son image : celle d'une femme pâle dont les longs cheveux défaits croulaient sur une sorte de chemise couleur de sang semblable, aux yeux de son imagination, à celles dont la Terreur se plaisait à affubler les victimes qu'elle envoyait à la mort sous l'accusation de parricide pour avoir attenté à la vie de leur mère la Nation. Ses nerfs craquèrent en face de cette image dont elle eut peur qu'elle fût prémonitoire et, le cœur cognant follement dans sa poitrine, elle courut s'abriter sous les rideaux de velours vert de l'alcôve, s'ensevelissant dans les gros coussins qui s'y empilaient en un fouillis moelleux... Qu'allait-il advenir d'elle à présent qu'elle ne savait plus où aller? Elle qui avait tant souhaité revenir à Paris, voilà qu'elle s'y trouvait prise au piège...

Si seulement, elle avait su où se trouvait son fils, elle aurait pu profiter de la présence du marquis à Paris pour courir à Lauzargues, y prendre son bébé et supplier Jean de leur trouver à tous deux une cachette, même au fond des bois, même dans un lieu perdu mais où, au moins, ils pourraient vivre ensemble!...

L'idée, tout à coup, fit son chemin et arrêta les larmes qui montaient de son cœur. C'était peut-être cela la bonne solution : repartir. Repartir très vite... Hortense ne savait pas quand la malle-poste de Rodez quittait Paris mais la diligence pour la même destination partait, elle, le mardi à deux heures. Et l'on était dimanche... Il fallait qu'elle la prît... Le marquis n'allait pas regagner l'Auvergne de sitôt sans doute. Il lui faudrait du temps pour tenter de retrouver dans Paris sa nièce fugitive. Il allait s'attarder. Cela donnerait à Hortense toute latitude de rentrer à Lauzargues, d'y rejoindre Jean... La seule pensée de le revoir fit courir des frissons de bonheur tout au long de son dos, et trembler ses mains. Oh! retrouver cette force dont il savait l'envelopper, cette passion qui les réchauffait tous les deux!... Il faudrait se cacher, sans doute, éviter le château et même Godivelle! Godivelle à qui, le jour des funérailles d'Étienne, elle avait promis de renoncer au meneur de loups... Peut-être le mieux serait-il de retourner chez le docteur Brémont? Il saurait bien où la cacher. Oui, c'était cela qu'il fallait faire : reprendre la route, retourner là-bas. Au moins elle y serait sous le même ciel, les mêmes nuages que son enfant et que l'homme entre tous aimé...

Déjà heureuse à cette idée, elle se mit à dresser des plans : demander à Felicia de lui faire porter son bagage et le peu d'argent qu'elle possédait, envoyer prendre un billet... Elle se sentait fébrile tout à coup, avec l'envie profonde que le peintre revînt pour lui expliquer ce qu'elle avait décidé. Il lui semblait déjà respirer les senteurs de l'été auvergnat, l'odeur des fougères après la pluie, celle plus amère des gentianes jaunes, le parfum merveilleux des sapins et des pins sylvestres... Mais il allait falloir attendre encore un peu. Delacroix n'était pas parti depuis bien longtemps et si la rue de Babylone n'était pas très éloignée, ce n'était tout de même pas la porte à côté.

Se relevant, Hortense avisa derrière un paravent le coin destiné à la toilette. Il y avait là une grande cuvette de porcelaine à décor bleu, un pot assorti et ce pot était plein d'eau fraîche. Elle s'en bassina le visage puis, trouvant un peigne, des brosses, remit un peu d'ordre dans sa coiffure... La blouse rouge, à présent, ne lui faisait plus peur. Elle lui trouvait, tant ses pensées avaient changé de couleur, la nuance exacte des coquelicots émaillant les champs de seigle... Plus calme, elle revint s'asseoir sur le bord du divan et, avisant une pile de livres posée par terre, prit celui qui se trouvait dessus. Et ouvrit au hasard. Elle vit alors que c'étaient des vers :

Si, le fer à la main, vingt nations entières
Paraissant tout à coup autour de nos frontières
Réveillaient le tocsin des suprêmes dangers;
Surtout si, dans les rangs des soldats étrangers,
L'homme au pâle visage, effrayant météore,
Venait en agitant un drapeau tricolore;
Si sa voix résonnait à l'autre bord du Rhin...
Qui sait si cette voix fertile en mille échos,
D'un peuple de soldats n'éveillerait les os?
Si d'un père exilé renouvelant l'histoire,
Domptant les ennemis complices de sa gloire
L'usurpateur nouveau de bras en bras porté
N'entrerait pas en roi dans la grande cité...

L'auteur de ce long poème qui s'étendait sur des pages et des pages se nommait Barthélemy. Quant au titre, « Le Fils de l'Homme », il donna à Hortense l'envie d'en savoir davantage. Elle comprit vite qu'elle ne se trompait pas. L'homme « au pâle visage », c'était celui qui, au jour commun de leur naissance à tous deux s'appelait le roi de Rome et n'était plus derrière les frontières d'Autriche qu'un enfant prisonnier de sa mère, affublé d'un nom allemand, lui, prince français.

Le poème était de ceux qui peuvent frapper un esprit ardent. Celui qui l'avait composé décrivait le fils de Napoléon comme un prisonnier persécuté. C'était un jeune homme à présent puisqu'il avait le même âge qu'Hortense mais ce jeune homme avait pour geôle des palais impériaux, pour geôlier un chancelier d'Autriche. La jeune femme se souvenait d'avoir rêvé de lui, jadis derrière les murs de son couvent. Puis elle l'avait oublié parce qu'un amour de rêve ne peut lutter contre une passion bien réelle. A présent, il lui semblait doux de s'apitoyer sur une auguste souffrance. Cela la changeait d'elle-même... Et puis les choses eussent été tellement différentes si Napoléon II avait succédé à Napoléon Ier! Jamais ces affreux Bourbons ne seraient revenus sur leur vieux trône écroulé, jamais les anciens serviteurs de l'Aigle n'auraient eu à souffrir d'eux... et à cette heure

Henri et Victoire Granier de Berny seraient sans doute encore en vie...

Partant de là, Hortense se prit à rêver à ce que seraient les choses si le jeune prince blond que le poète disait si beau pouvait échapper à sa prison, reprendre sa place à la tête de la France. C'en serait fini peut-être des inquisitions policières, de la férule d'une Église devenue étouffante, des pouvoirs inouïs de la Congrégation, de tout ce qui, enfin, faisait qu'un cœur épris de liberté ne se sentait plus à son aise en France. Il y avait trop d'avidité de revanche de la part des ultras qui les faisait presque aussi redoutables que des étrangers. Ne l'étaient-ils pas un peu devenus après tant d'années d'émigration? D'autre part, il y avait toute la rancœur des anciens frères d'armes de l'Empereur, réduits au silence, à l'inaction, à la misère le plus souvent et tenus sous la surveillance de la police. Il suffisait de rencontrer le regard du colonel Duchamp pour deviner ce que pensaient tous ses semblables...

Passant de la lecture à la philosophie, Hortense finit par passer au sommeil et, laissant son livre glisser à terre, s'endormit, roulée en boule au milieu des coussins, comme un chat...

Dormait-elle depuis longtemps quand elle crut faire un rêve comme elle aimait à en faire : Jean de la Nuit, Jean de son amour était là, debout auprès d'elle. Il la regardait sans faire un geste et s'il n'y avait eu tant de lumière dans son regard, elle eût pu croire qu'il s'agissait d'une ombre... Comme il advient dans les rêves, Hortense pensa que ce n'était peut-être pas tout à fait lui car il avait changé. La courte barbe avait disparu ne laissant qu'une mince moustache tombant vers la commissure des lèvres... Cela lui allait bien d'ailleurs et montrait mieux le dessin ferme de sa bouche... De même, le grossier costume de berger qu'il avait coutume de porter était remplacé par un vêtement noir, haut boutonné comme en portait le colonel Duchamp... Non, c'était bien lui tout de même et le cœur d'Hortense chanta dans sa poitrine...

Ce fut seulement quand il se pencha pour poser sa main sur son épaule qu'Hortense comprit qu'elle ne rêvait pas, que l'invraisemblable, l'impossible venait de se réaliser... Qu'il était là...

Encore incrédule, elle demanda tout bas, comme si elle avait peur que le son de sa voix fît fuir la chère image :

– C'est toi?... C'est... vraiment toi?
– N'aie aucun doute, c'est bien moi...
L'instant d'après elle était dans ses bras, riant et pleurant à la fois, ayant tout oublié d'un seul coup, tout balayé pour vivre totalement cet instant prodigieux de leurs retrouvailles. Elle retrouvait l'odeur familière de son ami, la chaleur de ses mains si belles et si fortes, l'étincelle de gaieté qu'allumait le bonheur dans ses yeux clairs...
– Jean... mon Jean! Tu es là!... Oh! J'ai tant souffert sans toi... Mais comment es-tu ici?
– Je l'ai trouvé chez la comtesse Morosini quand j'y suis arrivé moi-même, expliqua Delacroix qui, par discrétion était resté près de la porte.
– Mais comment y étais-tu arrivé?
– Tu as envoyé ton adresse à François? C'était bien pour qu'il me la communique, non?
– Pourquoi ne m'as-tu pas écrit, alors?
– Parce que c'était préférable. Là-bas, tu sais, c'est un peu la guerre. Mais je te dirai...
– Tu es venu me rejoindre... ou me chercher?
– Ni l'un ni l'autre, Hortense, l'heure n'en est pas encore venue. Je suis seulement venu t'amener ton fils, comme je l'avais promis...
La violence de la joie qu'elle éprouva arracha Hortense des bras de Jean. Comme une folle, elle courut vers la porte.
– Mon fils? Tu as amené mon fils? Il est là?... Vite, je veux aller le rejoindre...
Elle s'agrippa au peintre qui, d'instinct, s'était mis en travers du seuil pour l'empêcher de le franchir dans son élan fou... Jean, d'ailleurs, l'avait rejointe et, doucement, la ramenait vers le centre de l'atelier.
– Pas maintenant. Il te faut encore de la patience, mon cœur. Il est chez ton amie avec sa nourrice et tu n'as rien à craindre pour lui. Il est bien...
– Ce serait trop dangereux pour vous de retourner là-bas, renchérit Delacroix. La comtesse vous supplie de ne pas bouger d'ici pour le moment. Le marquis votre oncle vous fait rechercher par la police...
– La police? Il ose?...
– Je crois qu'il est prêt à tout pour te retrouver. Cet homme est un monstre mais un monstre entêté et qui sait ce qu'il veut. Or, ce qu'il veut, c'est toi, ma douce...

– Eh bien, qu'il cherche, qu'il fouille tout Paris, qu'il y use des mois, des années! s'écria la jeune femme hors d'elle. Pendant ce temps, je vais fuir. Sais-tu à quoi je pensais tout à l'heure? Que je n'avais rien d'autre à faire que rentrer à Lauzargues. Là-bas tu sauras bien trouver un coin où me cacher. Ou alors je demanderai au bon Dr Brémont. Et puisque tu as réussi à reprendre notre enfant, nous allons repartir avec lui. Mardi, nous prendrons tous les trois la diligence...

– C'était bien imaginé, dit le peintre, mais dans l'état actuel des choses, c'est impossible. Si la police vous cherche, les départs des Messageries, les ports mêmes seront surveillés...

– Quelle importance! J'ai un passeport au nom de Mme Coudert, celui avec lequel je suis venue...

– Il peut t'aider à fuir ailleurs... mais pas en Auvergne. Contrairement à ce que tu imagines, Lauzargues ne s'attardera guère ici. Il devinera que, le sachant à Paris, tu n'auras qu'une idée : retrouver ton fils et profiter de son absence. C'est exactement ce que j'ai fait moi-même. J'ai profité de son départ pour reprendre l'enfant à la nourrice...

– La nourrice? Mais ne m'as-tu dit qu'elle est venue avec toi?

– Non. Celle qui est venue avec moi, c'est Jeannette, la nièce de François. L'enfant qu'elle a eu est mort à sa naissance. S'occuper du tien lui fait du bien et lui change les idées. Et puis cela ne fait jamais qu'une nourrice de plus qui, de chez nous, monte à Paris.

– Est-ce... qu'il a bien supporté le voyage?

– Mieux que je ne le croyais. C'est un sacré petit gaillard! dit Jean avec une tendresse qui ensoleilla d'un seul coup son visage. Mais il supporterait peut-être moins bien un voyage de retour aussi rapide. Il n'a tout de même que deux mois et demi...

– C'est vrai. Il me semble que les événements de Lauzargues datent d'un siècle...

Le rire de Delacroix rappela sa présence. Et aussi une chaude odeur de rhum flambé. Penché sur un grand bol où couraient de courtes flammes bleues, il confectionnait un punch dont il emplit bientôt trois grands verres – l'un seulement au tiers pour Hortense – qu'il alla prendre dans un grand placard creusé dans le mur.

– Heureusement qu'il n'en est rien! fit-il avec bonne

humeur? Un enfant d'un siècle! Fichtre!... Venez boire avec moi un peu de ce punch... C'est ce que je sers toujours à mes amis. Et puis la soirée est un peu fraîche...

– Vous tenez absolument à faire de moi une ivrognesse? sourit Hortense qui, brusquement, trouvait la vie superbe.

– Une ivrognesse? Ma chère, si vous saviez ce que peuvent ingurgiter impunément certaines femmes du monde que je connais, l'idée ne vous en effleurerait même pas. Nous allons boire à l'amitié... puis, je vous laisserai. Vous avez sûrement à vous dire une foule de choses au milieu desquelles des oreilles étrangères n'ont rien à faire.

– Voulez-vous dire que nous allons vous chasser de chez vous? demanda Jean.

Le peintre haussa les épaules.

– C'est un « chez moi » bien modeste. Si modeste que je lui refuse le titre. Disons que c'est l'endroit où je travaille. Et je connais au moins dix maisons qui ne demandent qu'à m'offrir l'hospitalité. Pour ce soir, j'irai chez mon ami Guillemardet. Mais, pour vous, il est important que vous ne bougiez pas d'ici. Mme Morosini vous le recommande instamment... Rassurez-vous, ma chère comtesse, elle s'occupe de vous activement. Demain Timour, en venant pour sa séance de pose, vous apportera d'autres vêtements que cette blouse ou votre robe de cour, moins voyants surtout. Et la journée ne se passera pas sans que votre amie ne donne de ses nouvelles d'une façon ou d'une autre.

– Viendra-t-elle? demanda Hortense. Je voudrais tellement la voir...

– Ce n'est pas certain. Après la visite qu'elle a reçue, elle craint d'être un peu surveillée. Buvons, à présent : le punch est juste à point.

Les deux hommes vidèrent leur verre d'un trait et même le remplirent de nouveau tandis qu'Hortense trempait ses lèvres avec précaution dans le breuvage. Brusquement, l'atmosphère avait changé. Elle était à présent celle d'une réunion amicale. On parla du Roi, de la Cour, de la bataille sourde qui opposait les ministres récemment nommés à la Chambre élue peu de temps auparavant et où l'opposition libérale l'emportait haut la main... Delacroix pensait que le peuple entier, travaillé de courants divergents dans leurs buts lointains mais uni momentanément dans son désir d'en finir avec les tentatives de résurrection de l'absolutisme, pourrait prendre feu au cas où le ministère ultra du prince de Polignac ferait un pas de trop. Les deux autres écoutaient. C'était une réunion entre gens de bonne compagnie mais, en fait, il s'agissait seulement d'attendre le passage du garçon de restaurant avec le repas du soir.

Quand il frappa, enfin, le peintre enferma les deux jeunes gens dans l'alcôve et fit semblant d'être absorbé par un dessin qu'il avait saisi rapidement. Ce qui dispensa l'homme de toute conversation...

Dès qu'il eut disparu, Delacroix jeta papier et crayon et saisit son chapeau...

– Vous voilà tranquilles jusqu'à demain matin! lança-t-il joyeusement. Je vous souhaite une bonne nuit... Demain, la comtesse Morosini nous dira sûrement ce qu'elle a décidé...

Un salut de comédie italienne et la porte verte se refermait sur lui. Cette fois, il avait laissé la clef qu'Hortense courut tourner dans la serrure. Puis elle tira le verrou et, le dos à la porte, fit face à Jean. Son cœur battait si fort dans sa poitrine qu'il l'étouffait à moitié.

– J'avais hâte, murmura-t-elle, tellement hâte qu'il s'en aille... qu'il nous laisse seuls!

– N'est-ce pas là de l'ingratitude pure? Il me semble que nous lui devons beaucoup...

– Oui... sans doute! Mais je ne veux plus rien savoir du monde extérieur... Il n'y a plus...

Lentement il venait à elle, ses yeux rivés à ceux de la jeune femme. Les mains plaquées contre le bois, elle le regardait venir en tremblant d'impatience et d'amour à la fois. Ce fut quand il fut contre elle qu'elle acheva sa phrase.

– ... que nous, Jean. Que toi et moi...

Déjà leurs bouches s'étaient jointes et se prenaient avec l'ardeur affamée que créent les longues séparations. Depuis qu'ils s'étaient rencontrés, ils ne formaient plus qu'un seul corps, une seule âme et la coupure imposée par les événements les avait laissés amputés, infirmes. A présent, les deux moitiés se rejoignaient avec un ineffable bonheur... Ils savaient qu'ils avaient une foule de choses à se dire mais le désir qui faisait cogner leurs cœurs et grondait dans leurs oreilles les rendait muets. Leurs lèvres se parlaient bien mieux en se caressant...

Un court instant, ils se séparèrent, haletants, le temps d'arracher chacun ses vêtements. Ils ne se touchaient que du regard et, quand Hortense, nue, voulut se couler contre le corps de Jean, il la maintint à distance d'un bras :

– Non... laisse-moi te regarder.

Elle ferma les yeux alors, s'adossa de nouveau au bois poli de la porte, sensible à ce regard qui la parcourait toute comme à une caresse. Elle sentit les mains qui se posaient sur ses épaules puis doucement, tendrement, descendaient, épousant la courbe d'un sein et en serrant un instant la pointe rose avant de continuer leur exploration le long d'une hanche. Quand l'une d'elles atteignit le plus secret d'elle-même Hortense gémit, ouvrit tout grands ses yeux dorés. Il était là, devant elle, si près d'elle et cependant seule sa main la touchait, l'ouvrait doucement. Il la dominait de la masse superbe de ses muscles durs, de son regard impérieux et cependant si tendre... Elle supplia.

– Prends-moi!... Tu me rends folle...

Le sourire révéla les dents de Jean aussi blanches que celles de ses loups.

– Tu veux?... Tout de suite?...

– Tu en as envie autant que moi...

– Bien sûr! Mais je voulais te l'entendre dire... Je voulais être certain que la sage comtesse de Lauzargues n'avait pas tué ma petite nymphe sauvage...

Il l'enleva dans ses bras, l'emporta jusqu'au divan où tous deux s'ensevelirent dans la mer de coussins. Leurs corps bien accordés y retrouvèrent aussitôt le rythme de la danse d'amour puis la vague du plaisir les emporta, les roula pour les rejeter pantelants, le cœur fou. A l'instant suprême, Hortense avait eu un long gémissement qui, le calme revenu, fit sourire Jean :

– Tu as hurlé comme une louve, fit-il, les lèvres contre sa gorge où la veine jugulaire battait encore au rythme de leur folie.

Elle l'écarta d'elle pour lui offrir ses lèvres.

– Je suis ta louve... Je t'ai déjà dit que je ne souhaitais rien de mieux que vivre avec toi... et notre enfant, dans une maison perdue au fond des bois, dans une combe sauvage comme il y en a tant chez nous...

Il la regarda, surpris :

– Tu as dit « chez nous »... Est-ce que tu le penses?

– Oh oui, je le pense! Vois-tu, lorsque j'ai connu Lauzargues, je venais d'être cruellement blessée et arrachée à une vie paisible, douillette. J'ai cru entrer en enfer. Et puis je t'ai connu, aimé et tout ce qui faisait ma vie a basculé. C'est ici, Jean, que je suis en enfer... Mon paradis, à présent, c'est ta petite maison au bord du torrent. Tu ne sais pas combien de fois je l'ai regrettée depuis que je suis arrivée...

Le visage de Jean se crispa au passage d'un souvenir sans doute désagréable. Et, en effet :

– Ma maison n'existe plus, Hortense... Après ton départ, le marquis et ses gens ont profité d'une de mes absences. Ils ont tout mis à sac, chez moi, et finalement ils ont tout brûlé... Il ne me reste rien. Je ne peux t'offrir ce rien, ma douce...

– Mon Dieu! gémit Hortense. Est-il possible qu'un être aussi malfaisant puisse respirer sous le soleil?

– Très possible, fit Jean. Je crois même qu'il doit en exister de pires. Ne serait-ce que celui qui a tenté de te tuer... Je ne suis pas si à plaindre. Nous nous sommes trouvés une grotte confortable, Luern et moi. Et puis François nous a aidés...

– Mais... le voyage, tes vêtements? Comment as-tu fait?

– Ça... c'est Mlle de Combert. Elle a été... très bonne pour moi.

– Dauphine? Alors que tu es en guerre avec le marquis! Mais elle n'a jamais aimé que lui au monde! Pourquoi t'aurait-elle aidé? Pour faire plaisir à son fermier?

– Non. Mais je crois qu'entre elle et le marquis il y a eu une grande dispute. François n'est pas bavard, tu le sais. Il a parlé seulement à mots couverts d'une scène terrible. Mlle de Combert était souffrante au moment de ton départ mais quand elle a appris ta fuite, elle s'est fait conduire à Lauzargues par François. Je ne sais pas, nous ne savons pas ce qu'elle et le marquis se sont dit. Mais quand elle a quitté le château, Mlle Dauphine semblait hors d'elle-même. Et puis, une fois dans la voiture elle a éclaté en sanglots. Cela lui a duré tout le temps du voyage. Quand elle est arrivée à Combert, elle est montée dans sa chambre et elle s'est couchée. Elle n'en est sortie que trois jours après. Elle n'avait plus figure humaine...

– Pauvre Dauphine! C'est une chose terrifiante que l'amour quelquefois...

– Une chose bien douce aussi, ne crois-tu pas?... Une chose dont on ne se lasse pas... que l'on pourrait refaire sans cesse...

Il avait recommencé à l'embrasser, promenant doucement ses lèvres sur ses yeux, son cou, sa bouche. A nouveau Hortense, oubliant Dauphine, sentit son corps frémir et se tendre en un appel impérieux. Sous les baisers de Jean, sous ce réseau brûlant dont il enveloppait tout son corps, elle se sentait mourir mais, cette fois, elle ne voulut pas recevoir sans rien donner en échange. Elle rendit baiser pour baiser, caresse pour caresse, trouvant un plaisir neuf à arracher des frissons à ce corps d'homme fait pour la lutte, le combat sans merci...

Plusieurs fois anéantis puis renaissant au désir, ils firent l'amour. Leur passion semblait grandir à mesure que la nuit s'avançait et il était tard, déjà, quand, enfin, ils s'aperçurent qu'ils n'avaient pas touché à leur dîner et qu'ils mouraient de faim.

Ils allèrent chercher le plateau et l'installèrent entre eux, au milieu de la tempête de coussins. Tout était froid mais leur semblait délicieux parce qu'ils le mangeaient ensemble. Jamais, jusqu'à présent, ils n'avaient partagé un repas depuis cette nuit d'hiver où Hortense, arrivant de Paris, était apparue dans le cercle des loups et où ils avaient partagé une simple tourte. Jamais non plus, ils n'avaient passé toute une nuit dans les bras l'un de l'autre. Alors, leur repas achevé, ils s'enlacèrent de nouveau mais, cette fois, ce fut pour goûter le plaisir tout neuf de dormir ensemble. Un dernier baiser ferma les yeux d'Hortense et l'envoya dans le monde merveilleux des rêves où tout est possible, même et surtout l'impossible...

Hortense dormait encore mais Jean, habitué aux réveils à l'aurore était déjà levé, habillé et avait remis de l'ordre dans la pièce quand Delacroix, vers dix heures du matin, frappa à la porte. Le peintre pliait sous le poids d'un panier plein de victuailles qu'il déposa auprès du poêle...

– Je vous ai apporté de quoi vous nourrir, dit-il. Je pense, en effet, que vous resterez encore aujourd'hui ici. C'est du moins ce que la comtesse Morosini m'a laissé entendre hier soir. Je suis passé au restaurant dire que je m'absentais. Ce sera plus prudent. Le garçon qui me sert est un brave homme, mais il est curieux et d'un curieux on peut toujours faire un bavard...

La tête d'Hortense, que le bruit avait réveillée, apparut entre les rideaux fermés.

– Nous n'allons tout de même pas vous priver de votre atelier? Ce serait trop injuste.

– Je ne vois aucune injustice là-dedans, fit Delacroix en riant de ce rire qui ressemblait tant à celui de Jean. Il faut que je reste un peu. Timour va venir pour son habituelle séance de pose. Si je ne vous encombre pas, je resterai avec vous jusqu'à cet après-midi...

Revêtue de la blouse de flanelle rouge, Hortense émergea tout à fait du divan et vint vers son hôte.

– Comment pourrons-nous jamais vous remercier?...

– Je suis déjà remercié. La comtesse Morosini m'a promis de poser enfin pour moi...

– Vous allez avoir votre Liberté? J'en suis très heureuse mais nous aimons à payer nos dettes nous-mêmes.

Il s'approcha d'elle et, d'un doigt léger posé sous son menton, releva son visage vers la lumière chaude qui tombait de la verrière du plafond.

– Pourquoi ne me paieriez-vous pas de la même monnaie? Vous êtes extrêmement belle, ce matin, madame. Il irradie de votre visage une clarté, une lumière que je n'y ai encore jamais vues. Est-ce que, vraiment, le bonheur peut donner tant d'éclat?

– C'est vrai, dit Hortense. Je suis infiniment heureuse et je vous dois ce bonheur en grande partie.

– N'exagérez pas. Je n'en suis pas la cause. Je ne vous ai offert qu'une boîte pour l'enfermer un moment. Mais je suis heureux de l'avoir rencontré. Je ne croyais pas qu'il existât...

– Vous avez tout ce qu'il faut pour être heureux, intervint Jean. Plus un véritable génie... Je ne suis qu'un homme des forêts mais je sais reconnaître l'exceptionnel quand je me trouve en face de lui, ajouta-t-il en allant prendre une grande toile qu'il avait examinée le matin et qui représentait l'esquisse de l'*Exécution du doge Marino Faliero*. La scène qui avait eu pour théâtre le palier du grand escalier au palais des Doges était recréée avec une grandeur et une splendeur à couper le souffle. Le corps décapité gisait au bas de la toile, dans une ombre qui était déjà de l'oubli... Il existait à peine. Ce qui existait, ce qui vivait, c'était le somptueux manteau ducal, éclatant d'or que trois hommes supportaient en haut des marches, le manteau qui proclamait que tout continuait et que la puissance de Venise demeurait intacte...

Un moment, tous trois demeurèrent silencieux, regardant le tableau. Ce fut Jean qui, en le reposant, rompit ce silence :

– Ne demandez pas trop à Dieu... Il vous a beaucoup donné. Nous, nous ne possédons rien qu'un bonheur précaire. Ces minutes que nous vivons grâce à vous, il nous faudra peut-être attendre longtemps pour en vivre de semblables...

Il refusa de voir le regard soudain chargé d'angoisse dont l'enveloppait Hortense. Devait-il donc la quitter si vite?... La question lui brûlait les lèvres mais elle la remit à plus tard. Emporté par la passion de son art et heureux d'avoir trouvé en cet inconnu un être capable de l'admirer aussi sincèrement, lui que l'on décriait tant parce qu'on ne le comprenait guère, Delacroix retournait ses tableaux, les montrait avec une joie évidente. Il arracha la toile qui recouvrait le grand chevalet et Hortense put voir, dressée soudain devant elle, la silhouette arrogante, formidable d'un cavalier turc qui ressemblait à Timour comme un frère mais un frère habité par la passion de la guerre...

– Je vais profiter du peu de temps que j'ai devant moi pour vous dessiner l'un et l'autre. Je n'ai pas souvent l'occasion de rencontrer pareilles figures.

Il commença par Hortense qu'il assit sur la petite estrade après avoir arrangé autour d'elle le vêtement couleur de sang. Puis il esquissa rapidement, tandis que Jean se plaçait derrière lui pour suivre son travail.

Timour arriva vers onze heures. Le Turc portait un grand panier-alibi d'où émergeait le col de deux bouteilles mais qui contenait en réalité les vêtements d'Hortense. Il avait aussi une lettre qu'il remit à la jeune femme.

« Il est hors de question que vous reveniez ici, ma pauvre amie, écrivait Felicia. Ma maison est surveillée comme si l'on me soupçonnait de vouloir faire sauter les Tuileries. Mais demain quelqu'un viendra vous prendre pour vous conduire en lieu sûr. Votre fils – quel amour! – est parti ce matin pour la même destination, caché dans le panier à provisions de Lydia et suivi par sa nourrice habillée comme une femme de chambre. Vous le retrouverez là où vous irez. Je vous y rejoindrai et vous expliquerai ce que nous allons faire. Mais surtout gardez espoir et confiance. Ce n'est qu'un mauvais moment à passer et les événements travaillent pour nous. Je vous embrasse... »

En dépit des nouvelles peu réjouissantes qu'elle contenait, la lettre de Felicia n'en trahissait pas moins une sorte d'allégresse. Depuis quelque temps déjà, Hortense soupçonnait son amie de se plaire à conspirer. Felicia, de toute évidence, aimait les atmosphères étranges, trouvait plaisir à coqueter avec le danger et, en résumé, se mouvait dans les méandres brumeux des ennuis d'Hortense comme un poisson dans l'eau. N'eût été le fait qu'elle était profondément inquiète du sort de son frère et que la plaie laissée par la mort de son mari était mal cicatrisée, Felicia Orsini comtesse Morosini eût été la femme la plus heureuse du monde...

Au début de l'après-midi, Hortense et Jean se retrouvèrent seuls. Les autres étaient partis. Timour, depuis un moment déjà, Delacroix depuis quelques minutes. Assis l'un près de l'autre, se tenant simplement par la main, ils ne disaient rien. Leur amour éclos au cœur d'une nature sauvage avait besoin de silence. Égoïstement, ils regrettaient ces instants qu'il avait fallu dépenser pour la reconnaissance et l'amitié... Depuis le matin, une angoisse pesait sur Hortense. Elle murmura :

– Tout à l'heure tu as dit que nous ne serions pas heureux avant longtemps... Tu vas repartir?

– Il le faut... Je ne suis venu ici que pour très peu de temps.

Sentant trembler soudain les doigts menus au creux de sa main, il en resserra doucement l'étreinte.

– Tu repars... bientôt?

– Demain. Je prendrai la diligence de deux heures...

– Ah!...

Il y avait tant de douleur dans cette courte syllabe que Jean, ému, enveloppa étroitement Hortense de ses bras...

– Mais je ne la prendrai que si je suis certain que tu es en sûreté. Mon cœur, je suis venu seulement pour t'amener ton fils. Cela fait, il faut que je retourne là-bas au plus tôt...

– Les loups ont à ce point besoin de toi?

– Pas vraiment. C'est l'été et, en cette saison, ils regagnent les profondeurs des forêts où le gibier leur suffit. Quant à Luern, il est habitué à François au cas où il ne trouverait pas sa pitance. Il habite notre grotte pour le moment. Non, si je dois rentrer c'est parce qu'il me faut préparer l'hiver, me reconstruire une maison. Elle sera sur les terres de Mlle de Combert... Enfin, vois-tu, les villes ne sont pas mon fait. Ici j'étouffe...

– Nous étions enfermés aussi quand nous nous aimions dans notre grotte...

– Je ne parle pas de cette pièce. Par le bonheur que j'y vis, elle brille pour moi de tous les soleils du paradis. Je parle de cette énorme ville. J'ai commencé à étouffer en descendant de la malle-poste. Et tu le sais très bien, d'ailleurs... Loin des forêts, je ne saurais pas vivre...

– Oui, je le sais. Mais c'est une pauvre excuse pour me quitter déjà...

– Il n'y a pas que cela : il y a le marquis. Je sais, je sens qu'il va rentrer bientôt... Il faut que je sois là-bas pour l'affronter. Il faut que je l'empêche de nuire. Sais-tu que Mlle de Combert craint pour sa vie à présent?...

– Qu'a-t-elle à craindre? fit Hortense acerbe et vaguement jalouse d'entendre Jean employer constamment ce nom. Et que t'a-t-elle fait pour que vous soyez si proches maintenant? Elle t'ignorait et même je crois bien qu'elle te détestait...

Jean alors raconta comment, après la scène qu'elle avait vécue à Lauzargues, Dauphine avait ordonné à François de lui amener son ami. Elle l'avait reçu dans le salon fleuri qu'Hortense connaissait si bien et Jean, la voyant étendue sur une chaise longue, une couverture sur les jambes, avait été effrayé de sa mine défaite.

« Je sais que vous avez aidé Mme de Lauzargues à s'enfuir, m'a-t-elle dit, et vous avez bien fait. A présent, il faut lui rendre son enfant. Je sais où il est... Dès que l'occasion sera favorable je vous le ferai savoir... »

– Elle a tenu parole, dit Jean. C'est elle, encore une fois, qui m'a fait prévenir et qui m'a donné les moyens de venir ici mais, en échange, elle m'a demandé de ne pas m'attarder : « C'est ici, a-t-elle ajouté, que vous devez combattre le marquis, sur cette terre qui devrait être vôtre... Et je crois que vous êtes loin d'en avoir fini, avec lui... Moi aussi, d'ailleurs... »

– Mais, reprit Hortense, je ne vois pas dans tout cela que Dauphine craigne pour sa vie?

– Ce n'est pas elle qui me l'a dit. C'est François. Et, tu le sais, François ne dit jamais rien dont il ne soit certain... D'ailleurs, c'est assez facile à comprendre. Quand le marquis s'apercevra que l'enfant a disparu, il sera comme un fauve. Nul ne sera à l'abri de ses coups. Et s'il découvre qui a livré le secret de la cachette...

– Et qui l'a enlevé, oh, Jean! c'est toi qui seras en danger, toi!

– Je ne le crains pas. Et même j'espère qu'il m'attaquera. Mais, elle, ce n'est qu'une femme malade, fragile...

– Tu espères qu'il t'attaquera? Oh, mon amour, tu es seul et il aura toute l'aide que procure l'argent...

– J'ai celle des loups. Et puis... si tu veux revenir un jour à Lauzargues, il faut l'empêcher définitivement de nuire.

– Veux-tu dire que... tu le tuerais? Il est ton père, malgré tout...

– Je ne le chercherai pas, Hortense, mais je me défendrai. Voilà pourquoi je souhaite qu'il s'en prenne à moi. A présent... oublions-le, veux-tu? Il nous reste si peu de temps...

Ils avaient vécu leur première nuit dans l'ardeur passionnée des retrouvailles, dans la voracité d'une faim ancienne, faisant l'amour avec une sorte de frénésie comme s'ils pensaient ne jamais trouver l'apaisement. Ce fut différent, cette nuit-là...

Dans la lumière douce de la grosse lampe à huile qui baignait leur couche, ils s'aimèrent avec une tendresse éperdue, avec de longs silences où ils demeuraient serrés l'un contre l'autre, soudés par l'amour plus encore que par la chair. De temps en temps, ils parlaient aussi, se murmurant ces mots doux et insensés que l'amour a inventés depuis la nuit des temps et qui sont le vocabulaire propre des amants. Des mots qui n'ont de signification que pour eux seuls. Ils ne dormirent pas, bien sûr, ne voulant perdre aucun de ces instants miraculeux où il leur semblait se redécouvrir sans cesse.

A mesure que le temps coulait à la pendule de bronze doré, dernière épave d'une famille qui avait été riche, Hortense avait l'impression que son cœur se resserrait. Elle écoutait les heures avec l'angoisse du condamné qui a conscience de vivre ses derniers moments, qui sait la hache inéluctable. Tout à l'heure, elle serait amputée d'une partie d'elle-même, la plus chère. Tout à l'heure, elle serait séparée de Jean et ils s'en iraient chacun dans une direction différente. Qu'importait alors à la jeune femme si la sienne la conduisait à la sécurité... Seul adoucissement dans ce naufrage, la pensée de l'enfant qu'elle allait revoir enfin, l'enfant qui était leur, chair de l'un aussi bien que de l'autre...

Quand l'aurore fit couler sur la verrière ses ors roses, Jean et Hortense s'aimèrent une dernière fois avec la passion désespérée des adieux, entrecoupant leurs baisers de questions fiévreuses :

– Nous nous retrouverons, n'est-ce pas? Un jour nous reviendrons l'un vers l'autre?...

Cela, c'était elle.

– Il faut le croire, Hortense, car il ne peut pas en être autrement. Je ne peux pas imaginer une vie où tu ne serais plus. Avant toi, je n'étais qu'un arbre planté dans la terre d'Auvergne parmi beaucoup d'autres. Tu m'as fait exister...

Cela, c'était lui.

Ils quittèrent le lit comme on quitte un asile. Un instant, ils demeurèrent debout l'un en face de l'autre aussi nus qu'Adam et Ève au moment où s'élevaient entre eux et le Paradis les flammes de l'épée de l'Archange. Ils se donnèrent un long baiser comme, au bord de la route, on boit la dernière rasade porteuse de force et de courage. Puis ils se préparèrent. Hortense fit du café sur le réchaud du peintre. Jean rangea ce qui avait été leur chambre puis ils prirent ensemble ce repas qui leur donnait l'illusion d'une vie d'époux. C'était absurdement doux pour Hortense de beurrer les tartines de Jean, de doser pour lui le sucre du café. Le moindre geste prenait une valeur immense...

Et puis, assis côte à côte, et la main dans la main, comme la veille, ils attendirent...

Pas très longtemps. Delacroix, comme il l'avait dit, fut là de bonne heure. Il annonçait que l'on viendrait chercher Hortense vers dix heures. Lui-même tiendrait compagnie à Jean jusqu'à l'heure de le conduire aux Messageries.

– Ne puis-je au moins rester avec lui jusqu'au moment du départ? plaida la jeune femme.

– C'est un peu difficile. Ce n'est pas un fiacre qui va venir vous prendre. C'est la voiture du prince de Talleyrand. Vous allez chez la duchesse de Dino...

– Chez la duchesse? C'est là que l'on a conduit mon fils?

Delacroix sourit avec un brin de malice.

– Nous n'avons pas trouvé mieux pour le moment. Cela vous ennuie?

– Non. Cela me gêne plutôt! Une si grande dame, un si grand seigneur...

– Ils sont, vous le verrez, les meilleurs gens du monde! En outre, quelle protection plus assurée voulez-vous trouver? Nul ne s'étonnera de voir une voiture de leur maison entrer ou sortir de chez moi. Il arrive que le prince ou la duchesse m'honore d'une visite. Acceptez donc ce qu'ils vous offrent...

– Pardonnez-moi. Je me sens ingrate...

De toute façon, il était impossible de faire quoi que ce soit pour retarder la venue de la voiture... Hortense serra plus fort la main de Jean qu'elle tenait encore.

– Si peu de temps et puis...

– Courage! Je t'avais promis de te rendre notre enfant et je te l'ai rendu. A présent, je te promets que nous nous retrouverons...

– Quand? Dans l'éternité?

– Ce ne serait déjà pas si mal! fit-il avec un sourire si confiant qu'elle y puisa soudain une force nouvelle. Mais je suis sûr que le plan de la Providence pour nous deux n'est pas de nous tenir trop longtemps éloignés. Et même... si cette séparation devait durer, je n'aimerai jamais que toi. J'ai confiance, parce que je vais t'emporter avec moi...

Dix heures sonnaient à la pendule dorée quand, sans que l'on eût frappé, la porte s'ouvrit sous une main décidée. La duchesse de Dino, en robe de mousseline blanche, parut. Un joyeux bonjour à Delacroix, un coup d'œil curieux vite changé en sourire à l'adresse de Jean qui s'inclinait et, comme si elle l'avait quittée quelques instants plus tôt, elle s'adressait à Hortense, qui plongeait dans une révérence.

– Vite, petite! Je ne peux m'arrêter que quelques minutes. Il y a chez moi quelqu'un qui vous attend avec impatience... Messieurs, je vous salue bien! Ah! cher Eugène, songez à venir ce soir ou demain rue Saint-

Florentin... Le prince serait heureux de vous voir avant de repartir pour Valençay.

– Je n'y manquerai pas, Madame la Duchesse.

D'un mouvement plein de charmante spontanéité, elle lui tendit sa main à baiser :

– Voilà comme je vous aime : aimable et obéissant ! fit-elle gaiement. Monsieur, j'aimerais à vous connaître davantage, ajouta-t-elle pour Jean, mais il apparaît que le temps nous manque. Je vous souhaite beaucoup de bonheur...

– J'en souhaite tout autant à Votre Grâce, Madame, puisqu'elle veut bien veiller sur le mien.

– Hum ! On sait son monde en Auvergne ! dit-elle en lui tendant aussi sa main...

L'instant douloureux était venu pour Hortense et pour Jean. Ils ne voulurent pas lui donner, devant cette grande dame peut-être un peu curieuse, un aspect trop expansif. Aussi bien ils s'étaient déjà dit adieu...

Avec un regard qui contenait tout son amour, Hortense tendit simplement sa main que Jean effleura de ses lèvres :

– Bonne route, mon ami ! Je vous ferai tenir de mes nouvelles et vous dirai où m'en faire parvenir... Et puis... saluez pour moi Mlle de Combert. Je crois, tout compte fait, que je l'aime beaucoup...

En dépit de son courage, les larmes montaient. Elle se détourna rapidement, posa sur la joue du peintre un baiser amical et disparut derrière la porte verte.

Deuxième Partie

UN VENT DE RÉVOLUTION

CHAPITRE VI

LA PETITE MAISON DE SAINT-MANDÉ

Entre le quai Voltaire et la place Louis-XV, dans un coin de laquelle s'élevait l'hôtel du prince de Talleyrand, la distance n'était pas longue mais elle suffit à Mme de Dino pour donner à Hortense quelques explications. Coupant court aux remerciements un peu gênés de la jeune femme, elle déclara :

– Vous ne me devez rien. C'est un devoir pour les honnêtes gens, mécontents d'un régime détestable, de s'entraider. C'est donc votre chance qu'il faut remercier, ma chère. Si la visite du roi de Naples n'avait obligé mon oncle qui est Grand chambellan, à quitter pour quelques jours son château de Valençay, il m'eût été impossible de vous aider. D'ailleurs, nous repartons dès demain. Au fait, je ne vous demande pas si vous souhaitez nous accompagner? La comtesse Morosini prétend que vous n'y consentiriez pas...

– Elle a tout à fait raison, Madame la Duchesse. Je suis venue à Paris pour y accomplir une certaine tâche qui est de faire la lumière sur la mort de mes parents et de retrouver ma fortune. Cela me serait plus difficile d'un château dont je ne sais d'ailleurs même pas où il se trouve.

– Dans le Berry. Je ne vous cache pas cependant que votre entreprise me semble fort hasardée. Vous devez vous cacher pour ne pas retomber aux mains du marquis, votre oncle, et vous êtes plutôt mal avec la Cour. Il serait peut-être plus sage de vous éloigner?

– Le marquis ne restera pas toujours à Paris. Il faut qu'il retourne à Lauzargues. Quant à... l'autre danger qui me menace, il suffira pour le conjurer de trouver un endroit suffisamment caché pour que l'on suppose que j'aie quitté Paris. Là, je pourrai attendre les événements. Depuis mon arrivée, on me laisse entendre qu'un changement favorable pourrait se présenter.

– C'est ce à quoi nous travaillons tous. Depuis leur retour, les Bourbons ont presque réussi à me faire regretter Napoléon. Dieu sait pourtant si je le détestais! Mais soyez en repos, Mme Morosini s'occupe de vous et nous la verrons tout à l'heure.

On arrivait. La voiture avait traversé la place Louis-XV, grand espace herbeux sur lequel la statue du Bien-Aimé n'avait jamais repris sa place et s'engageait dans la rue Saint-Florentin. Presque aussitôt, elle franchit un monumental portail à colonnes et s'arrêta enfin devant une haute porte vitrée gardée par des lions de pierre et abritée sous une marquise de tôle découpée.

Derrière la duchesse, Hortense déjà émue monta sans en rien voir un magnifique escalier de pierre blanche orné de tableaux et de statues. Le luxe de sa maison paternelle l'avait rendue peu sensible à celui des autres et elle ne pensait qu'à une chose : elle allait revoir son fils, le tenir dans ses bras...

On n'alla pas plus haut que l'entresol. Là, deux portes peintes d'une belle couleur ivoire relevée de filets d'or donnaient à droite sur les appartements du prince, à gauche sur ceux de la duchesse. Celle de gauche s'ouvrit d'elle-même. C'était l'un des raffinements de cette demeure exceptionnelle : les portes semblaient s'ouvrir sans le secours de mains humaines car rien ne devait en troubler – à l'exception des jours de réception – le silence feutré. Il était bon qu'une maison où pensait l'un des cerveaux les plus puissants du monde eût cette atmosphère un peu mystérieuse.

Traversant l'antichambre, une enfilade de salons et une bibliothèque, Mme de Dino conduisit sa compagne jusqu'à une chambre, où une femme en noir enveloppée dans un grand tablier blanc amidonné s'activait autour d'un berceau.

Hortense ne vit que ce berceau. Incapable de se contenir plus longtemps elle s'élança vers lui et se pencha, le cœur bouleversé...

– Il vient de s'endormir, Madame la Comtesse, murmura une voix à son oreille.

– Je ne le réveillerai pas... Je veux seulement le regarder... Comme il est beau!

Les yeux brouillés par des larmes de joie, elle contempla la minuscule figure au-dessus de laquelle les fins cheveux noirs commençaient à boucler. D'un joli brun doré, le bébé avait l'air d'une pêche de vigne tant ses petites joues rondes étaient fraîches et duvetées. Il dormait avec application, ses petits poings bien serrés, tandis que sa bouche mignonne esquissait une lippe volontaire... Doucement, tout doucement, Hortense caressa l'un des petits poings qui aussitôt, sans que l'enfant s'éveillât, s'ouvrit, s'épanouit comme une minuscule étoile de mer puis se referma sur le doigt maternel.

Figée dans son adoration silencieuse, Hortense n'osait bouger. Cette petite main refermée sur la sienne renouait le lien si cruellement rompu par le marquis au lendemain de la naissance du petit garçon. La jeune mère en sentait la chaleur jusqu'au fond de son cœur... Mais l'enfant replongeait dans les profondeurs du sommeil et ses petits doigts s'ouvrirent à nouveau libérant Hortense. Elle se releva et sourit à la jeune femme brune qui, debout de l'autre côté du berceau, contemplait elle aussi son nourrisson.

– Je vous reconnais. Nous nous sommes déjà vues à Combert au temps de mes fiançailles. Vous êtes Jeannette, la nièce de François Devès?

– Pour vous servir, Madame la Comtesse... et pour servir aussi Monsieur le Comte.

– Monsieur le Comte?... Ah oui! rit Hortense, réalisant que le titre pompeux s'appliquait à son bébé. Je ne sais comment vous remercier de consentir à vous occuper de lui. Mais, ajouta-t-elle avec une soudaine inquiétude, vous n'allez peut-être pas pouvoir continuer?

– Pourquoi donc?

– ... Parce que vous souhaitez sans doute retourner à Combert, auprès des vôtres?

Un nuage passa sur les yeux gris de la jeune femme, si semblables à ceux de François.

– Les miens? Il ne me reste que mon oncle et il ne s'attend pas à ce que je revienne de sitôt... A moins que cela ne vous déplaise, j'aimerais continuer à m'occuper du bébé. Il est si beau, si mignon! Je crois que je suis déjà attachée à lui...

– Me déplaire? Jeannette, je ne demande que cela et je vous remercie de tout mon cœur!

Elle embrassa la jeune nourrice.

– Au fait, comment l'appelez-vous?... Je veux dire quel prénom lui donnez-vous?

– On ne lui en donne pas encore. Il est si petit! Mais est-ce qu'il ne s'appelle pas Foulques-Étienne-Victor?

Un peu surprise à l'énoncé de ce triple nom dont elle n'attendait que le tiers, Hortense sourit :

– Je sais que le marquis de Lauzargues tient essentiellement à l'appeler Foulques, comme lui-même. Mais pour moi, il a toujours été Étienne. Voulez-vous vous en souvenir?

– Bien sûr, Madame la Comtesse. C'est tout naturel d'ailleurs. Le comte Étienne était si doux, si aimable avec les petites gens...

Heureuse de ce compliment décerné à l'ombre trop oubliée de son époux, et désormais tranquillisée sur le confort de son fils, Hortense alla faire un peu de toilette dans la chambre que lui avait fait donner Mme de Dino. Celle-ci entendait, en effet, la présenter au maître de la maison.

– Son lever a lieu vers midi. Il y a toujours une sorte de foule, dit-elle comme si c'eût été la chose la plus naturelle du monde qu'un simple particulier, même Grand chambellan, même prince, ressuscitât pour son usage des rites proprement royaux. Mais, rassurez-vous, il n'y a aucun risque pour vous d'y voir quelque membre de la Cour. Nous recevons surtout des hommes politiques et des étrangers...

Jugeant normal d'être présentée à un homme qui l'abritait sous son toit, Hortense garda ses réflexions pour elle-même. Elle n'était d'ailleurs qu'au début de ses surprises...

Traversant le palier sur le coup de midi, elle fut introduite par la duchesse dans un grand salon, relativement bas de plafond comme tout l'étage mais décoré avec un grand luxe sentant tout à fait l'Ancien Régime. L'ivoire et l'or en étaient les tonalités générales et de grands lustres à cristaux taillés pendaient du plafond. Quelques dames âgées mais toutes habillées avec une grande élégance sous des chapeaux chargés de plumes et de fleurs y bavardaient à mi-voix avec des hommes de tous âges et de toutes tailles. L'un d'eux, debout près d'une petite table où reposait une sacoche de cuir, devait être médecin. Derrière lui, trois valets en livrée gris et or dont l'un tenait une cuvette remplie d'eau et un autre des serviettes attendaient.

Mme de Dino eut à peine le temps de saluer ou de recevoir les saluts de quelques dames. Déjà les doubles portes de la chambre s'ouvraient laissant voir un vaste lit de parade drapé de soieries jaune d'or... et un étrange trio. C'était, porté plus que soutenu par deux valets en habits noirs, une sorte de paquet d'étoffes et de bonnets, le tout recouvert d'une douillette de taffetas gris. On y distinguait un visage pâle et ridé dont la peau presque blême collait à l'ossature et la révélait. Sans les cheveux blancs qui tombaient en boucles emmêlées de chaque côté, cette figure eût pu évoquer d'assez près une tête de mort. Les yeux, d'un bleu délavé, étaient ternes et les plis qui encadraient la bouche accentuaient son expression méprisante...

Le regard d'Hortense alla du prince à sa nièce, très belle dans une robe de soie ivoire ornée de dentelles. Se pouvait-il que cet homme et cette femme se fussent aimés passionnément, s'aimassent peut-être encore? Si l'on en croyait l'empressement tendre avec lequel la duchesse allait embrasser l'étrange apparition, cela pouvait être vrai... D'ailleurs, derrière elle, les autres dames se précipitaient. C'était à qui embrasserait aussi. Seule, Hortense resta à sa place, attendant sans trop savoir quoi. Mais le regard terne venait de se poser sur elle et, déjà, Mme de Dino lui faisait signe d'approcher. En même temps, elle se penchait à l'oreille de Talleyrand pour lui murmurer quelque chose.

Il hocha la tête puis l'inclina pour répondre à la révérence de la jeune femme :

– Serviteur, Madame! fit-il d'une voix sépulcrale. Nous avons beaucoup connu votre père... Vous avez raison de soutenir sa mémoire!

– Votre Altesse est infiniment bonne de me le dire, murmura la jeune femme émue. La mémoire de mes parents m'est, en effet, très chère et je m'attache...

– Sans doute, sans doute! Mme de Dino vous veut du bien. C'est une grande chance pour vous mais n'en abusez pas!

Blessée, le rouge aux joues, Hortense n'eut pas le temps de dire qu'il n'était jamais entré dans ses intentions d'abuser de qui que ce soit, et moins encore d'une dame qu'elle connaissait à peine. Déjà quelqu'un la poussait doucement de côté : il fallait laisser passer le prince que ses valets menaient vers une glace où il considéra longuement son visage, comme s'il en comptait les rides et les taches de vieillesse. Puis on l'assit dans un fauteuil pour qu'il pût procéder à sa toilette. C'était une opération longue et peu agréable à contempler.

Talleyrand commença par plonger sa figure dans la cuvette que tenait le laquais et entreprit d'y récurer ses fosses nasales. Avec son nez, Son Altesse Sérénissime aspira une grande quantité d'eau, la rejeta par la bouche avec un bruit de tuyau engorgé. Puis recommença. Cela dura un bon quart d'heure après quoi une seconde cuvette apparut. Cette fois, il s'agissait de prendre un bain de pieds.

Talleyrand usa un autre quart d'heure à tremper dans l'eau parfumée son pied atrophié et l'autre qui n'était guère plus appétissant tout en livrant sa chevelure à son coiffeur. Une odeur de cheveux chauffés emplit la pièce. Mais, son visage étant libéré, le prince à présent parlait, appelant auprès de son fauteuil l'une ou l'autre des personnes présentes.

– J'ai reçu votre lettre, mon cher Royer-Collard, dit-il au président de la Chambre, bel homme d'une soixantaine d'années à la bouche énergique et au regard plein de feu. Et je veux vous dire ceci : ne vous y trompez pas, je n'ai pas cessé de souhaiter le maintien de la Restauration et je rejette toute solidarité avec ceux qui poussent à sa chute... Ah, monsieur l'ambassadeur! Vous voilà! Que c'est aimable à vous d'être venu jusqu'à moi!... Mon cher préfet, nous aurons tout à l'heure une longue conversation. Les provinces ont besoin d'être soutenues... Monsieur le comte Greffulhe, je vous entretiendrai plus tard de notre affaire...

Cela ne cessait pas. Les visiteurs s'approchaient puis reculaient comme dans un ballet bien réglé. Pendant ce temps, Talleyrand perdait peu à peu son aspect de Lazare sortant du tombeau pour prendre forme humaine. Hortense, fascinée en dépit de l'espèce de dégoût qu'il lui inspirait, put voir qu'il avait un grand front plein d'intelligence et que, dans ce demi-vivant, l'esprit demeurait vif, acéré. Il traitait plusieurs affaires à la fois et quand, débarrassé de toutes les flanelles qui l'enveloppaient, il eut passé ses culottes, ses bas de soie et ses souliers à larges boucles, il saisit sa canne à pommeau d'or et commença, tout en s'habillant, une série de marches et de contremarches à travers le salon poursuivi par les valets chargés de lui passer de nouvelles flanelles, sa chemise blanche, enfin son gilet et son habit. Peu à peu, les dames se retiraient. C'était l'heure où le prince traitait de ses affaires et elles avaient le choix entre se rendre à la salle à manger pour une collation ou rentrer tout simplement chez elles.

La duchesse emmena Hortense, soulagée d'échapper à cette atmosphère qui, dans son genre, lui était apparue comme aussi étouffante que celle des Tuileries. Mais elle avait quelque chose à dire et elle le dit.

– Madame la Duchesse, j'ai cru comprendre que le prince n'approuve guère ma venue ici. Il vaut mieux, je crois, que je ne m'attarde pas. Êtes-vous certaine que la comtesse Morosini doit venir?...

– Tout à fait certaine. Quant à mon oncle, ne vous tourmentez pas pour lui. C'est l'un de ses principes de me laisser mener mes affaires et mes amitiés comme je l'entends. Une manière comme une autre d'éviter de se compromettre. Mais il aurait été très mécontent si vous n'étiez pas venue le saluer. Au surplus, rassurez-vous, dès demain vous aurez quitté cette maison. D'ailleurs, je vous l'ai dit, nous partons nous-mêmes pour Valencay d'où nous gagnerons les eaux de Bourbon-l'Archambault

Comme l'avait prédit la duchesse, Felicia apparut dans l'après-midi, rayonnante dans une robe de mousseline couleur de fumée égayée par un châle du même rose que les fleurs de son grand chapeau. Elle avait tout à fait la mine d'une femme du monde qui s'en vient faire une visite à une amie et rien dans sa mise ou dans son comportement ne suggérait une âme troublée, fût-ce par le plus léger souci. Pourtant quand, dans le salon de la duchesse, elle retrouva son amie, elle eut, en l'embrassant, des larmes dans les yeux.

– J'ai cru mourir d'inquiétude quand vous n'êtes pas revenue, dimanche, soupira-t-elle. Et même à présent, je vous l'avoue, je ne suis pas très rassurée.

– Vous n'avez plus aucune raison d'être inquiète, coupa Mme de Dino. Votre amie est parfaitement en sûreté ici et si vous n'avez pas trouvé le refuge que vous espériez, je peux toujours l'envoyer à Rochecotte...

– Vous êtes infiniment bonne, Madame la Duchesse, mais c'est bien inutile. J'ai trouvé et, demain, une voiture viendra chercher Mme de Lauzargues, son fils et sa servante pour les conduire dans un lieu que je crois sûr. Mais je l'avoue, la visite domiciliaire que j'ai subie l'autre jour m'a laissé une mauvaise impression. Je vois des mouchards et des espions partout... et puis il y a autre chose, Hortense : hier soir, j'ai rencontré votre oncle.

– Mon Dieu! Il est encore à Paris? J'espérais tant qu'il repartirait très vite! Je supposais qu'il me croirait retournée en Auvergne...

– J'ai fait ce que j'ai pu pour cela mais je ne suis pas certaine qu'il m'ait crue...

– Dites-nous d'abord où vous l'avez rencontré et ce qu'il vous a dit, fit Mme de Dino...

– C'est trop juste. Pensant qu'il était bon que je reprenne mes habitudes comme si de rien n'était, je suis allée hier soir à l'Opéra-Comique entendre cette chose fade mais assez aimable qui s'intitule *la Petite Maison.* J'ai vu alors entrer dans une loge San Severo accompagné d'un homme que j'ai reconnu à la description que vous m'en avez faite. Et, en effet, quand ces messieurs sont venus me saluer, à l'entracte, j'ai perdu mon dernier espoir de me tromper : il s'agissait bien du marquis de Lauzargues.

– Vous a-t-il parlé de moi?

– Il n'a même parlé que de vous. Il semblait fort soucieux. Il a demandé si j'avais de vos nouvelles. J'ai pris alors un air riant pour dire que je n'en avais pas de fraîches mais que j'en avais eu et que j'en attendais d'autres. Il a riposté qu'il ne voyait pas comment je pouvais en avoir eu puisque vous n'étiez pas rentrée à la maison. La moutarde, alors, m'a monté au nez : « Je sais, ai-je dit, que vous n'en ignorez rien puisque, après avoir fait fouiller ma maison, vous avez osé la faire surveiller comme n'importe quel repaire de brigands. » Il s'est alors confondu en excuses et m'a suppliée de dire ce que je savais...

– Qu'avez-vous dit?

– Eh bien! mais... qu'ayant quelque argent sur vous, vous vous étiez réfugiée dans un hôtel de voyageurs d'où vous m'aviez demandé des vêtements plus convenables. Généreusement payés, vos hôteliers ont consenti à se taire et même à prendre pour vous un passage sur la malle-poste. Là, il s'est récrié : « La malle-poste? C'est impossible. Tous les départs sur Clermont sont surveillés! » Alors là, j'ai éclaté : « Quelle sorte de gentilhomme êtes-vous, marquis, pour oser pourchasser ainsi une femme de votre sang? Vous osez faire appel à la police contre elle? Je ne vous fais pas mon compliment... Malheureusement pour vous cela n'a servi de rien : Mme de Lauzargues a pris la diligence de Toulouse. Il lui sera facile en cours de route de prendre une autre voiture la ramenant vers l'Auvergne... Mais, rassurez-vous, elle m'a promis de m'envoyer de ses nouvelles dès son arrivée... »

Felicia reprit son souffle, un peu écourté par l'espèce de scène à deux voix qu'elle venait de jouer avec quelque talent pour ses auditrices.

– Le marquis m'a fait entendre qu'il lui serait tout particulièrement agréable de pouvoir prendre connaissance desdites nouvelles. Je lui ai répondu que mon courrier ne regardait que moi. Là-dessus l'entracte s'est achevé et mes envahisseurs ont regagné leurs places. Mais ils n'ont pas suivi grand-chose de la pièce. De ma loge, je les voyais se parler bas en jetant, de temps à autre, des regards de mon côté. En fait, ma chère Hortense, je ne suis pas certaine de les avoir convaincus...

– Il faut qu'ils le soient! s'écria la duchesse. Vous dites, ma chère amie, que votre maison est toujours surveillée?

– Oh, j'en suis absolument persuadée! Quand mes serviteurs vont au marché ou faire quelque course, ils aperçoivent toujours au moins une silhouette noire qui disparaît à leur approche...

– C'est excellent!

– Ah! Vous trouvez?

– Mais oui. Vous allez donner à vos espions une pâture capable de convaincre le marquis. L'important est qu'il reparte... n'est-ce pas?

– San Severo continuera la surveillance.

– Ce n'est pas certain. Il a fort à faire avec ses confrères banquiers, principalement avec les banques Laffitte et Greffulhe qui montrent depuis quelque temps une curiosité de plus en plus méfiante touchant les affaires que traite la banque Granier. La réputation de San Severo s'effrite lentement et s'il n'était pas soutenu par la Cour à cause des quelques gouttes de sang royal qu'il porte en lui, il n'aurait jamais réussi à s'emparer des commandes d'une maison jusqu'alors irréprochable. En outre... il a trop de subtilité pour ne pas comprendre que le sol devient mouvant sous ses pas comme sous ceux du régime. Et je croirais volontiers que, si des événements se préparent, il fera tout son possible pour n'y être pas mêlé et les contempler de loin. Il s'est acheté récemment un château en Normandie destiné sans doute à ce repli stratégique.

– Ce serait là une bonne nouvelle en attendant qu'il soit possible de lui faire rendre gorge, dit Hortense. Mais comment pensez-vous convaincre mon oncle de mon retour en Auvergne, Madame la Duchesse?

– Oh, c'est fort simple. Dans quelques jours, Mme Morosini enverra sa camériste – si elle en a une suffisamment intelligente pour bien jouer un rôle...

– J'ai Lydia. C'est une fabuleuse comédienne.

– A merveille! Donc vous enverrez aux Messageries cette Lydia porteuse d'une lettre qu'elle gardera assez évidente mais non ostentatoire. Une lettre adressée à la comtesse de Lauzargues dans un endroit quelconque d'Auvergne. Je serais fort surprise si l'un des mouchards qui vous entourent, voyant qu'il s'agit d'une femme, ne la bousculait pas pour s'emparer de cette lettre ou, plus simplement, pour en lire l'adresse.

– Le moyen est bon, dit Hortense. Mais quelle adresse indiquer? Je ne voudrais pour rien au monde mettre en position difficile, voire en danger, les quelques braves gens qui m'aiment...

– Il faut pourtant en trouver une plausible. Ne voyez-vous personne?

– N'aviez-vous pas une grand-tante quelque part vers Clermont? proposa Felicia.

– Mme de Mirefleur? Bien sûr... seulement elle est morte voici un an environ. Son hôtel de la rue des Gras doit toujours être fermé...

– Ce n'est pas certain. Elle doit bien avoir au moins un héritier?

– Une fille, la baronne d'Esparron, qui habite en Avignon...

– Mais qui pourrait peut-être venir de temps en temps à Clermont pour veiller aux affaires de sa mère. Je crois, conclut Mme de Dino, que la lettre pourrait être adressée *à Madame de Lauzargues aux soins de la baronne d'Esparron en son hôtel de Clermont.* Le marquis s'y précipiterait. A moins que la lettre ne soit directement adressée en Avignon...

– Ce serait évidemment l'idéal. Le malheur est que j'ignore l'adresse de Mme d'Esparron et que le marquis, lui, la connaît...

Dorothée de Dino fit la moue, réfléchit un instant, et les nuages qui obscurcissaient son front s'éclaircirent :

– Nous devrions pouvoir trouver cette adresse, soit par le duc de Sabran, soit par le marquis de Barbantane... Je vais essayer de voir l'un ou l'autre d'ici notre départ et je vous enverrai un mot. De toute façon, la lettre ne doit pas partir avant quelques jours. A présent, nous allons boire un peu de thé. Cela nous fera du bien car tout travail mérite récompense, conclut la duchesse en secouant un cordon de sonnette.

– Ensuite, Felicia, vous viendrez avec moi voir mon fils. C'est le plus bel enfant du monde! dit Hortense.

– Comment donc! Vous seriez bien la première mère à dire autrement que les autres...

Le lendemain, tôt le matin, la vaste cour de l'hôtel Talleyrand connaissait l'encombrement et l'agitation des départs. Outre la grande berline de voyage du prince et de sa nièce, trois autres voitures attendaient serviteurs privilégiés et bagages. Et quand une cinquième voiture vint se joindre aux autres, personne n'y fit attention. C'était d'ailleurs un simple cabriolet de couleur chocolat attelé d'un vigoureux cheval de même nuance. Cette voiture-là attendait Hortense, Jeannette et le petit Étienne. Un cocher dont le visage était à demi caché par le haut col de son manteau à triple pèlerine et par le bord de son chapeau enfoncé jusqu'aux sourcils tenait le cheval en main...

Quand le cortège de la jeune femme apparut sur le seuil flanqué de deux domestiques portant les bagages, l'homme se découvrit juste assez pour qu'Hortense le reconnût puis se recoiffa en hâte. C'était le bizarre personnage qui les avait guidées, Felicia et elle, dans les caves du café Lamblin, celui que l'on appelait Vidocq. Mais, apparemment, il ne souhaitait pas être interpellé et Hortense fit comme s'il s'agissait d'un cocher ordinaire. Cependant, c'était agréable de partir sous la conduite d'un homme dont elle savait qu'il était du même bord que

Felicia. Et, en dépit de l'accueil reçu, ce fut avec une sorte de soulagement qu'elle quitta la rue Saint-Florentin. La présence du prince qu'elle devinait, sinon hostile, du moins nettement réticente, lui était pénible. Tandis que ce matin, elle se sentait allégée, délivrée. C'était peut-être aussi le joyeux soleil qui brillait sur les toits et les feuilles des arbres. Il faisait un temps délicieux, propre à l'épanouissement d'un bonheur paisible. L'air était tiède, léger et embaumait le tilleul et la rose...

Doucement, Hortense prit la main de son fils qui dormait sur les genoux de Jeannette. Elle adorait le regarder dormir et, la nuit précédente, elle s'était non seulement couchée tard mais relevée quatre ou cinq fois pour jeter un coup d'œil sur la petite tête brune et s'assurer qu'elle n'appartenait pas au domaine du rêve.

La voiture roulait sur les Boulevards et venait de se faire dépasser par le *Madeleine-Bastille*, la nouvelle voiture publique inaugurée quelque temps auparavant par la duchesse de Berry et que l'on appelait l'omnibus. L'énorme caisse jaune dont l'impériale était déjà encombrée d'habits clairs et de robes fleuries, traçait son chemin dans un grand bruit de sonnailles ponctué par des sonneries de trompes annonçant les arrêts. On la redépassa d'ailleurs peu après.

– Si ce genre de véhicule se généralise, ronchonna Vidocq en lançant son cheval à vive allure, les Boulevards ne seront bientôt plus praticables. Cela va tout encombrer...

– Mais ce doit être bien agréable pour les gens qui ne possèdent pas de voiture, dit Hortense en riant. Au fait, me direz-vous où nous allons?...

– A Saint-Mandé. C'est le village où j'habite. C'est un endroit charmant, vous verrez, et vous allez loger chez une vieille dame tout à fait accordée au paysage. Elle vous attend avec impatience...

– Mais elle ne me connaît pas?

– Sans doute mais c'est l'idée de recevoir un bébé chez elle qui l'enchante. Mme Morizet n'a jamais eu d'enfants. Vous serez bien, vous verrez...

– Je ne pourrai jamais assez vous remercier. C'est tellement gentil à vous de m'aider...

– Non. C'est tout naturel. J'ai eu affaire à votre père autrefois et il m'a aidé quand j'ai installé ma fabrique de papiers. Je lui devais quelque chose... Au fait, il faut que je vous avertisse. Mme Morosini m'a dit que vous possédiez un passeport au nom de Mme Coudert. C'est sous ce nom que l'on vous attend à Saint-Mandé. Votre sécurité n'en sera que plus grande. Et, à ce propos, recommandez donc à votre suivante d'éviter de vous appeler Madame la Comtesse...

– Soyez tranquille, dit Jeannette de sa voix douce. Je ne me tromperai pas. Je dirai Madame simplement.

– Pour ma part je suis parfaitement d'accord, reprit Hortense mais quand on vit dans la maison de quelqu'un, il est difficile de ne jamais parler, de ne rien dire de son passé. Qui suis-je censée être?...

– Le mieux, dans ce cas, est de s'éloigner le moins possible de la vérité. Vous venez d'Auvergne. Vous êtes une jeune veuve que son beau-père essaie de déposséder d'un petit bien et vous venez à Paris pour tenter de vous faire rendre justice. Au surplus, Mme Morizet ne vous posera pas de questions gênantes. C'est, chose rare, une femme vraiment discrète.

Tandis que l'on parlait, le cabriolet avait bien roulé. On atteignait à présent la grande place qui avait été l'emplacement de la Bastille. C'était un vaste terrain vague mal nivelé dans un coin duquel s'élevait la chose la plus inattendue : un gigantesque éléphant de bois et de plâtre portant sur son dos une sorte de tour qui déjà menaçait écroulement. Hortense n'était jamais venue dans ce quartier de Paris et elle ouvrit d'aussi grands yeux que Jeannette à la vue du monstre.

– C'est la maquette d'une fontaine dont l'Empereur avait décidé la construction pour amener les eaux de l'Ourcq sur la place. On doit toujours la construire, cette fontaine, mais je crois bien qu'on ne la construira jamais, dit le cocher. Le roi Louis XVIII s'est installé dans les meubles de Napoléon mais il ne s'est pas soucié de donner suite à ses projets. Quant à Charles X, il a d'autres chats à fouetter...

Vidocq n'en dit pas plus. La voiture s'engageait dans le faubourg Saint-Antoine, large artère bordée d'une multitude d'ateliers résonnant du bruit des rabots, des marteaux et des scies. C'était là que s'élaboraient les beaux meubles qui s'en iraient orner les maisons nobles et bourgeoises. Cela sentait le bois neuf, la cire fraîche, la colle fumante, et une intense activité semblait y régner. Ici ou là on pouvait voir stationner l'élégante voiture d'un client ou la charrette d'un marchand. Enfin, par la place du Trône où Vidocq, décidément changé en cicérone, montra à ses jeunes compagnes l'emplacement qu'avait occupé la guillotine pendant la Terreur, puis, par la grande avenue de Bel-Air et la Grande Rue, on atteignit enfin le cœur de Saint-Mandé dont l'aspect paisible et verdoyant plut immédiatement à Hortense.

La maison de Mme Morizet s'élevait, non loin de la vieille église qui avait été chapelle de prieuré, au bord du chemin qui menait à Charenton et qui portait le nom de chaussée de l'Étang. C'était une maison grise, massive en dépit de ses fenêtres cintrées, mais dont les murs étaient à demi cachés par des plantes grimpantes. Un grand jardin s'étendait au long de la chaussée jusqu'à un ruisseau qui, ayant franchi la route sous un pont, se perdait dans l'épaisseur des arbres du parc de Vincennes. Tout auprès le miroir brillant d'un étang reflétait le soleil et sertissait d'or ses nénuphars et ses bouquets de roseaux. On n'entendait d'autre bruit que le chant des oiseaux et l'appel d'une jeune voix réclamant instamment aux échos un certain « Petit-Pierre! »...

La voiture s'arrêta devant une grille d'où, par une allée passant sous un pommier, on gagnait l'entrée de la maison. Une vieille dame en robe de soie puce, les coques de ses cheveux blancs auréolées d'un bonnet de dentelle posé un peu de travers, s'encadra au seuil quand la voix de Vidocq arrêta le cheval. Voyant l'attelage, elle empoigna ses jupes à deux mains et se précipita au-devant des arrivants en criant :

– Honorine! Honorine! Les voilà!...

Une femme à peu près du même âge mais deux fois plus large et deux fois plus haute surgit alors de derrière la maison, brandissant une cuillère à pot grande comme une pelle à four. Mais déjà la petite dame avait atteint la voiture et s'extasiait!

– Le bel enfant! Le ravissant bébé!... C'est un trésor, ma chère, un vrai trésor!... Mais entrez donc! Vous devez avoir hâte de prendre un peu de repos et de vous restaurer! Ces voyages sont si fatigants!...

– D'autant que la diligence avait du retard! renchérit Vidocq. Mais je crois que Mme Coudert va avoir tout le temps de se reposer chez vous, chère madame Morizet!

Éberluée mais ravie car la vieille dame avait des yeux qui semblaient taillés dans un morceau de ciel et le visage le plus gai qui soit, Hortense se laissa embrasser, entraîner jusqu'à la maison tandis que, derrière elle, éclatait le faux-bourdon d'Honorine s'extasiant à son tour sur la beauté d'Étienne. Vidocq ferma la marche avec les bagages qu'il déposa dans un petit vestibule dallé de carreaux rouges brillants comme de la laque où l'odeur de l'encaustique se mêlait à celle des confitures de fraises...

– Je ne m'attarde pas, madame Morizet! cria l'ancien chef de la police tandis que la vieille dame entraînait Hortense dans un petit salon voisin. Je vous laisse faire connaissance...

– Mais bien sûr, monsieur Vidocq! Allez, allez et soyez remercié...

– De rien, madame Morizet, de rien! Je reviendrai plus tard : Fleuride m'avait chargé de vous porter un panier d'œufs mais je l'ai oublié. Je vais me faire attraper!

– Dites à votre chère épouse qu'elle n'en fasse rien. Vous allez beaucoup trop vite avec votre cabriolet. Vous m'auriez apporté une omelette! Allez vite et embrassez-la pour moi...

Puis, revenant à Hortense :

– Venez que je vous montre votre chambre, ma chère enfant, et que nous installions bébé et sa nourrice chez eux. Nous passerons ensuite à table...

C'est ainsi qu'Hortense et son fils, fugitifs et traqués, firent leur entrée dans la petite maison de Mme Morizet, veuve d'un inspecteur des eaux et forêts, pour y vivre des heures paisibles qui allaient compter parmi les meilleures de la vie de la jeune femme...

Quinze jours après son arrivée, celle-ci avait encore l'impression d'être là depuis la veille tant les jours passaient vite et agréablement. Elle aimait sa chambre claire tendue de perse fleurie et meublée de vieux et solides meubles de châtaignier si bien entretenus par la vigoureuse Honorine que le bois en brillait comme du satin. Une porte la faisait communiquer avec un assez grand cabinet à rideaux bleu clair où Jeannette s'était établie avec le bébé et, à toute heure du jour ou de la nuit, Hortense pouvait voir ou entendre son fils. Elle aimait le jardin aux plates-bandes bien entretenues qui rivalisait de soins avec celui, voisin, du presbytère. Les fleurs poussaient dans l'un comme dans l'autre avec une exubérance absolue et, si les pivoines de Mme Morizet l'emportaient de beaucoup sur celles du curé, les boules de neige que le brave homme cultivait pour sa chapelle ne supportaient aucune concurrence. Hortense y passait des heures un livre à la main mais le plus souvent dans la contemplation émerveillée de son enfant.

Étienne poussait comme un champignon et visiblement l'air de Saint-Mandé lui convenait. Il avait le caractère le plus heureux qui soit... quand les choses lui convenaient. Mais à la moindre contrariété, il entrait dans de vraies colères qui faisaient virer sa petite figure au rouge brique... En pareille occasion, la vieille dame exhumait de sa mémoire d'anciennes romances qu'elle fredonnait d'une voix un peu grêle comme le son d'un clavecin et quelquefois un peu fausse mais qui avaient le don de ravir l'enfant et de ramener des pétillements de joie dans ses yeux noisette, son unique ressemblance avec sa mère car, pour le reste, il tenait uniquement de Jean...

– Son père devait être un bien bel homme! soupirait Mme Morizet en caressant d'un doigt bagué d'or le petit menton volontaire...

– Très beau, en effet! Je l'ai perdu trop tôt, soupirait alors Hortense avec la conscience de ne pas mentir tout à fait...

De temps en temps, Mme Morizet recevait des visites. Cousine du maire, Pierre-Joseph Allard, elle était dans Saint-Mandé une sorte de puissance au petit pied – et cela lui conférait une importance beaucoup plus grande que si elle eût appartenu à la Cour. Quand on tenait à la famille de M. Allard, on était un grand personnage. Cela valait à la vieille dame d'assez fréquentes visites motivées par sa générosité, son caractère aimable, son grand bon sens et sa gaieté naturelle. Dans ces occasions, Hortense restait chez elle ou bien partait en promenade, seule ou avec Étienne et Jeannette. Il avait été impossible, bien sûr, de la cacher aux amis de son hôtesse mais celle-ci l'avait présentée comme une cousine de province ayant eu des malheurs – ce qui n'avait pas été sans surprendre Hortense car elle n'avait jamais rien suggéré de tel – et le respect avait retenu les langues. La jeune femme avait une tenue modeste, ne manquait pas messe et cela suffisait amplement pour que l'on s'abstînt de l'importuner...

Les nouvelles de Paris étaient rares. Le Roi avait regagné Saint-Cloud et pour le reste on s'intéressait aussi peu à la capitale que si elle se fût située à des centaines de lieues. Seule la vie locale importait et l'annonce d'un mariage ou bien une querelle de bornage entre deux voisins passionnaient l'opinion bien plus qu'une séance à la Chambre des députés. La politique était uniquement indigène et n'allait pas plus loin que les séances du conseil municipal qui, faute de mairie, se réunissaient dans une salle située au premier étage de l'ancien corps de garde à la porte de Bel-Air [1].

Cela procurait à Hortense un merveilleux dépaysement. Même l'absence de nouvelles de Felicia lui semblait sans importance. Par François Vidocq, venu deux ou trois fois seul ou avec sa femme, une créature aimable mais insignifiante qui ne parlait presque uniquement que de son potager, elle savait que la comtesse Morosini se montrait toujours dans le monde mais que, malheureusement, elle était toujours sans nouvelles de son frère.

– Ce n'est pourtant pas faute de le chercher, lui confia l'ancien policier un soir où ils bavardaient sous la tonnelle du jardin tandis que Mme Morizet était à vêpres. On dirait qu'il a disparu de la surface de la terre comme si on avait soufflé dessus. Je commence à croire qu'il est mort...

– Espérons que non. Ce serait tellement affreux pour la comtesse. Elle adore son frère...

– Alors, il nous reste à espérer un miracle...

Un après-midi de la mi-juin, Hortense qui souffrait depuis le matin d'un léger mal de tête était allée faire une promenade sur le conseil de Mme Morizet. Le petit Étienne faisait ses dents et avait hurlé une partie de la nuit. La journée était chaude mais sous le couvert des arbres il faisait une fraîcheur délicieuse et Hortense avait choisi l'étang comme but de sa promenade car elle en aimait le calme miroir où s'ébattaient des canards. Elle s'attarda un moment à suivre des yeux le cheminement précautionneux d'un héron dans les hautes herbes. L'oiseau aux longues pattes maigres lui rappelait irrésistiblement Eugène Garland, le bibliothécaire-homme-à-tout-faire du marquis de Lauzargues... Agacée de constater que ses pensées trouvaient toujours un moyen de la

1. Elle se situait sur les arrières actuels de la mairie de Saint-Mandé.

ramener vers le château des solitudes, elle en éprouva du dépit. Il lui faudrait essayer de penser à autre chose, de se trouver d'autres horizons peut-être... Abandonnant le héron, elle acheva le tour de l'étang et remonta le sentier qui menait à la porte du Bel-Air pour reprendre la chaussée. Elle allait sortir du couvert des arbres quand elle aperçut l'homme et la voiture et, instinctivement, se rejeta derrière un tronc de chêne.

La voiture était peinte en noire et semblable en cela à beaucoup d'autres. Pourtant Hortense était sûre de l'avoir déjà vue, comme elle avait déjà aperçu l'homme qui, debout auprès des chevaux, vérifiait une gourmette. C'était le cocher qu'elle avait vu au soir de son arrivée, sur le siège de la voiture que lui destinait le prince San Severo... En même temps, sa mémoire lui restitua une image aperçue très vite, le temps d'un éclair, dans la rue Garancière... Elle fut certaine alors d'être en face de celui qui avait tenté de la tuer. Que faisait-il dans cet endroit écarté? Qu'y cherchait-il?...

Le cœur cognant lourdement sous la percale bleue de sa robe, Hortense resta là un long moment, collée contre son arbre, n'osant bouger... L'homme ne se pressait pas et elle pensa qu'il attendait peut-être quelqu'un. La voiture, en effet, était vide... Sa gourmette arrangée, il tira de sa poche une longue pipe en terre, la bourra de tabac et, adossé à l'une des hautes roues du landau, il l'alluma puis tira quelques bouffées avec une visible satisfaction. Le nez en l'air, il semblait ne s'intéresser qu'aux feuilles des arbres...

Enfin, au bout d'un moment qui parut à la jeune femme durer un siècle, il remonta sur son siège et, la pipe coincée entre ses dents, fit partir ses chevaux au pas. La voiture roula doucement, trop doucement au gré d'Hortense, le long de la chaussée en direction de Charenton... Elle ne voyait plus l'homme que de dos, à présent, mais il lui semblait qu'il examinait les quelques maisons et les jardins bordant la route. Et ce fut seulement quand voiture et cocher eurent disparu sous le couvert qu'elle osa sortir de derrière son arbre. Mais, durant de longues minutes, elle y resta adossée, pour laisser aux battements de son cœur le temps de se calmer... Ce ne fut pas facile car la peur à présent l'habitait et, sous elle, ses jambes tremblaient, la supportant à peine... Qu'allait-elle devenir si ses ennemis étaient de nouveau sur sa piste? Elle n'imaginait pas que le cocher de San Severo pût être là par un simple hasard et le doux paysage, l'instant précédent si rassurant, lui semblait à présent plein d'embûches...

Peu à peu, cependant, sa terreur s'apaisait lui laissant l'esprit plus net et capable de raisonner. Elle ne savait pas encore ce qu'elle allait faire mais une sorte de colère lui venait et avec elle le goût du combat. Non pour elle mais pour son enfant qu'il fallait à tout prix protéger et soustraire à un grand-père criminel... Lentement, réfléchissant, elle reprit le chemin de la maison. Elle n'en était plus qu'à quelques pas quand elle vit qu'un landau jaune et noir était arrêté devant. De nouveau son cœur sauta mais cette fois de joie : cette voiture, elle n'avait pas besoin de lire les armoiries peintes sur les portières pour savoir que c'était celle de Felicia.

Elle trouva son amie au jardin, assise sous la tonnelle aux clématites en compagnie de Mme Morizet et bavardant avec elle comme si elle la connaissait depuis toujours.

– Venez vite! s'écria la vieille dame en l'apercevant Vous avez une visite... et une charmante visite, je dois dire!

– Y a-t-il longtemps que vous êtes là, Felicia?

– Non... J'arrive seulement! Mais en voilà un accueil... et une mine! Vous êtes toute pâle...

– C'est vrai, mon enfant, s'écria Mme Morizet. Vous voilà toute défaite! Je vais vite vous chercher un cordial.

– N'en faites rien, je vous en prie... Je vais déjà mieux... J'ai couru, voilà tout!...

Déjà l'aimable femme se hâtait en direction de la maison tandis qu'avec un soupir Hortense se laissait tomber sur le banc auprès de son amie. Felicia fronça les sourcils :

– Enfin, Hortense que vous arrive-t-il? Moi qui venais vous apporter de bonnes nouvelles, je vous retrouve avec l'air de quelqu'un qui a vu le diable!

– C'est un peu ça... Donnez-moi vite vos bonnes nouvelles. Ce sera pour moi le meilleur des cordiaux...

– Je me le demande... Enfin voilà : d'abord le marquis de Lauzargues est reparti depuis trois jours...

– Vous en êtes certaine?

– Tout à fait. Depuis notre rencontre au théâtre, j'avais

posté Gaetano, mon cocher, en faction rue de la Chaussée-d'Antin. Il avait trouvé moyen de se lier d'amitié avec l'une des femmes de chambre et par elle il a réussi à savoir ce qui se passait à l'hôtel de Berny. Il y a trois jours, Gaetano, que cette fille avait prévenu sans d'ailleurs s'en rendre compte, a pu assister au départ du marquis. Il a vu empiler des bagages dans une grande « dormeuse » [1] et le marquis lui-même s'y embarquer. La chose ne fait aucun doute : il retourne à Lauzargues...

– C'est une bonne nouvelle, en effet, mais alors je voudrais bien savoir ce que faisait par ici, tout à l'heure, le séide du prince San Severo...

Et Hortense raconta l'inquiétante rencontre qu'elle venait de faire. Elle dit aussi sa peur et l'incertitude où elle se trouvait à présent quant à la conduite qu'il convenait de tenir.

– Ces gens ne reculent devant rien, vous le savez, et pour rien au monde je ne voudrais mettre cette excellente Mme Morizet en danger. Ce qui ne manquerait pas de se passer si l'on me découvrait chez elle... Il faudrait peut-être que je parte encore. D'autre part, elle s'est attachée à Étienne et, chez elle, le petit est si bien! Où l'emmener? Où le cacher?... Je ne sais pas... Je ne sais plus...

Accablée, elle laissa tomber sa tête dans ses mains et ferma les yeux. Il y eut un silence. Felicia réfléchissait.

– Ce n'est pas lui qu'il faut cacher, dit-elle au bout d'un moment. Lui n'est qu'un enfant et un enfant que personne ne recherche puisque le marquis ignore encore qu'il a été enlevé de chez la nourrice. Il n'y a donc pour lui aucun danger à rester ici si cette dame qui me paraît charmante veut bien vous le garder. Quant à vous...

– Si le marquis est parti, je pourrais peut-être retourner rue de Babylone? Votre maison ne doit plus être surveillée?

– Elle ne l'est plus. Le stratagème imaginé par la duchesse a parfaitement réussi. Lydia a porté ostensiblement une lettre. Un inconnu l'a bousculée et la lui a arrachée... Deux jours plus tard le marquis partait

– C'est cela, je pense, votre seconde bonne nouvelle?

– Il y en a une troisième : je sais où est mon frère.

1. Voiture de voyage permettant de s'étendre.

Un tel triomphe sonnait dans la voix de Felicia qu'Hortense, malgré ses angoisses, ne put s'empêcher de sourire.

– Vous en êtes certaine?

– Tout à fait. Notre « bon cousin » Rouen l'aîné qui est chargé de la Bretagne a enfin retrouvé sa trace et en a averti Buchez qui m'a prévenue : Gianfranco est enfermé au large de Morlaix dans une forteresse que l'on appelle le château du Taureau et il est vivant. Alors, moi je vais partir.

– Partir?... oui, je comprends, vous voulez être plus près de lui?

– Non. Je veux le faire évader. Le colonel Duchamp désire m'accompagner ainsi que deux de nos camarades. Et naturellement je compte emmener mes gens. Mais si vous souhaitez revenir rue de Babylone, je vous laisserai Timour. De toute façon, Lydia y restera et gardera la maison. C'est l'une des raisons de ma visite : je venais vous dire au revoir... sinon adieu et vous porter un peu d'argent...

– C'est une aventure insensée, Felicia! Comment espérez-vous venir à bout d'une forteresse... et en pleine mer?

– Je ne sais pas encore mais je veux au moins essayer. Je n'ignore pas que c'est une aventure folle mais comprenez-moi, mon amie : l'Autriche m'a déjà pris un époux. Je ne veux pas accepter sans combattre que la France me prenne mon frère. C'est tout... ce qu'il me reste.

Une émotion soudaine la saisit à la gorge et Hortense, bouleversée, vit, pour la première fois, de lourdes larmes rouler sur le beau visage de son amie. Doucement, Hortense posa une main sur les siennes et murmura :

– En ce cas, il serait criminel de vous priver de cette force de la nature que vous appelez Timour. Quant à moi... eh bien, le mieux serait peut-être que j'aille avec vous si Mme Morizet veut bien se charger d'Étienne?

La stupeur sécha d'un seul coup les larmes de Felicia.

– Vous êtes folle, Hortense? Savez-vous ce que l'on risque à aider un prisonnier à s'évader? Vous pourriez y perdre la liberté et peut-être même la vie. Que je courre cette chance pour mon frère, c'est normal. Mais vous? Il faut songer à votre fils!

– J'y songe mais sera-t-il plus heureux si sa mère est

assassinée un jour prochain par les sbires de San Severo! S'ils me cherchent, ils me trouveront et alors ils trouveront également mon petit Étienne... dont je ne suis pas sûre qu'ils l'épargnent. Le prince pourrait souhaiter ne partager ma fortune avec personne.

– N'exagérez pas! Le marquis est son ami, son complice sans doute. Mais...

– Il arrive que les loups se mangent entre eux quand la faim ou la rage sont trop fortes. C'est dit, Felicia : je pars avec vous. Ce serait bien le Diable si l'on me trouvait au fond de la Bretagne... Attendez-moi ici un moment!...

Mme Morizet revenait armée d'un flacon et d'une grande cuillère. Hortense alla vers elle et, la prenant par le bras, l'entraîna à l'écart de la tonnelle jusque dans le potager. Là elle s'arrêta, sûre que personne ne pourrait les entendre sinon les grenouilles du petit ruisseau.

– Vous aimez Étienne, n'est-ce pas?

Tout de suite des larmes montèrent aux yeux de la vieille dame. Elle joignit les mains :

– Vous... vous ne songez pas à me l'enlever? Oh, ma chère enfant... quelque chose me dit que vous allez partir!

– C'est vrai... Non, n'ayez pas de peine, ajouta Hortense très vite en voyant une larme couler sur les douces joues ridées. Je voulais seulement vous demander de me garder mon bébé. Là où je vais, je n'en saurais que faire... Et puis, il est si heureux chez vous...

Par une fenêtre ouverte, on entendait en effet l'enfant gazouiller. C'était l'heure où Jeannette lui donnait son bain et le petit adorait barboter.

Les yeux inquiets de Mme Morizet dévisagèrent Hortense.

– Vous allez courir un danger, n'est-ce pas? Je le sens...

– Peut-être mais ne vous tourmentez pas trop. Si vous acceptez de garder Étienne...

– J'espère que vous n'en doutez pas un seul instant? Je garde le petit et sa nourrice, bien sûr, et je les garderai tout le temps que vous voudrez. Je n'ai pas eu d'enfants mais, grâce à lui, j'ai l'illusion d'avoir un petit-fils. C'est délicieux!

– Vous êtes vraiment bonne. Naturellement, je vais vous remettre notre pension pour quelques mois et...

Mme Morizet eut un geste qui coupait court à ce genre d'entretien :

– Plus un mot là-dessus! Vous aurez besoin de tout votre argent... Et puis est-ce que l'on fait payer son petit-fils? Allez en paix, ma chère enfant, votre petit Étienne ne manquera de rien. Pas même de tendresse. Surtout pas de tendresse...

D'un élan spontané, Hortense embrassa la vieille dame. Puis :

– Étant donné ce que vous faites pour nous, je vous dois la vérité. Je ne comprends pas d'ailleurs que, vous connaissant, M. Vidocq vous l'ait cachée.

Cette fois, Mme Morizet se mit à rire :

– Quelle vérité? Que vous n'êtes pas Mme Coudert, petite bourgeoise de Saint-Flour? Ma chère enfant, il y a longtemps que je le sais. Comme on aurait dit sous cette affreuse Révolution, vous sentez l'aristocrate à quinze lieues...

– Eh bien, j'espère que vous êtes la seule à posséder un odorat aussi fin. Je m'appelle Hortense de Lauzargues. Cependant la plus grande partie de ce qu'on vous a dit est vraie : je suis veuve et je fuis mon beau-père qui veut me priver de mon enfant. Or j'ai lieu de croire que ma trace a pu être relevée jusqu'à Saint-mandé. Mon fils, lui, ne craint rien. Quant à moi il vaut mieux que je parte. Je vais aider mon amie, la comtesse Morosini, à sauver, si elle le peut, son frère.

– Alors, allez vite vous préparer... mais tâchez de nous revenir encore plus vite. Je désire que vous considériez désormais cette maison comme la vôtre. Vous y serez toujours accueillie... comme ma propre enfant.

Le bagage d'Hortense ne demanda pas beaucoup de temps. Il en fallut un peu plus pour les adieux au petit Étienne. Hortense, le cœur navré, ne se lassait pas d'embrasser son fils entrecoupant ses baisers de chaleureuses recommandations à l'adresse de Jeannette qui pleurait un peu mais n'en jura pas moins d'exécuter point par point toutes les recommandations de sa maîtresse.

Enfin, sur un dernier baiser, Hortense revint s'enfermer dans sa chambre. Elle avait encore quelque chose à faire.

Quand elle descendit, précédée d'Honorine qui portait son sac, elle tenait à la main un pli qu'elle remit à son hôtesse.

– Gardez cette lettre, ma chère amie. Elle est adressée à M. François Devès au château de Combert. C'est mon ami le plus sûr. Au cas... toujours possible où vous ne me reverriez plus... où j'aurais disparu...

– Ne dites pas de telles choses, ma chère! gémit Mme Morizet en se signant précipitamment. Cela ne porte pas chance.

– Une bonne précaution n'a jamais tué personne. Si donc je ne revenais pas, envoyez cette lettre et attendez : un homme viendra certainement vous voir alors.

– Ce M. Devès?

– Peut-être ou, plus sûrement, un autre. Un autre qui s'appelle Jean car j'ai encore à vous avouer ceci : je suis veuve... mais Étienne a tout de même un père.

Mme Morizet eut le bon sourire qui était son plus grand charme et se haussa sur la pointe des pieds pour embrasser Hortense.

– Gardez vos secrets. Je vous aime trop pour ne pas tout comprendre. A présent, allez en paix, mon enfant. J'agirai selon vos désirs. Et j'espère de tout mon cœur que vous viendrez bientôt me réclamer cette lettre.

CHAPITRE VII

A MORLAIX

Le même soir, à la nuit close, les deux femmes, revêtues des costumes masculins déjà portés dans une circonstance analogue, se rendirent rue Christine, une ruelle étroite et noire qui donnait dans la rue Dauphine. Là habitait Rouen l'aîné qui abritait le quartier général des carbonari. Felicia y avait rendez-vous avec Buchez, l'organisateur de l'aventure dans laquelle on allait se lancer. En outre, il était indispensable de le prévenir de l'entrée d'Hortense dans ses plans, ce qui n'allait pas sans inquiéter la jeune femme.

– Vous croyez qu'il va m'accepter? Je crains bien d'être une gêne à présent...

– Il n'y a aucune raison. D'ailleurs, si c'était le cas il vous le dirait sans prendre de gants. Attendez donc de l'avoir vu...

Hortense fut vite rassurée. Le chef carbonaro l'accueillit avec cordialité et, loin de protester, il se montra au contraire satisfait de l'enrôler. Il prit un temps de réflexion puis dit :

– Non seulement vous ne nous gênerez pas, madame, mais vous allez au contraire nous rendre service. En effet, mon ami Rouen ici présent pense que notre premier projet n'est pas bon. Un groupe d'hommes inconnus circulant aux environs d'une prison a de grandes chances d'éveiller des soupçons. Il n'en va pas de même d'une femme voyageant au grand jour et même de façon assez évidente...

– Bon! grogna Felicia. Moi qui aime tant le costume masculin, voilà que vous me le supprimez. Est-ce qu'il ne me va pas bien?

– Il vous va à merveille mais s'il vous protège quand vous sortez dans Paris, c'est uniquement parce qu'il fait nuit. De jour et au grand soleil vous ne supporteriez guère un examen un peu attentif. Admettez que Mme George Sand, elle-même, ne trompe personne! Aussi avions-nous pensé vous faire passer pour une dame espagnole, voyageant pour son plaisir... mais l'entrée en scène de votre amie va peut-être nous apporter une perspective plus intéressante.

– Je ne vois vraiment pas pourquoi, fit Hortense, craignant que son amie ne fût offensée.

– Parce que vous êtes blonde... et si par hasard vous aviez quelque connaissance d'anglais...

Les yeux d'Hortense s'arrondirent.

– Au couvent, j'ai appris l'anglais, de même que l'italien. Mon père y tenait. Mais je n'ai guère pratiqué...

– Un léger accent et quelques mots suffiront peut-être... Si vous vous sentez capable de prendre cet accent...

– Moi je fais ça très bien, s'écria Felicia avec un accent britannique à couper au couteau. Je l'entraînerai... Tout de même, ajouta-t-elle en reprenant sa voix normale, vous pourriez peut-être nous dire de quoi il s'agit...

A ce moment, l'homme grand et fort qui fumait sa pipe sous le manteau de la cheminée et qui était Rouen l'aîné se leva pesamment et vint rejoindre les trois autres.

– Le mieux serait que cette jeune dame puisse jouer le rôle d'une lady irlandaise...

– Irlandaise?

– Oui. Vous l'ignorez sans doute mais la ville de Morlaix compte parmi ses habitants de nombreuses familles étrangères que les remous de l'Histoire ou l'intérêt du commerce y ont amenées : Jacobites anglais, Acadiens chassés du Canada, Espagnols, Portugais et, enfin, Irlandais. Parmi ces derniers, les Walsh, les Gainsborough et les Butler. Or, il se trouve que l'armateur Patrick Butler, qui a eu maille à partir avec la Restauration, est un ami qui partage nos idées. Personne ne s'étonnerait qu'il reçoive une compatriote... une cousine peut-être. En tout cas quelqu'un d'assez charmant pour l'inciter discrètement à nous aider autrement qu'en paroles. Je vous l'ai dit : il est armateur et nous aurons besoin d'un bateau : Orsini une fois délivré ne pourra pas être ramené à Paris, même dans les bagages de deux jolies femmes. Il faudra lui faire prendre la mer et gagner l'étranger. Il est Italien, je crois?

– Il n'est encore que Romain, monsieur, dit Felicia avec un orgueil amer. Italien, j'espère que cela viendra un jour...

– De toute façon, dit Buchez, Rome est trop loin. Le plus simple sera de le faire passer en Angleterre.

– Est-ce tout ce que nous devrons faire?

– Le colonel Duchamp qui part demain avec nos « bons cousins » Ledru et Boucher vous donnera sans doute d'autres indications. Il prendra logis à l'auberge du Grand Turc. Quant à vous, je vous conseille l'hôtel de Bourbon qui est le mieux achalandé de la ville. Patrick Butler saura votre venue et je suppose qu'il viendra vous y chercher. S'il ne le fait pas, cela compliquera singulièrement votre tâche, car cela signifiera qu'il n'a pas l'intention de nous aider. Il faudra alors vous arranger pour trouver un bateau sans lui...

– Pourquoi sans lui, s'insurgea Felicia? Il est armateur, dites-vous? Il peut toujours accepter un client! Pendant que j'y pense, quel rôle m'attribuez-vous? Celui de la femme de chambre de Milady? J'adorerais cela...

– Vous ne seriez pas plus convaincante en camériste qu'en homme, princesse! Je suggérerais une amie...

– Une lectrice plutôt. Une femme du monde qui a eu des malheurs, ce n'est pas une chose rare de nos jours!

– Pourquoi pas. De toute façon, il serait bon que vous fassiez de longues promenades sur les bords de mer, notamment autour d'un village nommé Carantec dont dépend le fort du Taureau. Il se trouve à environ trois lieues de Morlaix. La belle saison justifie amplement des promenades d'autant que l'endroit est fort beau. Il serait même bon que vous puissiez vous attarder de manière à observer les mouvements du château.

– Je ne vois pas bien comment? dit Hortense. La plus longue rêverie romantique a une fin...

De nouveau, Rouen l'aîné intervint à la manière abrupte qu'il semblait affectionner.

– Est-ce que l'une de vous deux dessine ou même peint? Cela serait une bonne excuse pour de longues stations. Un peintre a besoin de tout son temps...

Les deux femmes se regardèrent, perplexes. Bien sûr, au couvent on leur avait vaguement appris à dessiner mais les sujets n'allaient pas plus loin que des fleurs et quelques allégories religieuses comme un cœur enflammé ou une hostie reposant sur un ciboire. Il y avait un monde entre ces timides exercices et l'exécution d'un paysage...

– S'il vous faut un peintre à présent, dit Felicia un brin sarcastique, c'est notre ami Delacroix que vous devriez envoyer. Il vous brosserait des choses superbes et, comme il est des vôtres...

– Il ne l'est plus que de cœur, coupa Buchez assez sèchement. Il est beaucoup trop pris par la peinture pour s'intéresser vraiment à quoi que ce soit d'autre...

– Je peux vous assurer qu'il s'intéresse à ses semblables, s'écria Hortense, indignée que l'on osât parler de son ami sur ce ton. Il est l'homme le plus généreux du monde...

Buchez eut un geste d'agacement à peine poli.

– Je ne songe nullement à le critiquer, madame... Chacun s'arrange comme il veut. Je dis seulement que, placé en face d'un paysage grandiose, Delacroix se laissera emporter par sa peinture et oubliera tout le reste. Cela dit, nous n'avons pas besoin que vous ayez du génie : de simples barbouillages feront l'affaire.

– Encore faut-il que nous ne nous couvrions pas de ridicule, marmotta Felicia entre ses dents. Même un paysan sait voir qui est peintre et qui ne l'est pas. Enfin! Si vous y tenez, nous ferons de notre mieux...

– Parfait. A présent rentrez rue de Babylone. Vous partirez dans deux jours. Demain, je vous ferai tenir des passeports convenables. Bon voyage... et bonne chance! N'oubliez pas d'emporter des pistolets.

Le jour n'était pas encore levé, le surlendemain, quand Hortense et Felicia s'installèrent dans la grande berline de voyage de la comtesse Morosini dont on avait repeint en hâte les portières pour en effacer les armoiries. Elles emportaient, avec tout ce qu'elles avaient pu réunir en fait d'argent et de bijoux, un attirail complet d'aquarelliste et des passeports dûment tamponnés aux noms de Mrs Kennedy, domiciliée à Paris rue de Clichy, et de Mlle Romero sa lectrice. Seul Timour les accompagnait; son crâne rasé dissimulé sous une perruque et un haut chapeau à cocarde, vêtu comme il convenait à un cocher de bonne maison, le Turc avait pris place avec autorité sur le siège du cocher. Après réflexion, Felicia avait préféré, en effet, laisser Gaetano garder son hôtel en même temps que Lydia qui, d'ailleurs, craignait un peu de rester seule.

Tous deux s'entendaient bien, ce qui n'était pas toujours le cas avec Timour. Le Turc avait un peu trop tendance à traiter la camériste du haut de sa majesté masculine, ce que la Romaine supportait fort mal. D'où des brouilles fréquentes. D'autre part, en digne descendant des cavaliers seldjoukides, Timour aimait les chevaux et s'entendait aussi bien à les monter qu'à les conduire. Enfin, sa force exceptionnelle pouvait être d'un grand secours dans l'aventure qui commençait.

Avec une certaine gaieté d'ailleurs. L'idée de retrouver son frère remplissait Felicia d'une joie que rien ne pouvait ternir car, pour elle, la réussite de l'expédition ne faisait aucun doute. Quant à Hortense, la joie de son amie compensait le chagrin d'avoir quitté son petit Étienne. Et puis, sans elle, l'enfant serait plus en sûreté et c'était pour la jeune mère un grand réconfort. Enfin, pour ces deux jeunes femmes qui n'avaient pas vingt ans et qu'habitait, sans qu'elles en eussent peut-être conscience, un goût secret pour l'aventure, ce départ vers une terre inconnue à la recherche de péripéties héroïques avait quelque chose d'exaltant.

Les consignes données par Buchez indiquaient de ne pas se presser puisqu'elles étaient censées voyager pour leur plaisir. Au contraire, Duchamp et ses compagnons étaient partis à cheval en relayant, ce qui leur assurait une avance de trois ou quatre jours. Ainsi personne, dans la petite ville, n'associerait ces deux arrivées successives. Les deux jeunes femmes eurent donc tout le loisir de s'intéresser aux paysages traversés. Le temps était beau, le pays superbe et le voyage eût été pour l'une comme pour l'autre un temps d'agréables vacances sans la hâte mal réfrénée qui habitait Felicia et la légère anxiété d'Hortense touchant la réussite de leur entreprise : arracher un prisonnier à une prison d'État n'a jamais été une tâche facile mais quand cette prison se trouve en pleine mer, cela relève de la plus folle témérité...

Enfin, descendant d'une lande où quelques arbres tordus attestaient la puissance des vents d'hiver mais où genêts et ajoncs en pleine floraison ensoleillaient la terre, la route plongea vers Morlaix, blottie au fond d'un vallon où se rejoignaient deux rivières réunies sous ses murs en un profond estuaire. Au loin, semée d'îles, encore informes à cette distance mais dont l'une devait être la forteresse, la mer, scintillante et bleutée sous le soleil de midi, étalait à l'infini une splendeur qui laissa Hortense sans voix. Jamais, jusqu'à présent, il ne lui avait été donné de contempler cette merveille contrairement à Felicia habituée depuis l'enfance aux immensités bleues de la Méditerranée.

Par une porte ancienne gardée de deux tours rondes coiffées de poivrières, on pénétra dans la ville qui mettait comme un point d'orgue au bout d'une rivière marine hérissée de mâts dont certains portaient des voiles rouges. C'était jour de fête car toutes les cloches carillonnaient et une foule extraordinairement colorée encombrait les rues étroites, rendant difficile le passage de la berline. Les costumes étaient d'une incroyable beauté. Les hommes avaient des habits noirs ouverts sur des gilets bas superbement brodés qui dégageaient de larges plastrons de lin blanc empesés et serrés dans de hautes ceintures bleues assurant la liaison avec d'amples culottes plissées et resserrées aux genoux. Des bas rouges et de grands chapeaux de feutre noir ornés de longs rubans qui pendaient derrière complétaient ces costumes étonnants.

Les femmes ressemblaient à des dames du Moyen Âge avec leurs longues robes à manches étroites, d'un bleu doux, d'un rouge éteint ou d'un noir brillant, toutes garnies de velours, sur lesquelles ressortait la splendeur de longs tabliers de satin brodé. Les coiffes « en queue de langouste » érigeaient de légers hennins de dentelle sur les chevelures bien lustrées. Mais on pouvait voir aussi des chapeaux fleuris ou empanachés, et des robes à la mode de Paris. Ce qui était peut-être moins joli...

Un air de gaieté tournait dans les ruelles portant aux narines l'odeur des crêpes et des fouasses chaudes à laquelle se mêlait par instants la senteur plus forte de la marée. Timour demanda son chemin à un homme qui, adossé à l'angle d'une maison sous la statue de bois d'un saint local, fumait béatement sa pipe. On le lui indiqua avec une grande courtoisie; une courtoisie qu'à leur grande surprise, Hortense et Felicia devaient rencontrer chez tous ceux, quels qu'ils soient, à qui elles s'adresseraient.

L'hôtel de Bourbon, qui avait dû voir le jour au

XVIIe siècle, occupait tout un côté du Pavé, la place principale de Morlaix. C'était une grande bâtisse de beau granit gris dont l'élégance contrastait avec celle, différente, des hautes maisons médiévales à toits pointus dont les deux ou trois encorbellements s'ornaient de poutres magnifiquement sculptées. Il y régnait une odeur de cire fraîche et de soupe aux choux qui rappela à Hortense la cuisine de Godivelle...

Une femme petite et ronde en belle robe de soie noire et cornette de dentelle accueillit la fausse Irlandaise et sa non moins fausse lectrice. Durant tout le voyage, Felicia avait exercé son amie à teinter ses discours d'un léger accent que celle-ci prenait à présent avec assez de facilité. Mais elle faillit bien l'oublier quand, ayant demandé à son hôtesse quelle fête l'on célébrait ce jour-là, Mme Blandin – c'était son nom – la regarda sans songer un seul instant à cacher son étonnement :

– Mais... c'est la Saint-Jean d'été, madame... Est-ce qu'en Irlande on ne la célèbre pas?

– Si... très certainement, encore que je ne m'en souvienne pas ayant quitté le pays tout enfant. La Saint-Jean! Mon Dieu, comment ai-je pu l'oublier...

Elle était devenue si pâle que Felicia, inquiète, s'empressa.

– Madame est très fatiguée par le voyage, dit-elle. Ne pouvez-vous nous montrer nos chambres tout de suite?

– Que d'excuses! Je vous retiens là et vous êtes souffrante... Venez! Venez!...

Un instant plus tard, Mme Blandin introduisait ses clientes dans un appartement formé de deux belles chambres meublées, avec une sorte de luxe, de lits à colonnes et de ces meubles bretons – armoire et coffres – travaillés comme des bijoux. Une grande tapisserie de ce cuir estampé qui était l'une des spécialités de la ville, ornait l'un des murs et, sur une table, un bouquet de genêts faisait éclater un feu d'artifice doré. Mais Hortense ne vit pas grand-chose de tout cela. A peine entrée, elle était allée s'asseoir près de la fenêtre, luttant contre les larmes qui lui venaient. Un an! Un an déjà!... Un an seulement...

La porte à peine refermée, Felicia se précipitait, s'agenouillait auprès de son amie :

– Qu'avez-vous, Hortense? J'ai cru, tout à l'heure, que vous alliez vous évanouir...

La jeune femme ouvrit les yeux et s'efforça de sourire au visage inquiet de son amie.

– Ce n'est rien, ma chère... Cela va passer. On ne s'évanouit pas sous l'assaut d'un souvenir... Depuis que nous sommes lancées dans cette aventure, j'ai fini par oublier le calendrier. L'année dernière, à pareil jour, je me suis mariée...

Felicia se releva, posa un baiser rapide sur la joue où roulait une larme.

– Je comprends!... Dans ce cas, le mieux est que je vous laisse vous reposer tranquillement. Vous n'avez certainement pas envie de parler et, ce soir, je demanderai que l'on nous monte notre repas ici. La table d'hôtes ne vous tente pas, j'imagine?... Je vous laisse à présent. Je vais faire un tour en ville pour apprendre l'air que l'on y respire.

Hortense la laissa partir, un peu déçue de cette hâte mais depuis que l'on avait quitté, ce matin, le dernier relais, Felicia ne tenait plus en place. L'inquiétude éprouvée pour son frère engendrait une impatience qu'elle avait de plus en plus de mal à maîtriser. A cette heure, elle n'avait que faire des souvenirs d'une amie. Et d'ailleurs Hortense ne souhaitait pas les lui faire partager.

Restée seule, elle laissa les images de naguère l'envahir. Elle se revit, mariée de satin blanc, de dentelles et de fleurs, quittant Combert pour rentrer à Lauzargues au milieu d'un pays en fête. C'était la Saint-Jean et ses noces ne faisaient qu'ajouter aux réjouissances traditionnelles. Comme ici, les genêts étaient en fleur. Comme ici, les femmes portaient robes brodées et tabliers de soie, les hommes de grands chapeaux noirs. Comme ici, le ciel avait cette divine clarté que donne un air très pur, mais celui de l'Auvergne embaumait les grands sapins et les plantes de la montagne. Celui de Bretagne sentait la mer si proche...

La silhouette d'Étienne traversa son souvenir. Blond, élégant et glacé, il se penchait vers elle pour effleurer sa joue d'un baiser. Étienne qu'on l'obligeait à épouser, qui l'aimait sans qu'elle eût le moindre soupçon et qui, bientôt, allait mourir de cet amour. Étienne qui, d'un geste insensé, avait tenté de l'emporter avec lui au cœur flambant du brasier traditionnel pour ne pas vivre la fin de cette nuit.

Cette fin de nuit, Hortense voulut se défendre d'y penser par respect pour la mémoire de son jeune époux. Mais comment rejeter un tel souvenir? Comment ne pas revoir le champ gardé par les loups où, dans les bras de Jean, elle avait connu le miraculeux bonheur auquel elle ne croyait plus? La nuit était si belle! Et il y avait le bruit soyeux du torrent, l'écho lointain des vielles et des cabrettes qui faisaient danser la jeunesse du pays et qui avaient bercé leur amour. Qu'elles étaient donc difficiles à repousser ces minutes-là! Elles étaient toujours si présentes à son esprit, si précieuses que même à cette minute, elle croyait encore entendre le son des cabrettes.

Elle comprit soudain que ce n'était pas le souvenir, que le son était là, tout près d'elle... Se levant vivement, elle ouvrit la fenêtre et s'avança sur le balcon, découvrant derrière une grande bannière blanche à l'effigie du saint une troupe de jeunes gens et de jeunes filles qui s'avançaient mesurant leurs pas au rythme nasillard d'instruments semblables mais qui ne devaient pas porter le même nom. Hortense, alors, sentit qu'elle allait aimer ce pays si proche et si différent pourtant de celui qu'elle ne pouvait s'empêcher de regretter.

La troupe joyeuse s'éloigna. Elle se dirigeait vers le grand tas de bois que l'on préparait sur la plus haute colline. Les filles allaient y accrocher, à un grand mât, les guirlandes de fleurs qu'elles portaient... Ce soir, ce serait la danse et la joie.

En se penchant, Hortense aperçut une église et décida de s'y rendre. Aller prier pour l'âme inquiète d'Étienne était la moindre des choses qu'elle pût faire en ce jour anniversaire.

Elle se coiffa du chapeau de paille qu'elle avait posé tout à l'heure sur un coffre, drapa son châle sur sa robe de jaconas [1] bleue – le deuil n'étant pas en accord avec son personnage, elle portait à présent les robes de Felicia – et quitta l'hôtel de Bourbon en annonçant qu'elle allait visiter l'église.

Celle-ci, flamboyant chef-d'œuvre de granit taillé, l'accueillit sous son ombre fraîche. Les voûtes de bois tendues par une grande sablière sculptée étaient hautes et obscures, propices à la méditation. Hortense s'agenouilla pour

1. Fine étoffe de coton.

prier un moment et se releva, le cœur apaisé, pour faire le tour de l'église et en admirer la décoration. Puis elle se dirigea vers la sortie. Mais, au moment où elle tendait la main vers le bénitier, une autre main s'y trempa et vint toucher le bout de ses doigts.

– Je vous ai vue quitter l'hôtel, dit le colonel Duchamp. Alors je vous ai suivie.

– Vous auriez dû vous montrer plus tôt. Vous m'avez fait peur. Vous avez beaucoup changé à ce que l'on dirait?

Il ne restait rien, en effet, du costume de demi-solde. Un élégant habit bourgeois de fin drap bleu habillait l'officier qui, ainsi, paraissait tout autre.

– Il fallait bien, dit-il. Je suis censé, moi aussi, être un riche bourgeois qui voyage pour passer l'été. Voilà trois jours que je vous attends.

– C'est normal. Avez-vous eu des nouvelles de cet armateur qui...

– Ce Butler? Aucune. Dès mon arrivée, je lui ai fait porter la lettre que m'avait donnée Rouen en indiquant où l'on pouvait me trouver et j'ai attendu une réponse mais jusqu'à présent je n'ai rien reçu. Je vous avoue que je n'aime pas beaucoup cette histoire. Je me demande si cet homme est vraiment sûr?

– Moi je me demande surtout pourquoi nous avons tellement besoin de son aide? Il ne doit pas être très difficile de trouver un bateau dans un port?

– C'est plus difficile que vous ne croyez. Dans celui-ci tout au moins. Le temps des corsaires et des aventures est révolu. Vous n'avez ici que des militaires et quelques marchands. Et puis il y a une frégate de guerre, la *Junon* qui ne quitte le port que pour tirer des bords autour du Taureau. Elle surveille tout ce qui part et tout ce qui entre. Elle a de bons canons et elle est bien montée. Il y a de quoi inciter n'importe qui à la prudence. C'est la raison pour laquelle Buchez vous a transformée en Irlandaise et votre amie en lectrice...

– Croyez-vous vraiment que nous puissions, dans ces rôles, être d'une aide quelconque? Je ne vois pas pourquoi ce Butler accepterait des risques simplement pour faire plaisir à une inconnue, même s'il voit en elle une compatriote ou même une cousine vague?

Duchamp prit le bras d'Hortense et l'entraîna doucement jusqu'au parvis qui était vide.

– Les voix résonnent sous ces voûtes et je ne suis jamais très à mon aise dans une église. Marchons un peu, voulez-vous?

Ils firent ensemble quelques pas en redescendant vers le port où ne se voyait d'ailleurs aucun navire de guerre. Ces ruelles étaient assez calmes et pendant quelques instants ils marchèrent en silence. Duchamp baissait la tête. De temps en temps, son regard s'attachait au visage de sa compagne, le scrutait comme s'il y cherchait le mot d'une énigme. Ce petit jeu finit par agacer Hortense.

– J'ai l'impression que vous avez quelque chose à me dire et que vous ne l'osez pas, fit-elle.

– Vous ne vous trompez pas. J'ajoute que j'enrage d'avoir à vous donner de telles instructions. Buchez doit être fou pour miser si gros sur les folies d'un homme!

– Quel homme? Quelles folies?

– Butler bien sûr. Rouen l'aîné a rapporté sa passion pour tout ce qui touche à l'Irlande. Il a dit aussi son goût effréné pour les femmes quand elles sont belles et blondes. En fait... vous êtes purement et simplement chargée de le séduire.

– C'est une plaisanterie? fit Hortense suffoquée.

– J'aimerais bien mais ces gens-là ne plaisantent jamais...

– Pourquoi ne me l'a-t-on pas dit tout de suite?

– Par peur que vous ne refusiez. Peut-être même de quitter Paris.

– Allons donc! Comme si ces gens ne savaient pas que j'y suis en danger. Il fallait que je parte. Je comprends à présent pourquoi Buchez nous a dit que nos dernières instructions viendraient de vous. C'est indigne, en vérité, indigne! Voilà pourquoi vous avez voulu me voir seule, sans Felicia? Vous savez très bien qu'elle refuserait avec horreur que l'on me demande une telle chose mais qu'elle n'en serait pas moins déchirée? Nul n'a le droit de refuser une chance, quelle qu'elle soit, de sauver un homme, n'est-ce pas? Et c'est vous, vous qui me dites cela?

– Je vous en prie, ne me regardez pas avec cette expression d'horreur! gémit Duchamp. Si vous saviez à quel point il m'en coûte de vous transmettre ce... cette indignité!

Elle crut qu'il allait se mettre à pleurer et sentit sa colère s'apaiser.

– A ce point? dit-elle.

Il détourna la tête et elle ne vit plus que son profil net sous l'ombre du chapeau.

– Plus encore! Vous êtes... de ces femmes rares que l'on ne peut rencontrer sans que les sentiments n'évoluent...

Il s'interrompit comme s'il avait peur d'en dire trop à présent. Puis secouant la tête avec rage :

– Quel rôle idiot on me fait jouer! Si la vie d'un camarade n'était en jeu, jamais je n'aurais accepté de me mêler de cette histoire!

– Mais nous y sommes mêlés tous les deux, dit doucement la jeune femme. Et j'ai bien peur qu'il ne nous faille jouer notre rôle jusqu'au bout... l'un et l'autre!

– Par pitié! ne me dites pas que vous allez faire ce que l'on vous demande? Jouer ce rôle dégradant? Oubliez tout cela, je vous en supplie! Nous nous y prendrons autrement. Je volerai un bateau, je...

– Et vous vous ferez tuer? Ce serait idiot et n'arrangerait personne. Allons, mon ami, calmez-vous! Entre accepter les hommages d'un homme et lui rendre les armes il y a un océan que je ne franchirai pas. Même pour la comtesse Morosini qui cependant m'est chère et à qui je dois beaucoup. J'entends rester fidèle à moi-même... et à quelqu'un d'autre.

– Vous aimez quelqu'un? dit-il douloureusement.

Hortense eut pitié de cet amour timide qui osait à peine s'exprimer. Mais elle avait trop d'estime pour le colonel pour lui cacher la vérité.

– Oui. Et je ne changerai jamais d'amour. Mais, ajouta-t-elle en le voyant détourner la tête, il y a toujours place dans mon cœur pour une véritable amitié. Voulez-vous cette place?

De nouveau il la regarda et, cette fois, il sourit :

– C'est déjà beaucoup pour un homme comme moi venant d'une femme telle que vous.

– Vous êtes trop modeste. Les héros de l'Empire ont droit à toutes les tendresses. Et puis vous m'avez sauvée et je tiens à votre estime. Aussi ferai-je en sorte de ne pas la perdre. Enfin, ajouta-t-elle plus gaiement pour secouer l'atmosphère un peu lourde qui se glissait entre eux, rien ne dit que ce Butler aura envie de se laisser séduire par moi...

– Quand il vous verra...

– Il ne me verra pas forcément avec les mêmes yeux

que vous. Aussi je pense qu'il vaudrait mieux, dès à présent, nous mettre en campagne pour voir s'il n'y aurait pas, tout de même, un moyen, ici ou sur la côte, de trouver un navire capable de nous passer en Angleterre. Vous deviez partir avec deux amis. Que sont-ils devenus?

– Ils sont allés à Carantec afin de reconnaître les environs de la forteresse. Jean Ledru, qui est Breton, cherche à se faire embaucher par un pêcheur. Boucher, lui, joue les clercs de notaire nantais à la recherche d'un héritier fantôme. Cela lui permet d'entrer partout et d'inviter à boire une foule de gens : la meilleure manière, somme toute, pour avoir des renseignements et être bien reçu. Moi, je compte y aller faire un tour demain. Quant à vous, si le temps se maintient, vous pourriez aller, après-demain, planter votre chevalet sur la pointe de Pen-Lann. C'est le point de la côte le plus proche du Taureau.

– Après demain? J'espère pouvoir faire patienter mon amie jusque-là. Elle meurt d'impatience...

– C'est bien naturel. Séparons-nous à présent. Je vous ferai savoir des nouvelles...

Elle le quitta sur un sourire. Il y avait du monde autour d'eux et il était préférable de ne pas laisser supposer des liens d'amitié. Calmement Hortense rentra à l'hôtel où elle trouva Felicia revenue de son tour « en ville ». Naturellement elle lui fit part de sa rencontre à l'église et rapporta de son entretien avec Duchamp ce qu'elle pouvait dire en omettant soigneusement la partie déplaisante des consignes de Buchez.

– Soit! soupira Felicia, nous n'irons pas exercer nos talents demain mais aucune force humaine ne m'empêchera d'essayer de trouver au moins un canot pour une promenade en mer...

– Si le temps est beau, bien sûr. Aucune dame convenable ne se risquerait en mer par mauvais temps et surtout... vous ne trouveriez personne pour vous emmener.

Le dîner fut morose. Felicia ne disait mot, angoissée par la présence si proche et si lointaine cependant de son frère. Elle éprouvait le besoin impérieux d'apercevoir, au moins de loin, la forteresse qui l'enfermait et Hortense comprenant son anxiété respecta sa mauvaise humeur.

D'ailleurs elle se sentait gagnée par l'impatience qui

rongeait son amie et, rentrée dans sa chambre, il lui fut impossible de trouver le repos. Tard dans la nuit, elle resta accoudée à son balcon regardant flamber le grand feu allumé sur la plus haute colline, à l'emplacement où s'élevait jadis le château féodal dont il ne restait presque rien. L'écho des chants et des danses venait jusqu'à elle comme, à la dernière Saint-Jean, ils étaient venus jusqu'à un couple enlacé dans l'herbe odorante. A cette minute, il n'était plus possible de repousser le souvenir tendre et brûlant de Jean et de leurs amours au pays des loups... Cela rendait plus cruel encore l'isolement présent. Qui aurait imaginé qu'elle serait aujourd'hui dans cette ville du bout de la terre, attendant l'heure de s'engager dans une aventure désagréable et très certainement dangereuse? Elle avait demandé, sans réfléchir, à accompagner Felicia parce que l'heure était pressante et parce qu'elle craignait de voir se refermer sur elle le piège tendu par ses ennemis. Mais elle découvrait qu'un ami pouvait aussi tendre des collets et que ceux-là étaient pires puisqu'ils lui faisaient risquer son honneur et sa pudeur de femme...

Dans la chambre voisine dont la porte était restée ouverte, elle entendait Felicia aller et venir, incapable elle aussi de trouver le sommeil. En même temps l'odeur de tabac envahissait sa chambre.

La nuit était avancée quand Hortense quitta son balcon. Là-haut, les feux n'étaient plus que braises et les chants s'apaisaient graduellement. Les danses cessaient et la solitaire imagina les couples, quittant le cercle de feu pour gagner l'obscurité tendre des arbres et des fourrés. C'était une nuit magique, celle où, selon les Anciens, le soleil renaissait, celle des herbes guérisseuses et des enchantements. La plus belle nuit de l'année. Une nuit pour la jeunesse et pour l'amour. Hortense, elle, se sentait curieusement vieille et amputée.

Passant devant la porte de Felicia, elle vit briller le point lumineux d'un cigare allumé et entra :

– Vous vous faites du mal, mon amie, dit-elle doucement, il faut dormir.

– Je ne peux pas.

– Essayez quand même. Si vous usez vos nuits dans l'angoisse et l'insomnie, vous perdrez vos forces. Et Dieu sait si nous en avons besoin!...

– Je vous ferai remarquer, Hortense, que vous aussi

êtes encore debout. Mais, après tout, vous avez raison. Essayons de dormir.

Ce fut plus facile qu'elles ne le pensaient et toutes deux finirent par plonger dans un sommeil si profond qu'au lieu de se lever à l'aube comme elles en avaient eu l'intention, elles ne s'éveillèrent qu'assez tard. Il leur restait tout juste le temps de faire leur toilette avant d'aller déjeuner.

Ce déjeuner leur fit du bien. D'abord, elles mouraient de faim. Ensuite, le repas était délicieux. Elles firent un sort aux coquillages et aux crabes cuits dans les algues qu'on leur servit avec du pain bis et du beurre salé. Une pile de crêpes chaudes arrosées de miel acheva de leur rendre courage et optimisme mais faillit bien les renvoyer dans leurs lits pour y faire la sieste. Hortense se sentait les paupières lourdes mais Felicia tenait à sa promenade en mer et, après une dernière tasse de café, elles allèrent chercher leurs chapeaux, leurs gants et leurs écharpes pour descendre au port.

Il creusait jusqu'aux portes de la ville ancienne un long ruban d'eau grise que la marée avait rétréci. Deux quais le bordaient : le quai de Tréguier qui s'achevait par une belle promenade ombragée et le quai de Léon qui menait à la manufacture des Tabacs et, plus loin, à un marais salant. Sur l'un comme sur l'autre, l'activité régnait. Un navire normand déchargeait des pierres à chaux tandis que, sortis d'une grosse flûte hollandaise, des tonneaux de bière et des sacs de graines de lin étaient roulés à terre et mis en tas. La douane était au travail auprès de la Manufacture et surveillait le chargement d'un bateau danois. Il y avait aussi, attendant d'être embarqués, des fûts de graisse, des rouleaux de papier, des tas de pierres. Mais ce qui retenait surtout l'attention, c'était la *Junon* qui avait repris sa place dans la rivière, silencieuse, menaçante. Son ombre semblait peser sur tous les gens qui travaillaient là.

Après avoir erré un moment à la recherche d'un bateau qui convienne, Felicia finit par s'adresser à un vieil homme qui, la pipe coincée dans la bouche, regardait, assis sur un rouleau de cordages, débarquer les fûts de bière.

– Où peut-on trouver un bateau pour faire une promenade? demanda-t-elle en glissant une pièce dans la main, vite ouverte du bonhomme. Celui-ci regarda la pièce puis

Felicia et finalement étira ses lèvres en une grimace qui pouvait passer pour un sourire.

– J' vois pas bien où c'est que vous pourriez trouver ça, ma belle dame. On fait guère de promenades par ici. Et les pêcheurs sont en mer, à c't' heure. Y reviendront avec la marée...

– Et elle revient quand la marée?

– Dame! A la nuit. De toute façon, j' crois pas que vous trouveriez quelqu'un pour vous emmener.

– Pourquoi donc?

– Parce que pour sortir du port, marée ou pas, faut d'mander la permission à celui-là! Et il la donne pas facilement.

Du bout de sa pipe, il désignait la *Junon* qui, ses voiles biens serrées, semblait sommeiller au soleil comme un gros chat faussement paisible.

– Vous voulez dire que personne ne sort du port sans l'autorisation de ce navire de guerre?

– C'est ça tout juste. Maintenant, si ça vous chante, vous pouvez toujours demander au capitaine du Vigier qui commande là-haut de quel œil il verrait cette promenade. Mais ça m'étonnerait qu'il soit d'accord : c'est pas un coin à promenades par ici. Notez qu'on est galant dans la Marine et qu'il vous invitera peut-être à visiter sa frégate? C'est intéressant aussi...

– Je ne tiens pas à le déranger. Mais enfin, pourquoi cette sévérité, ces précautions?...

– Faut comprendre! Pas loin d'ici, juste à l'entrée de la rivière y a une prison d'État. Le fort du Taureau qu'il s'appelle. Et dedans, bien sûr, il y a des prisonniers et pas des faciles. Paraît même que c'est des dangereux. Alors la *Junon*, elle est là pour surveiller parce que le Roi, il a pas envie qu'on fausse compagnie à ses geôliers... J' vous ai pas servi à grand-chose, hein? Alors, vaudrait peut-être mieux que j' vous rende ça...

Un peu à regret tout de même il tendit la pièce que Felicia refusa :

– Vous nous avez au moins appris quelque chose. Merci, mon brave homme...

Elles s'éloignèrent sous les remerciements du vieux.

– Il ne nous a rien appris du tout, soupira Hortense. Il n'y a plus qu'à attendre demain. A moins que nous n'ayons ce soir des nouvelles de ce M. Butler. Lui doit avoir toutes les autorisations qu'il veut.

A son tour, Felicia, du bout de son ombrelle, désigna la silhouette noire et blanche de la frégate sur le pont de laquelle on pouvait voir une sentinelle aller et venir l'arme à l'épaule.

– Il aurait déjà dû se manifester. Je me demande si Buchez a frappé à la bonne porte. Il y a beaucoup de canons sur ce bateau, et un armateur ne doit pas avoir très envie de s'y frotter. J'ai peur que nous n'y arrivions jamais!

– Ne désespérez pas si vite! Songez que nous ne sommes ici que depuis vingt-quatre heures et nous n'avons encore rien fait. Il faut apprendre à connaître le pays, voir comment les choses s'y passent. Demain, comme le colonel Duchamp nous y a invitées, nous irons reconnaître le Taureau de la côte. Si ce n'est pas possible à Morlaix nous chercherons un bateau ailleurs. Quant à ce Butler, s'il a peur nous nous en passerons. Mais je vous supplie de vous calmer. Vous n'avez pas du tout la mine de quelqu'un qui vient ici pour son plaisir...

– Vous avez raison. Je crois que je suis en train de devenir folle. Tenez, allons un peu marcher sous ces beaux arbres. Il fait très chaud sur ce port. Leur fraîcheur nous fera du bien.

Elles se promenèrent lentement, longuement sous les ombrages de la promenade qui escaladait le coteau. L'endroit était tranquille parce qu'il était encore tôt dans l'après-midi. Il n'y avait personne et ce fut seulement quand elles revinrent vers la ville qu'elles aperçurent quelqu'un. Assis sur un banc, un homme contemplait le mouvement du port. Il avait posé auprès de lui, pour avoir moins chaud, son grand chapeau noir et montrait une épaisse chevelure rousse et légèrement en désordre. Mais seul le chapeau avait quelque chose de rustique. Pour le reste, l'homme était vêtu, en bourgeois riche, d'une redingote grise ouverte sur un gilet noir brodé de vert et sur un pantalon bleu foncé.

Au bruit des pas, il tourna la tête vers les deux femmes et les regarda passer. Il avait un visage aux traits forts, profondément burinés avec au coin de la bouche un pli d'obstination. Les yeux, verts comme de jeunes pousses, dévisagèrent les deux femmes avec une insolence qui déplut à Hortense.

– Pressons le pas, souffla-t-elle. Cet homme a une façon de nous regarder qui ne me plaît pas!

– N'y prêtez pas attention. Les distractions doivent être rares par ici. On nous prend peut-être pour ce que nous ne sommes pas! De toute façon, c'est sans importance...

A l'hôtel, Mme Blandin leur remit un billet qu'un gamin avait apporté. Il ne contenait que peu de mots, soulignés d'un D majuscule : « Il serait bon, écrivait Duchamp, que vous emportiez de quoi déjeuner sur place. N'oubliez pas le vin – plusieurs bouteilles s'il vous plaît. Cela peut être important. » Un petit plan indiquant la route à suivre était joint à cette étrange missive qui ne laissa pas d'étonner les deux femmes.

– Demander à notre hôtesse de nous préparer un panier pour déjeuner sur l'herbe passe encore, soupira Hortense. Mais du vin? Et plusieurs bouteilles encore, cela me paraît difficile. Ici nous ne buvons que du lait et du café. De quoi aurons-nous l'air?

– Le plus simple est d'en acheter en ville. Nous allons en charger Timour.

Encore fallait-il retrouver d'abord Timour. Livré à lui-même, le Turc avait senti, à la proximité de la mer, se réveiller une ancienne passion qu'il avait beaucoup pratiquée dans son pays et à Venise : la pêche à la ligne. Ce talent lui avait valu la considération d'un patron pêcheur dont il avait achevé la conquête par une station prolongée dans un cabaret du port. En échange, son nouvel ami l'avait initié aux délices du cidre.

C'est dire qu'il était tard quand il reprit enfin le chemin de l'hôtel où Felicia lui réserva un accueil plutôt frais. Mais, apprenant que la nouvelle connaissance était pêcheur et possédait un petit bateau, la Romaine se radoucit.

– Arrange-toi, demain matin, pour acheter quelques bouteilles de vin que tu mettras dans la voiture. Nous partirons de bonne heure.

Timour essaya bien d'expliquer à sa maîtresse que le cidre était une boisson digne des dieux, il se fit rabrouer vertement : du vin, bon autant que possible, et rien d'autre!

Le lendemain, les deux femmes habillées comme il convient pour une partie de campagne – robes claires, chapeaux de paille et ombrelles plus, bien entendu, leur matériel de peinture – quittaient l'hôtel de Bourbon suivies de Timour chargé d'un lourd panier contenant le repas et des encouragements de leur hôtesse.

– Vous aurez beau temps, leur prédit-elle. Je vous ai préparé un bon déjeuner mais gardez-moi tout de même un peu d'appétit pour ce soir : vous aurez du homard.

Le temps était beau, en effet, avec cette brume légère qui sur la mer annonce la chaleur. On suivit le chemin indiqué par Duchamp et, après le quai du Léon, la voiture s'engagea dans l'étroit chemin côtier qui menait à Carantec. Les ornières n'y manquaient pas et l'on ne pouvait pas aller très vite mais ce sentier, qui parfois plongeait entre deux haies d'ajoncs jaunes et d'autres fois laissait voir la mer d'un joli bleu argenté, ne manquait pas de charme. On traversa une lande coupée de petits champs de seigle ou de navets. Parfois aussi, c'était de l'herbe rase où pâturaient des chevaux d'une belle race vigoureuse. Les chapelles étaient nombreuses et aussi les calvaires aux croisées de chemins. Les hirondelles volaient haut dans le ciel mais on pouvait apercevoir les taches blanches des mouettes posées sur l'eau calme. La mer ressemblait à un lac immense tant elle était unie et l'air vif sentait bon l'iode et le varech. On ne rencontra presque personne car les maisons étaient rares.

Sur son siège, Timour sifflait à pleins poumons en homme qui sait apprécier une belle journée mais, dans la voiture, les deux femmes gardaient le silence, tout leur entrain factice du départ envolé.

Assise dans son coin de berline, Hortense réfléchissait. On n'avait toujours reçu aucune nouvelle de Patrick Butler. Le silence de l'armateur était incompréhensible... à moins qu'il ne se comprît que trop bien. Rouen l'aîné de même que Buchez devaient s'illusionner sur les convictions profondes de cet homme. Il appartenait sans doute à cette catégorie d'individus qui ménagent la chèvre et le chou et qui, supportant mal un gouvernement détesté mais fragile, s'efforcent de se créer des amis chez les opposants sans pourtant aller jusqu'à prendre des risques. Il est toujours facile d'être héroïque en paroles mais quand on se trouve au pied du mur l'escalade paraît parfois trop rude, trop dangereuse. Il est vrai que la silhouette noire de la *Junon* et les soldats que l'on pouvait voir arpenter les quais n'avaient rien de rassurant...

D'une certaine manière, la démission de Butler apportait à Hortense une sorte de soulagement mais elle se le reprochait. Le garçon que l'on gardait si bien avait perdu la liberté à cause d'elle. Poussé par sa générosité et son amour de la vérité, il avait osé la crier en face d'une foule, simplement pour qu'une orpheline eût un peu moins de peine. Et, depuis plus de deux ans, il payait cette superbe folie...

La route venait de dépasser une nouvelle chapelle et, traversant un espace de lande nue, faisait un coude dévoilant un large paysage marin brutalement coupé par la silhouette trapue, grise et courte mais redoutable d'un antique château de mer. Couché sur le miroir bleu, il ressemblait à quelque bête maléfique, mythique et monstrueuse... Le visage de Felicia se figea.

– Le voilà! dit-elle d'une voix enrouée. Peut-on vraiment se dire homme et oser enfermer son semblable dans pareil endroit?

– Nous l'en tirerons, Felicia. Nous sommes là pour cela...

– Je resterai ici le temps qu'il faudra. Si notre entreprise ne réussit pas, je trouverai une maison, une chaumière dans cet endroit mais j'y resterai, attendant, guettant une occasion. Oh, mon Dieu! Je n'imaginais pas que sa prison pût être ce pavé malsain. Regardez, Hortense : il est au ras de l'eau. Qu'en est-il lorsque vient le temps des tempêtes?...

– Calmez-vous, mon amie. Le soleil brille et nous ne renoncerons pas. Si ce Butler que le Diable emporte continue à se terrer peureusement et refuse de nous aider, nous nous en passerons. Il suffira peut-être de voler une barque pour gagner, faute de l'Angleterre, un autre point de la côte, moins surveillé. Nous pourrions conduire votre frère à Nantes et de là trouver un bateau qui vous mènerait tous deux en Italie... Enfin, nous avons avec nous quatre hommes forts et résolus. C'est une chance dont il faut se servir à tout prix...

A mesure qu'elle parlait, le front de Felicia se détendait. Elle trouva finalement un sourire.

– Pardonnez-moi cette faiblesse, Hortense! Vous avez raison : il ne faut jamais jeter le manche après la cognée...

On eut quelque peine à trouver la pointe de Pen-Lann indiquée sur le plan. Elle était couverte d'un bois de pins maritimes qu'aucune route ne traversait. Seulement de petits sentiers dans lesquels il était impossible de faire passer la berline. Timour, après une reconnaissance à pied, l'approcha le plus qu'il pouvait puis transporta les provisions jusqu'à une plate-forme rocheuse, suffisamment découverte pour que rien ne vînt gêner la vue. Le château du Taureau était là, tout près. Un étroit bras de mer le séparait de la terre; au milieu, s'interposait un îlot, simple caillou portant un petit phare qui ressemblait à un jouet et une maisonnette couverte de pierres plates.

On distinguait chaque détail de la forteresse : la grosse tour ronde entre deux courtines abruptes, les casemates, le pont-levis placé sur le côté le plus étroit et que l'on abattait de jour sur une maçonnerie servant de débarcadère, l'échauguette sur la plate-forme où l'on voyait briller les canons et les armes des sentinelles. Felicia se laissa tomber dans l'herbe courte avec assez de grâce pour qu'un observateur crût qu'elle s'asseyait. En fait, elle sentait ses jambes se dérober sous elle. A cette distance rapprochée, le Taureau apparaissait tel qu'il était : brutal. Une bête de combat mais aussi un tombeau dressé sous le soleil.

– Quatre hommes! Quatre hommes seulement pour venir à bout de ça, gémit Felicia. Nous n'y arriverons jamais...

– Où est votre bravoure, Felicia? Ne m'avez-vous pas dit cent fois qu'il ne faut jamais s'avouer vaincu? C'est l'heure de la bataille, il me semble, pas celle des soupirs!

Le ton ferme d'Hortense fit merveille. Felicia se releva, tête haute...

– Vous pourriez bien avoir raison : je suis en train de me conduire comme une imbécile. Au travail!

Avec une sorte d'entrain, elle entreprit d'installer le chevalet pliant et ouvrit la boîte de couleurs tandis que Timour étalait à terre une nappe blanche et qu'Hortense commençait à déballer les provisions. Il y avait du poulet froid, des petits pâtés, de la salade et un gâteau doré qui embaumait le beurre. Plus, naturellement, deux bouteilles de vin que Timour alla tirer du coffre.

– C'est peut-être un peu beaucoup? dit Hortense.

– Ce n'est certainement pas pour nous seules... Ah! on nous a vues..., ajouta-t-elle avec satisfaction.

En effet, l'agitation que menaient ces femmes en amples robes claires, avec leur nappe, leur chevalet et l'espèce d'atmosphère de fête champêtre qui les enveloppait n'était pas passée inaperçue. Sur la plate-forme du château les soldats avaient arrêté leur lente promenade et, au pied du phare, dans la petite île, un homme regardait lui aussi, bras croisés. Mais, insoucieuses de l'intérêt ainsi soulevé, Hortense et Felicia décidant qu'il était temps de déjeuner s'installèrent sur l'herbe pour attaquer leur repas. Elles avaient à peine mordu dans les petits pâtés qu'une voix joyeuse se faisait entendre dans le bois, chantant à pleins poumons

Le corsaire le Grand Coureur
Est un navire de malheur
Quand il part en croisière
Pour aller chasser l'Anglais
Le vent, la mer et la guerre
Tournent contre le Français...

Quelques secondes plus tard, la voix était toute proche et l'apparition la plus étonnante se manifestait sur le sentier qui menait au bas des rochers : un jeune homme blond au visage ouvert, chapeau noir crânement planté sur l'oreille, la canne à la main et le sourire aux lèvres, aussi élégant et tiré à quatre épingles que s'il se rendait chez une dame au lieu d'arpenter un coin de lande au bord d'une mer sauvage. Il eut, en découvrant les deux femmes, un geste de surprise, un peu excessif peut-être, l'un de ces gestes comme en ont les acteurs sur un théâtre. Un peu excessif aussi le ton de sa voix quand, se découvrant d'un geste large, il proclama :

– Que d'excuses, mesdames, si j'ai pu vous effrayer. J'ai nom François Boucher, clerc en l'étude de maître Leray, notaire à Nantes...

CHAPITRE VIII

LE PRISONNIER DU TAUREAU

Comprenant que le nouveau venu était l'un des compagnons du colonel Duchamp, Hortense entra aussitôt dans le jeu. Forçant un peu sa voix et la chargeant de ce léger accent britannique qu'elle prenait à présent avec une grande facilité, elle se présenta comme étant Mrs Lucy Kennedy, de Paris, voyageant à travers la France pour son plaisir.

– Et voici Mlle Romero, ma lectrice, qui est aussi une artiste, ajouta-t-elle en désignant le chevalet. Vous ne nous avez pas effrayées le moins du monde mais votre apparition était un peu inattendue. Voyagez-vous aussi pour vous distraire?

– Non, hélas. Je suis ici pour affaire. Je recherche les héritiers d'un homme mort à l'île Bourbon. Et je me rendais chez le gardien du phare que vous voyez là.

– Vous pensez que c'est lui l'héritier?

– Honnêtement, je n'en sais rien. C'est une affaire tellement embrouillée. Mais, je vous en prie, poursuivez votre repas. Je m'en voudrais de vous déranger.

– Pouvons-nous vous offrir de le partager? dit à son tour Felicia. Quand on est égaré au bout de la terre, on se doit aide et assistance...

– Ma foi, j'accepte volontiers cette gracieuse invitation...

Jetant son chapeau à quelques pas, il s'assit entre les deux femmes de manière à tourner le dos à l'île et au château. Près du phare, l'homme aux bras croisés était toujours à la même place.

– Je crois, dit-il en baissant la voix de plusieurs tons,

que nous pouvons à présent nous entretenir rapidement de nos affaires. Mais si vous voyez bouger l'homme du phare, prévenez-moi. Il va certainement venir voir ici ce qui se passe...

– C'est pour lui, cette petite comédie que nous venons de jouer?...

– Et fort bien. Pour lui et pour les gens de la forteresse. Les voix portent sur la mer et, certainement, au Taureau, nul n'ignore plus rien de notre rencontre fortuite. Si l'on veut se cacher, le mieux est de s'étaler largement, au grand jour et même de se faire remarquer...

En quelques coups de dents, Boucher fit disparaître deux pâtés et la moitié d'un poulet. Il mangeait en homme affamé qui sait le prix d'un bon repas.

– Ce pays est misérable. Et l'on y mange fort mal. La seule vue d'une galette de blé noir me coupe l'appétit... Et ce vin est excellent... ajouta-t-il en élevant à nouveau la voix.

– C'était pour vous? fit Felicia en riant...

– Pas uniquement. Vous comprendrez certainement mieux tout à l'heure. Mais où en êtes-vous à Morlaix. Le bateau?...

– Nous en sommes loin. Nous n'avons même aucune nouvelle de l'armateur Butler. On doit s'illusionner à Paris sur l'attrait d'une dame irlandaise...

L'aimable visage du jeune homme s'assombrit.

– C'est mauvais cela. Il faudrait pourtant faire vite : la nouvelle lune a lieu le 14 et nous sommes le 9 juillet. Or il nous faut une nuit absolument sans lune.

– Pensiez-vous aller si vite? s'étonna Felicia qui ajouta très haut : Reprenez donc de ce poulet, cher monsieur, et un peu de vin aussi...

– Très volontiers. Le tout est délicieux... Oui. Il faut aller vite. On a besoin de nous à Paris mais ce n'est pas cela le plus important. Nous avons appris que le prisonnier qui nous intéresse est malade...

– Malade?... Gravement?

La voix de Felicia se fêlait. Un coup d'œil de Boucher l'avertit de prendre garde.

– On ne sait pas. Deux fois par jour, on promène les prisonniers sur la plate-forme. Or, depuis quarante-huit heures, on ne le promène plus qu'au soleil de l'après-midi. Et deux soldats le soutiennent...

– A quelle heure, cette promenade?

– A quatre heures. Si vous attendez un peu vous pourrez l'apercevoir peut-être...

– J'ai une lorgnette dans mon sac, dit Felicia dont le cœur battait à présent la chamade.

– Je ne vous conseille pas de vous en servir, sauf si vous êtes certaine de ne pas être vue...

Il allait continuer mais Hortense posa vivement sa main sur son bras. Dans la petite île, le gardien non seulement bougeait mais se dirigeait vers une barque amarrée à quelques pas de la maison au toit de pierre. Prévenu, Boucher murmura :

– J'étais sûr qu'il allait venir. D'abord, il est curieux comme une vieille fille et méfiant comme un chat. Ensuite, le mot vin exerce sur lui une sorte de fascination. Il n'a pas souvent l'occasion d'en boire par ici où il est cher. Aussi quand, par hasard, il réussit à s'en procurer à la faveur d'un naufrage ou quand passe un trafiquant, il en boit certes mais il le revend surtout, encore plus cher à la garnison du château où l'on ne boit que du cidre et du rhum les jours de fête.

– Où voulez-vous en venir? dit Hortense.

– A ceci. Imaginez que certain soir... un soir sans lune le bonhomme livre aux soldats quelques bouteilles de vin drogué. Des bouteilles qui ne lui auraient rien coûté car il est avare...

La voix de Boucher n'était plus qu'un murmure mais il l'enfla très vite pour une description dithyrambique du paysage dont la sublime beauté avait tout pour tenter le pinceau d'un peintre. Felicia fit chorus mais sur le ton de la modestie; son talent n'était pas grand, elle peignait pour son plaisir... Le gardien d'ailleurs arrivait.

C'était un homme sans âge dont les longs cheveux gris et raides tombaient de chaque côté d'un bonnet de matelot qui avait connu des jours meilleurs. Un tricot rayé, fort sale, et un large pantalon de grosse toile d'où sortaient ses pieds nus complétaient son accoutrement. Sa figure offrait plus de rides que de dents et n'était pas bien aimable mais, en arrivant auprès des jeunes gens, il l'arma d'une sorte de sourire et ôta son bonnet.

– Bien l' bonjour à la compagnie! déclara-t-il. Alors comme ça vous avez trouvé des connaissances m'sieur l' notaire?

– Connaissances, c'est beaucoup dire. En venant vous

voir, père Gallec, j'ai rencontré ces dames qui s'installaient pour déjeuner sur l'herbe.

– Drôle d'idée! C'est pas un endroit pour des dames, ici!

– *No?* fit Hortense en toute innocence. Ce vieux château est cependant tellement... romantique?

Le gardien qui avait dû, dans son beau temps, faire le coup de feu durant les guerres du Blocus continental, lui jeta un regard noir et cracha par terre sans plus de cérémonie.

– Une *English*, hein? pouah!...

– Mais non, père Gallec, intervint Boucher. Madame est Irlandaise. Ce n'est pas du tout la même chose, vous le savez bien. Et vous pouvez, sans crainte de vous déshonorer, accepter de boire un verre avec nous?

– Boire?

L'œil du bonhomme qu'il tenait obstinément fixé sur la bouteille venait de s'allumer comme devait, à la tombée de la nuit, s'allumer sa lanterne. Hortense emplit un verre et le lui tendit avec un sourire engageant. Bien inutile d'ailleurs. Le père Gallec avait déjà empoigné le verre et l'avalait d'un coup, la tête rejetée en arrière et les yeux au ciel. Puis il claqua de la langue.

– L'est fameux!

– Un autre?

Le second disparut aussi vite que le premier. Un troisième suivit. À présent, le gardien de phare considérait les deux femmes d'un œil beaucoup plus bénin. Et même avec une sorte de tendresse. Felicia voulut en profiter.

– Pourquoi dites-vous que cet endroit n'est pas pour nous? demanda-t-elle avec une parfaite naïveté. C'est très joli...

– Joli? Vous l' trouvez joli, vous, c' château? On voit bien que vous l' habitez pas? Vous avez pas vu les soldats? C't' une prison... et une fameuse, allez! On est pas frais quand on en sort... si on en sort!

Dès lors, il parla d'abondance, avec cette espèce de fierté qu'éprouvent les âmes simples quand elles approchent les grandes tragédies. Ce château que, dans la nuit, sa lanterne éclairait de ses feux jaunes, il était un peu sa propriété. Il en était fier comme s'il lui appartenait... Une ou deux rasades de plus et le bonhomme, tout à fait en confiance, confortablement installé sur un bout de rocher apprenait à ses auditeurs tout ce qu'ils voulaient savoir...

Il n'y avait bien que trois prisonniers. Deux étaient d'anciens soldats de l'Empereur coupables d'avoir crié des insultes sur le passage du Roi. Quant au troisième on en savait peu de chose sinon qu'il était étranger et extrêmement dangereux. Il logeait dans la casemate-cachot, située sous le vestibule. C'était une assez grande pièce qui avait la forme d'un cylindre coupé dans sa longueur et qui ne prenait le jour et l'air, que par une ouverture donnant sur le fond de la cour centrale. Cette cour centrale était elle-même un long boyau de sept mètres de profondeur, une faille dans ce massif de granit où le soleil ne pénétrait jamais...

Le cœur d'Hortense se serra. Le jeune Orsini, ce fils de l'Italie ensoleillée, croupissant au fond de cette gorge obscure! On le disait malade mais il était déjà étonnant qu'il eût supporté pareil régime pendant plus de deux ans. Dans quel état allait-on le trouver si l'on parvenait jusqu'à lui?... Auprès d'elle, la jeune femme voyait blanchir les jointures des mains de Felicia. Ses pensées devaient suivre le même chemin mais en plus cruel encore...

On apprit enfin qu'une vingtaine de soldats du régiment de ligne stationné à Morlaix assuraient la garde des prisonniers. C'étaient tous des hommes triés sur le volet mais aussi de nouvelles recrues n'ayant jamais connu l'exaltation des guerres de l'Empire et qui souhaitaient faire leur chemin dans l'armée royale. Autrement dit à peu près incorruptibles...

– Notez, conclut le père Gallec, que la vie n'est guère plus rose pour eux que pour les prisonniers. Ils sont à la dure eux aussi, pauvres gars! Alors quand j' peux leur trouver quelque chose d'un peu bon à s' mettre dans l' gosier, ça me fait chaud au cœur... Ah! si j' pouvais leur trouver du vin comme celui-là pour leur petite fête!

– Quelle fête? demanda François Boucher.

– Celle qu'ils voudraient faire dimanche pour fêter la victoire. Paraît que, sous Alger, l'amiral Duperré et je ne sais plus quel général ont fichu une pâtée aux Barbaresques. On a su tout à l'heure qu'ils avaient pris la ville. Ça se fête, un coup pareil! Depuis l' Tondu, on sait plus très bien c' que c'est qu' la victoire chez nous. Bien sûr y aura du rhum mais si j' pouvais trouver du vin comme ça et qui soit pas trop cher...

Hortense saisit la balle au bond après avoir échangé avec Boucher un coup d'œil.

– Vous aurez votre vin, monsieur Gallec. C'est moi qui vais l'offrir à ces vaillants soldats! On va aller vous chercher...

– ... ça pour... disons vendredi? compléta Boucher. Mais à condition que vous gardiez pour vous tout l'honneur de la trouvaille.

– Vous voulez pas que j' dise au gars qu' c'est une belle dame qui leur offre ça?...

– Mrs Kennedy n'aime pas qu'on la mette en avant, dit Felicia. Vous la gêneriez en parlant d'elle...

Épanoui soudain à la pensée de la magnifique affaire qui s'offrait à lui, le bonhomme se releva en secouant les aiguilles de pin qui s'attachaient à son tricot.

– Merci bien, m'dame! Alors, c'est dit? J'aurai ça vendredi? Bien sûr?

– Je vous l'apporterai moi-même si ces dames veulent bien me permettre de m'en charger, dit Boucher...

– Bon. Ben, maintenant faut que j'y aille. Au fait, vous vouliez m' voir, m'sieur l' notaire. C'est-y qu' vous auriez des bonnes nouvelles de votre héritage?

– Pas si vite. J'avais seulement une question : est-ce que votre grand-mère était bien une Kermeur?

– Une Kermeur? Pour sûr! Et des plus vraies.

– Parfait. Mais comme on trouve beaucoup de Kermeur par ici il va falloir encore un peu de temps. Néanmoins soyez sans crainte, je suis votre affaire de près...

Le gardien remit son bonnet crasseux qu'il toucha du doigt poliment puis redescendit vers son bateau. Les trois jeunes gens le regardèrent s'embarquer et s'éloigner.

– Dieu est avec nous, souffla Boucher. Moi qui cherchais un moyen de lui faire porter du vin à la garnison! La prise d'Alger! Voilà que le Roi nous aide. Mesdames, votre serviteur va m'accompagner à votre voiture pour me remettre le vin. J'espère que vous en avez pris suffisamment.

– Quinze bouteilles, dit Felicia. Moins celles-ci, cela fait treize. Mais puis-je vous rappeler que nous n'avons toujours pas de bateau? ajouta-t-elle en s'installant devant le chevalet, comment comptez-vous vous y prendre en ce cas?

– Autrement! gronda le jeune homme. Ce maudit

armateur peut aller au diable! Jean Ledru a réussi à se faire embaucher par un patron-pêcheur de Carantec dont le matelot vient d'avoir un ennui... auquel d'ailleurs Ledru n'est pas étranger. Le bateau de cet homme est petit mais solide.

– Si c'est pour aller en Angleterre, dit Felicia, il faudrait que ce soit un sacré marin, votre Ledru.

– Il l'est. C'est un ancien de Surcouf. Mais il faut tout de même renoncer à l'Angleterre. Ledru déposera votre frère sur l'une des grèves où vous le prendrez dans votre voiture. De là vous l'emmènerez jusqu'à Nantes où, avec de l'argent, vous n'aurez aucune peine à trouver un bateau pour quitter la France. Quant à ce Butler, je saurai quoi en dire à Rouen l'aîné...

Il s'interrompit. Porté sur la mer le son d'une cloche venait de se faire entendre suivi de l'écho de commandements militaires. Felicia qui commençait à esquisser vaguement regarda sa montre :

– Quatre heures. Croyez-vous que ce soit...?

– L'heure de la promenade. C'est le moment d'avoir du courage mais vous pouvez penser que la délivrance est proche.

Derrière son carton, la Romaine, superstitieuse, se signa rapidement. Puis sa main descendit doucement vers le sac posé à ses pieds et en tira une lorgnette de théâtre habillée de nacre et d'argent. Là-bas, sur la plate-forme, les sentinelles venaient de se figer. Il s'écoula encore un laps de temps puis, deux hommes apparurent à quelques secondes d'intervalle l'un de l'autre précédés et suivis chacun d'un soldat sabre au clair. Le bruit de leurs chaînes tintait sur les dalles de pierre tandis qu'ils entamaient une lente promenade qui, en face de cet admirable paysage évoquant toutes les joies de la liberté, devait constituer une torture supplémentaire. A quelques encablures du château, un petit chasse-marée filait grand largue, ses voiles rouges joyeusement gonflées dans le soleil.

Sur leur pointe, les trois jeunes gens les dévoraient des yeux :

– Ils ne sont que deux?... murmura Felicia la voix déjà plaintive. Mais déjà Boucher avait saisi la lorgnette qu'elle hésitait à porter à ses yeux. Les gestes si paisibles du jeune homme devenaient nerveux.

– Orsini n'y est pas! gronda-t-il entre ses dents.

– Mon Dieu! Vous pensez qu'il est...

– Non. N'imaginez pas le pire. Quand un prisonnier meurt au château, le canon tonne comme pour une évasion.

– C'en est une..., dit Hortense.

– Peut-être... Or, je peux vous certifier que le canon ne s'est pas fait entendre depuis que je l'ai aperçu avec les autres prisonniers. Le prince Orsini doit être réellement malade. Trop en tout cas pour se lever. Il faut que nous puissions y aller voir, et vite! Et l'enlever, mon Dieu, surtout l'enlever!

– Comment ferez-vous, dit Felicia, s'il est trop malade pour s'aider lui-même? Comment ferez-vous passer un poids inerte d'une casemate au bas des murs du château?

– Nous avons déjà prévu cela, rassurez-vous, madame. Surtout si votre serviteur peut nous donner un coup de main. Il doit être d'une force herculéenne.

– Je suis! approuva Timour qui venait de reparaître pour reprendre le panier de pique-nique et le rapporter à la voiture.

Il laissa passer un temps puis ajouta :

– J'irai!...

– Alors, écoutez-moi.

Boucher s'agenouilla pour aider les deux femmes à remettre dans le panier les reliefs du repas, le plus lentement possible, et expliqua à voix basse le plan d'évasion : le dimanche soir, quand on pourrait être à peu près sûr que la drogue aurait produit son effet, la barque du pêcheur de Ledru toucherait la grève du Kelenn pour embarquer Duchamp, Boucher et Timour qui s'en iraient prendre pied sur le rocher du château. De là, Ledru, habitué de longue date à ce genre d'exercice lancerait au moyen d'un grappin une corde sur un endroit où le large muret de la plate-forme était ébréché puis il escaladerait la muraille, assurerait la corde et aiderait les autres à monter.

– Grâce à Dieu et au père Gallec, nous savons où est le prisonnier donc pas de temps perdu à le chercher. Une fois revenus sur la plate-forme, nous n'aurons guère de peine à le descendre dans la barque et nous reviendrons au Kelenn où vous nous attendrez. La voiture y sera cachée et vous aussi pour ne pas attirer l'attention car il y a parfois des rondes de douaniers...

Il se redressa en brossant de la main son pantalon.

– A présent, mesdames, je vais avoir le regret de vous quitter en vous remerciant encore de l'agréable déjeuner et du délicieux moment...

Mais Hortense avait encore quelque chose à dire :

– Et si Butler se manifeste enfin? Que faisons-nous?

– Rien! Il est trop tard! Nous ne pouvons plus lui faire confiance... A présent, adieu!

Il salua, remit son chapeau et remonta dans le bois en reprenant la chanson qu'il chantait tout à l'heure :

Le Corsaire le Grand Coureur...

Timour le suivit à quelque distance. Les deux jeunes femmes s'attardèrent encore un peu : l'une dessinant, l'autre cueillant par contenance un bouquet d'immortelles et d'herbes folles. Il était important, en dépit de l'angoisse qui les tenaillait, de continuer à donner le spectacle insouciant d'une partie de campagne. Elles s'imposèrent cet effort pendant une bonne heure et les prisonniers avaient regagné leurs geôles depuis longtemps quand, enfin, elles plièrent bagages. La pointe boisée retrouva son silence troublé seulement par le cri des oiseaux de mer. Le bateau aux voiles rouges semblait voler dans le soleil en direction de Primel...

On rentra à Morlaix en silence. En elles-mêmes, les deux compagnes supputaient les chances de réussite de la folle aventure. Cette réussite reposait sur une chance si mince! Qu'un ou deux soldats ne boivent pas de vin ou que certains fussent punis et tout risquait d'avorter. Bien sûr, Duchamp et ses hommes seraient tous armés et étaient prêts à se battre pour arracher Gianfranco Orsini à son injuste prison mais l'idée qu'ils pussent trouver la mort ou être seulement blessés était angoissante. Comment alors réussiraient-ils à descendre un malade, peut-être difficilement transportable?

Quand elles arrivèrent sur le port, une certaine agitation y régnait. La *Junon* arborait le grand pavois. Soldats et marins avaient revêtu leurs meilleurs uniformes et les cloches sonnaient à toute volée. Demain, à la cathédrale, on chanterait un *Te Deum* en l'honneur de la victoire d'Alger. Le crieur public annonçait qu'il y aurait, le jour suivant, réception des notables et bal à l'hôtel de ville. Aussi, les gens avaient-ils cet air riant de ceux à qui l'on promet des réjouissances.

Attirées par toute cette gaieté, Hortense et Felicia

regardaient, penchées aux portières de leur voiture quand soudain, au milieu de la foule, Hortense reconnut le visage de l'homme roux qu'elles avaient rencontré la veille à la promenade. Il fixait attentivement la voiture et, quand ses yeux rencontrèrent ceux de la jeune femme, il sourit d'un large sourire triomphant qui la fit rougir et l'exaspéra. Furieuse, sans bien savoir pourquoi au fond, elle se renfonça dans les coussins et n'en bougea plus jusqu'à l'arrivée à l'hôtel.

Il était déjà tard et les odeurs du souper avaient pris possession de la maison. Le ballet des petites servantes en coiffe blanche commençait. Quant à Mme Blandin, elle devait guetter ses pensionnaires car elle se précipita dès qu'elle les aperçut. Elle tenait une lettre à la main.

– Un valet de M. Butler a porté ce billet pour vous, madame Kennedy, fit-elle avec, dans la voix, la note révérencieuse qui donnait la juste mesure de l'estime où elle tenait l'expéditeur.

Hortense remercia puis, avec un coup d'œil à Felicia, mit la lettre dans sa poche sous le regard un peu déçu de son hôtesse. Ce fut seulement une fois revenues dans leur appartement que l'on ouvrit la lettre. C'était une simple invitation : *M. Patrick Butler prie Mrs Kennedy et Mlle Romero à la soirée qu'il donne en l'honneur de la prise d'Alger par la flotte française.*

Les deux jeunes femmes se regardèrent. Elles avaient encore dans les oreilles la voix furieuse de François Boucher : « Il est trop tard!... » Pourtant, si l'armateur avait pour ce silence incompréhensible une excuse valable, ne vaudrait-il pas mieux traiter avec lui? Un bon navire à destination de l'Angleterre serait tout de même plus rassurant qu'une simple barque accostant à une grève avec tout ce qu'un voyage à travers la Bretagne comporterait de dangers pour un évadé.

– C'est de votre frère qu'il s'agit, dit Hortense. A vous de décider de ce qu'il faut faire! Y allons-nous?

– Le mieux serait peut-être de demander l'avis du colonel Duchamp.

Hortense griffonna en hâte un court billet à l'adresse de l'officier puis l'on chargea Timour de le porter à destination, c'est-à-dire à l'auberge du Grand Turc. Le majordome reçut la mission avec une visible satisfaction : le colonel étant un soldat lui convenait. En outre, l'enseigne de l'auberge lui plaisait. Il y voyait une sorte d'hommage rendu au maître de la Sublime Porte par des gens, arriérés sans doute, mais tout de même capables de reconnaître la grandeur là où ils la voyaient...

Quand il revint, une heure plus tard, le billet était toujours dans sa poche. M. Duchamp avait demandé sa note et quitté l'auberge.

– Eh bien, soupira Felicia, nous voilà livrées à nous-mêmes. Je suppose qu'il a voulu changer d'adresse pour ne pas trop attirer l'attention. Cela fait tout de même une grande semaine qu'il habite le Grand Turc.

– Comment ferons-nous, si nous avons quelque chose à lui dire?

– Je suppose qu'il nous fera savoir où il est. En attendant, je crois que le mieux est d'accepter l'invitation. Cela n'engage à rien. On ne sait jamais...

– Et puis, conclut Hortense, j'avoue que je suis curieuse de voir quelle tête il a, ce Butler.

Le lendemain soir, élégamment vêtues de satin de Chine, gris pâle pour Hortense, et de faille grenat pour Felicia, des fleurs dans les cheveux – elles s'étaient coiffées mutuellement comme elles en avaient pris l'habitude depuis le départ –, les deux amies montaient l'escalier d'une des plus belles maisons du quai de Tréguier. Cet escalier de pierre grise menait à deux grandes pièces de réception, un salon et une salle à manger, déjà pleins de monde mais pas au point qu'on ne pût en admirer la richesse.

Encombrées de légers meubles en bois de rose, de lits de repos servant de canapés mais tendus de soies anciennes, de laques de Chine, de pendules en marqueterie, de glaces biseautées, de paravents aux feuilles précieuses et de porcelaines de la Compagnie des Indes, les deux pièces étaient tapissées de verdures des Flandres représentant les amours de Jupiter et de portraits de famille au milieu desquels trônait celui du maître actuel de la maison, en grand manteau rouge. Un rouge qui faisait flamboyer davantage encore les cheveux couleur de carotte. Et Hortense resta un instant médusée devant l'image de l'insolent personnage dont la rencontre, par deux fois, l'avait irritée.

Regrettant d'être venue, elle posait la main sur le bras de Felicia pour amorcer avec elle un mouvement de retraite mais déjà l'original du portrait avait remarqué les deux femmes et accourait. Le salut qu'il leur adressa fut un chef-d'œuvre de courtoise amabilité.

– Quelle joie d'accueillir dans mon étroite demeure des dames de votre qualité, mesdames! fit-il d'une voix qui avait l'éclat sonore du bronze. J'osais à peine espérer que vous accepteriez l'invitation d'un inconnu mais, en ce jour de fête, les fidèles sujets de Sa Majesté le Roi ne se doivent-ils pas de se réjouir ensemble?

– Sans doute, monsieur, et nous vous remercions de votre accueil car enfin, si vous nous êtes inconnu, nous le sommes aussi pour vous, et j'ajoute, au risque de vous déplaire, que je ne suis pas sujette du roi de France!

Oh, la joie de pouvoir prononcer ces mots-là pour une femme dont le cœur était en révolte totale avec son souverain! Hortense découvrait, en cet instant, le bonheur de jouer un rôle – et de le jouer bien –, d'être une autre sans cesser d'être elle-même.

– Je sais! Vous êtes Irlandaise comme le furent mes ancêtres et comme je le suis toujours de cœur! Vous voyez bien, madame, que, de toute façon, nous nous retrouvons toujours du même côté! Me permettez-vous de vous conduire, ainsi que votre compagne, jusqu'à la salle à manger? J'aimerais vous y offrir un rafraîchissement ou une tasse de café.

Il arrondissait un bras qu'il eût été grossier de refuser. Pourtant ce ne fut pas sans une imperceptible hésitation qu'Hortense posa sa main sur la manche de fin drap bleu-gris car, décidément, Butler avait, en la regardant, un air qui ne lui plaisait guère : celui-là même d'un homme qui semble sûr de remporter à brève échéance une éclatante victoire. Mais le vin était tiré, il fallait le boire. A condition, bien entendu, qu'on se limitât à une tasse de café...

Au bras de l'armateur et suivie de Felicia, elle traversa les groupes, surtout masculins, qui encombraient le vaste salon. Ce faisant, elle remarqua au passage les uniformes de trois officiers de marine qui devaient appartenir à la *Junon*. Au milieu d'autres hommes qui devaient être des notables morlaisiens, ils attiraient l'attention. Quelques femmes occupaient les chaises et les fauteuils mais en quantité si réduite, comparativement au nombre de leurs compagnons, qu'elles en devenaient insignifiantes.

– Avant d'accepter quelque chose de vous, monsieur, dit-elle comme on atteignait la salle à manger, gardée par la traditionnelle fontaine de faïence ancienne où l'on se lavait les mains avant les repas, j'aimerais rencontrer Mme Butler. Ce serait, il me semble, simple politesse?

– Sans doute. S'il y avait une madame Butler. Mais je suis un ancien coureur des mers, madame, et un célibataire impénitent. Le monde, voyez-vous, contient trop de jolies femmes. J'ai toujours été incapable de fixer mon choix...

Décidément, la modestie n'était pas la vertu dominante de cet homme, trop sûr sans doute de sa force et de sa fortune.

– En admettant, corrigea Hortense doucement, que le choix eût été uniquement de votre côté?

– Ce qui veut dire?

– Qu'il n'est pas certain que toutes les jolies femmes qui sont au monde eussent été disposées à vous accepter.

Ils étaient arrivés devant une vaste table nappée de lin brodé où étaient servis café, sirop d'orgeat et liqueurs. Et comme Hortense avait lâché le bras de Patrick Butler, elle se retrouva en face de lui, sous le poids d'un regard dont le vert avait soudain viré au gris. Avait-elle donc froissé sa vanité? Au frémissement de ses narines, au pli de sa bouche, elle devina qu'il était sur le point de se mettre en colère.

– Quand on veut une femme... quand on la veut vraiment, on y parvient toujours, laissa-t-il tomber. C'est une question de temps, de patience, d'habileté... parfois d'argent et rien de plus!

Les yeux dorés d'Hortense se chargèrent d'un immense dédain que l'arc de ses lèvres accusa encore :

– Vous avez des femmes une pauvre opinion, monsieur Butler. Tout compte fait, je ne crois pas que j'accepterai de boire quelque chose ici. En fait... je regrette d'être venue! Venez, ma chère, ajouta-t-elle à l'adresse de Felicia. Et, tournant franchement le dos à l'armateur, elle se disposait à regagner le salon mais déjà il la retenait.

– Non! Ne partez pas!

Elle se retourna, le regarda. Il s'imposait visiblement un effort. Cela se voyait à la sueur qui marquait ses tempes, au léger tremblement de ses lèvres.

– Pardonnez-moi! articulait-il. Je... je ne supporte pas que l'on me tienne tête.

– Nul ne songe ici à vous tenir tête. Et je vous laisse d'autant plus volontiers la place qu'elle est vôtre et que vous êtes chez vous!

– Ne m'obligez pas à vous prier. N'avons-nous pas à... parler ensemble?

– Je ne vois pas de quoi nous pourrions parler. Mais... en admettant que ce soit le cas, l'endroit me semblerait mal choisi au milieu d'une foule.

Il eut un geste de parfait mépris.

– Ces ivrognes?... Ils ne s'intéressent qu'à la quantité des liqueurs qu'ils peuvent ingurgiter.

C'était vrai. Autour d'eux on buvait ferme et personne ne se préoccupait d'eux. Le duel avait été feutré et, de toute façon, n'avait attiré l'attention de personne. La voix de Butler se fit suppliante.

– Acceptez au moins une tasse de café... ne fût-ce que pour marquer que vous ne m'en voulez pas. Par grâce, mademoiselle, ajouta-t-il en se tournant vers Felicia qui, muette, avait assisté à la scène sans s'y mêler, aidez-moi à convaincre madame...

– Ce n'est pas à moi de le faire, dit Felicia vertueusement. Mais bien à vous, monsieur. Ne vous étonnez pas d'ailleurs des réactions de Mrs Kennedy. Faut-il vous rappeler qu'elle est Irlandaise et...

– ... qu'en Irlande on a le sang vif. Je n'aurais jamais dû l'oublier. Faisons-nous la paix, madame?

D'un sourire, Hortense accepta la tasse qu'on lui offrait. Sa victoire était complète et elle n'entendait pas en abuser mais quand Butler la pria de rester pour souper, elle refusa. On buvait beaucoup trop chez l'armateur et ni l'une ni l'autre des deux femmes n'avait envie de passer la soirée au milieu d'une bande d'ivrognes. Elles se retirèrent donc avec grâce, raccompagnées par leur hôte jusqu'au bas de l'escalier. Celui-ci resta un long moment au seuil, regardant s'éloigner la voiture des deux jeunes femmes. Puis, avec un geste d'agacement, il alla retrouver ses invités.

Cependant Felicia félicitait chaudement son amie pour l'éclatante victoire remportée sur leur hôte d'un moment.

– C'est un homme étrange, ajouta-t-elle. Qu'en pensez-vous?

– En vérité, je ne sais trop qu'en penser. Est-il vraiment l'homme sûr dont on nous a parlé à Paris? Je vous avoue que j'en doute. Les orgueilleux ne font pas de bons conspirateurs...

– Je pourrais prendre cela pour moi. Vous savez depuis longtemps quel orgueil est le mien... soupira Felicia.

– Sans doute mais vous savez aussi aimer. Lui, ce Butler, on peut se demander ce qui l'anime. Sous ses dehors emportés, il y a chez lui quelque chose qui me glace. Je ne saurais vous dire quoi...

– Moi, non plus. C'est égal, j'aimerais vraiment avoir l'avis du colonel...

Cet avis allait leur arriver de la façon la moins conventionnelle qui soit. Alors que, rentrée dans sa chambre, Hortense se préparait à se mettre au lit, une petite pierre entourée d'un morceau de papier tomba presque à ses pieds.

Elle contenait tout juste huit mots : « Ne demandez rien, ne dites rien. Prenez garde! » L'écriture était la même que celle du précédent billet. Machinalement, la jeune femme s'avança sur le balcon et, un instant, fouilla les ombres de la place, y cherchant une silhouette. Mais rien ne bougea.

Appelée en consultation, Felicia fronça les sourcils :

– Cela ne peut désigner que notre ami Butler. Peut-être avons-nous eu tort de nous rendre à son invitation?

– Je crois que nous aurions eu plus grand tort de ne pas y aller. Après que Buchez et Rouen nous eurent annoncées, cela eut paru suspect.

– Suspect? C'est ce Butler qui doit l'être pour nous, à présent. Sait-on jamais ce qui peut se passer dans la tête d'un commerçant? Ceux de Paris ont eu tort de lui faire confiance...

– Eh bien, ma chère Felicia, c'est fort simple : nous ne le verrons plus.

C'était apparemment plus facile à décréter qu'à réaliser. Le lendemain matin, Mme Blandin, les yeux brillants et les joues animées, venait annoncer que M. Butler souhaitait offrir à ces dames une partie de campagne et les attendait en bas... Elle s'entendit répondre par Felicia que Mrs Kennedy était un peu souffrante à cause de la chaleur qui l'incommodait et qu'elle ne sortirait pas. Ce qui parut désoler l'hôtelière. Mais le ton ferme de la fausse lectrice était de ceux qui ne laissent pas place à la discussion. Mme Blandin redescendit donc tandis que Felicia allait avertir Hortense de se disposer à passer la journée dans sa chambre. La prétendue malade fit la grimace :

– Quel jour sommes-nous?

– Jeudi.

– Cela fait trois jours à rester enfermée ici...

– Je crois que ce serait trop pour une simple indisposition. Gardez la chambre aujourd'hui. Cela devrait peut-être suffire à décourager notre armateur...

De nouveau Felicia se trompait. Une heure plus tard, Mme Blandin, son sourire revenu, apportait avec précaution un bouquet de roses et un panier de fraises de Plougastel : M. Butler souhaitait vivement que le malaise de Mrs Kennedy fût de courte durée. Il se permettrait de venir, le lendemain, prendre de ses nouvelles et voir si elle se sentait assez forte pour une promenade à la campagne ou sur la rivière...

– Nous n'en sortirons pas! dit la fausse lectrice. Cet homme-là est tombé amoureux de vous, ma chère. Il va nous assiéger, ce qui serait bien la chose la plus déplaisante qui puisse nous arriver.

– Qu'allons-nous faire, alors? Je vous avoue qu'en dépit du message comminatoire du colonel, je me demande si nous ne laissons pas passer une chance?...

– Quelle chance? Duchamp dit qu'il faut prendre garde et cela me suffit. Mais nous pouvons toujours essayer d'y voir plus clair dans cet armateur. Je propose que, demain, vous acceptiez sa proposition de promenade...

– Que nous acceptions. Vous n'avez pas l'intention de m'abandonner, j'espère?

Pour la première fois depuis bien des jours Felicia rit de bon cœur.

– Vous abandonner? Je n'y songe pas un seul instant. J'ai bien trop envie d'entendre ce que cet homme vous dira...

– Bien. Que choisissons-nous alors? La promenade en mer ou la campagne?

Un nuage passa sur les yeux de la Romaine.

– Je crois que je préfère la campagne. Je... n'ai pas envie de revoir le Taureau avant dimanche soir.

Elle allait cependant l'apercevoir. Quel que fût le côté de la rivière de Morlaix que l'on empruntât, il était impossible d'y échapper. Et quand il vint les prendre, le lendemain matin, dans une voiture découverte pour que la promenade fût plus agréable, Patrick Butler refusa farouchement de les emmener errer sur la lande dans l'arrière-pays.

– Cet estuaire est l'un des plus beaux de la côte. Il serait vraiment dommage de ne pas le découvrir dans toute son ampleur. Et puis, je vous réserve une surprise...

La route que l'on suivit en longeant le quai de Tréguier était, en effet, fort belle. La mer était haute et le temps sans un nuage. On parcourut à vive allure plus de deux lieues, sans parler d'autre chose que de la beauté de la région, de l'agrément de Morlaix et aussi de Paris que Butler regrettait de ne pas voir plus souvent. Il parla de ses voyages au-delà des mers. Il avait beaucoup vu et il évoquait les pays lointains, les Indes et les grandes îles de l'océan Indien en homme qui les avait aimés.

On atteignit ainsi un petit village de pêcheurs, portant le nom du ruisseau sur lequel il était bâti, le Dourduff. Du cœur du village un chemin remontait vers la lande et gagnait un bois de pins sous lequel régnait une agréable fraîcheur.

Les arbres s'ouvrirent brusquement, comme se lève un rideau de théâtre, découvrant un immense paysage : l'échancrure bleue d'une vaste baie piquée d'îlots rocheux au milieu desquels la vieille forteresse mettait sa tache menaçante. Sur le couronnement, le soleil faisait briller le bronze des canons. Jouant jusqu'au bout son rôle de voyageuse indifférente, Felicia la désigna du bout de son ombrelle.

– Qu'est-ce que cela? On dirait un château fort?

– C'en est un, fit Butler après un court silence, trop court pour que l'on eût le temps de s'interroger sur sa cause. On l'appelle le château du Taureau. Il a été bâti au XVe siècle pour défendre Morlaix contre les incursions des Anglais.

– Et, à présent, à quoi sert-il? Toujours contre les Anglais?

Les yeux de Butler échappèrent à ceux, pleins d'innocence, d'Hortense qui cherchaient à les rencontrer.

– On en a fait une prison, dit-il brièvement. Une prison dont on ne s'évade pas.

Les mots tombèrent avec une brutalité peut-être intentionnelle.

– Je vois, dit Hortense doucement. Jadis contre les

Anglais, à présent contre les Français? De préférence ceux qui sont restés fidèles à l'Empereur?...

Une brusque rougeur colora le teint bronzé de l'armateur.

– Je ne sais pas. A Morlaix, on ignore tout des prisonniers. Leur nombre, leur qualité et plus encore leur nom. Mais oublions tout cela! Ce n'est pas un sujet pour une aussi belle journée. Regardez, voici ma surprise!

La voiture, un instant arrêtée, se dirigeait à présent vers une grille fermant un parc vert au milieu duquel se dressait une maison. C'était un de ces manoirs bretons qui semblent bâtis pour l'éternité. Sous le toit bas, ses murs de granit mauve devaient posséder la force nécessaire pour résister aux pires tempêtes. Il paraissait ramassé sur lui-même comme un homme qui se prépare au combat mais les accolades de pierre sculptée qui couronnaient portes et fenêtres et surtout les fleurons de ses pignons qui s'épanouissaient sur le ciel lui conféraient une grâce. Adossé contre un bouquet de pins grêles qu'il semblait protéger du vent de mer, il s'ornait de massifs d'énormes fleurs bleues qui lui donnaient l'air d'un vieux seigneur paré pour le jour de ses noces. A la grande surprise d'Hortense, ces fleurs étaient des hortensias.

– Ces fleurs poussent donc en Bretagne? dit-elle avec un geste de la main. D'où les tenez-vous?

– Vous voulez dire qu'elles poussent surtout en Bretagne. Ceux-ci viennent d'une forêt de Chine et il y a longtemps qu'un de nos navires les a rapportés à ma grand-mère. Bien avant, je crois, que Jean Commerson, le botaniste de Bougainville, n'en rapporte au Jardin du Roi. Est-ce que vous aimez ces fleurs?

Un coup d'œil de Felicia rappela à temps à la filleule de la reine Hortense qu'elle était censée s'appeler Lucy.

– Beaucoup, sourit-elle. Comme tout ce qui est bleu.

De son ample robe d'indienne ceinturée d'un large ruban à ceux qui retenaient sa capeline, elle était elle-même une symphonie azurée que Butler contempla avec admiration.

– Il vous va trop bien pour que vous ne l'aimiez pas. Venez, à présent, le déjeuner nous attend...

On l'avait servi à l'abri de la maison, sous un berceau de clématites, et il se composait de crevettes et de palourdes accompagnées de beurre salé et de pain bis, d'un beau homard grillé au feu de bois, d'une compote de pigeons, d'un fromage fabriqué par les moines de l'abbaye de La Meilleraye, enfin, abondamment arrosé de sucre blanc, d'un grand farz, sorte de flan à la crème farci de raisins secs et parfumé à l'eau de fleur d'oranger. Un vin d'Aunis auquel les deux jeunes femmes firent grand honneur allégeait le tout. L'air de la mer avait tendance, ces temps derniers, à exciter leur appétit.

Après que l'on eut dégusté un excellent café, épais et parfumé, Butler s'excusa auprès de Felicia.

– Voulez-vous me permettre de vous séparer un moment de Mrs Kennedy, mademoiselle? Je souhaite lui montrer quelque chose qui n'aurait, je crois, guère d'intérêt pour vous.

Il était impossible de refuser. En suivante bien apprise, Felicia accepta avec toute la grâce dont elle était capable. Hortense faillit dire que tout ce qui pouvait l'intéresser intéressait aussi son amie mais c'eût été peut-être maladroit. Avec un sourire pour l'abandonnée à qui un serviteur apportait déjà un plat de sucreries et du café frais, elle se leva et suivit son hôte qui la conduisit vers la maison.

Le rez-de-chaussée n'offrait que deux pièces : l'une était une immense cuisine et l'autre une salle, au moins aussi grande mais qui devait être la tour d'ivoire, le lieu favori de Patrick Butler. Tout y sentait l'homme d'action, la mer, l'aventure et le bouillonnement de la vie. C'était une maison sans femme et cela se devinait au premier regard mais combien plus chaude, plus vivante peut-être que si le raffinement féminin eût présidé à son arrangement. Avec surprise, Hortense contempla un joyeux désordre qui mélangeait sur l'immense table de travail les compas, les cartes à demi déroulées, les papiers, les pipes et les plumes d'oie autour d'une lampe-bouillotte et d'une bougie blanche dans le bougeoir de laquelle reposaient des pains de cire à cacheter. Posée à même les grandes dalles blanches que réchauffait en partie un grand tapis aux riches couleurs, une énorme mappemonde jouait à l'aise dans l'armature de cuivre d'un équatorial et d'un méridien. Aux murs, disposés comme des trophées, des armes brillantes et des pavillons qui avaient visiblement subi le feu de la mitraille encadraient un grand portulan tandis qu'un peu partout, sur tous les meubles, sauf sur la bibliothèque qui cédait presque sous la poussée des livres, des longues-vues tenaient compagnie à une boîte d'acajou où reposaient des pistolets de duel.

– C'est ici mon refuge, dit l'armateur en avançant pour sa visiteuse une haute chaire d'ébène incrustée d'argent et de nacre. C'est ici que je m'efforce d'oublier que je ne navigue plus et que je ne suis plus qu'un boutiquier...

– Je suis flattée que vous me jugiez digne d'y pénétrer.

Du geste, il balaya la phrase, trop polie.

– Je vous y ai amenée pour que vous compreniez que j'ai l'intention d'être sincère avec vous. Et pour vous inciter à en faire autant. Qu'êtes vous venue faire ici, Mrs Kennedy?... ou qui que vous soyez en réalité?

Instantanément Hortense fut debout. Ses yeux dorés étincelèrent sous l'empire d'une brusque colère. En même temps, elle se sentait rougir.

– Et pourquoi, s'il vous plaît, ne serais-je pas moi-même?

– Une lady irlandaise?... Il est certain que cela vous va bien, admirablement même, encore que l'on puisse supposer, à vous voir, que vous êtes au moins duchesse. Mais passons! Par contre, vous ne me ferez jamais croire que votre compagne – Mlle Romero je crois? – n'est qu'une simple lectrice. Elle a l'allure d'une Grande d'Espagne... ou mieux encore : d'une impératrice romaine!

Hortense haussa les épaules :

– En vérité, monsieur, je ne comprends rien à votre discours et je vous rappelle que même une Grande d'Espagne pourrait avoir eu des malheurs. Nous avons été élevées ensemble, elle et moi. A présent, je vais vous prier de nous ramener à Morlaix...

– Pas tant que vous ne m'aurez pas répondu. Qu'êtes-vous venue faire ici?

– Vous me fatiguez, monsieur Butler, mais je consens à vous répondre pour en finir : je visite la France, n'ayant rien d'autre à faire. La Bretagne n'en est-elle pas une partie intéressante? C'est du moins ce que j'avais cru comprendre des discours d'un de vos amis, M. Rouen, qui m'a d'ailleurs dit vous avoir écrit pour vous prévenir de notre arrivée...

– J'ai reçu cette lettre, en effet. Ainsi Rouen l'aîné s'occupe à présent de... « tourism » comme on dit outre-

Manche? Je ne le croirai jamais. Il a toujours été enfoncé jusqu'aux oreilles dans les jeux politiques les plus violents. C'est son élément naturel...

– Il peut tout de même lui arriver de converser dans un salon et de...

– Il n'a jamais fréquenté aucun salon!

Brusquement, il saisit Hortense par la main et la mena jusqu'à l'une des fenêtres de la vaste pièce d'où l'on découvrait le paysage marin. De l'autre main, il saisit une longue-vue.

– Par contre il s'intéresse toujours de près au contenu des prisons d'État. Tenez, ajouta-t-il, en offrant l'instrument à la jeune femme. C'est l'heure de la promenade au Taureau. Avec cette longue-vue vous distinguerez les prisonniers comme si vous étiez auprès d'eux...

– Vraiment? Ce doit être curieux...

Saisissant l'instrument en un geste où entrait du défi, elle l'ajusta à son œil... et constata qu'il n'y avait toujours que deux prisonniers sur la plate-forme. Qu'en était-il du jeune homme du cimetière du Nord? Était-il donc plus malade?...

L'angoisse lui faisait oublier son compagnon. Aussi sursauta-t-elle quand elle l'entendit souffler presque à son oreille :

– Lequel s'agit-il de délivrer?...

– Aucun! En vérité, monsieur, vous rêvez! A ce propos, comment se fait-il que vous n'ayez pas donné signe de vie plus tôt? Vous aviez peur de quelque chose? Je vous avoue que, lorsque j'ai reçu votre invitation, j'ai failli ne pas m'y rendre car je n'y comptais plus. Je ne suis pas de celles qui implorent pour qu'on les reçoive...

– Je ne voulais pas entrer en contact avec vous!

Elle eut un petit rire sec.

– Eh bien, il ne fallait pas le faire! Qui vous y a obligé? Mais quand je reverrai M. Rouen, je lui dirai qu'il a tort de vous croire un ami...

– Je l'estime et ne lui ferai aucun mal mais c'est un fou comme tous ces carbonari qui rêvent je ne sais quelle impossible république...

– République? J'avais cru comprendre qu'ils n'étaient animés que par le souvenir de l'Empereur et le désir de voir un jour son fils sur le trône de France?

– Je commence à croire qu'en effet vous ne les connaissez pas! L'Empire? Alors qu'ils ne rêvent que de ressusciter en France les jours insensés de la Révolution? Ils veulent le pouvoir du peuple et du peuple seul! Écoutez-moi bien : je hais les Bourbons et je ne souhaite que voir revenir celui que dans les milieux bonapartistes on appelle à présent l'Aiglon, mais je n'y crois pas! Metternich est un trop bon geôlier. Jamais, lui vivant, le fils de l'Aigle ne planera sur l'Europe. Alors, moi, je n'ai aucune raison... jusqu'à présent tout au moins, de sacrifier ma tranquillité, ma fortune, mes biens et peut-être ma vie pour une utopie.

– Et qui vous demande quelque chose? soupira Hortense. Je vous le répète, personne ne vous a obligé à me rencontrer...

Lui tournant le dos, il se dirigea vers la fenêtre, jouant toujours avec la lorgnette.

– Personne en effet... sinon le Destin. Je ne voulais pas vous rencontrer mais je l'ai fait sans le vouloir. Je vous ai vue... Dès lors, j'étais perdu...

– Perdu? Aimez-vous à ce point les grands mots, monsieur Butler?...

– C'est le mot qui convient car j'ai cessé d'être moi-même. Il fallait que je vous revoie, que je vous parle, que je vous approche...

Brusquement, il se retourna, jeta la lorgnette, courut à la jeune femme et la saisit aux épaules avant qu'elle eût pu faire un geste pour l'en empêcher.

– ... que je vous respire! A présent, je vous dis ceci : je vous aiderai, je ferai tout ce que vous me demanderez... je prendrai d'assaut à moi tout seul ce maudit château de mer. S'il le faut... je combattrai les soldats de la *Junon*, ses canons et tous les garde-côtes... A une seule condition!

– Une condition?

– Une seule : l'évasion réalisée, vous restez avec moi, auprès de moi. Je ne vous demande pas votre vie entière mais seulement quelques semaines, quelques mois! Dites un mot, un seul, et je jette tout cela, cette maison, mes terres, ma maison d'armement dans une balance faussée. Et même s'il faut prendre, au Taureau, la place de l'homme que vous voulez délivrer, j'irai avec joie en échange d'une seule nuit d'amour!

Sans brusquerie mais fermement, Hortense se dégagea. Son cœur battait à tout rompre tant était entraînante la passion qui possédait cet homme. Il était sincère, elle en était absolument persuadée et, à présent, la tentation lui venait de tout lui dire, de jouer le jeu pour lequel, au fond, on l'avait envoyée à lui. Une seule parole d'espoir et c'était la possibilité d'obtenir un bateau pour l'Angleterre... Mais, à cet instant, elle crut entendre la voix du colonel Duchamp répétant les paroles de son billet : « Ne demandez rien. Ne dites rien... » Elle n'avait pas le droit de prendre, seule, un tel risque. Si Butler n'était pas sincère, s'il n'était après tout qu'un habile comédien? Les conséquences pouvaient être dramatiques... Lentement, sans le regarder, elle retourna s'asseoir dans la haute chaise de bois diapré...

– Vous avez trop d'imagination, monsieur Butler. Je ne souhaite délivrer personne...

– Allons donc! Vous n'êtes là que pour cela! Je le sais, je le sens... Vous aimez sans doute l'un de ces prisonniers car il faut un grand amour pour risquer ainsi sa liberté.

Le regard qu'elle lui offrit était d'une entière, d'une totale limpidité. Elle eut même un sourire, vite effacé d'ailleurs devant ce visage crispé.

– Le salut de mon âme m'est plus cher que la liberté, monsieur, pourtant c'est sur lui que je vais vous jurer ceci; je n'aime aucun prisonnier proche ou lointain. Voulez-vous à présent me ramener auprès de Mlle Romero?

– Restez encore un peu. Je voudrais tant vous convaincre.

– De quoi? De ce que vous m'aimez ou croyez m'aimer? Mon cher, vous aurez pour cela tout le temps. Je voyage, je vous l'ai dit, pour mon plaisir. Arrangez-vous pour faire partie de ce plaisir.

Elle vit Butler se calmer graduellement. Il passa sur son front une main qui ne tremblait plus et sourit, encore implorant tout de même.

– Vrai? Vous allez rester encore quelque temps?

– Mais bien sûr. Le pays est si beau! Rien ne me presse...

– Alors quittez votre hôtel! Venez vous installer chez moi avec Mlle Romero. Peut-être suis-je fou mais vous en êtes seule responsable et j'essaierai de vous le faire oublier, de vous gagner peut-être...

Elle lui tendit la main.

– Je ne vous défends pas d'essayer. Mais ne recommencez pas à dire des folies. Vous avez gravement compromis une journée que je trouvais si agréable.

– Promettez-moi de m'en donner d'autres! pria-t-il en posant longuement ses lèvres sur cette main, et je promets en échange qu'elles seront telles que vous les souhaiterez...

Naturellement Hortense promit, tout en se détestant de mentir avec une telle facilité. Si cet homme était sincère, et rien n'autorisait à croire qu'il ne l'était pas, elle se comportait d'une façon dont, certainement, elle n'aimerait pas à se souvenir.

– Vous ne pouviez rien faire d'autre, dit Felicia quand, rentrées à leur hôtel, Hortense lui raconta ce qui s'était passé dans la maison. Si vous ne lui aviez pas donné d'espoir, cet homme était capable, peut-être, de nous dénoncer...

– Il semble sincère.

– Je n'en doute pas un seul instant. Mais il faut tout craindre d'une nature orgueilleuse et emportée comme la sienne. Je suis navrée de vous obliger à jouer ce rôle qui ne vous va pas, ma pauvre amie, mais je vous en ai une reconnaissance infinie... D'autant qu'il vous faut le soutenir encore jusqu'à l'instant du départ...

Cet instant-là posait d'ailleurs un problème. Comment quitter Morlaix assez discrètement pour que Patrick Butler n'en soit pas informé? De toute évidence, Mme Blandin lui était dévouée. Que ses clientes préférées annoncent leur départ et elle le préviendrait certainement dans l'heure suivante...

– Je crois que j'ai trouvé une solution, dit Felicia après avoir mûrement réfléchi. Cet homme vous a bien proposé de vous installer chez lui?

– En effet, mais...

– Mais rien. Il faut mettre Mme Blandin dans la confidence, lui dire que nous allons accepter l'invitation de M. Butler mais que, pour ne pas faire jaser, nous partirons vers le soir...

– Vous croyez que cela marchera?

– Je crois qu'elle sera enchantée de jouer un rôle de confidente comme on en voit au théâtre. On manque terriblement de distractions dans ces petites villes. Et puis nous n'avons pas le choix à moins de partir à pied et sans nos bagages...

C'était, en effet, la seule solution même si cela obligeait Hortense à rougir sous les regards intéressés de son hôtelière. Mais au fond, seule une certaine Mrs Kennedy n'ayant jamais existé y laisserait sa réputation. On s'en tint donc à cette solution.

Timour, rentrant de ses longues errances à travers la ville, la campagne ou le port leur apporta les dernières instructions du colonel Duchamp : on se retrouverait le dimanche soir à onze heures à certaine croisée de chemins. De là on gagnerait la grève de Carantec où la barque attendrait... Tout était prêt. Gallec avait reçu son vin.

Les deux femmes se regardèrent avec un mélange de soulagement et d'inquiétude : cette fois la machine était en marche. Il fallait tout faire pour que rien ne vînt l'arrêter...

Ce fut le ciel qui se chargea de régler le problème de leur sortie de l'auberge, non sans en poser un autre plus grave : le temps changea brusquement. Un violent orage qui éclata dans la nuit noya la ville sous des trombes d'eau et causa des dégâts dans le port. Quand l'aube du samedi se leva, Morlaix était noyée dans une brume lourde et grise. Et, bien sûr, il ne pouvait plus être question de la promenade en mer projetée la veille avec Patrick Butler. Du haut de leur balcon Hortense et Felicia contemplèrent avec consternation les débris de toutes sortes qui jonchaient la place : branches d'arbres, ardoises et morceaux de cheminées... D'un même mouvement, elles se signèrent : si pareille tempête recommençait dans la nuit du dimanche, c'en serait fait de leurs espoirs car aucun bateau ne pourrait accoster au rocher du Taureau. Et même si le vin drogué produisait plein effet, le prisonnier demeurerait dans sa prison. Avec cette seule différence qu'à l'avenir les soldats du fort montreraient peut-être une certaine méfiance envers les produits du père Gallec.

Patrick Butler vint sur la fin de la matinée. Il était visiblement soucieux.

– Je vais être obligé de vous quitter, dit-il en baisant la main d'Hortense. J'ai un navire en construction à Brest et j'ai grand-peur que la tempête de cette nuit n'ait causé de graves dégâts. Je pars tout à l'heure après avoir déjeuné avec vous si vous le voulez bien?...

– Naturellement. Vous partez pour longtemps?

– Deux jours si le bateau n'a rien, une bonne semaine

s'il est endommagé. Une semaine sans vous! Mais vous m'attendrez, n'est-ce pas?

Hortense sourit. Elle venait d'avoir une idée.

– Naturellement. Ne vous ai-je pas dit que je vous donnerais une chance?... Nous pouvons même faire mieux.

– Quoi donc?

– Si dans deux jours vous n'êtes pas rentré, nous pourrions aller vous rejoindre. Je crois que j'aimerais beaucoup visiter Brest.

Le bonheur qui envahit le visage de l'armateur lui serra le cœur et lui fit honte. Elle jouait cruellement avec les sentiments de cet homme. Quel souvenir garderait-il par la suite de la charmante Mrs Kennedy...

– Venez tout de suite?

– Non. Je suis trop lasse. Avec cette tempête, je n'ai pas dormi de la nuit...

– Alors demain? ou lundi au plus tard? Avec la perspective de vous faire visiter Brest je n'ai plus du tout envie de revenir. Là-bas nous serons plus libres. Et ensuite... nous reviendrons ensemble...

Parti sur ces bases, le déjeuner servi sous l'œil maternel de Mme Blandin fut des plus gais. Visiblement, l'armateur voyait s'ouvrir devant lui un merveilleux avenir. Il avait tout oublié de ses soupçons et c'est la joie au cœur qu'il partit.

– Il est presque dommage que vous aimiez ailleurs, dit songeusement Felicia. Cet homme-là est tout à vous. Auprès de lui vous n'auriez plus rien à craindre de qui que ce soit car il est de ceux qui savent garder ce qui est à eux...

– Vous avez sans doute raison mais mon cœur est à Lauzargues et je ne saurais le reprendre à l'homme qui a su le conquérir.

– Je reconnais qu'avec toute sa fortune, tout son amour, Butler ne peut avoir aucune chance contre votre meneur de loups... Nous allons donc nous dépêcher de l'oublier... et ce soir, nous annoncerons à notre hôtelière que nous prenons demain la route de Brest. C'est bien cela?

– C'est bien cela...

Le dimanche matin, les deux amies entendirent la messe à Saint-Mélaine avec une ferveur toute nouvelle.

Elles s'étaient accusées en confession des nombreux mensonges qu'elles avaient faits mais l'absolution donnée presque mécaniquement par un prêtre quasi indifférent et qui devait avoir, avec ses paroissiennes, grande habitude de ce genre de péché, ne leur apporta pas l'apaisement attendu. L'angoisse habitait leur cœur et, si leur prière pour la réussite de l'entreprise insensée de ce soir fut ardente, elles sortirent tout de même de l'église avec leur inquiétude intacte.

Saluées avec enthousiasme par Mme Blandin à qui l'on avait eu bien du mal à faire accepter son paiement – est-ce que ces dames ne devaient pas revenir bientôt? – elles reprirent leur place dans la voiture et quittèrent l'hôtel de Bourbon d'abord, Morlaix ensuite. On prit, naturellement, la route de Brest qui tournait pratiquement le dos à leur destination réelle mais on avait tout le loisir de gagner le lieu du rendez-vous.

Le temps n'avait pas retrouvé son éclat des jours passés. Il était gris et triste. Le vent, modéré cependant, effilochait les nuages bas. Par intervalles, une petite pluie fine et serrée tombait, trempant les chemins et les genêts de la lande, puis s'arrêtait pour recommencer. Chacune dans son coin, Hortense et Felicia enfermées dans leurs pensées, la regardait tomber sans rien dire.

Durant les longues heures de loisir que lui avait laissées sa maîtresse, Timour, outre la pêche, s'était intéressé à la topographie de la région. Prévoyant qu'il serait peut-être difficile de gagner Carantec par la route normale avec une grosse berline de voyage et sans attirer l'attention, le Turc avait parcouru, à cheval, les environs immédiats de Morlaix. Il mena donc son attelage avec sûreté jusqu'à un croisement de routes marqué d'un haut calvaire qui se situait à près de deux lieues de la ville. Là, il tourna sans hésiter dans le chemin qui menait vers le nord.

– Ne va pas trop vite! lui recommanda Felicia. Le rendez-vous n'est qu'à la nuit close, ne l'oublie pas...

En foi de quoi, après avoir parcouru deux autres lieues, Timour introduisit sa voiture dans un sentier menant à une tour en ruine qui s'effritait lentement sous la pluie au creux d'un vallon boisé.

– On reste ici, déclara-t-il en sautant à bas de son siège. Ça te convient, maîtresse? Personne n'y viendra. On dit que cette vieille chose est hantée...

– Rien ne saurait me convenir davantage. On peut toujours s'entendre avec un revenant.

Les heures d'attente parurent interminables. Personne n'avait envie de parler, ni même de dormir car à mesure que le temps passait l'énervement grandissait. Aussi, quand enfin Timour, regardant sa montre, déclara qu'il était temps de partir et remonta sur son siège, un double soupir de soulagement dégonfla les poitrines des deux jeunes femmes. On allait enfin passer à l'action.

La grisaille du temps avait fait tomber la nuit plus vite. Elle était totale quand, à l'abri d'une chapelle à demi ruinée on retrouva le colonel Duchamp qui, au bruit de la voiture, avait démasqué la lanterne sourde cachée sous son manteau noir. Son cheval attendait un peu plus loin attaché à un arbre.

– Où en sont les choses? demanda Hortense quand l'officier les rejoignit.

– Elles semblent aller bien. Le temps n'est pas beau mais la mer est assez calme. Je ne pense pas que nous ayons à craindre de tempête cette nuit.

– Et le vin?

– Les hommes du Taureau ont dû y goûter. De la pointe tout à l'heure, j'ai entendu des rires, des chants. On fêtait joyeusement, croyez-moi, la prise d'Alger. Assez parlé à présent! Il faut aller au rendez-vous... Je vous guide.

Remontant à cheval il s'engagea dans un chemin qui serpentait à travers la lande puis descendait entre des bois de pins et de petits champs de sarrasin. Habitués à l'obscurité, les yeux des voyageurs distinguèrent sur la gauche la dentelle d'un clocher. Enfin, la bande claire d'une longue grève apparut, gardée par des rochers et de vieux arbres tordus. Elle était totalement déserte et dans la broussaille de végétation qui l'entourait on n'eut aucune peine à trouver un abri pour la voiture.

D'où il était, le colonel Duchamp siffla doucement puis, par deux fois, imita le cri de la chouette, le vieux cri chouan qui, si longtemps, avait retenti sur ces étendues désertes. Un appel semblable lui répondit, venant paradoxalement de la mer.

– Le bateau est là, chuchota le colonel. Allons-y! Quand nous serons embarqués, revenez vous abriter près de la voiture et des chevaux...

Il prit Timour par le bras puis tous descendirent vers le bord de l'eau. La marée était haute et la bande de sable assez réduite. On eut vite rejoint le petit bateau, une grosse barque à rames dans laquelle on distinguait à peine les silhouettes de deux hommes : François Boucher et son ami Ledru. Le colonel et Timour embarquèrent à leur tour et, en quelques vigoureux coups d'avirons, la barque s'éloigna, piquant droit sur la pointe qui fermait la plage.

– Dieu les protège! murmura Felicia en resserrant autour d'elle les plis du grand manteau noir dont elle était enveloppée. Il nous reste à attendre... et à prier.

Lentement, elles revinrent se tapir dans les fourrés. Tout, autour d'elles, n'était qu'obscurité. Le ciel était noir, les étoiles invisibles et seul le bruit du ressac animait cette solitude de fin du monde...

– J'aurais voulu aller avec eux, chuchota Hortense. Cette attente va être insupportable...

– Moi aussi, j'aurais voulu; mais nous n'aurions fait que les gêner...

Le vent fraîchissait. L'humidité de la nuit commençait à envelopper les deux femmes qui se serrèrent l'une contre l'autre, déjà frissonnantes.

– Vous avez froid, Felicia?...

– Un peu... mais j'ai surtout peur. S'ils allaient ne jamais revenir?...

– Il ne faut pas penser à ça! Ils sont forts et résolus...

Le silence à nouveau, habité par la mer. Quelque part dans le lointain, un chien aboya puis se tut... Et le temps passa lentement, lentement, s'étirant interminablement... Les minutes, les heures coulaient sans que les deux femmes, dans l'incapacité de consulter leur montre, pussent l'évaluer avec exactitude. Elles se sentaient glacées jusqu'à l'âme, et plus le temps passait, plus la peur augmentait. Leur imagination leur montrait, avec une précision cruelle, ce qu'elles ne pouvaient voir : l'accostage à l'abri des murailles mais face au large pour échapper à la lumière du phare, la difficile escalade, la prudente progression dans les entrailles du château, le combat peut-être, l'enlèvement rendu pénible par l'inertie d'un corps malade et puis toutes ces catastrophes imprévisibles qui pouvaient naître d'un soldat trop sobre, d'un chef trop prudent. Qui sait seulement si les quatre hommes allaient revenir? Seule consolation : aucun coup de feu n'avait déchiré la nuit...

Quelque part, un coq chanta et puis, presque aussitôt, ce fut le signal. Le doux sifflement prolongé et le cri de la chouette. D'un même mouvement les deux femmes sortirent de leur cachette et coururent vers la grève. Maladroitement car leurs jambes étaient ankylosées...

– Les voilà! haleta Felicia. Ils ont réussi...

Mais sa voix s'étrangla dans sa gorge. Les libérateurs étaient partis quatre, ils revenaient quatre. Pas un de plus... Étouffant une plainte, Felicia se précipita à leur rencontre sans souci de tremper ses vêtements.

– Vous n'avez pas réussi? fit-elle d'une voix éteinte par les larmes et la déception. La main vigoureuse du colonel Duchamp saisit son bras pour la soutenir.

– Il vient de mourir, comtesse... Il est mort dans nos bras et il nous a donné ceci pour vous...

Ceci, c'était un lourd anneau portant une pierre gravée que Felicia ne vit pas tant les larmes brouillaient ses yeux.

– Mort?... Oh, mon Dieu! Mort pour quoi?...

Hortense à son tour était entrée dans l'eau et soutenait son amie. Elle pleurait elle aussi ce garçon mort un peu à cause d'elle.

– Il a dit quelque chose pour vous avant de mourir... Il a dit : « Que ma sœur accepte de vivre! Aucune vengeance, aucune politique ne mérite de sacrifier une vie comme la sienne... »

Une mince bande plus claire marquait le ciel vers l'est... Felicia regarda ce jour qui se levait comme s'il était son ennemi.

– Je le vengerai pourtant!... Je le vengerai! Maudit soit le roi de France! Il a tué mon frère... tué mon frère...

Et elle s'écroula enfin, secouée de sanglots dans les bras d'Hortense.

CHAPITRE IX

L'ÉMEUTE

Il était près de onze heures du matin, le mardi 27 juillet, quand la berline qui transportait Felicia, Hortense et le majordome Timour atteignit la barrière de Passy et s'arrêta devant l'imposant bâtiment à douze colonnes et quatre frontons jadis construit par l'architecte Ledoux pour abriter le poste de garde. Il faisait déjà très chaud et le soldat qui s'approcha de la portière transpirait abondamment sous son shako de cuir bouilli et son uniforme de drap marqué de grandes auréoles. Par la vitre baissée, son odeur de sueur envahit la voiture et fit grimacer les deux femmes.

– D'où que vous venez comme ça? demanda-t-il en désignant l'épaisse couche de poussière qui couvrait la caisse de la voiture.

– De Normandie.

– Vous auriez mieux fait d'y rester. Doit y faire meilleur qu'ici. Et, où c'est que vous allez comme ça?

– Chez moi, rue de Clichy, dit Hortense toujours fidèle à son personnage d'Irlandaise habitant Paris.

– Oh, ben, si j'étais vous, je retournerais d'où je viens. Fait pas bon à Paris depuis hier.

– Que se passe-t-il? demanda Felicia l'œil soudain allumé.

– Dame! J'en sais trop rien. Tout ce que je sais, c'est que toutes les troupes sont consignées et qu'on a ordre d'examiner tout ce qui entre et tout ce qui sort. Vos papiers!

Avec une mauvaise grâce absolue, Timour les lui montra.

– Ça va durer longtemps cette inspection? On est en plein soleil et il fait chaud pour des dames!

– A qui que tu le dis! Et pas seulement pour des dames! Excusez, Mesdames... Vous pouvez passer.

– Et vous, allez boire un verre quand vous le pourrez! dit Hortense en lui jetant une piécette que le soldat attrapa au vol avec un grand sourire.

– Merci, M'dame!

La voiture repartit le long de la Seine où le trafic habituel semblait normal. Les arbres du Cours-la-Reine offrirent un instant leur ombre verte. Depuis que l'on avait quitté la Bretagne on subissait une chaleur accablante et l'on avait choisi de ne rouler qu'aux heures les plus fraîches de la journée, c'est-à-dire très tôt le matin et jusqu'à midi afin de ménager les chevaux.

Le voyage de retour avait été morose en dépit des efforts de Felicia pour ne pas faire peser sur son amie le poids de son chagrin. Un chagrin que, d'ailleurs, celle-ci partageait. On ne parla guère au long de la route. Renfoncée dans son coin, la sœur de Gianfranco Orsini rêvait interminablement... Mais, après la vague de désespoir qui l'avait à demi brisée sur la grève, l'autre nuit, elle n'avait plus versé une seule larme. Sa douleur semblait la grandir encore et, plus que jamais, elle ressemblait à une impératrice de Rome.

Une certaine agitation régnait sur la place Louis-XV autour des parapluies bleus ou rouges sous lesquels s'abritaient les marchands de pommes ou de coco. On se passait des journaux qu'un grand garçon aux bras et aux jambes nues distribuait avec une largesse inattendue car il ne recevait aucun paiement. Felicia fit arrêter la voiture et l'appela. Le garçon accourut avec un grand sourire.

– Vous voulez des nouvelles, M'dame? Eh ben, en voilà! Et ça ne coûte rien aujourd'hui!

Deux journaux tombèrent dans les mains de la jeune femme. Déjà le curieux vendeur s'éloignait en criant.

– Les nouvelles! Les nouvelles du jour! Vive la Charte!

Fébrilement Felicia déplia les feuilles. Il y avait là *le National* où s'étalait, sous la plume de M. Thiers, un article incendiaire : « Le régime légal est interrompu, celui de la force commence... L'obéissance cesse d'être un devoir... » L'autre journal était *le Globe*. Si sage d'habitude, il y allait lui aussi de son brûlot sous la signature de

M. de Rémusat : « Le crime est consommé. Les ministres ont conseillé au Roi des ordonnances de tyrannie. Nous ne céderons qu'à la violence. Nous appelons de toutes nos forces la haine sur la tête de MM. de Polignac, Peyronnet, Chantelauze, Capelle, Montbel, Guernon-Ranville, d'Haussez. Les ordonnances sont nulles. Nous confions sans crainte la défense de la liberté légale, par les moyens légaux, à la nation la plus brave de l'univers... »

Suivaient les textes des ordonnances royales que l'on peut résumer ainsi : la liberté de la presse était abolie, la Chambre dissoute, la loi électorale modifiée, les électeurs convoqués pour le mois de septembre. En outre, le ministère Polignac se trouvait renforcé par la nomination de nouveaux ultras de la meilleure cuvée.

Felicia froissa les feuillets entre ses mains et jeta sur la place un coup d'œil avide. Des groupes se formaient. On entendait crier : « A bas les ministres! » et surtout : « Vive la Charte! » Soudain, on entendit aussi un clairon. Une troupe armée, fusil à l'épaule, apparut au débouché de la rue Royale, entre les deux pavillons de Gabriel. La foule reflua vers les soldats.

– A la maison! jeta Felicia. Et fais vite!

– Je fais ce que je peux. Il y a du monde partout.

On prit le pont Louis-XVI mais à mesure que la voiture traçait son chemin vers la rue de Babylone, les nouvelles semblaient la suivre et l'escorter. Partout, des jeunes garçons distribuaient les journaux aux passants, aux boutiquiers. On lisait, on se réunissait pour se parler et l'on pouvait voir d'étranges groupes composés de gens disparates : la redingote bourgeoise et la blouse d'ouvrier se côtoyaient. Le ton montait. On s'indignait de ce que l'on considérait à bon droit comme une tentative d'implantation d'un pouvoir absolu dont personne ne voulait plus. Boulevard des Invalides, au coin du couvent des Dames du Sacré-Cœur, il y avait un attroupement. Un homme, monté sur le muret soutenant l'une des grilles, haranguait la foule :

– Le gouvernement fait prendre d'assaut les bureaux du *National* et du *Temps*. On veut briser les presses d'imprimerie. Il faut aller prêter main-forte à ceux qui se battent déjà. Tous les bons citoyens doivent leur aide à nos vaillants publicistes. Allons tous rue de Richelieu!...

Une clameur lui répondit. On enleva l'homme de son

muret et on l'emporta en triomphe tandis qu'un cortège se mettait en marche au cri de : « A bas les ministres! »... D'autres criaient : « Allons à la Chambre! Il faut que les députés libéraux se mettent à notre tête... »

Dans la rue de Babylone, si calme d'habitude, l'agitation était la même à l'exception de la caserne des Suisses où les sentinelles en habit rouge montaient la garde avec une imperturbable dignité, sans même paraître s'apercevoir des petits groupes qui se formaient autour d'elles. L'un de ces groupes stationnait devant la maison de Felicia et celle-ci put voir que sa femme de chambre et son cocher en faisaient partie causant avec animation à quelques ouvriers couvreurs qui avaient déserté le chantier d'en face.

L'arrivée de la berline éparpilla ce petit monde comme une volée de moineaux. Livia et Gaetano se hâtèrent de rentrer pour accueillir leur maîtresse avec une joie visible.

– Est-ce que vous savez quelque chose? demanda celle-ci.

– Rien ou bien peu. Il y a du bruit en ville à ce que l'on dit, fit Livia. Les ouvriers désertent leurs chantiers. Il paraît qu'on va se battre...

– Sait-on où est le Roi?

– A Saint-Cloud mais on dit qu'il envoie le maréchal Marmont prendre le commandement des troupes. Celui-ci doit s'installer aux Tuileries... Madame la Comtesse veut-elle me permettre de lui dire qu'on est heureux de la revoir... et Mme de Lauzargues aussi? Nous en étions bien en souci, Gaetano et moi... Au moins, avez-vous réussi?

– Nous avions réussi, Livia, mais nos amis ne sont arrivés jusqu'à mon frère que pour le voir mourir!

Les deux Italiens éclatèrent en imprécations violentes qui destinaient le roi de France à un sort ignominieux...

Felicia coupa court à leurs cris. Cela ne servait à rien. Mieux valait agir et l'agitation qui commençait à se manifester à Paris l'intéressait bien plus que n'importe quelle oraison funèbre. Si Dieu le voulait, la vengeance allait venir plus vite qu'on n'avait jamais osé l'espérer... Elle se sentait revivre après ces heures de désespoir. Entre elle et les Bourbons meurtriers de son frère, la lutte allait s'ouvrir, elle en était persuadée...

Timour aussi flairait la poudre. Il proposa d'aller prendre le vent tandis que sa maîtresse ferait la toilette rendue nécessaire par la longue route et déjeunerait. Et, sans même attendre une réponse dont il était d'ailleurs tout à fait sûr, il disparut...

Pour sa part, Hortense interrogea Livia sur ce qui s'était passé pendant leur absence. Avait-on revu, autour de la maison, des silhouettes suspectes? Non, tout avait été calme. Apparemment, San Severo était toujours en Normandie, et le marquis de Lauzargues n'avait pas reparu. Pourtant il ne devait plus ignorer l'enlèvement de son petit-fils mais peut-être cherchait-il encore Hortense en Auvergne? Tout cela constituait, somme toute, d'assez bonnes nouvelles, et la jeune femme laissa entendre qu'elle souhaitait aller à Saint-Mandé pour embrasser son bébé...

– Il me manque terriblement. Peut-être ai-je pris peur trop vite, le jour de notre départ... dit-elle à Felicia.

– N'en soyez pas trop sûre. Pour le moment, peut-être vaut-il mieux attendre encore un peu. Si la ville se soulève, comme je l'espère, il sera difficile de la traverser. Croyez-moi, Hortense, patientez encore un jour ou deux. Le temps de voir comment vont tourner les choses... Qui sait si vous ne pourrez pas bientôt aller chercher votre fils pour le ramener ici?...

Timour revint vers six heures, couvert de sueur et de poussière, à moitié mort de soif. Il apportait une pleine brassée de nouvelles, que les deux jeunes femmes écoutèrent avec avidité. Les bruits que l'on avait entendus étaient exacts; le gouvernement avait voulu détruire les presses des journaux coupables d'avoir transgressé les ordonnances gouvernementales. La foule s'était massée rue de Richelieu pour défendre *le Temps* et son directeur, le courageux Baude. Des troupes avaient nettoyé une première fois la place du Palais-Royal. On avait d'ailleurs évacué complètement les galeries et le fameux jardin qui étaient à présent gardés militairement.

Ce n'était pas une bonne idée : les promeneurs, chassés de leur lieu de promenade préféré avaient grossi la foule des émeutiers. Car c'était bien une émeute qui se dessinait. On avait commencé à se battre rue Saint-Honoré et place de la Bourse. Autre nouvelle exacte : le maréchal Marmont avait bien installé son quartier général au Louvre et de là dirigeait les troupes qu'il envoyait protéger les ministères et singulièrement la demeure du prince de Polignac, Premier ministre. Cela non plus n'était pas une bonne idée : depuis 1814, les Français haïssaient le maréchal-duc de Raguse auquel ils avaient si peu pardonné la trahison d'Essonne, qu'ils avaient fabriqué le verbe « raguser » pour signifier trahir. Sa présence à la tête des troupes déchaînait la fureur. Et une chanson, une de ces meurtrières chansons qui savent fleurir sur le pavé de Paris, courait les rues à présent :

Toi qui changeas la couleur tricolore
En ruban blanc et l'aigle en fleur de lys
Toi qui vendis un jour notre pays
Retire-toi, tout le monde t'abhorre...

Timour avait une voix sonore, profonde comme une cloche de cathédrale. Elle devait s'entendre de la rue car une autre, moins grave, lui fit écho :

Français, Raguse vit encore
Conservons-en la souvenance...

Et l'on fut à peine surpris de voir surgir le colonel Duchamp qui avait retrouvé sa redingote noire boutonnée jusqu'à la cravate en dépit de la chaleur.

– J'espérais que vous seriez rentrées, s'écria-t-il en baisant les mains des deux femmes. C'est un beau jour qui se prépare, mes amies!

– C'est donc bien une révolte? dit Hortense.

Le sourire de l'officier fit étinceler ses dents blanches.

– Je vais parodier pour vous le duc de La Rochefoucauld : ce n'est pas une révolte, madame, c'est la révolution... Le peuple se lève et ne se recouchera pas de sitôt. Déjà une barricade se dresse au coin de la rue de Richelieu. On pille les armureries et les armuriers sont les premiers au pillage de leurs magasins. On ressort les uniformes de la garde nationale et tout à l'heure, vers la Seine, j'ai pu voir flotter un drapeau tricolore... Ah, mesdames, la joie que j'ai eue à revoir enfin nos trois couleurs!...

– Mais, coupa Hortense, on m'a dit que la troupe aux ordres de Marmont était prête à marcher contre le peuple? Cela signifie des morts...

– Il y en a déjà. Une femme a été tuée rue Saint-Honoré... Il y en aura d'autres mais Paris est résolu, je crois! Soyez bonnes, faites-moi l'aumône d'un verre de vin avant que je ne retourne là-bas...

– Où cela?

– A la barricade, parbleu! En voilà une qui va faire des petits cette nuit, je vous l'assure...

– Alors vous n'irez pas seul...

Felicia qui s'était absentée un instant venait de reparaître vêtue du costume masculin qu'elle affectionnait. Elle vérifiait la détente d'un long pistolet. L'autre était passé à sa ceinture. Duchamp ouvrit de grands yeux.

– Vous ne songez pas à m'accompagner, j'espère? Ce n'est pas la place d'une femme.

– Je ne suis pas une femme. Je suis une Orsini et on a tué mon frère. On sait ce que c'est que se battre dans la rue chez nous. Pendant des siècles nous n'avons fait que cela, à Rome, contre les Colonna. Moi, je vais me battre contre Charles X...

Électrisée, Hortense se leva.

– Je vais avec vous. Le temps de...

Mais Felicia l'arrêta d'un geste :

– Non, Hortense! Cette fois j'irai seule. Je n'ai rien à perdre que la vie. Vous, vous avez un enfant : vous devez penser à lui. N'insistez pas! Vous avez assez fait pour ma cause.

– C'est aussi la mienne. Mes parents...

– Vous avez raison d'en parler. Vous ne les vengerez pas en vous faisant tuer...

La nuit!... Elle vint sans apporter d'accalmie à la chaleur. Paris étouffait sous une cloche de plomb. Exaspéré par le sang de ses premiers morts – une femme, un homme du peuple – il ne songeait pas à chercher le repos ou la fraîcheur. Il songeait à se battre... D'heure en heure, la lutte éclatait au hasard des rues, plus ardente et plus déterminée. On abattait les réverbères, on extrayait les pavés. Avec pour base des voitures, des charrettes, des omnibus même, les premières barricades s'élevaient. Cependant, les états-majors politiques se regroupaient, se consultaient. On prenait la mesure de ses espérances car, déclenché par les ordonnances brutales, c'était à présent l'explosion de toutes les colères et de tous les espoirs amassés dans le silence depuis seize ans. Ah, que la chaude nuit d'été était belle pour ceux qui espéraient voir se lever un nouveau soleil!... Restait à se mettre d'accord sur ledit soleil!... Certains, fidèles encore à la Restauration, voulaient croire contre toute évidence que la révolte de Paris donnerait à réfléchir au Roi et qu'il abrogerait ses ordonnances. C'étaient les plus rares. D'autres attendaient une république. Ce n'étaient pas les plus nombreux. Certains voyaient l'avenir dans le fils de Napoléon que l'on irait arracher à sa prison de Vienne. Enfin, orchestrée par le vieux Talleyrand qui s'était arraché aux douceurs de Bourbon-l'Archambault, une quatrième partie mettait ses espoirs dans le duc Louis-Philippe d'Orléans qui, retranché dans son domaine de Neuilly, tendait l'oreille au bruit grandissant venu de la capitale.

Incapable de dormir, Hortense passa la plus grande partie de cette nuit à sa fenêtre, écoutant elle aussi l'écho lointain des cris et des coups de feu. Vers minuit, des commandements hurlés et le bruit d'une troupe en marche se firent entendre dans le voisinage : une compagnie de Suisses quittait, pour l'Hôtel de Ville, la caserne de Babylone...

Où était Felicia à cette heure? Dans quelle aventure insensée se lançait-elle?... Insensée? Pas pour elle, après tout! Il y avait tant de vaillance dans cette fière créature qu'une vie de femme ne pouvait que l'user sans l'étouffer vraiment. Il y avait du chef de bande dans Felicia Orsini et son image de reine des amazones dressée sur une barricade et jouant du pistolet, cette image qui se reformait sans cesse dans l'imagination d'Hortense n'avait rien de ridicule.

– Qu'elle vive seulement! priait la jeune femme. Qu'elle revienne pour jouir au moins des joies violentes du triomphe après tant de douleurs!

L'aurore vint, rose et pure, sans nuage, lâchant comme un ballon la boule de feu du soleil qui, dans sa course, allait se chauffer à blanc. Hortense demanda un bain froid car même si elle n'avait pas sommeil, elle craignait à présent la torpeur qu'apporte une nuit blanche.

Vers dix heures, elle vit arriver dans un frou-frou de taffetas violet la douairière de Vauxbuin qui habitait l'hôtel d'en face. Le cheveu un peu en désordre et sa poudre mise n'importe comment, la vieille dame semblait dans tous ses états.

– Dieu soit loué, vous êtes là, ma chère comtesse!

s'écria-t-elle en agitant son face-à-main. Je n'en peux plus de tourner en rond dans ma maison avec tous ces bruits qui courent. Je n'ai pas fermé l'œil de la nuit.

– Moi non plus si cela peut vous être d'une aide quelconque...

– Pensez-vous que l'on va venir nous égorger? Tous ces buveurs de sang qui sont à nouveau lâchés! Allons-nous revoir les jours affreux de 93?... En ce cas, il faudrait émigrer encore mais je ne suis plus d'âge à courir les routes, hélas!

En dépit de son anxiété, Hortense sourit. On n'avait certes pas à craindre quoi que ce soit de semblable. Le peuple n'en voulait qu'aux ordonnances du Roi qui balayaient la royauté constitutionnelle pour rappeler le pouvoir absolu... Mais la douairière ne voulait pas se laisser convaincre.

– Cela commence de la même façon. On est allé rechercher dans son château de la Grange-Bléneau ce diable de La Fayette! Dieu sait quelles misères il va faire encore au pauvre roi!... Hier j'ai envoyé de mes gens aux renseignements. Bien peu sont rentrés. Les autres doivent être à faire le coup de feu avec tous ces énergumènes. Quelle époque!

– Vous oubliez les soldats! Le maréchal Marmont a des troupes nombreuses sous son commandement.

La bouche fripée de la vieille dame s'arqua en un summum de mépris qui fit tomber sa mouche mal collée.

– Ce moins-que-rien affublé d'un titre de carnaval?... Vous y croyez, vous? On dit déjà que, dans certain régiment de ligne, on manifeste des hésitations, on aurait tendance à ne pas considérer comme ennemis ces émeutiers de malheur. Que ferons-nous si les troupes fraternisent et se tournent contre nous?

– Il reste les Suisses. Ce sont des mercenaires et ils n'ont aucune raison de se retourner contre le Roi. En outre, ils sont nos voisins.

– Ma petite, vous ne savez pas grand-chose! Apprenez que, le 10 août 1792, ces braves gens avaient toutes les raisons d'abandonner la cause royale. Pourtant ils se sont fait tuer, vaillamment, l'un après l'autre sur les marches des Tuileries où l'on glissait dans le sang...

Hortense faillit répondre que Mme de Vauxbuin parlait certainement par ouï-dire car en 92 elle avait, de son propre aveu, rejoint Coblentz depuis belle lurette. Ce qui n'enlevait rien d'ailleurs au sacrifice des Suisses. Un peu agacée, la jeune femme se demandait comment elle allait faire pour se débarrasser de sa visiteuse qui continuait à égrener la liste des bruits affreux qu'on lui avait rapportés – la manufacture des vivres aurait été enlevée par les brigands privant ainsi les soldats de pain et les principaux postes de garde de la capitale seraient déjà tombés – quand un nom lui fit dresser l'oreille. La vieille dame venait de parler de Vincennes...

– Veuillez m'excuser, dit Hortense, je me suis laissée distraire : que disiez-vous?

L'autre la fusilla du regard :

– C'est pourtant grave! Je vous disais qu'une forte bande de ces misérables était partie pour s'emparer de la poudrière de Vincennes. Or, cette poudrière est bien défendue... par des hommes qui ont mission de la faire sauter plutôt que de la remettre à l'ennemi, quel qu'il soit...

– Et... si cette poudrière saute?...

– Le dommage sera terrible. Tout sautera avec elle et les ravages pourront s'étendre sur une demi-lieue...

Le cœur d'Hortense manqua un battement. Une demi-lieue? La maison de Mme Morizet n'était qu'à un quart de lieue à peine de la Poudrière. Brusquement, la vieille dame venait de perdre sa mine arrogante et se laissait tomber dans un fauteuil.

– Un de mes petits-fils est là-bas, avoua-t-elle, tout en chassant avec rage les larmes qui lui montaient aux yeux...

Hortense sentit soudain une sympathie lui venir pour cette femme, raide vestige de l'Ancien Régime que l'angoisse forçait à laisser parler son cœur. Et comme la douairière cherchait fébrilement un mouchoir, qu'elle avait dû oublier, elle se pencha vers elle en lui offrant le sien.

– Vous avez vraiment peur, marquise?

– Oui... vraiment! Puis-je rester ici, avec vous?... Je ne peux plus supporter ma maison...

– Restez autant que vous le voudrez. Livia va vous faire un peu de son merveilleux café et prendra soin de vous. Moi, je vais vous quitter pour un moment...

– Et où voulez-vous donc aller?

– J'ai... un devoir à remplir. Pardonnez-moi et, si la

comtesse Morosini revient, dites-lui que je suis allée à Saint-Mandé...

– Mais... c'est presque à Vincennes cela. Comment voulez-vous y aller? Aucune voiture ne peut traverser Paris à cette heure.

– Eh bien, j'irai à pied...

En laissant là Mme de Vauxbuin médusée et vaguement admirative, elle monta dans sa chambre pour y prendre des souliers solides et un chapeau de paille. Puis, après quelques mots à Livia tout aussi effarée que la vieille dame, elle lui confia cette dernière et s'élança dans la fournaise de la rue.

En écoutant sa visiteuse elle avait été un instant distraite des bruits de la ville. Quand elle fut dehors, elle entendit nettement le canon qui tonnait. C'était un bruit incongru dans ce quartier paisible et, atteignant la caserne des Suisses, elle ne put s'empêcher de demander à une sentinelle :

– Est-ce vraiment... le canon que l'on entend?

L'homme des Cantons, une sorte de géant à la figure rouge brique, opina gravement du bonnet :

– Ganon?... foui Matame... C'être le ganon... Il faut rendrer chez fous...

Peu désireuse de discuter la question, elle fit signe que non et reprit sa route, rejoignant la rue du Bac puis la rue de Sèvres où l'agitation était grande. Il y avait des femmes et des enfants à toutes les portes, à toutes les fenêtres. Des vieux avaient remis d'anciens uniformes. Ceux des guerres de l'Empire arboraient des décorations et tenaient de véritables congrès en pleine rue. Un homme passa, portant un panier couvert comme en ont les marchands de gâteaux. Il distribuait des cartouches à tous les hommes et à quelques femmes qui en réclamaient. Il en tendit deux à Hortense qui les refusa.

– Je n'ai pas d'armes...

– Alors, rentrez chez vous la p'tite dame! C'est encore assez tranquille par ici. Ça chauffe seulement place du Panthéon et autour des mairies mais ça ne va pas durer. Vous entendez le canon?

On l'entendait en effet de plus en plus. C'était sans doute celui des Tuileries...

– Je n'ai pas peur du canon, dit-elle avec un sourire. Je vais voir mon fils...

– Alors tâchez moyen d'lui conserver sa mère. C'est pas fréquent d'en avoir une aussi jolie! ...

Elle vit sa première barricade au carrefour de la Croix-Rouge. Elle était en construction. Sous l'attaque de jeunes hommes aux bras nus, les pavés sautaient l'un après l'autre et commençaient à former des tas auprès de deux voitures renversées qui servaient d'ossature. On y traînait des meubles que l'on entassait les uns sur les autres, des sacs de terre et des tonneaux dont tous n'étaient pas vides. Des femmes assises par terre déchiraient du linge pour faire de la charpie et des bandes. D'autres hommes préparaient des armes, miraient les canons dans le soleil, comptaient les cartouches. Il y avait là, comme la veille, des ouvriers et des bourgeois. Ceux-ci mettaient bas leurs habits qu'ils pliaient soigneusement dans un coin pour prendre la pioche et s'attaquer aux pavés ou aider à porter un meuble... Et tout ce monde riait, plaisantait, chantait même et semblait s'entendre à merveille. N'eût été la grande barrière hérissée de fusils on aurait pu croire qu'il s'agissait là d'une fête...

On héla joyeusement Hortense quand elle s'approcha. L'un des jeunes hommes qu'à son uniforme noir militairement boutonné elle reconnut comme un élève de l'École Polytechnique et qui semblait le chef lui demanda du haut de la barricade si elle venait les aider.

– Je voudrais surtout passer. J'ai à faire par là...

– Vous pouvez passer, on laisse un petit espace libre, là sur le côté gauche. Venez!

Déjà il avait sauté de son perchoir et venait à elle s'inclinant courtoisement et lui offrant la main pour franchir les pavés qui avaient roulé...

– On ne se bat pas, par ici, remarqua Hortense. Pourquoi faites-vous cela?

– On ne se bat pas encore mais on se battra. Des barricades, il s'en élève de semblables dans toutes les rues qui pourraient servir de passage aux Suisses pour rejoindre les Tuileries. Et puis il y a aussi les régiments casernés près de la place d'Enfer et des barrières du sud... Le mot d'ordre est d'isoler le Louvre, les Tuileries et l'Hôtel de Ville...

– Cela vous servira à quoi? Est-ce que le Roi n'est pas à Saint-Cloud? Les Tuileries sont vides.

– Vides? Avec ce traître de Marmont et tous les ministres qu'il prétend protéger? Ces gens ont voulu leur malheur, madame. Qu'ils ne s'en prennent qu'à eux! Le peuple, lui, ne s'arrêtera plus qu'à la victoire ou à l'anéantissement... Où habitez-vous?

– Rue de Babylone mais...

– C'est un mauvais endroit à présent mais vous y serez encore mieux que dans les rues, surtout dans la direction où vous voulez vous rendre... Enfin, c'est votre affaire, ajouta-t-il en voyant que la jeune femme fronçait les sourcils, mais n'approchez pas de la Seine. On s'y bat pour les ponts...

Il la salua de nouveau puis retourna se consacrer à son ouvrage. Hortense poursuivit son chemin, de plus en plus difficilement car, un peu partout, d'autres barricades s'élevaient, plus ou moins semblables à celle qu'elle venait de rencontrer. A chacune elle trouvait le même enthousiasme, la même gentillesse. Le bruit de la bataille se rapprochait mais elle n'avait pas encore atteint le faubourg Saint-Germain. Seul le quartier Latin bougeait et se vidait de ses étudiants qui, en masse, descendaient vers la Seine, criant et chantant, armés de ce qu'ils avaient pu trouver dans les armureries, coiffés de larges bérets ou de chapeaux de papier...

Déjà fatiguée par sa course à travers les rues, Hortense dut déployer un véritable courage pour continuer. Le tumulte en effet régnait sur la Seine. Le passage du Pont-Neuf, occupé par un régiment de ligne, était impossible. On tirait de tous les côtés et l'immense silhouette du Louvre et des Tuileries n'apparaissait plus que comme un fantôme surgi des grisailles de la fumée.

Il y avait foule sur le quai des Grands-Augustins mais il était possible de passer. Après s'être assise un moment sur une borne et désaltérée à une fontaine, Hortense reprit son chemin. Personne ne faisait attention à elle d'ailleurs. Il y avait sur le quai presque autant de femmes que d'hommes. Elle faillit être emportée par un cortège d'étudiants qui, aux cris de « Vive l'Empereur! », « Vive Napoléon II! » s'engouffrait sur le pont Saint-Michel. Mais elle n'échappa pas à une troupe hurlante d'ouvriers, de jeunes gens et de femmes qui l'entraîna à travers la Cité et, sans trop savoir comment, elle se retrouva sur le quai Lepelletier au milieu d'une foule dense, en marche vers l'Hôtel de Ville et sous un soleil de plomb. Elle ne comprit pas tout de suite qu'elle était déjà au cœur de la bataille et se crut en enfer. Les balles sifflaient, l'odeur de poudre brûlée était écœurante et aussi celle de ces corps en sueur qui l'environnaient de toutes parts. Son chapeau lui fut arraché en l'étranglant à moitié. Ses cheveux croulèrent sur ses épaules tandis qu'une brutale poussée qui lui froissa un bras lui arracha un cri de douleur... Autour d'elle c'était un pandémonium de faces noircies où la sueur traçait de longues rigoles et où, parfois, le sang mettait sa pourpre tragique.

Affolée, la jeune femme chercha un abri mais il était impossible de résister au flot qui l'entraînait vers la place de Grève et l'Hôtel de Ville dont les hauts toits brillaient sous le soleil à travers la fumée. Soudain, il y eut une immense clameur : le drapeau tricolore venait d'apparaître sur le toit du bâtiment municipal au moment précis où le gros bourdon de Notre-Dame commençait à faire tonner le tocsin sur la ville enfiévrée. Presque aussitôt un autre drapeau se déployait sur la tour nord de la cathédrale... L'enthousiasme fut alors à son comble. Insoucieux du danger, les compagnons forcés d'Hortense se ruèrent comme des taureaux furieux sur les uniformes rouge et or de quelques Suisses qui disparurent dans la mêlée. Un peloton de dragons surgit alors. Les casques de cuivre à crinière noire jetaient des éclairs. Sabre haut, les soldats se ruèrent sur ceux qui venaient par le quai pour les refouler avant qu'ils ne débouchassent sur la place... Complètement épuisée, Hortense se laissait porter. Elle n'en pouvait plus. Seule la pression de la foule la tenait debout. Dans un instant, elle allait glisser à terre où elle serait foulée à mort par les pieds des hommes et les sabots des chevaux. Elle glissait déjà quand une main vigoureuse l'empoigna par un bras et l'entraîna irrésistiblement vers l'escalier qui descendait à la berge.

– Enfin, je vous tiens! Mais qu'est-ce que vous faites là?...

Elle fut à peine surprise, tant elle était lasse, de reconnaître Eugène Delacroix mais, ranimée par la vue de ce visage ami, elle trouva la force d'un sourire.

– Encore vous? Est-ce que vous vous seriez donné pour tâche de me sauver chaque fois que je suis en péril? Vous devez être une espèce d'envoyé du ciel.

– Je ne sais pas qui je suis mais vous, vous êtes une folle! Où prétendiez-vous aller comme cela?

– A Saint-Mandé. Je voulais voir mon fils. Il est en danger là-bas.

– En danger?A Saint-Mandé? Vous rêvez?

Elle raconta alors l'affaire de la Poudrière, les craintes de la douairière et dit son angoisse. Si Vincennes sautait, l'enfant en était assez près pour courir un grave danger... Mais, sans autre cérémonie, le peintre haussa les épaules :

– Ce qu'on peut colporter comme sottises dans des moments comme celui-là! Il n'a jamais été question d'aller à Vincennes qui est trop bien défendu. Le peuple d'ailleurs a trouvé toute la poudre dont il peut avoir besoin pour tenir huit jours. Alors renoncez à votre expédition! D'autant que vous ne pourriez pas franchir la place de la Bastille où un régiment est cantonné et moins encore le faubourg Saint-Antoine qui est en train de lui tomber dessus avec l'ardeur de ceux qui retrouvent avec plaisir un chemin connu... Et qu'est-ce que je vais faire de vous à présent?

Il semblait hors de lui. Rien ne restait du dandy qui fréquentait naguère le salon de la comtesse Morosini. En bras de chemise, manches roulées au-dessus du coude sur ses bras nerveux, des traces de poudre au visage et de la poussière plein ses cheveux noirs emmêlés, Delacroix, un pistolet à la ceinture, ressemblait à n'importe quel émeutier. A un détail près : sous son bras gauche il tenait serré un carnet de croquis.

Une violente décharge de mousqueterie éclata tout près d'eux et dispensa Hortense de répondre. En même temps, un jeune homme dont le costume beige clair d'une extrême élégance avait subi lui aussi de sérieux dommages dégringolait l'escalier et les rejoignait sur la berge.

– Je t'ai vu descendre, dit-il à Delacroix. Mais il ne faut pas rester là. Les lanciers arrivent pour balayer le pont suspendu, ajouta-t-il en désignant la passerelle qui rejoignait la place de Grève à la Cité. Tu risques de recevoir des cadavres sur la tête...

– Je risque surtout de ne rien voir, gronda le peintre. Je remonte avec toi. Mais vous restez ici! intima-t-il à Hortense. Vous y serez toujours plus à l'abri que là-haut et, si je ne suis pas tué, je reviendrai vous chercher...

– Sois tranquille, dit l'homme à la redingote beige avec un aimable sourire, si tu es tué je me chargerai de Mademoiselle avec bonheur. J'ai nom Eugène Lami et...

Une énorme clameur lui coupa la parole. Presque

au-dessus de leur tête, dominant même les grondements du bronze, on hurlait un retentissant : « A bas les Bourbons! » qui fut repris et scandé à l'infini. Le vacarme devint assourdissant. Emporté par son désir forcené de voir ce qui se passait, Delacroix se précipita vers l'escalier de pierre et le remonta deux marches à la fois suivi par son camarade.

Hortense ne resta pas longtemps seule sur sa berge. La violence des combats qui se déroulaient sur le pont suspendu, où par deux fois la troupe repoussa les insurgés, obligeait certains à se replier dans les escaliers. D'autres, perdant l'équilibre, tombaient des marches sans rambardes et se meurtrissaient. Enfin, dans les accalmies entre deux assauts, des âmes charitables apportaient des blessés au bord de l'eau. Bientôt, sous les ordres d'un médecin qui prit les choses en main, une sorte d'ambulance de fortune s'installa à laquelle Hortense alla prêter main-forte...

Le médecin était un vieil homme revêche mais qui semblait connaître son métier. Ses mains avaient, pour approcher les blessures, une douceur infinie. Hortense fut, par lui, chargée de porter à boire aux blessés dont la plupart mouraient de soif sous ce soleil d'enfer. Il lui tendit un pot et un gobelet trouvés Dieu sait où et, des dizaines de fois, elle fit le trajet jusqu'à la fontaine qui ouvrait sur la berge pour remplir son pot. Les blessés accueillaient l'eau avec reconnaissance. Elle les faisait boire et aussi lavait leurs visages couverts d'une boue noirâtre. Elle avait oublié sa fatigue. La fierté qui lui venait à se sentir utile, à participer à sa manière à ce combat insensé pour la liberté lui tenait lieu de force... Un moment, le vieux médecin s'arrêta auprès d'elle tandis qu'elle lavait doucement le visage ensanglanté d'un blessé avec un tampon de linge provenant de son jupon qui n'était plus qu'un souvenir.

– Qu'est-ce que vous êtes dans la vie? lui demanda-t-il. Vous n'avez pas l'air d'une femme du peuple...

– Cela veut dire quoi femme du peuple? N'appartenons-nous pas tous au peuple de France? Je reconnais que je ne vis pas dans une masure, si c'est cela que vous voulez savoir.

– Une aristocrate, hein? Ça crève les yeux. Mais vous savez vous servir de vos mains et surtout vous aidez. Ça, c'est rare.

– Suis-je donc la seule à porter un peu d'aide?

– Mon Dieu, j'en jurerais presque. Depuis ce matin, j'ai revu les voitures de l'émigration... Les belles dames songent surtout à se mettre à l'abri dans leurs maisons des champs. De même que nos états-majors, quels qu'ils soient, préfèrent discuter bien au frais dans des salons ou des bureaux...

Soudain, il se pencha et tapota la tête blonde d'un geste paternel.

– Continuez, ma petite. Voilà encore du travail qui m'arrive...

En effet, des brancardiers d'occasion descendaient vers eux apportant trois nouveaux blessés. On apprit d'eux que la place devant l'Hôtel de Ville était pleine de cadavres et de blessés. Les engagements avaient été meurtriers...

– On trouve bien un peu d'aide dans les maisons qui bordent la place mais elles sont étroites et mal commodes, dit l'un des brancardiers. C'est encore ici qu'ils sont le mieux en attendant qu'on puisse les transporter à l'Hôtel-Dieu. Pour l'instant les accès sont bouchés... Pour ceux de ce côté-ci de la Seine. On y porte déjà ceux qui tombent dans la Cité...

– Tâchez au moins d'en obtenir de quoi donner les premiers soins. Nous manquons de tout.

– On fera ce qu'on pourra, docteur...

Ils repartaient. Pendant ce temps, Hortense avait donné à boire aux nouveaux venus et s'occupait à laver la figure, couverte de sang et de poussière, d'un homme vigoureux et bien habillé qui portait à la poitrine une vilaine blessure. Le blessé, les yeux clos, respirait difficilement mais quand la fraîcheur de l'eau toucha son visage, il eut un soupir reconnaissant et entrouvrit les yeux. Soudain, Hortense le sentit se raidir dans ses bras et crut qu'il était en train de passer mais elle vit qu'il avait les yeux grands ouverts, à présent, et qu'il la regardait avec une stupeur mêlée d'effroi :

– Mademoiselle!.... Mademoiselle... Hortense!...

– Vous me connaissez?

– Oh oui!... Et vous aussi vous me connaissez... Je... je suis Florent... l'ancien valet de chambre de votre père.

– Vous!

Vivement, elle libéra le visage des saletés qui le couvraient et le reconnut... Elle se souvenait, en effet, de ce grand garçon un peu dédaigneux envers le reste de la domesticité parce qu'il était le favori du maître auquel d'ailleurs il semblait vouer un dévouement total. On n'aimait guère Florent à l'hôtel de la rue de la Chaussée-d'Antin, surtout Mauger, le vieux cocher qui ne manquait pas une occasion d'en dire pis que pendre chaque fois qu'il conduisait Mme Granier de Berny et sa fille...

– Je vous reconnais à présent, dit doucement Hortense. Ainsi vous avez voulu, vous aussi, combattre pour la liberté? N'êtes-vous donc pas resté chez nous après la mort de mes parents?

– Rester... Oh non!... Surtout pas!

Il semblait terrifié à présent mais Hortense ne put l'interroger davantage car le vieux docteur – il s'appelait Naudin – l'écartait pour examiner le blessé... Celui-ci le repoussa :

– Pas besoin de vous... docteur! Je n'en ai plus... pour longtemps, je le sais...

– Votre blessure n'est pas belle, en effet, mais je me dois d'essayer...

– Non... non. Laissez-moi... seulement parler avec... cette jeune dame... C'est le ciel qui l'envoie près de moi... à l'heure où je vais mourir... Ne me prenez pas... le temps qui me reste... Venez... venez là, mademoiselle Hortense!

Surpris mais devinant qu'un drame était en train de se jouer entre ces deux êtres, Naudin se retira lentement. On l'appelait d'ailleurs à grands cris pour une femme qui perdait son sang en abondance. Hortense reprit sa place auprès de Florent dont la main agrippa la sienne.

– Je vais... pouvoir décharger ma conscience... Oh, vous ne savez pas... ce que j'ai vécu... depuis cette nuit... terrible!

– Vous savez ce qui s'est passé?

– Oui... J'en suis même la cause... involontaire! Oh, mademoiselle... j'ai bien souffert, vous savez... Ces deux malheureux...

– On les a tués, n'est-ce pas?

– Vous... le saviez? Ah, c'est vrai... l'homme du cimetière?...

– Oui... lui aussi vient de mourir en prison. Qui a tué mes parents?...

– Le prince... San Severo... Laissez-moi... vous dire! Il... se prétendait... amoureux... éperdument amoureux de... Madame la Baronne. Il était certain que... s'il pouvait la voir seul à seul... lui parler, la prier... elle répondrait à son amour...

L'homme, qui devait avoir une balle dans le poumon, cherchait son souffle et, dans l'effort qu'il faisait, du sang perlait à sa bouche. Hortense voulut parler mais il l'arrêta du geste...

– Il m'a offert une grosse somme d'argent... pour que je le cache, ce soir-là... dans le boudoir de Madame, là où vos parents... avaient coutume de boire un rafraîchissement... quand ils rentraient du bal... Fou que j'étais!... j'ai accepté. Je l'ai caché... derrière le paravent de laque ancienne qui abritait la chaise longue... de Madame quand elle avait ses migraines... J'ai préparé le plateau... Vos parents... sont rentrés... Ils sont allés dans le boudoir... Et puis j'ai entendu... les coups de feu... J'ai couru... j'ai vu... le prince... qui mettait le pistolet dans la main... de votre père...

– Mais vous pouviez appeler, dénoncer ce misérable! Pourquoi n'avoir rien dit?...

– Il m'a... menacé. Il a dit... que c'était par ordre... du Roi. Alors, je l'ai laissé fuir... par la fenêtre et j'ai refermé...

– Mais la femme de chambre de ma mère qui l'attendait toujours quand elle sortait pour la déshabiller et ranger ses bijoux n'a rien entendu?...

– La porte... de la chambre était fermée à clef... Et puis, je l'ai payée... pour qu'elle se taise... elle aussi. C'était notre intérêt... à tous deux. On risquait... d'être accusés...

Horrifiée, Hortense laissa tomber sa tête dans ses mains parce qu'elle avait l'impression qu'elle allait éclater. Elle éprouvait peu de douleur pourtant... la douleur, elle l'avait ressentie assez cruellement au moment de la double mort. Ce qu'elle éprouvait c'était du dégoût et une immense colère envers le misérable qui avait froidement assassiné ceux qu'elle aimait et qui, ensuite, avait osé s'installer dans leur maison, dans leurs meubles, s'emparer de leurs biens. Tout cela criait vengeance... et vengeance éclatante. Cependant, le moribond parlait encore :

– Je voudrais... Je vous supplie... de me pardonner... Je... je ne savais pas... je ne voulais pas...

Des larmes roulaient à présent le long de ses joues, glissaient dans son cou... Son désespoir semblait sincère et l'était sans doute mais comment en faire la preuve dont elle avait besoin?

Soudain, elle aperçut Delacroix. Revenu sur la berge et assis sur une pierre, il dessinait avec ardeur tous ces corps tordus par la souffrance ou figés par la mort, soldats et insurgés fraternellement mêlés et réconciliés dans le trépas.

– Je vais écrire ce que vous venez de me dire et vous le signerez, dit-elle à Florent. A ce prix, je vous pardonnerai...

– Je... faites vite!

Elle courut au peintre médusé, lui arracha le carnet, le crayon, prit une page blanche...

– Ah ça, mais que faites-vous? Mes dessins...

– C'est de ma vie qu'il est question. Je ne toucherai pas à vos dessins mais il faut que j'écrive quelque chose d'important...

Vivement, elle revint vers l'agonisant, écrivit les grandes lignes de ce qu'il venait de lui raconter puis lui tendit le crayon.

– Aidez-moi à le soulever! ordonna-t-elle au peintre qui l'avait suivie, intrigué.

Il obéit. Florent prit le crayon, voulut se pencher sur la feuille. Mais sa bouche s'emplit de sang et sur un hoquet tragique, il expira. Hortense ferma les yeux, luttant contre les larmes qui venaient. Elle avait laissé tomber le papier. Delacroix le ramassa, le lut...

– Comment s'appelait cet homme? demanda-t-il.

– Florent... je ne sais rien de plus.

– Cela devrait suffire...

Il reprit son crayon, traça sous le texte un F maladroit qui s'achevait en un trait tremblé...

– Voilà. Il a signé mais incomplètement puisqu'il était en train de mourir...

Hortense haussa les épaules.

– A qui ferez-vous croire que cette confession est valable?

– A tout le monde si je suis là pour en témoigner.

– Vous feriez cela?

– Je ferais n'importe quoi pour faire condamner une crapule... Pour l'instant, il faut achever cette révolution et l'achever selon nos intérêts!

Le combat pour le pont reprenait. Delacroix retourna à ses croquis, Hortense, après avoir fermé les yeux de l'ancien valet, retourna à ses blessés. Bientôt elle rejoindrait Felicia sur le chemin de la vengeance. San Severo devrait payer son double crime et ses spoliations... Soudain, elle pensa à son oncle. Le marquis de Lauzargues semblait au mieux avec ce misérable. De quand datait leur entente?... Très certainement du voyage que le marquis avait fait à Paris après l'arrivée de sa nièce puisque, avant le double crime, il ne mettait jamais les pieds à Paris. Quelle tête ferait-il s'il savait que son bon ami le volait autant et plus qu'il ne volait Hortense elle-même? C'était après tout une satisfaction de savoir que ses crimes, à lui, ne rapportaient pas ce qu'il en espérait. Mais cette satisfaction n'allait tout de même pas jusqu'à en absoudre le Napolitain...

La nuit – une belle nuit claire toute constellée d'étoiles mais toujours aussi chaude – fit cesser les combats. Peu de temps après, le sonneur de Notre-Dame, les bras usés sans doute, laissa mourir la voix de son gros bourdon. Un grand silence se fit sur Paris, piqué seulement, de loin en loin, d'un coup de feu, d'un coup de canon, d'un cri... Chacun songeait à rentrer chez soi laissant tout de même des gardes aux barricades et sur les espaces conquis. La fatigue et la chaleur faisaient sentir leur poids inhumain. Sur la place de l'Hôtel de Ville, le général Talon venait d'envoyer trois charrettes pour ramasser ses hommes morts ou blessés. On emporta aussi un beau jeune homme qui, lors du troisième assaut des insurgés sur le pont suspendu, avait mené la charge en élevant bien haut un drapeau tricolore. La mitraille l'avait fauché au moment où il posait le pied sur la place et il était mort peu après en souriant. Il avait dit, en mourant : « Souvenez-vous que je m'appelle Arcole [1]... »

Le petit poste de secours du Dr Naudin se vidait. On emportait à l'Hôtel-Dieu les blessés graves, ceux qui l'étaient légèrement rentraient montrer leur gloire dans leur quartier. Un tombereau vint chercher les morts.

Delacroix prit Hortense par la main.

– Venez, jeune dame! Vous avez très suffisamment fait la guerre pour aujourd'hui. Je vous ramène...

Mais elle secoua la tête, en rejetant de son bras les mèches trempées qui lui tombaient devant les yeux et ne bougea pas de la pierre où elle s'était laissée tomber.

– Je ne peux pas... La seule idée de faire trois pas me

1. Reconstruit en 1855, et en plus vaste, le pont a conservé ce nom,

donne mal au cœur. Comment voulez-vous que je rentre rue de Babylone?... au bout de la terre! Je crois que je vais dormir ici...

– Pour prendre le froid de la mort si d'aventure un orage éclate? N'y comptez pas! Et si vous ne pouvez marcher, on y suppléera. Moi, je ne suis pas fatigué...

Il l'enleva dans ses bras et se mit en devoir de remonter les degrés. Hortense protesta :

– Vous êtes fou. Vous n'y arriverez jamais! Je suis trop lourde.

– Oui, mais vous êtes si belle! répondit-il sans la moindre logique. Et puis, rassurez-vous, je vous ramène seulement chez moi. Vous connaissez déjà et c'est beaucoup moins loin. Si ce diable de Lami n'avait disparu dans la mêlée nous vous aurions portée à nous deux...

Il partit d'un pas allègre... mais, au bout de trois cents mètres, il reposait la jeune femme à terre et s'arrêtait pour souffler :

– Je dois me faire vieux. Me voilà mort!...

– Vous en avez assez fait. Je vais marcher un peu. Je me sens mieux...

– Du tout, j'ai dit que je vous ramènerai, je vous ramènerai... et même chez vous!

Il venait d'aviser un bonhomme qui poussait mélancoliquement devant lui une brouette vide qui avait dû servir à transporter des blessés. Le marché fut conclu en un rien de temps. Hortense prit place dans la brouette. Delacroix cracha dans ses mains et empoigna les bras du véhicule improvisé et, dans cet équipage, les deux jeunes gens s'enfoncèrent dans les rues obscures où seuls, les réverbères ayant été jetés bas, brillaient les feux allumés sur les barricades qui, depuis le matin, s'étaient multipliées.

Il était près d'une heure du matin quand on arriva rue de Babylone et Hortense exigea que le peintre achevât la nuit dans une chambre que Livia mortellement inquiète lui prépara. On était, en effet, sans nouvelles de Felicia et Timour battait Paris à sa recherche.

Chapitre X

LE PAIEMENT

En dépit de l'inquiétude où elle était du sort de son amie, Hortense dormit comme une souche, vaincue par une fatigue plus grande que sa volonté. Elle fut réveillée par les cris de Livia, sauta à bas de son lit, enfila une robe de chambre et rencontra dans l'escalier Timour qui portait Felicia, visiblement affaiblie. Un gros pansement enveloppait son épaule droite mais elle semblait ne pas trop souffrir car elle trouva un sourire pour son amie :

– Le retour du croisé, fit-elle. Pas trop glorieux, le retour !

– Sublime, au contraire ! s'écria Delacroix qui, contrairement à son habitude, semblait au comble de l'excitation et suivait le Turc. La Liberté dressée sur la barricade, un drapeau tricolore à la main ! Voilà le tableau pour lequel il me faut votre visage !

– Je n'ai jamais brandi de drapeau... tout juste un pistolet et je ne sais même pas si cela a servi à quelque chose. Il y avait un tel tumulte et tant de fumée !...

– Une chose est certaine : elle est blessée votre Liberté ! coupa Hortense. Il faut la laisser se reposer... et aussi se laver. Dieu me pardonne, elle est encore plus sale que je ne l'étais hier soir...

– Est-ce que vous avez fait le coup de feu, vous aussi ? dit Felicia. Ce n'est pourtant pas un métier pour vous...

– Je n'ai pas fait le coup de feu mais j'ai eu, moi aussi, des aventures. Vous les saurez quand vous m'aurez raconté les vôtres. A présent, au lit !

– Revenez souper ce soir ! dit la blessée à Delacroix

qui, un peu gêné de son audace, restait planté au seuil de sa chambre. J'ai seulement besoin d'un peu de repos.

Tandis que Livia et Hortense lui enlevaient ses habits souillés et déchirés, la lavaient, refaisaient son pansement et la mettaient au lit, l'héroïne raconta son aventure. En compagnie de Duchamp qu'elle avait perdu depuis, elle s'était retrouvée sur l'une des barricades du boulevard de Gand. Marmont avait donné l'ordre à ses troupes de nettoyer le centre nerveux de la révolte qui se situait alors entre le Palais-Royal et la Bourse. Dans cet objectif, ses troupes devaient en contourner le noyau par les Boulevards mais la tâche s'était révélée impossible. De la Porte-Saint-Martin à la Madeleine, le lieu de promenade le plus élégant de Paris s'était changé en une sorte de camp retranché hérissé de barricades et totalement impossible à franchir.

– Jamais, raconta Felicia, je n'ai vu tant de carabines anglaises et de superbes pistolets de duel. Nos dandys se sont battus comme de vieux troupiers. Le tout d'ailleurs avec une urbanité charmante pour leurs compagnons de combat, que ceux-ci portassent une blouse sale, un vieil uniforme de la garde nationale sentant le poivre à quinze pas, ou même un pantalon de toile sans la moindre chemise au-dessus. Vous êtes longs à vous mettre en marche, vous autres les Français, mais quand vous y êtes on ne peut plus vous arrêter. Sangdieu! Le beau peuple que j'ai vu cette nuit!

– Il n'était pas mal non plus à l'Hôtel de Ville!

A son tour, Hortense raconta sa journée de la veille, constamment interrompue d'ailleurs par les interjections furieuses de Felicia qui la traitait de folle. Mais quand on en vint à la mort de l'ancien valet, le calme revint et aussi la gravité...

– Le misérable! dit Felicia... Je pense que, cette fois, vous allez pouvoir obtenir justice.

– De quel gouvernement? Si celui-ci reste au pouvoir...

– Il n'en est pas question. Vous n'imaginez pas que les Français ont choisi la révolution pour revoir la longue figure blanche de Charles X? Non... c'est l'Empereur qui vous rendra justice! C'est Napoléon II! Savez-vous que, tôt ce matin, les mots d'ordre ont été passés? On va attaquer aujourd'hui le « fort Raguse »!

– Le fort Raguse? Qu'est-ce que cela?

– Les Tuileries, le Louvre... le quartier général de ce damné Marmont! Ah, que je voudrais y être!... mais Timour m'a ramenée de force. Il est vrai que je n'en avais plus beaucoup à lui opposer...

– Heureusement! Je vais vous répéter ce que Delacroix m'a dit cette nuit : « Finie la guerre, jeune dame! » J'ajoute : il faut rester en vie pour gagner d'autres batailles. Laissez les hommes chasser votre ennemi. Je m'occuperai du mien ensuite...

Finie la guerre pour les habitantes de la rue de Babylone? Apparemment, quatre élèves de l'École Polytechnique en avaient décidé autrement et, la guerre allait venir retrouver Hortense et Felicia jusque chez elles...

Vers la fin de la matinée, un millier d'hommes s'était regroupé sur la place de l'Odéon. On s'était partagé, comme chefs, ces quatre jeunes gens. Depuis sa défense contre les alliés en 1814, Polytechnique s'était taillé une solide réputation de bravoure. Ceux de 1830 bénéficiaient de l'auréole et entendaient bien y ajouter quelques rayons. Après s'être emparé des armes de la gendarmerie de la rue de Tournon, le millier d'hommes se divisa en trois colonnes dont deux se dirigèrent vers le Louvre. L'une choisit le Pont-Neuf; la seconde la passerelle des Arts; la troisième, aux ordres d'un garçon nommé Charras qui avait été chassé de l'École quatre ou cinq mois plus tôt pour avoir chanté *la Marseillaise*, décida qu'il fallait empêcher les Suisses de sortir de leur caserne, ceux tout au moins qui y étaient encore.

Vers onze heures, alors que Felicia commençait à s'endormir, elle fut réveillée par les tambours battant la charge. Dans sa chambre, Hortense procédait à sa toilette. Elle eut juste le temps de rejoindre son amie. Dans l'escalier des dizaines de pas ébranlaient la maison en dépit des efforts de Timour et de Gaetano pour barrer le passage aux émeutiers.

– Pas la peine de crier si fort! brailla une voix forte. On n'en veut à personne. On veut seulement monter sur le toit...

Péniblement, Felicia se leva et, soutenue par Hortense, sortit sur le palier. Elles se trouvèrent nez à nez avec un garçon brun dont l'uniforme avait déjà souffert mais qui ôta poliment son bicorne noir. Derrière lui une foule hétéroclite, armée à la diable.

– Excusez-nous de vous déranger, mesdames, mais il

ne vous sera fait aucun mal. Nous donnons l'assaut à la caserne des Suisses et nous avons besoin de votre toit et de votre jardin. Nous n'avons pas le temps de vous demander la permission. Ordonnez seulement à votre domestique de rester tranquille : il a déjà assommé trois des nôtres et on a toutes les peines du monde à le maîtriser.

Un homme de mauvaise mine s'avança :

– Faites-le, sinon on vous le saigne... Si vous êtes des ennemis du peuple...

– J'étais hier boulevard de Gand où j'ai reçu une balle, gronda Felicia. Mon amie soignait les blessés à l'Hôtel de Ville. Alors nous n'avons que faire de vos menaces. Allez où vous voulez mais prenez garde : les Suisses sont bien armés.

– Nous aussi; nous avons un canon...

Ledit canon, une pièce de musée, n'avait qu'un coup à tirer et ne fit pas grand mal. En revanche, il déchaîna chez l'ennemi un feu particulièrement bien nourri qui joncha de cadavres et de blessés la paisible rue de Babylone.

– Je crois qu'il vaut mieux que je renonce à me reposer, soupira Felicia. Quant à vous, Hortense, vous allez pouvoir faire usage de vos talents d'infirmière. Aidez-moi à m'habiller et allons voir ce que l'on peut faire pour ces braves gens...

Tant que dura la bataille, ce fut l'affolement. On recueillit des blessés, on distribua de la nourriture, du vin. Calmé, Timour, après avoir reconnu qu'il se trompait d'ennemi, alla prêter main-forte. Durant deux heures le combat fit rage. Malheureusement pour les Suisses, tout le quartier, peut-être pour éviter le pillage car il y avait dans la foule des figures inquiétantes, s'était mis contre eux. Les coups de feu crépitaient. On tirait des maisons, on jetait sur le moindre uniforme rouge qui se montrait tout ce qui tombait sous la main. Reprise par sa fièvre belliqueuse, Felicia, grimpée sur son toit avec les émeutiers, surveillait les opérations.

Seule, Hortense ne partageait pas l'enthousiasme général. Toute cette violence, tout ce sang – innocent après tout – lui faisaient à présent horreur. La Liberté ne pouvait-elle naître qu'au milieu du massacre? Dans cette rue bordée de jardins fleuris, la mort commençait à perdre sa noblesse car certains de ceux qui la donnaient obéissaient au simple plaisir de tuer... Soudain, son cœur se souleva, à la fois de dégoût et d'indignation : là, dans la cour de la maison, un groupe d'énergumènes venait d'entraîner un jeune Suisse déjà blessé qu'ils avaient fait prisonnier. On lui arrachait son uniforme, on l'attachait... Un homme armé d'une hache s'avançait :

– On va tailler de beaux morceaux là-dedans! brailla-t-il avec un clin d'œil ignoble...

Alors Hortense s'élança, sauta le perron, se jeta les bras en croix devant la victime désignée

– Ne touchez pas à cet homme! cria-t-elle. Je vous l'interdis!...

L'homme à la hache la saisit par le bras et voulut l'écarter. Mais déjà elle s'était attachée de toute la force de ses bras au jeune Suisse et résistait.

– Fous-le camp de là, la belle! Sinon je te fais ton affaire à toi aussi!...

La voix de Felicia, chargée d'angoisse, tomba du toit.

– Retirez-vous Hortense! Vous allez vous faire massacrer.

– Alors vous en porterez la responsabilité, Felicia Orsini, puisque vous ne savez pas faire respecter votre maison... Je ne le lâcherai pas!

– C'est ce qu'on va voir...

La hache de l'homme tournoyait déjà autour de sa tête. Hortense ferma les yeux. Un coup de pistolet claqua et la brute s'abattit... C'était Felicia qui avait tiré. Mais Hortense et son protégé n'étaient pas sauvés. Les compagnons de l'homme à la hache n'étaient pas calmés. Leur cercle menaçant se rétrécissait... Soudain, par le portail ouvert, surgit Charras un fusil à la main. D'un regard il comprit la situation :

– Camarades! cria-t-il. Nous sommes ici pour balayer une monarchie, pas pour assassiner des femmes et des blessés!...

– Vinchon a été tué, riposta un homme qui avait déniché on ne savait trop où une carmagnole et un bonnet rouge. On va le venger!...

– Non! Tente la moindre chose et je t'abats! Ça fera deux morts!

Brusquement, sa voix perdit son ton menaçant pour redevenir vibrante.

– Ceux de cette maison nous ont aidés, et nous avons

mieux à faire. Écoutez les cloches! Ce n'est plus le tocsin! Le fort Raguse est tombé! Il faut aller assurer notre victoire et rejoindre les autres! Ici, il n'y a plus rien à faire!

Il y eut un silence. Chacun écoutait. L'une après l'autre les cloches des églises de Paris s'ébranlaient, non plus pour le sinistre tocsin mais pour des volées joyeuses telles qu'on en entend au matin de Pâques et aux grandes fêtes.

– Marmont est vaincu? reprit l'homme à la carmagnole sur un ton de doute.

– Et en fuite. Il se replie vers Saint-Cloud. La Fayette se rend à l'Hôtel de Ville! Paris est à nous!...

Une immense clameur lui répondit. D'un seul coup, la maison se vida. Les insurgés avaient hâte à présent de participer à la victoire, de rejoindre les autres vainqueurs. Ils se précipitaient, se bousculaient. Ce fut, dans la rue, une débandade indescriptible... Puis, graduellement, tout rentra dans le silence. Hortense, toujours couchée sur le blessé se releva... pour constater qu'il était mort et que sa robe était pleine de sang.

Alors, se laissant tomber sur les marches du perron, elle éclata en sanglots... Un instant plus tard, Felicia vint s'asseoir auprès d'elle. En silence, elle la regarda pleurer pendant quelques minutes. Puis, presque timidement, elle demanda :

– Est-ce que vous me détestez, Hortense?... Il ne faut pas. Je suis comme je suis, c'est-à-dire très différente de vous en dépit de notre amitié. Depuis des siècles, les Orsini ont fait couler le sang et ont versé le leur. Nous n'y avons jamais attaché beaucoup d'importance.

– Je sais, Felicia, je sais... mais ne me dites pas que vous auriez laissé massacrer ce malheureux sous vos yeux et sans rien faire pour lui porter secours?

– Il y a des cas qui sont au-delà de tout secours. La vraie charité aurait consisté à lui loger une balle dans la tête pour lui éviter la souffrance. C'est ce que j'aurais fait, sans vous.

– Ne valait-il pas mieux faire ce que vous avez fait?

– Non car, si le jeune chef n'était pas arrivé à temps avec sa bonne nouvelle, cela n'aurait sauvé ni vous ni moi, ni aucun des habitants de la maison. Même les héros peuvent, dans certains paroxysmes, se transformer en bêtes sauvages...

– Des héros? Ça? fit Hortense en désignant du pied l'homme à la hache qui gisait à présent auprès de sa victime.

– Pourquoi pas? J'ai vu tout à l'heure cet homme s'élancer seul, lui, premier, contre la mitraillade des Suisses sans autre défense, pour sa poitrine, que cette chemise... Venez, à présent, rentrons. Timour et Gaetano nous débarrasseront de ces cadavres...

Les deux femmes rentrèrent en silence pour constater que l'intérieur de la maison semblait avoir subi le passage d'un ouragan... et que l'argenterie et certains bibelots avaient disparu. Hortense se garda de faire remarquer que les héros savaient parfois aussi s'occuper de leurs intérêts...

Delacroix ne revint pas ce soir-là. Ni Hortense ni Felicia ne le regrettèrent en dépit de l'amitié qu'elles lui portaient. Elles avaient besoin que la paix et le silence leur permettent de se retrouver et d'oublier qu'un instant elles s'étaient détestées...

La nuit fut calme. La Révolution était terminée mais personne ne le savait encore avec certitude même si la statue de Louis XVI, place des Victoires, et celle d'Henri IV sur le Pont-Neuf s'ornaient toutes deux d'un drapeau tricolore...

Les nouvelles arrivèrent le lendemain avec le colonel Duchamp. Le Roi avait enfin, la veille au soir, rapporté ses stupides ordonnances mais il était trop tard. Plus personne ne voulait le voir revenir à Paris et c'en était fini de son règne. Dans la ville, la joie était à son comble mais une joie encore teintée d'une légère méfiance. On ne serait vraiment tranquille que lorsque les Bourbons auraient compris qu'il ne leur restait que l'exil. Et puis les états-majors politiques entraient en jeu et, de ce côté-là, rien n'était gagné.

– On dirait que vous n'êtes pas satisfait, mon ami? dit Hortense qui observait, depuis son arrivée, le visage de l'officier. Pourtant, la bonne cause l'a emporté?

– Quelle cause? Là est la question. Il semblerait que nous n'ayons fait tout cela que pour le duc d'Orléans. Il se terre à Neuilly mais la propagande que l'on fait autour de son nom est effrénée. Le vieux Talleyrand ne chôme pas en ce moment... Alors moi je pars. En fait, je suis venu vous dire adieu.

– Vous partez! s'exclamèrent les deux femmes d'une même voix. Mais pour où?

– Pour Vienne. J'ai mon portemanteau sur mon cheval et je ne me reposerai guère en route. Il importe que ceux qui sont là-bas, prêts à nous aider, sachent au plus vite que les Bourbons sont abattus, que la route est libre pour le fils de l'Empereur.

– Libre? dit Felicia. Ne disiez-vous pas à l'instant que les orléanistes sont entrés en campagne? Êtes-vous sûr que vous aurez le temps de ramener le prince, en admettant qu'il puisse partir?

Duchamp haussa les épaules avec un dédain superbe.

– Les nôtres aussi sont au travail. On distribue des portraits du roi de Rome et d'autres, plus récents, qui montrent le prince tel qu'il est, si jeune, si blond, si fier! Dites-vous bien ceci : quel que soit le gouvernement qu'on instaure, Napoléon II n'aura qu'à paraître sur le pont de Kehl pour que la France tombe à ses pieds. Le gouvernement sera balayé! Je vous quitte à présent, mes belles amies. Sans adieu d'ailleurs. Nous nous reverrons à Notre-Dame, le jour du sacre...

Il sortit en courant emporté par sa fougue et par sa foi en l'avenir. Les deux femmes l'accompagnèrent jusqu'au perron, le regardèrent se mettre en selle puis agitèrent une dernière fois la main quand il franchit le portail. On entendit décroître, dans la rue, le claquement des sabots de son cheval. Felicia rentra la dernière. Elle était songeuse.

– J'ai grande envie de le suivre, dit-elle.

– Voilà une envie contre laquelle il faut lutter. Outre que vous n'êtes guère en état, que deviendra la cause du prince si tous les bonapartistes de Paris se lancent sur la route de Vienne? Rien n'est encore joué, Felicia, et, pour l'instant, c'est ici qu'il faut remporter la victoire...

Hélas, dans les jours qui suivirent, l'épaule de Felicia s'arrangea beaucoup mieux que ses aspirations politiques. Dès le 31 juillet, le duc d'Orléans recevait des députés le titre de Lieutenant Général du Royaume, et se rendait à l'Hôtel de Ville où il réussissait à se faire admettre par La Fayette qui s'y était installé quarante-huit heures plus tôt. Cependant Charles X, qui avait quitté Saint-Cloud pour Trianon, abandonnait ce dernier palais presque parisien pour le château de Rambouillet d'où il allait ratifier la nomination de son « cousin d'Orléans... ». Le lendemain lui et son héritier direct, le duc d'Angoulême, abdiquaient à une heure d'intervalle en faveur du duc de Bordeaux, l'enfant posthume du duc de Berry.

– Un marmot qui n'a que dix ans pour un pays qui ne sait pas où il va! rageait Delacroix qui entreprenait le portrait de Felicia, portrait dont il comptait se servir pour la gigantesque toile qu'il projetait pour le Salon de 1831. Et un marmot qui demain prendra le chemin de l'exil avec sa famille!

Car, à présent, il ne faisait plus de doute pour personne que la famille royale allait devoir quitter la France, sans doute pour l'Angleterre.

– Pauvre duchesse d'Angoulême! soupira Hortense. Être née à Versailles et passer sa vie sur les chemins de l'exil.

– Vous n'allez pas la plaindre à présent? protesta Felicia. Elle n'a pas été tendre pour vous... pour vous dont on avait cependant tué aussi les parents.

– Sans doute, mais je ne peux m'empêcher de la plaindre. L'amour, elle ne saura jamais ce que c'est puisque son époux est impuissant. Elle n'aura jamais la joie de tenir un enfant dans ses bras...

– Elle aura au moins eu celle d'empoisonner l'existence d'une foule de pauvres gens. Elle n'a jamais eu pitié de personne : souvenez-vous du maréchal Ney, de La Bédoyère, des quatre sergents de la Rochelle dont elle fêta l'exécution par un bal. Si vous avez de la compassion de reste, Hortense, gardez-la pour qui la mérite... L'Histoire est ce qu'elle est et, en général, elle marche vite.

Elle marchait vite, en effet. Le 9 août, le duc d'Orléans devenait roi des Français sous le vocable de Louis-Philippe Ier et le lendemain Charles X et sa famille s'embarquaient à Cherbourg. Dans Paris, les barricades se démolissaient les unes après les autres et bientôt il fut possible de circuler de nouveau en voiture.

Hortense en profita pour aller voir son fils. L'enfant était superbe, rond et doré comme une pêche de vigne. Sa mère le trouva gigotant, pieds et bras nus, sur une grande couverture étalée sous le vieux pommier. Jeannette jouait avec lui.

– Nous l'avons bien soigné, n'est-ce pas, Madame? dit la jeune nourrice. Je crois qu'il est heureux ici. Mme Morizet en raffole...

– Je ne peux pas lui donner tort, dit Hortense en riant et dévorant de baisers le bébé qui s'efforçait de lui tirer les cheveux et qui riait aussi, montrant deux quenottes minuscules et bien blanches...

Mme Morizet, qui était à vêpres, accueillit à son retour sa visiteuse avec enthousiasme.

– Nous avons été tellement en souci de vous! dit-elle. J'espère que vous nous restez quelque temps?

– Pas aujourd'hui, hélas! Je ne vous fais qu'une courte visite car j'ai encore, avant de pouvoir vivre avec Étienne, une grave question à régler. Mais j'ai bon espoir à présent que nous avons changé de gouvernement. A propos, comment avez-vous passé ces journées de révolte? J'ai été, moi aussi, en grand souci de vous car on disait que la poudrière de Vincennes pourrait sauter.

– On dit toujours des tas de sottises! Nous avons été bien tranquilles ici. Jamais on ne s'est fait autant de visites, bien sûr, car chacun avait sa petite nouvelle à apporter... Nous sommes un village, vous savez, et la turbulence de la grande ville ne franchit guère le rideau de nos grands arbres. Eh bien, si vous ne restez pas, au moins vous allez goûter avec nous.

Une heure plus tard, lestée d'une agréable collation de framboises, de massepains et de bon lait que procurait une ferme voisine, Hortense reprenait le chemin de la rue de Babylone, le cœur allégé et plein d'un courage tout neuf. Elle avait, cette fois, laissé son adresse à Mme Morizet pour qu'elle pût la prévenir s'il se produisait le moindre incident mais c'était bien improbable : nulle part son fils ne serait mieux qu'à Saint-Mandé. Quant à l'avenir, elle l'envisageait avec un certain optimisme. On disait que le nouveau roi était un homme simple et bon, un père de famille nombreuse adorant ses enfants. On disait aussi qu'il rappelait auprès de lui les anciens soldats de l'Empire, tous ceux que la Restauration avait pourchassés, emprisonnés, réduits à la misère et qui revenaient joyeux, dépoussiérant leurs vieux uniformes pour le bonheur de servir à nouveau sous le drapeau aux trois couleurs. Ils n'allaient pas servir le roi de France mais le roi des Français et la nuance était d'importance. Il n'y avait donc aucune raison pour que celui-ci ne reçût pas favorablement la plainte de la fille d'un ancien serviteur de Napoléon. La mémoire d'Henri et de Victoire Granier de Berny allait être définitivement lavée et leur assassin paierait la dette de sang qu'il avait contractée.

Tranquille, désormais, au sujet de son fils, Hortense pensa qu'il était temps pour elle de demander une audience royale. Et ce fut la première chose qu'elle déclara quand, rentrée à la maison, elle pénétra dans le jardin où Felicia posait pour Delacroix. Jamais sans doute tableau n'aurait été fait avec plus de soin car le peintre venait tous les jours. Apparemment, c'était le superbe profil de son modèle qui lui donnait le plus de mal mais il semblait prendre à ce mal un plaisir infini.

– Ne croyez-vous pas, dit Felicia, que vous devriez attendre encore un peu. Le nouveau roi doit être assailli de toutes parts. Cela ne doit pas être facile d'obtenir une audience...

– Je pense qu'il suffit de frapper à la bonne porte... Le tout est de savoir laquelle.

– Il me semblait, dit Delacroix, que Mme la duchesse de Dino vous voulait du bien? Eh bien, la voilà, votre porte! Le prince de Talleyrand a pratiquement mis le duc d'Orléans sur le trône, Louis-Philippe n'a rien à lui refuser. Surtout pas cette misère que l'on appelle une audience. Voulez-vous que je demande à la duchesse de vous recevoir? Elle sera certainement ravie de vous revoir...

– D'autant que j'ai cessé d'être compromettante. Fidèle des Bourbons, le marquis de Lauzargues a désormais perdu tout pouvoir. Pour lui, les Orléans sont des régicides, un point c'est tout... Ils n'ont aucune raison de le protéger.

Dix jours plus tard, Hortense franchissait pour la seconde fois le grand porche de l'hôtel de la rue Saint-Florentin et ne put s'empêcher de sourire en constatant que les grandes lettres dorées qui, lors de sa précédente visite, annonçaient que cette maison était l'*Hôtel Talleyrand*, avaient disparu. Quand on ne sait comment va tourner une révolution, mieux vaut se montrer prudent. Et prudent, le Diable boiteux l'avait toujours été à l'extrême.

Un grand laquais à perruque poudrée conduisit la visiteuse dans le petit salon bouton d'or où l'attendait la duchesse. Celle-ci l'accueillit avec chaleur et se leva pour l'embrasser.

– Eh bien, ma chère enfant! s'écria-t-elle. Vous voilà à nouveau libre comme l'air? Vos ennemis n'ont plus le moindre pouvoir et vous pouvez à nouveau mener une vie normale. Vous avez d'ailleurs une mine superbe.

– Si vous le permettez, Madame la Duchesse, je vous

retournerai le compliment. Vous êtes éblouissante aujourd'hui...

Ce n'était pas flatterie. Vêtue d'une robe de soie bruissante couleur de soleil garnie d'admirables dentelles neigeuses, qui mettait en valeur ses beaux cheveux noirs et ses yeux immenses, Mme de Dino éclatait de fraîcheur et de joie de vivre.

– C'est le succès, ma chère! Nous voilà redevenus soutien de l'État après tant d'années de grisaille. J'avoue que c'est un plaisir rare qu'il est doux de savourer : M. de Talleyrand pour sa part est tout à fait content. Le Roi veut l'envoyer en Angleterre comme ambassadeur extraordinaire et il feint d'en être contrarié... mais c'est coquetterie pure. Mais venez vous asseoir près de moi et causons. Le cher Delacroix m'a laissé entendre que vous souhaitiez obtenir une grâce?

– Non, Madame. Pas une grâce. Simplement justice. Je sais que mon père n'a pas tué ma mère et ne s'est pas donné la mort. J'en suis certaine à présent parce que je sais qui les a tués...

– Et qui donc?

– Le prince San Severo. Le valet qui l'a introduit cette nuit-là dans la maison de mes parents et qui l'en a fait sortir après le crime a fait, avant de mourir, des aveux complets. M. Delacroix en a été témoin...

– Ah!...

Il y eut un silence. La duchesse s'était levée et marchait lentement à travers son salon suivie du léger bruissement de sa robe. Elle semblait si soucieuse tout à coup qu'Hortense sentit son cœur se serrer.

– Vous me croyez au moins? fit-elle avec inquiétude. Je peux vous montrer la confession de cet homme. Je l'ai là, sur moi...

– C'est inutile. Bien sûr, je vous crois... encore que ce soit tellement stupéfiant. Un homme de si bonne maison, si élégant et si bien élevé... Un parfait gentilhomme.

– Il a tout de même tenté de me tuer, Madame la Duchesse et, à mon sens, ceci explique fort bien cela. De toute façon, qu'importe la qualité mondaine de l'homme puisqu'il n'est, après tout, qu'un assassin. J'attends seulement du Roi qu'il me fasse rendre justice. C'est mon droit et c'est mon devoir filial.

– J'entends bien. Vous voulez que le prince soit arrêté...

– Jugé et exécuté, oui, Madame. Si le roi est l'homme juste que l'on dit, il me fera raison...

Après avoir réfléchi encore un instant, Mme de Dino quitta le salon en priant sa visiteuse de l'excuser. Un moment plus tard, elle revenait. Le prince de Talleyrand en personne l'accompagnait et Hortense, brusquement relevée, eut tout juste le temps de plonger dans sa révérence. Votre Altesse Sérénissime...

– Relevez-vous, madame, relevez-vous... et prenez place. Mme de Dino m'apprend que vous avez à dire des choses graves, hé?

– En effet, Monseigneur, des choses si graves que je commence à craindre qu'on ne les croie pas.

– Là n'est pas la question. Ce qui est à craindre, c'est que le Roi refuse de vous entendre. Vous portez une accusation qui pourrait être téméraire. On vous demandera des preuves...

– J'en ai...

Prenant dans son réticule la feuille de papier tirée du carnet de croquis de Delacroix, Hortense l'offrit au prince. Après avoir lu, il la jeta négligemment sur la table à laquelle il s'accoudait.

– Une confession *in articulo mortis*, hé? Le malheur est qu'elle soit sans valeur. Il y faudrait une signature lisible et aussi celle de deux témoins.

– J'ai un témoin...

– Le jeune Delacroix, je sais... il n'empêche que vous vous attaquez là à forte partie. Un seul témoin ne suffit pas. En outre, le prince est fort bien en cour...

– Il était déjà fort bien en cour sous le précédent roi. Ne vous apparaît-il pas, Monseigneur, que les deux choses s'accordent mal?...

Se rendant compte de ce qu'elle disait, Hortense ne put s'empêcher de rougir. Talleyrand avait occupé le poste de Grand chambellan sous le règne qui venait de s'achever et pourtant il se trouvait à présent en position de conseiller du roi des Français. Il s'aperçut du trouble de sa visiteuse et, pour la première fois, lui sourit.

– Les jeux de la politique réservent parfois de ces surprises, comtesse. Mais pour San Severo le cas est un peu particulier : sa famille cousine, d'un peu loin peut-être, mais cousine tout de même avec les Bourbons de Naples dont est issue la nouvelle reine Marie-Amélie. En outre...

Il fit une pause. Ses yeux pâles s'attachèrent au visage de la jeune femme, cherchèrent son regard, s'y implantèrent impérieusement tandis que du bout de sa canne à pommeau d'or il tapotait négligemment sa chaussure. Puis, très lentement, en détachant bien les mots pour être bien certain d'être compris :

– En outre, la banque Granier de Berny, tout comme la banque Laffitte d'ailleurs, a puissamment contribué, de ses deniers, à soutenir les journées de juillet. Et qui dit la banque Granier

– ... dit le prince San Severo? Votre Altesse est-elle en train de me dire que cet assassin est intouchable? Qu'en réclamant justice je crie dans le désert?...

– C'est à peu près cela, hélas! Ils ont des oreilles et ils n'entendront pas. Ils ont des yeux et ils ne verront pas. Votre ennemi, jeune dame, est trop puissant pour vous. Attaquez-le de front et vous serez brisée. De toute façon, je ne demanderai certainement pas à Sa Majesté une audience qui pourrait être votre perte.

La déception et la colère firent éclater le vernis de bonne éducation d'Hortense. Ses yeux s'emplirent de larmes.

– Cet homme a tué mes parents, s'est emparé de ma fortune et a tenté de me tuer et moi je n'ai que le droit d'accepter! Qu'est-ce que ce pouvoir qui ne commence pas par accorder à tous la simple justice?...

– Un pouvoir qui n'est pas encore très solide, madame... et qui peut-être ne le sera jamais. Dès à présent, le roi Louis-Philippe ne pourrait compter ses ennemis : les ultras, vaincus mais pas anéantis, les bonapartistes déçus, les républicains indignés d'avoir versé leur sang pour un nouveau trône. Ajoutez-y ceux qui verront toujours en lui le fils du régicide. Si je ne peux vous faire obtenir votre audience, du moins puis-je vous donner un conseil : vous êtes jeune... sachez attendre! La patience... la patience qui sait se taire, qui œuvre dans le silence et l'obscurité possède des armes puissantes. Je vous ai dit de ne pas attaquer votre ennemi de front... Cela ne signifie pas que vous ne puissiez l'attaquer... autrement...

– Mon oncle! coupa Mme de Dino un peu suffoquée. Qu'êtes-vous en train de dire à cette enfant? Vous ne l'imaginez tout de même pas guettant San Severo au coin d'une rue pour lui planter un poignard dans le cœur?...

– Vous lisez trop de romans, madame, et vous fréquentez trop les théâtres du boulevard du Crime, dit Talleyrand en riant. Si Mme de Lauzargues veut bien prendre patience, comme je le lui conseille, il sera peut-être plus facile, dans quelque temps, d'agir par la bande. Si un habile financier découvrait, par exemple, dans la gestion de cet homme certaines... négligences, certaines fautes, il serait peut-être possible de le perdre peu à peu dans l'esprit du Roi. Mais, je le répète, il est trop tôt... Beaucoup trop tôt! Je vous baise les mains, comtesse...

L'entretien était terminé. Raccompagnée jusqu'à l'escalier d'honneur par la duchesse, Hortense luttait contre l'envie de hurler, de crier, de casser quelque chose dans cette maison trop feutrée, de faire éclater ce silence. Attendre, encore attendre, toujours attendre? Et quoi? Un faux pas d'un trop habile coquin, un accident, un courant d'air meurtrier? Mais est-ce que ces gens comprendraient un jour qu'elle n'avait justement pas le temps d'attendre... qu'elle ne voulait plus attendre?

Elle venait de remonter en voiture – un simple cabriolet de place qu'elle avait loué pour ne pas employer la voiture de Felicia trop voyante – quand, de l'autre côté de la cour, elle aperçut soudain un superbe équipage; un landau verni comme une laque chinoise sur les portières duquel s'étalaient, insolentes, les armes de son ennemi. Le prince San Severo devait attendre Talleyrand chez lui pendant qu'il se trouvait chez sa nièce...

Une vague de dégoût l'envahit, si violente qu'elle dut s'accrocher aux dragonnes de la voiture pour lutter contre une véritable nausée. Son cœur battait la chamade. Ses mains étaient glacées et un instant elle crut qu'elle allait s'évanouir. Pourtant, son esprit demeura clair et, quand la vague écœurante se retira, elle laissait derrière une idée simple, claire et implacable : puisqu'elle ne pouvait obtenir justice contre San Severo, elle le tuerait, tout simplement... et pas plus tard que ce soir!

Rentrée dans sa chambre, Hortense s'y prépara avec un soin extrême. En bas, Felicia recevait la douairière de Vauxbuin et quelques-uns des anciens habitués de son salon tous avides de raconter comment ils avaient vécu ce que l'on commençait à appeler « les Trois Glorieuses ». Ils emplissaient le salon d'un pépiement de volière qui par les fenêtres ouvertes montait jusqu'à Hortense.

Elle n'avait aucune envie de se joindre à eux. Ce soir elle allait jouer sa vie contre une autre car elle n'ignorait pas ce que serait son sort si San Severo réussissait à mettre la main sur elle. C'était dans la gueule du loup qu'elle allait se jeter. Un loup qui ne ressemblait malheureusement pas à Luern, le compagnon fidèle de Jean le meneur...

Calmement, elle alla s'asseoir devant son petit secrétaire, prit du papier, tailla une plume et se mit à écrire d'abord un testament dans lequel elle expliquait les raisons de son geste. Tout à l'heure, elle le ferait signer par Felicia et par Livia. Elle y exprimait le désir, au cas où il lui arriverait malheur, d'être enterrée à Lauzargues afin que son âme n'eût pas trop de chemin à faire pour retrouver Jean.

La seconde lettre fut pour lui et ce fut le seul instant de douceur de ce terrible jour. En écrivant à l'homme qu'elle aimait, la jeune femme laissa simplement couler de son cœur tout cet amour, toute cette passion qu'elle n'aurait peut-être plus jamais le droit de lui donner. Mais cette douceur n'amollit en rien sa résolution. Jean agirait, elle le savait, exactement comme elle allait agir... Il faudrait bien qu'il comprenne et qu'il lui pardonne d'être allée seule au-devant du danger, sans faire appel à lui.

Elle écrivit une troisième lettre pour l'excellente Mme Morizet, lui confiant Étienne pour le temps qu'il plairait à son père de le lui laisser et la remerciant chaudement de ses soins et de son amour pour le petit... Cela fait, elle cacheta les trois lettres et les laissa bien en évidence sur le secrétaire.

Elle sortit ensuite les vêtements d'homme qu'elle avait choisi de porter. Ils seraient plus commodes pour l'exécution de son plan car elle ne voulait pas compromettre son vieux Mauger en se faisant ouvrir la porte par lui. Le mur du jardin était assez haut mais il lui était déjà arrivé de l'escalader et, dans ce costume, ce serait infiniment plus facile qu'en jupe.

Les vêtements étalés sur son lit, elle passa aux pistolets dont Felicia lui avait fait don, après leur expédition en Bretagne. C'étaient de belles armes, assez légères, portant bien la balle et Hortense avait appris à s'en servir. A une distance raisonnable, elle était certaine de faire mouche. Ce qu'il adviendrait d'elle ensuite, c'était l'affaire du

Destin. Peut-être serait-elle arrêtée si elle ne s'enfuyait pas à temps, jugée, condamnée?...

Elle ne put se défendre d'un frisson d'horreur en face d'un tel destin mais, en même temps, son imagination lui montrait San Severo dirigeant une arme sur sa mère, après avoir abattu son père, et le courage lui revint. Avec des mains qui ne tremblaient pas, elle vérifia les armes, les nettoya et finalement les chargea...

Elle y mettait les balles quand Felicia entra. Le coup d'œil rapide de la Romaine fit le tour de la chambre, vit les armes dans les mains de son amie, les habits préparés, les lettres sur le secrétaire. Felicia avait compris.

– Vous en êtes là? Que s'est-il donc passé, Hortense?

– L'impensable. San Severo est mieux en cour que jamais. Il cousine avec la reine, il a aidé le Roi à coiffer la couronne encore chaude de la tête de Charles X. Le prince de Talleyrand m'a bien fait comprendre que je ne détruirais que moi-même en demandant justice contre lui...

Brièvement, elle raconta la scène qui s'était déroulée dans le salon de Mme de Dino...

– ... et vous avez décidé de faire justice vous-même, conclut Felicia. N'allez-vous pas vous détruire plus sûrement encore? Comment atteindrez-vous votre ennemi au milieu de ses gens, au milieu de...

– Vous alliez dire sa maison, n'est-ce pas? C'est justement là ma chance. Cette maison je la connais mieux que lui. J'en connais chaque recoin, chaque passage. Le peu que j'y suis restée, j'ai pu constater que rien, pas même la disposition des meubles, n'avait été changé depuis la mort de mes parents. Ce misérable déguise son crime en se faisant le prêtre du sanctuaire. Il prétend avoir aimé ma mère...

– C'est peut-être vrai mais il a aimé l'argent davantage. Et puis, elle a dû le repousser... Ainsi donc, c'est décidé? Vous passez à l'attaque?

– Ce soir même. Je compte me rendre rue de la Chaussée-d'Antin vers minuit. C'est l'heure du crime, n'est-ce pas? ajouta-t-elle avec un petit sourire...

– Parfait. Je serai prête!

– Vous ne pouvez pas venir avec moi, protesta Hortense. Il est inutile de nous sacrifier à deux s'il faut en arriver là. Et puis, votre épaule n'est pas guérie. Elle vous rend incapable d'un effort et moi je vais escalader un mur...

– Toute seule?

– Je l'ai déjà fait... Ce sont « mes » murs après tout!

– Sans doute mais vous le ferez encore mieux avec l'aide de Timour. Quant à moi, je resterai dans la voiture que vous laisserez à quelque distance et que je garderai. Vous n'imaginez tout de même pas que je vais vous laisser faire cette folie toute seule après ce que vous avez risqué pour moi en Bretagne? En vérité, je crois même que je me sens offensée que vous n'ayez pas pensé immédiatement à me demander mon aide!

– Ne le soyez pas, Felicia. Cela tient à ce que je vous aime beaucoup...

Les deux femmes s'embrassèrent. C'était un geste peu courant entre elles. Leur amitié n'avait pas besoin de perpétuelles démonstrations. C'était, depuis l'arrivée d'Hortense à Paris, celle de deux camarades de combat. On ne s'attarda pas aux attendrissements d'ailleurs. Le baiser échangé, Felicia repartit en annonçant qu'elle allait prendre ses propres dispositions.

Il était un peu plus de onze heures quand les deux femmes quittèrent la rue de Babylone. Timour avait été envoyé en éclaireur et Felicia conduisait elle-même le léger tilbury dont elle aimait à se servir quand l'envie lui prenait de « dévorer du vent », comme elle le disait. La nuit était aussi belle, aussi étoilée qu'elle l'avait été durant la révolte mais nettement moins chaude. Deux ou trois orages avaient mis ordre aux excès de la température...

Il avait été convenu que l'on laisserait la voiture de l'autre côté du boulevard, rue Louis-le-Grand, devant le Dépôt des cartes et plans de la Marine. Revêtue d'un manteau de groom, coiffée du « tube » à cocarde, Felicia serait censée attendre, dans cet endroit obscur, un maître en veine de galanterie. Timour exact au rendez-vous apprit aux deux femmes que, chez San Severo, la soirée s'était achevée mais qu'un visiteur de dernière minute venait d'arriver.

– Parfait, dit Hortense. Nous n'aurons aucune peine à passer par les cuisines... Priez pour nous, Felicia!

– Je n'ai pas attendu, ma chère, votre permission...

Suivie de son garde du corps, Hortense gagna une ruelle étroite, tracée entre les murs des hôtels particuliers, qui servait de dégagement aux jardiniers et d'entrée aux fournisseurs. Il y avait bien là une petite porte basse creusée dans le mur du jardin mais un rapide examen montra qu'elle était trop bien défendue pour être forcée. La seule solution était celle à laquelle Hortense avait tout d'abord pensé : le mur.

Grâce aux épaules de Timour, elle en atteignit le faîte avec une grande facilité. Quant au Turc, d'une agilité qui égalait sa force, il n'avait besoin de personne. Un moment, ils restèrent tous deux assis sur le faîte abrités par les basses branches d'un gigantesque tilleul. Le parfum de l'herbe fraîchement coupée vint jusqu'à eux et aussi celui des roses, ces roses que Victoire de Lauzargues avait tant aimées, qui emplissaient les serres de Berny mais aussi ce jardin.

Hortense refusa l'attendrissement du souvenir. Elle n'était pas là pour respirer des fleurs mais pour accomplir sa justice, en rupture complète avec les préceptes de l'Église et la loi de Dieu. Mais elle se permit un sourire en pensant à la mine que ferait la sainte Mère Madeleine-Sophie Barat si elle pouvait à cette heure voir son ancienne élève, assise en pleine nuit sur un mur et armée jusqu'aux dents...

D'où ils étaient placés, Hortense et Timour pouvaient voir la porte des cuisines. Le personnel était justement en train d'en sortir pour gagner les soupentes qui, au-dessus des écuries, leur servaient de logis. Quand le dernier fut sorti, les deux compagnons se laissèrent glisser à terre, se tinrent un instant tapis dans un buisson de delphiniums géants qui n'arrivait pas à contenir Timour tout entier. Puis s'élancèrent sur la pointe des pieds.

Ainsi que le pensait Hortense, la porte de la cuisine n'était pas fermée. C'était le valet de chambre du maître, le seul qui dormait dans la maison, qui la fermait en même temps que les autres portes. Il ne la fermerait que tout à l'heure puisque San Severo avait encore une visite.

La cuisine était vide, ainsi que les offices. Ils furent traversés rapidement et, par l'escalier de service, on gagna le premier étage. Hortense avait remarqué que la bibliothèque était éclairée. C'était là sans doute que se tenait le prince.

Le palier était obscur mais la jeune femme connaissait trop les aîtres pour s'y tromper. Toujours suivie de

Timour dont la présence lui était d'un singulier réconfort, elle entra dans la petite pièce voisine où se tenait habituellement le secrétaire quand le banquier choisissait de travailler à la maison...

Le petit bureau était moins sombre que le reste de la maison car un rai de lumière y pénétrait par la porte de la bibliothèque restée entrouverte. Hortense s'en approcha le plus possible puis s'immobilisa. La voix de San Severo se faisait entendre, tout son accent napolitain exalté sous l'empire de la colère :

– Vous n'aurez rien de plus, mon cher! Vous semblez oublier que c'est moi qui ai fait tout le travail... le vilain travail? Vous vous êtes contenté d'en recueillir les fruits. J'estime donc que vous avez été très suffisamment payé. Le reste m'appartient...

– Vraiment? Est-ce que vous n'oubliez pas que, sans moi, vous n'auriez jamais été placé à la tête de la banque?...

Le timbre glacé et méprisant de cette voix fit glisser un frisson le long de l'échine d'Hortense. Elle fit un mouvement brusque et quelque chose tomba à terre mais heureusement le bruit léger ne fut pas entendu... Alors, doucement, tout doucement, avec d'infinies précautions pour ne pas faire crier le parquet, elle s'approcha.

– Il n'a jamais été question que vous gardiez la fortune de Granier, gronda le marquis de Lauzargues. Cette fortune appartient...

– A votre nièce? Une nièce qui vous hait et vous fuit?

– Laissez cette folle! Cette fortune appartient à mon petit-fils Foulques-Étienne de Lauzargues. Et je vous somme de me remettre les revenus des mois écoulés... ainsi que le prix du château de Berny que vous avez vendu sans autorisation...

Par la mince fente, Hortense voyait parfaitement son oncle. Dans la lumière douce de la lampe-bouillotte qui reposait sur la grande table de travail en acajou, il érigeait sa silhouette arrogante nimbée de sa crinière blanche et, en dépit de la colère qui bouillonnait en elle car le destin à cet instant lui mettait sous les yeux, non des gentilshommes mais les plus ignobles complices, elle ne put s'empêcher d'admirer l'élégance suprême avec laquelle il portait sa grande cape noire à col de velours retenue par une chaîne d'or...Elle ne voyait pas San

Severo qui devait tourner le dos à la porte. Mais il était sans doute assez près d'elle car elle entendait sa respiration un peu forte... Enfin, il parla :

– On voit bien que vous habitez l'Auvergne, mon cher marquis. Vous n'êtes plus au fait des nouvelles et il faut, je crois, mettre votre montre à l'heure. Ce n'est plus Charles X qui règne aux Tuileries...

– Je le sais pardieu bien! Qu'est-ce que cela change dans nos accords?

– Cela change beaucoup. Vous aviez l'oreille de l'ancien roi et, de ce fait, quelque supériorité sur moi qui en étais mal connu, peut-être insuffisamment apprécié. A présent, c'est tout le contraire. Je ne dirais pas que je suis chez moi aux Tuileries mais... peu s'en faut!

– Le beau miracle? On y reçoit n'importe qui! Les réceptions de la Cour sous le fils d'Égalité ressemblent, m'a-t-on dit, aux galeries du Palais-Royal : on y trouve de tout et le couple royal accueille ses invités, paraît-il, à la porte des salons exactement comme un couple de merciers. Il n'y a pas de quoi vous en vanter. Après tout, vous êtes de vieille race...

– Merci pour le « Après tout! » Mais vous m'entendez mal, mon cher marquis. Ce que je veux vous faire comprendre, c'est qu'ayant aidé Louis-Philippe à monter sur le trône, serait mal venu quiconque voudrait me déposséder de la place que j'occupe à la banque... surtout si ce quiconque n'est rien qu'un de ces ultras qui prêtent à rire à présent... Croyez-moi, monsieur de Lauzargues, la sagesse vous commande de vous contenter de ce que je vous ai donné. C'est un assez joli magot déjà et je n'ai pas l'intention de vous donner un liard de plus... A présent, si vous voulez vous plaindre aux Tuileries...

– Je pourrais dire que vous avez assassiné ma sœur et son époux?

– Sur votre suggestion, cher ami... et avec votre pleine et entière bénédiction. Dans une joute oratoire vous n'aurez pas raison... surtout si l'on invitait la jeune et charmante comtesse de Lauzargues à y prendre part. Pour tant vous détester, la chère enfant, doit bien avoir quelques raisons?...

– Avez-vous encore quelque chose à me dire?

La voix du marquis était de plus en plus froide. De sa place Hortense pouvait voir son nez se pincer et son visage blêmir insensiblement.

– Mon Dieu non, j'ai tout dit... sinon peut-être : « Adieu »?

– C'est tout juste le mot que je voulais entendre.

Dans l'entrebâillement de la cape noire, la main du marquis venait de surgir prolongée d'un long pistolet.

– Pensez-vous encore que je prête à rire?...

– Vous êtes fou?... Rangez cette arme! Vous n'allez pas...

– Vous dire adieu? Mais si, mon cher, je ne suis venu justement que pour cela : vous dire adieu...

Au même instant le coup partit, immédiatement suivi par le bruit lourd d'un corps qui tombe. San Severo n'avait même pas eu le temps de pousser un soupir... Foulques de Lauzargues eut un petit rire, souffla sur le canon de son pistolet puis le remit sous son manteau. Un dernier haussement d'épaules et il avait disparu du champ de vision d'Hortense. On l'entendit dégringoler l'escalier. Un instant plus tard il sautait dans sa voiture qui partait au grand trot.

Pétrifiée, Hortense demeura à la même place, sans bouger. Elle n'arrivait pas à croire que justice venait d'être faite et que son rôle à elle était terminé. Ce fut Timour qui la rappela à la réalité :

– Vite! Il faut filer d'ici...

La portant à moitié, il l'entraîna vers le petit escalier de service. Ils retraversèrent en trombe les cuisines, se jetèrent dans la nuit du jardin comme dans un asile. Pourtant, la maison demeurait silencieuse. Le valet qui avait introduit le marquis n'avait-il pas entendu le coup de feu?... Hortense gardait le souvenir d'un énorme fracas qui avait dû être entendu de tout Paris... Et, brusquement, il y eut un cri : « Au secours! » immédiatement suivi par d'autres cris, par le bruit de fenêtres qui s'ouvraient. Les domestiques enfin alertés allaient accourir. Mais la voiture du marquis devait être déjà loin...

– Pas rester ici non plus, gronda le Turc!

Faire refranchir le mur à Hortense et la suivre fut pour lui un jeu d'enfant. Un instant, ils restèrent dans l'obscurité de la ruelle pour s'assurer que personne ne les verrait en sortir. Le boulevard était désert à cette heure tardive. L'obscurité qui régnait, puisque les réverbères avaient été abattus pendant la révolution et que l'on n'avait pas encore eu le temps de les remettre en place, n'incitait personne à la promenade. En quelques secondes on eut rejoint la voiture :

– Eh bien? souffla Felicia.

– San Severo vient d'être tué... mais je n'y suis pour rien. Le marquis de Lauzargues a tiré sur lui. Oh, Felicia! mes parents sont vengés mais je ne suis pas vraiment satisfaite. Ces deux hommes étaient complices. L'un a exécuté mais l'autre avait conseillé... ordonné peut-être! C'est... c'est affreux!

Et elle s'effondra en sanglotant dans les bras de son amie qui l'entraîna dans la voiture.

– Ramène-nous à la maison, Timour, et au galop... si ce monstre est à nouveau dans Paris, il faut veiller à notre sécurité...

– Pourquoi? dit Timour. La police saura demain qui a tué. Cet homme aux cheveux blancs est facile à reconnaître et il a dû être introduit au moins par un valet. S'il n'a pas la sagesse de fuir cette nuit-même, on l'arrêtera demain.

– Par le sang du Christ, tu as raison! Tu ne parles pas souvent, tête de Turc, mais quand tu parles tu dis des choses pleines de sens. Les journaux nous renseigneront...

Mais les journaux ne leur apprirent rien. *Le Moniteur* du surlendemain fit savoir que le prince San Severo avait été assassiné dans sa demeure de la Chaussée-d'Antin. Le vol devait être le mobile du crime car plusieurs objets de valeur avaient disparu. Interrogés, les domestiques avaient répondu que leur maître avait reçu une visite tardive à laquelle il avait ouvert la porte lui-même... Naturellement, la police était à la recherche du ou des assassins...

– C'est à n'y rien comprendre, commenta Felicia. Les gens du prince connaissaient le marquis puisqu'il résidait chez lui au moment où il a voulu vous enlever...

– Ou bien ils n'ont vraiment rien vu? Ou bien ils ont été achetés. Les objets volés constituent sans doute une habile mise en scène et n'ont pas été perdus pour tout le monde...

– Oublions tout cela! Une chose est certaine. Vous voilà maintenant délivrée d'un grand poids. La menace ne pèse plus sur vous et vous avez une chance à présent de récupérer au moins quelques bribes de votre fortune...

– S'il en reste. Et j'ai peur que ce ne soit pas le cas.

Mais, après, tout cela m'est égal. Ce qui compte, c'est que je vais pouvoir vivre avec mon fils. Cela vous ennuierait Felicia, si j'allais passer quelques jours à Saint-Mandé?... Je ne voudrais pas en priver Mme Morizet trop vite...

– Vous savez bien que vous faites exactement ce que bon vous semble. La douce maison de cette charmante vieille dame et la compagnie de votre fils vous rendront enfin un sourire que vous me semblez avoir oublié.

Mais, il était écrit qu'Hortense ne retournerait pas à Saint-Mandé. Quelques heures plus tard, Mme Morizet, secouée de sanglots et soutenue par François Vidocq qui avait tenu à l'accompagner, venait annoncer aux deux jeunes femmes que, la veille, un monsieur à cheveux blancs qui se disait marquis de Lauzargues et le grand-père du petit garçon était venu le chercher.

– J'ai cru tout d'abord que c'était un imposteur, sanglota la pauvre femme, mais Jeannette lui a fait une belle révérence et m'a dit que c'était bien M. de Lauzargues... Ils... ils sont partis tous les trois! Quel malheur, mon Dieu, quel malheur! Vous qui aviez confiance en moi...

Dominant son chagrin, Hortense fit de son mieux pour consoler la vieille dame dont les yeux rouges disaient assez ce qu'elle souffrait.

– Vous ne pouviez pas agir autrement, ma pauvre amie... C'est un malheur, en effet, mais vous en êtes bien innocente.

– Si seulement j'avais été là! gronda Vidocq. Mais je reprends du service dans la police et je ne suis plus guère chez moi...

– Même vous n'auriez rien pu faire, monsieur Vidocq. Le marquis, en tant que grand-père, a tous les droits...

– Qu'allez-vous faire vous-même? Accepter que l'on vous enlève ainsi votre enfant?

– Certainement pas.

– Quoi alors? Vous pouvez peut-être porter plainte pour usage abusif de droits légaux? Après tout, cet homme se comporte comme en pays conquis...

Une tentation peu élégante effleura Hortense : dénoncer le marquis comme étant l'assassin de San Severo... Ce serait envoyer sur sa trace toutes les polices du royaume. Mais ce serait aussi, hélas! déshonorer le nom de son enfant et elle repoussa cette diabolique suggestion avec horreur.

– Non. Je vais faire la seule chose qui me donne une chance de retrouver mon fils : le suivre. Repartir.

Doucement, Felicia vint prendre la main de son amie et la serra fortement entre les siennes.

– Vous me comprenez, n'est-ce pas, Felicia ?

– Qui ne vous comprendrait ?...

Troisième Partie

RETOUR A LAUZARGUES...

CHAPITRE XI

DAUPHINE

Quand la grosse diligence noir et jaune – qui était peut-être celle-là même qui l'avait amenée un jour d'hiver deux ans plus tôt – déposa Hortense sur la place d'Armes à Saint-Flour, celle-ci éprouva sans doute le soulagement que procure la fin d'un voyage pénible mais aussi cette grande bouffée de joie qu'apporte l'air du pays que l'on aime. En elle, les racines terriennes qu'elle tenait de sa mère auvergnate, de son père dauphinois s'épanouissaient d'aise en dépit des grandes difficultés qu'elle allait trouver au cœur même de ce beau pays cantalien.

Et, tandis qu'elle suivait le garçon et la brouette qui la conduisaient vers l'auberge de l'Europe qui, récemment installée, drainait la meilleure clientèle locale, elle caressait du regard les sévères tours jumelles de la cathédrale, l'élégance du palais épiscopal qui y était accolé, les pierres vénérables de la belle maison des Consuls et les arcades de basalte qui bordaient la place vers l'ouest, tout cet appareil qui lui était apparu comme inquiétant lorsque, orpheline et brutalement tirée de son couvent parisien, elle avait mis pour la première fois le pied dans la vieille ville fortifiée. A présent et parce que son âme auvergnate s'était réveillée dans l'absence, elle en découvrait toute la beauté un peu austère mais réelle et si prenante...

Le voyage avait été éprouvant. Il ne s'agissait plus de la confortable berline de Felicia mais de la diligence régulière qui, de plus, était pleine. La malle-poste, plus rapide, bien sûr, n'avait eu aucune place à lui offrir avant quinze jours et Hortense était pressée. Néanmoins, la longueur du voyage – six jours – lui avait permis de réfléchir, tout au moins quand le bavardage de certains de ses compagnons de voyage le lui permettait. Des réflexions que la solitude rendait mélancoliques. Felicia lui manquait. Pourtant, Hortense avait refusé qu'elle l'accompagnât en Auvergne. Ce combat-là était le sien. Il pouvait s'éterniser et Felicia n'avait rien à faire dans les profondeurs d'une province. Son destin était ailleurs et aussi la bataille dans laquelle elle s'engageait et que ne satisfaisait pas la montée au trône de Louis-Philippe.

Elle était, certes, vengée de Charles X mais pas de l'Autriche qui avait assassiné son époux. Et Felicia, après avoir mis son amie en voiture avec un peu d'argent, lui avait laissé entendre que d'ici peu – le temps de prier Talleyrand de veiller aux intérêts des héritiers d'Henri Granier de Berny – elle suivrait sur la route de Vienne le colonel Duchamp.

– Naturellement, je garde mon hôtel de Paris où vous pourrez toujours revenir. Mais s'il vous prenait fantaisie de me rejoindre et de courir avec moi l'aventure napoléonienne, sachez que je descendrai, à Vienne, à l'auberge « Königin von Osterreich ».

On s'était embrassé chaleureusement en se promettant de se revoir et puis les postillons avaient fait claquer leurs fouets; la lourde voiture s'était ébranlée et la silhouette familière de la comtesse Morosini avait disparu à l'angle du bâtiment. Mais la séparation avait été cruelle et Hortense avait eu beaucoup de peine à retenir ses larmes...

Ce n'avait été qu'une faiblesse d'un moment. Au bout du chemin, il y avait Jean et cette seule pensée illuminait un avenir par ailleurs fort sombre et qu'il convenait d'aborder avec quelques précautions. N'eût-elle écouté que son premier élan, Hortense eût choisi de quitter la diligence à la croisée des chemins où s'embranchait, entre Saint-Flour et Chaudes-Aigues, celui qui menait à Combert puisque c'était là que le meneur de loups avait reçu asile. Mais elle en était venue à cette conclusion que, plus tôt elle affronterait le marquis mieux ce serait pour tout le monde. Elle voulait voir Jean mais elle voulait aussi, désespérément, revoir son fils, le reprendre et le garder. Pour ce bonheur, elle était prête à prendre de grands risques.

Les mois qu'elle venait de vivre lui avaient trempé

l'âme et le caractère. La jeune mère terrifiée que Foulques de Lauzargues avait tenue si cruellement à sa merci n'existait plus. En face de lui, le marquis allait trouver une femme bien décidée, pour se défendre, à user de toutes les armes mises par le sort à sa disposition.

Campée sur le rempart, l'auberge de l'Europe offrait plus de confort que l'on n'était en droit d'en attendre dans ce rude pays. C'était une maison solide aux murs épais, bien capable d'affronter les tourmentes de cette cité des vents. Solides aussi les meubles cirés jusqu'au vernis. Mais les toiles d'indienne qui tapissaient les murs des chambres et la blancheur éclatante du linge conféraient à l'ensemble noblesse et élégance.

En s'annonçant sous son véritable nom, Hortense créa dès son arrivée une sensation. L'aubergiste vint, avec des révérences, saluer « Madame la Comtesse » et s'informer de « Monsieur le Marquis » que l'on n'avait pas vu depuis longtemps.

– Il est pourtant rentré de Paris récemment. Ne l'avez-vous pas vu à son passage?...

– Mon Dieu, Madame la Comtesse. Monsieur le Marquis est peut-être descendu au relais de poste. A moins qu'il ne se soit rendu directement au château. Voulez-vous lui dire que nous serons toujours heureux et honorés de le servir?

– Je n'y manquerai pas. Pendant que j'y pense : quand a lieu le marché?

– Mais... demain, Madame, comme tous les samedis.

Visiblement, cette question un peu saugrenue avait troublé l'aubergiste mais Hortense ne jugea pas utile de lui expliquer qu'elle espérait bien voir, audit marché, le fermier Chapioux et son « barrot » qui, l'un portant l'autre, s'y rendaient régulièrement. Elle gagnerait ainsi Lauzargues sans être obligée de faire la dépense d'une voiture.

Sa chambre donnait sur les lointains bleus de la planèze. De la petite fenêtre, on découvrait un immense paysage qui s'étendait jusqu'aux monts de la Margeride et Hortense, en attendant son dîner, s'attarda à le contempler, si paisible et si vert dans la lumière adoucie du soir. Pas bien loin, au-delà de ce vallon profond et de ces pentes chevelues de mélèzes et de sapins, il y avait les tours de Lauzargues, il y avait le pays des loups : le château de son enfant, le royaume de son amant... Et il fallut que la petite servante frappât trois fois pour arracher la jeune femme à sa contemplation douce-amère.

L'idée de la table d'hôte lui étant insupportable, elle avait demandé qu'on la servît dans sa chambre et n'en mangea qu'avec plus de plaisir l'odorante potée auvergnate et la tarte aux myrtilles qu'on lui servit accompagnées d'un pichet de vin de Chanturgues. C'était un avant-goût de l'admirable cuisine de Godivelle, un petit clin d'œil chaleureux du vieux pays et elle se régala sans la moindre vergogne. Puis, son repas achevé, elle sonna pour qu'on vînt la débarrasser et qu'on lui apportât de quoi écrire.

Elle écrivit, assez longtemps sous la lumière jaune de la grosse lampe à huile. Il était déjà tard quand elle relut les quatre pages qu'elle avait couvertes de sa grande écriture nette qui sentait encore les perfections du couvent. La fatigue commençait à peser lourdement sur ses épaules. Satisfaite, elle plia les feuillets, tira de son sac un bâtonnet de cire verte qu'elle fit fondre au-dessus de la flamme et ferma le pli de trois cachets sur lesquels, par trois fois, elle appuya la sardoine gravée aux armes de Lauzargues qu'elle avait reçue pour ses fiançailles. Enfin, elle se coucha, souffla sa lampe et s'endormit aussitôt.

De bonne heure, le lendemain matin, elle alla entendre la messe à la cathédrale puis se rendit rue du Breuil, chez Me Merlin, le notaire qui avait, l'an passé, établi son contrat de mariage. Elle eut avec lui un assez long entretien.

Quand elle en sortit, le marché de la place d'Armes battait son plein. Elle erra un moment parmi les cagettes de poulets, les piles de gros fromages ronds, les paniers de légumes, choux, carottes, oignons et poireaux. Le temps des gros cèpes, d'un si joli brun clair, commençait et leur parfum de lande vive embaumait la place. Sous les coiffes bien amidonnées, les visages, vernis au grand air, des femmes de la campagne s'épanouissaient...

Les hommes avec leurs amples blouses et leurs grands chapeaux noirs plus ou moins verdis par les autans formaient des groupes animés d'où s'élevait parfois la fumée d'une pipe. Mais Hortense chercha en vain la carrure de taureau et la trogne enluminée du père Chapioux...

Pensant que, peut-être, il n'était pas encore arrivé, elle

retournait vers la cathédrale pour y attendre hors de la curiosité – discrète et de bon ton cependant car on sait vivre en Auvergne – que soulevait son passage d'étrangère élégante quand une voix, soudain, l'appela :

– Madame... Madame Hortense!...

Déjà souriante car elle avait reconnu la voix, la jeune femme se retourna pour voir François Devès accourir vers elle. C'était cadeau du ciel que rencontrer dès l'arrivée cet ami, leur seul ami à Jean et à elle parce que, jadis, François et Victoire de Lauzargues, la mère d'Hortense, s'étaient aimés sans espoir mais aussi sans oubli. Les paillettes de la joie dans les yeux, le fermier de Combert avait déjà arraché son chapeau, laissant le vent de la planèze embroussailler ses cheveux noirs, à peine argentés aux tempes.

– C'est vraiment vous? s'écria-t-il. Oh! quelle joie! C'est le Bon Dieu qui vous envoie... je veux dire qui envoie Madame la Comtesse!

– Oubliez la comtesse, François. Nous sommes amis. Moi aussi je suis heureuse de vous voir. Nous avons tant à nous dire, n'est-ce pas?... Est-ce que vous restez longtemps au marché, ce matin?

– Non, je suis seulement venu acheter de l'huile pour les lampes, des chandelles et du grain pour les poules.

– Alors, vous pourriez peut-être m'emmener. J'espérais rencontrer Chapioux. C'est pourquoi vous m'avez trouvée au marché.

– Chapioux? Vous ne voulez pas dire que vous allez à Lauzargues?

– Mais si, François Devès, je vais à Lauzargues. Le marquis m'a repris mon enfant et je veux le lui réclamer...

Le regard si droit du fermier se chargea de nuages.

– Ne faites pas cela, madame Hortense! Il vous en adviendrait du mal... C'est à Combert qu'il faut venir. C'est à Combert que l'on a besoin de vous, que l'on vous demande. N'avez-vous pas reçu ma lettre?... Non, c'est vrai, vous n'avez pas pu la recevoir déjà...

– Vous m'avez écrit?

– Oui. Sur l'ordre de Mademoiselle Dauphine... Elle vous réclame... Elle est... très malade! Votre petit n'a rien à craindre de son grand-père. Il peut attendre... mais elle!

Le rude visage se crispa et, dans les yeux gris de

François, Hortense crut voir se former une larme. Elle comprit qu'en la rencontrant, le fidèle serviteur de Dauphine de Combert avait cru à une faveur du Ciel, à une réponse à son anxiété. Elle ne pouvait pas le décevoir... Elle posa sa main sur le bras vêtu de toile bleue.

– Je viens avec vous, François. Allez à vos affaires puis revenez me prendre à l'auberge de l'Europe. C'est là que je suis descendue.

Une heure plus tard, assise dans la carriole à côté de François, Hortense refaisait le chemin parcouru jadis : la descente de la motte féodale à l'ombre des antiques murailles jusqu'au fond du vallon de Lescure, le petit pont de pierre en dos d'âne, puis la longue remontée vers la planèze, ses forêts noires et ses rocs tourmentés. Mais sous ce doux soleil d'été, le paysage qui, jadis, lui était apparu si tragique perdait de son pouvoir maléfique : les digitales pourpres, les grands chardons bleus et les premières bruyères roses, les grands bouquets des fougères qui s'étalaient en véritables champs habillaient le rude et beau paysage d'une grâce et d'une splendeur certaines.

Pour mieux sentir la chaleur du soleil et la pureté de l'air, Hortense avait enlevé son chapeau, laissait la brise légère jouer librement dans ses cheveux blonds et ne disait rien. Elle éprouvait un tel plaisir à rouler ainsi aux côtés de François qu'elle retardait le moment des questions, peut-être pour garder un instant encore cette impression de vacances. Et puis, quelles questions poser? Si Jean allait bien? Jean allait toujours bien et d'ailleurs, sachant la profondeur du lien qui les unissait, François, tout de suite, l'aurait avertie si quelque chose de mauvais était arrivé à son doux ami.

Elle se décida pourtant quand on dépassa le chemin qui menait à Lauzargues.

– Pourquoi, François, m'avez-vous dit qu'il m'adviendrait du mal si j'allais directement au château...

– Parce que le marquis n'en laisse approcher personne. Depuis qu'il est revenu avec l'enfant, il a, autant dire, mis le château de défense, comme s'il s'attendait à voir venir à lui une armée d'invasion. L'accès en est défendu par une espèce de barrière faite de rochers et de terre et la garde en est assurée, jour et nuit, par Chapioux, son fils, son valet ou même le marquis en personne...

– Est-il devenu fou? Contre qui en a-t-il?

– Contre vous, sans doute. Il a fait défense expresse de prononcer votre nom devant lui ou le petit comte sous peine d'encourir sa colère. Mais je crois surtout que c'est de Jean qu'il a peur...

– Est-ce que Jean a déjà fait une tentative contre lui?...

Le visage de François se détendit d'un sourire.

– Je me demandais combien de temps vous mettriez pour prononcer son nom. Ne l'aimez-vous plus?

– Vous dites des bêtises, François Devès! Ce nom, je le prononce sans cesse au fond de mon cœur. J'attendais seulement l'instant de le lui donner, à lui. Car je vais le voir bientôt, n'est-ce pas?

– Non. Justement, depuis qu'il s'est rendu au château pour réclamer l'enfant, il a disparu. Non, n'ayez pas peur, il a disparu volontairement... Quand il est arrivé à Lauzargues il n'a trouvé que des fusils braqués et l'impossibilité même de se faire entendre. Insister eût été se condamner à mort et cela n'eût servi à rien. Jean connaît la chasse. Forcer un sanglier embusqué dans sa bauge ne sert de rien sans de bonnes armes. Je pense qu'il doit songer à s'en procurer...

– Où est-il?

– De vrai, je n'en sais rien. Jean est comme ça, vous le savez bien. Ce n'est pas la première fois qu'il disparaît. Je pense que nous le reverrons à son heure. Mais je ne vous cache pas que je suis inquiet de ma nièce. Elle est très attachée au petit monsieur mais elle n'en est pas moins prisonnière à Lauzargues avec les autres...

– Les autres?

– Godivelle et Pierrounet, les deux petites servantes Marthon et Sidonie et puis M. Garland. Les gens habituels du château. Personne n'a le droit de sortir. Godivelle seule, et encore pas plus loin que la barricade.

Une barricade! Hortense venait d'en voir des centaines dans les rues de Paris et voilà qu'il s'en trouvait une ici, au cœur du pays cantalien, sous le ciel le plus libre et le plus vaste que l'on pût admirer!... Fallait-il que le marquis eût perdu l'esprit! Pourtant il semblait si calme, si froidement déterminé l'autre nuit quand il avait abattu San Severo...

– Il faudra bien que tôt ou tard j'aille m'expliquer avec

mon oncle, dit-elle seulement. Et il faudra bien qu'il m'entende...

– C'est Dieu qui fera bien de vous entendre, madame Hortense!... Mais tenez, nous arrivons...

Depuis qu'elle l'avait quitté, au matin de ses noces, Hortense n'avait pas revu Combert. Elle l'aborda avec le plaisir que l'on a à retrouver un ami après une longue absence et ne put s'empêcher de lui sourire. C'était une grande maison plus bourgeoise que châtelaine donnant d'un côté sur un ressaut rocheux. De grands toits gris, de hautes fenêtres toujours étincelantes et surtout un grand jardin toujours abondamment fleuri qui, en paliers, descendait jusqu'à la rivière, lui donnaient un charme infini...

– Votre jardin est une merveille, François! s'écria Hortense, sincère. Et, de fait, un étonnant fouillis de fleurs s'y étalait et s'épanouissait à qui mieux mieux sous le soleil : exubérance blanche et rose des dahlias, fusées multicolores des glaïeuls repoussant vers les murs les grandes hampes chargées de fleurs des roses trémières. Sur les murs, le chèvrefeuille et les glycines d'été luttaient avec les clématites violettes et, dans les petits parterres, d'énormes touffes de myosotis s'efforçaient d'envahir les vigoureux plants de pensées couleur d'or. Enfin des roses grimpantes s'attachaient à faire écrouler plus vite un vieux muret de pierres mais s'épanouissaient à l'aise, roses et innombrables, comme de joyeux pompons autour de la terrasse couverte de fin gravier.

– Vous savez combien Mlle Dauphine l'aime, dit François avec un sourire plein de tendresse. Alors, je m'efforce de le faire aussi beau que possible tant qu'elle peut l'admirer...

– C'est... à ce point?

– Le Dr Brémont n'est guère rassurant... Voulez-vous attendre un instant? Je vais la prévenir...

Le cri de joie qui vint du salon quelques secondes plus tard fut pour Hortense la meilleure des bienvenues. Ainsi, il était donc vrai que, dans cette maison au moins, on l'aimait, on était sincèrement heureux de la voir? Une émotion l'étreignit et lui mit une larme au bord des yeux.

– Vous n'allez pas pleurer au moins? s'inquiéta François en revenant la chercher. Vous lui feriez beaucoup de mal, vous savez. Elle est toujours la même...

La même? Peut-être pour quelqu'un qui la voyait chaque jour et qui, de ce fait, appréciait mal les progrès de la maladie?

Pour Hortense qui ne l'avait pas vue depuis plus de six mois Dauphine de Combert avait beaucoup changé. Étendue dans son salon sur la chaise longue où Hortense avait jadis soigné son pied blessé, vêtue de la robe d'intérieur en velours vert qu'elle affectionnait et coiffée d'un grand bonnet de dentelles garni de rubans couleur de jeunes feuilles, elle offrait une image familière sans doute car les nombreux coussins et oreillers qui la soutenaient la gardaient droite. Ses beaux cheveux bruns étaient toujours parfaitement coiffés, et ses yeux noirs gardaient encore, moins vive pourtant, l'étincelle moqueuse qui les faisait si bien pétiller naguère mais le visage s'était amenuisé, de larges cernes bleus creusaient sous les paupières et la peau trop fine, couleur d'ivoire jauni, avait perdu les couleurs de la santé.

Elle tendit vers Hortense une main demeurée belle en dépit de sa maigreur.

– Vous voilà enfin, petite? Je vous ai tant attendue... Pourquoi ne m'avez-vous jamais écrit?

– Je ne savais pas... si cela vous ferait plaisir. Mon départ de Lauzargues...

– Dites votre fuite éperdue. Et en vérité vous n'aviez rien de mieux à faire. Mais pourquoi n'être pas venue ici?... Je vous aurais protégée, défendue...

– Contre votre cousin? Je n'en étais pas certaine... Vous l'aimiez, je crois...

– Et je l'aime encore... C'est une de ces maladies de jeunesse que l'on porte en soi durant toute une vie et dont on finit, un jour, par mourir sans même s'en rendre compte... Mais peut-être désirez-vous prendre un peu de repos. Clémence va vous préparer votre ancienne chambre...

– Je viens seulement de Saint-Flour où je suis arrivée hier. La fatigue n'est pas grande et Clémence a tout son temps. Je préfère rester un peu avec vous, si vous le permettez.

– Quelle question! Je vous ai dit que vous m'aviez manqué.

Par l'une des portes-fenêtres donnant sur le jardin Madame Soycuse fit son entrée avec la majesté qui lui était habituelle puis d'un élan souple sauta sur les genoux de sa maîtresse qui enfouit ses mains dans l'épaisse fourrure d'un si joli gris de perle!

– Elle est toujours aussi belle, dit Hortense en tendant la main pour gratter doucement le crâne de la chatte.

– Oui. Mais je crains qu'elle ne s'ennuie. Ce n'est pas agréable, une malade... Nous ne faisons plus ensemble de ces promenades au jardin dont nous étions coutumières tôt le matin... A ce propos... je voudrais vous demander de veiller sur elle quand... je n'habiterai plus cette maison. Elle aura besoin de vous.

– Mais vous habiterez toujours cette maison, Dauphine. Vous en êtes l'âme et, sans vous...

– Peut-être en effet mon âme aura-t-elle un peu de peine à s'en détacher mais il faudra bien que Combert s'habitue à sa nouvelle maîtresse : je vous l'ai légué par testament, Hortense... Chut! Chut!... ne protestez pas. Ce n'est que justice de vous donner un toit que vous puissiez aimer... vous à qui l'on a tout pris...

Une quinte de toux suivie d'étouffement lui coupa la parole et Hortense, affolée, se pendit au cordon de sonnette. Clémence accourut.

– Doux Jésus! Encore une de ces vilaines crises...

Elle alla prendre sur un plateau une fiole et une cuillère qui attendaient de servir et revint faire avaler, avec mille précautions, quelques gouttes de liquide ambré à sa malade qu'Hortense soutenait car la quinte l'avait fait glisser de ses oreillers.

– Comme elle est légère et paraît fragile, s'émut la jeune femme. De quel mal souffre-t-elle?

– Le Dr Brémont vous dirait ça mieux que moi, demoiselle... je veux dire Madame la Comtesse. Mais je ne suis pas fort certaine qu'il soit très au fait. Bien sûr, il y a eu ce maudit jour où elle est allée pour la dernière fois à Lauzargues et où, en rentrant, elle a dû se coucher. Mais il y a eu pire!... Je vous dirai ça plus tard, chuchota-t-elle en voyant que Dauphine revenait à elle.

Doucement Hortense reposa le corps si faible et arrangea les oreillers.

– Je vais la laisser se reposer un peu et défaire mes bagages, dit-elle à mi-voix.

Dauphine tourna vers elle un visage qui s'efforçait de sourire et battit deux fois des paupières pour approuver. Hortense sortit du salon, gagna l'escalier qu'elle monta lentement. Dans le salon, le parfum de roses qui était celui de Mlle de Combert s'était effacé, chassé par celui, si pénible, de la maladie et des médicaments mais, au long de la haute volée de marches en châtaignier sculpté, on le retrouvait plus présent, si vivant même qu'incapable d'aller plus loin Hortense s'assit sur la dernière marche du palier et se mit à pleurer. Ce fut là que Clémence la trouva quand elle monta, quelques instants plus tard, et tout de suite s'inquiéta.

– C'est cette odeur, expliqua Hortense. Ici on a l'impression que Mademoiselle est toujours comme autrefois... qu'elle va paraître dans le bruissement de ses robes et avec cette senteur de roses...

Renonçant à discuter, Clémence se contenta de s'asseoir auprès d'Hortense.

– Vous l'aimiez bien, n'est-ce pas?

– Je l'aime bien, Clémence. Elle est toujours là...

– Oh! si peu!... Un petit sanglot franchit la gorge de la fidèle servante, enroua sa voix puis finalement explosa en une sorte de grondement parce qu'elle essayait de l'étouffer. Et tout ça à cause de M'sieur le Marquis! C'est lui qui lui a fait prendre le mal... C'est lui qui la tue. Oh, depuis cette nuit abominable!... Sans le meneur de loups, je crois qu'il la tuait sur place...

Et Clémence raconta comment, par une nuit de tempête, vers la mi-juin, elle avait été réveillée par les portes-fenêtres du salon qui claquaient et par des cris étouffés.

– Mademoiselle Dauphine avait pris l'habitude de dormir au salon parce que ça la fatiguait de remonter dans sa chambre. On lui avait installé un lit. Elle disait que c'était plus commode quand elle ne dormait pas pour voir le jardin. Cette nuit-là, entendant tout ça, je me suis levée comme j'étais, en jupon et en camisole, et j'ai couru au salon. Il était vide mais, dans le jardin...

Il lui fallut reprendre son souffle un instant avant de décrire la scène inimaginable qu'elle avait aperçue. Sous une pluie battante, le marquis de Lauzargues, armé d'un fouet, frappait Dauphine qu'il avait traînée hors du salon. Clémence l'avait entendu gronder : « C'est toi, garce, c'est toi qui lui as donné l'enfant... »

– Où était François?

– Il était allé à Pierrefort pour voir un sien cousin rapport à une pièce de terre qu'ils ont en commun. Mais il devait le savoir, ce maudit! Quand j'ai vu ça, vous pensez si j'ai couru mais déjà Jean des Loups, il était là. Je l'ai vu jaillir par-dessus le mur au rosier, tomber sur le marquis comme la foudre au mois d'août, lui arracher le fouet puis lui allonger un coup de poing que le marquis il en est tombé les quatre fers en l'air. Mais il était pas venu seul, ce maudit! Y avait aussi le Jérôme, ce malfaisant... son âme damnée qui est accouru au bruit et lui, il avait un fusil. Heureusement il a pas eu le temps de s'en servir. Le meneur a sifflé et un grand loup rouge est sorti je ne sais d'où. C'est lui qui s'est occupé de Jérôme mais il l'a pas tué... Le meneur a ramassé le fusil et a ordonné au Jérôme de ramasser son maître et de s'en aller avec. L'autre a pas demandé son reste bien sûr et ils ont filé. J'ai entendu la voiture qu'ils avaient laissée sur la route, repartir dans la nuit. Alors Jean des Loups a emporté notre pauvre demoiselle au salon. Elle était à faire pitié. C'était pas tellement le fouet; le marquis avait pas eu le temps de taper beaucoup mais elle était trempée de la tête aux pieds et elle tremblait de froid et de peur... On l'a soignée, remontée dans sa chambre, cette fois. Le lendemain, le meneur est allé chercher le Dr Brémont et jusqu'au retour de François, il a couché au salon...

– Qu'a dit le Dr Brémont quand il a su ce qui s'était passé?

Clémence haussa les épaules.

– Qu'est-ce qu'il pouvait dire à une pauvre fille comme moi? Ce qu'il fallait faire pour bien soigner Mademoiselle un point c'est tout. Il a dû en dire plus à Jean des Loups et peut-être qu'il en dira plus à vous quand il viendra, demain matin...

Il n'en dit guère plus. Mlle de Combert avait passé une mauvaise nuit et si, en arrivant auprès d'elle, le Dr Brémont montra une vraie joie de la présence d'Hortense, il parut prendre tâche d'éviter de se trouver seul avec la jeune femme.

– J'ai quelques malades à voir, dit-il après sa visite, mais je reviendrai ce soir. Peut-être serait-il bon de prévenir le chanoine de Combert?

– François Devès vient de partir chez lui, dit Clémence. Il sera là bientôt...

– Est-elle vraiment si mal? demanda Hortense. Et ne suis-je donc venue que pour la voir mourir?...

– Je ne peux plus grand-chose pour elle, ma chère enfant, soupira le docteur. En revanche, votre présence lui a fait du bien. Elle est plus calme... Auriez-vous donc décidé, tout compte fait, de revenir chez nous?

– Mon fils est à Lauzargues, docteur. Et je veux reprendre mon fils.

Le visage du médecin s'assombrit :

– Prenez garde à vous! On ne reprend pas facilement au marquis de Lauzargues ce qu'il pense lui appartenir... Nous vous aimons beaucoup, ma femme, mes filles et moi.. N'entreprenez pas une lutte au-dessus de vos forces...

Il avait remis son chapeau et se dirigeait vers sa voiture. Hortense courut après lui :

– Je vous en prie, docteur Brémont, un mot seulement. Pourquoi ne l'avez-vous pas dénoncé à la justice après ce qu'il a fait à Mlle de Combert? Il l'a tuée, purement et simplement.

– Eh! croyez-vous que je l'ignore? Bien sûr, il l'a tuée mais je n'en ai pas été témoin. Les témoins, ce sont cette pauvre Clémence dont la parole ne tiendrait pas contre celle d'un haut seigneur... et puis Jean le meneur...

– Pourquoi ne pas lui donner le nom auquel il a droit et que chacun murmure tout bas : Jean de Lauzargues?

– Il le mérite amplement mais il n'est pas reconnu. Et puis, vous qui le connaissez si bien, le voyez-vous vraiment venir dans quelque prétoire pour accuser son propre père? Allons donc!

– Ils se haïssent.

– Peut-être mais, même renié, même dédaigné et réduit à la misère, Jean n'en garde pas moins une âme trop haute pour devenir parricide! Nous ne pouvions rien dire. D'ailleurs... elle ne l'aurait pas permis.

– Dauphine? Croyez-vous?

– J'en suis sûr. Il y a peu, alors que je l'examinais, un petit portrait a glissé de sous son traversin. Une miniature mais pas assez petite qu'on ne puisse reconnaître un visage. C'est de ce mal-là qu'elle ne guérira jamais parce qu'elle ne veut pas guérir : elle n'a plus de place dans sa vie à lui.

– Elle est bonne, généreuse, charmante... Comment peut-elle regretter pareil monstre?

– Parce que même un monstre peut avoir du charme et que, de ce charme, elle est à jamais prisonnière...! Allez la rejoindre, à présent : elle vous demande...

En entrant dans la chambre dont toutes les tapisseries,

dans les tons ivoire et bleu ancien, avaient été brodées par Mlle de Combert elle-même, Hortense comprit que celle-ci ne quitterait plus le lit abrité de grands rideaux de soie claire; que le métier à tapisser d'acajou, placé près d'une fenêtre, ne la verrait plus s'asseoir devant lui et que l'ouvrage commencé ne serait jamais achevé. Sous la courtepointe bleue, le corps déjà amenuisé ne s'accusait guère et les mains posées dessus avaient déjà l'aspect de la cire.

Le cœur soudain très lourd, Hortense s'approcha. A l'instant de la perdre, elle découvrait que cette femme difficile à déchiffrer lui était chère et que son absence lui serait pénible.

– Le docteur dit que vous me demandez?...

– Oui... Avant que le bon chanoine vienne m'entendre, c'est à vous que je veux parler. Il en est temps... grand temps!

Hortense trouva pour elle un sourire un peu émerveillé. Pour les heures qui lui restaient à vivre Dauphine de Combert s'était voulue aussi belle que la maladie le rendait possible. La camisole qui habillait son buste n'était qu'un fouillis de dentelles mousseuses et de rubans blancs. Un bonnet assorti auréolait sa tête dont Clémence avait soigneusement coiffé les cheveux.

– Comme vous voilà belle! dit-elle sincère.

– C'est agréable à entendre parce que je sais que vous le pensez. Il est malséant, lorsque cela est possible, de se présenter à Dieu en piteux équipage. Mon oncle Fabrice s'est fait friser et a exigé du linge net avant de monter à l'échafaud. Et puis il faut penser à ceux qui restent... L'image qu'on leur laisse est importante. Mais laissons cela!... Je vous l'ai dit : le temps presse et....

Une quinte de toux lui coupa la parole. D'un geste de noyée appelant au secours, elle désigna le verre posé à son chevet et dont Hortense lui fit absorber quelques gorgées...

– Vous vous fatiguez... Ne pouvez-vous attendre un peu?

– Non... non... avant que j'ose demander... le pardon de Dieu, il me faut... le vôtre!

– Le mien?... Mais que puis-je avoir à vous pardonner?

– Plus que vous ne croyez! En deux mots vous allez comprendre : Hortense, c'est moi qui ai présenté le prince

San Severo à mon cousin Foulques. C'est donc moi qui, sans le vouloir je le jure, suis responsable de la mort de vos parents.

Le silence qui tomba pesait le poids d'une pierre tombale. Dauphine cherchait un souffle qui s'écourtait. Hortense, la gorge soudain séchée, ne trouvait pas un mot. Elle allait sans doute apprendre des choses affreuses et l'envie lui venait soudain de s'enfuir, de quitter cette chambre sans rien entendre... La mourante dut le deviner car elle murmura :

– Vous êtes courageuse, Hortense. Vous m'écouterez jusqu'au bout... Ensuite, vous jugerez...

– Je vous écoute.

– A la mort de ma mère survenue environ un an après celle de Marie de Lauzargues, je me suis retrouvée à la tête de quelques biens et j'ai espéré alors que Foulques m'épouserait. Je l'aimais depuis si longtemps! Mais il y avait cette guerre qu'il avait déclarée à l'Église où il avait juré de ne jamais remettre les pieds. Et moi je ne pouvais me marier sans Dieu. Je n'ai pas compris tout de suite qu'il ne m'aimait pas... pas vraiment. J'étais pour lui le repos du guerrier, un moment de confort dans la douceur de cette maison après les austérités de Lauzargues, le frémissement d'une robe de soie... et surtout, surtout... j'étais à lui.

De nouveau elle demanda un peu d'eau qu'Hortense se hâta de lui faire boire.

– On ne prend guère soin de ce qui vous appartient quand on le connaît trop. Pour rompre un peu cette habitude, j'ai fait quelques séjours à Paris où j'ai des cousins. C'est là que j'ai rencontré San Severo. Il fréquentait la société ultra et aussi, de préférence même, celle des grands financiers. J'ai vu plusieurs fois vos parents. Victoire, votre mère, m'accueillait avec grâce et, je crois, quelque plaisir parce que j'étais liée à ce passé qu'elle avait renié sans jamais oublier. Par moi, San Severo a pu pénétrer plus avant dans l'hôtel de Berny...

– Pourtant, quand je suis arrivée à Lauzargues, vous m'avez beaucoup questionnée. Mais vous en saviez tout autant que moi?

– Pas vraiment. Votre père ne tenait pas à ce que l'on invite la cousine qui tenait de trop près à la famille. Et puis je ne faisais que de petits séjours. Très vite San Severo a été en pied plus que moi... Mais il me faisait la cour et, un jour, dans l'idée insensée d'inspirer quelque jalousie à Foulques, je l'ai invité à venir visiter notre coin d'Auvergne. Folle que j'étais! Inspirer de la jalousie à un homme qui ne m'aimait pas? C'est moi qui, bien plutôt, aurais pu en ressentir car, à peine ces deux hommes se sont-ils connus qu'ils se sont tout de suite liés d'une extrême amitié. San Severo est revenu plusieurs fois ici. Mais il ne me faisait plus la cour. C'était tout simple : il avait atteint son but : entrer en alliance avec la famille de Victoire. Pauvre et avide, Foulques était le complice selon son cœur...

– D'où vient qu'on ne m'en a jamais parlé à Lauzargues?

– De San Severo? Il n'y a jamais mis les pieds. Votre oncle ne tenait pas à ce que l'on sût, au pays, ses intelligences avec Paris. Lorsque l'autre est venu pour la dernière fois, j'ai été surprise de l'entendre dire, en manière d'adieu : « Je crois que bientôt, mon cher marquis, vous devriez être en puissance de la tutelle de votre nièce... » Naturellement, j'ai demandé des explications. Foulques me les a refusées mais j'ai compris quand on m'a annoncé le prétendu double suicide. Dès cet instant, la culpabilité du prince ne faisait plus de doute pour moi. Ni, hélas, la complicité du marquis...

– Lui... en avez-vous parlé?

Mlle de Combert hocha la tête en fermant les paupières.

– Il n'a même pas daigné nier. C'est à ce moment qu'il a fait de moi sa complice. Oh, sans grande difficulté! Il lui a suffi de peu de mots : « Ce qui est fait est fait et rien ne sert d'y revenir. Songez seulement que je vais être enfin riche... et que je pourrai alors vous épouser sans rougir de ma pauvreté. » Voilà!... La suite, je crois que vous la connaissez. Après la mort de votre père, Foulques, votre seul parent et fort bien en cour, n'a eu aucune peine à faire installer San Severo à la tête de la banque... Il fallait un homme à lui pour barrer le chemin aux anciens collaborateurs de votre père. La toute-puissance de Charles X a fait le reste et depuis Foulques n'a eu, je crois, qu'à s'en louer...

– S'en louer? Je vois que cette fois vous n'êtes plus du tout au fait des affaires de Lauzargues. La veille du jour où il m'a volé, pour la seconde fois, mon enfant, le marquis a abattu San Severo d'un coup de pistolet en pleine tête. Cela s'est passé rue de la Chaussée-d'Antin, dans l'ancienne bibliothèque de mon père... Je le sais car j'y étais. Je venais moi aussi pour tuer ce misérable assassin et, cachée, j'ai tout vu.

Dauphine ferma les yeux, fit un signe de croix puis joignant les mains se mit à prier. Assise auprès du lit, Hortense respecta sa prière, essayant de démêler ses propres sentiments. Une chose était certaine : elle n'éprouvait aucune sorte de rancune pour cette femme, complice sans le vouloir d'abord puis en pleine connaissance de cause mais asservie par l'une de ces terribles passions qui ne laissent à leur victime ni trêve ni repos. Une passion semblable peut-être à celle qu'elle-même éprouvait pour Jean. Qui pouvait dire en effet si, criminel, infâme, elle ne l'aimerait pas encore?

Le roulement d'une voiture interrompit sa méditation. Allant à l'une des fenêtres de la galerie, elle vit le chanoine de Combert descendre d'un antique carrosse à la caisse un peu dévernie mais dont les cousins moelleux convenaient à sa douillette personne. Vivement, la jeune femme revint dans la chambre.

– Voilà votre cousin le chanoine, Dauphine. Je vous laisse avec lui...

La main pâle s'étendit, saisit celle de la jeune femme.

– J'ai cru... que vous vous étiez enfuie... Mais vous êtes là. Je ne vous fais pas horreur?...

Hortense serra cette main puis, se penchant, posa un baiser sur le front moite.

– Ma pauvre amie, je n'ai aucune raison pour cela. Vous êtes une victime bien plus qu'une coupable. Et puis... je vous aime beaucoup. Soyez en paix...

Clémence entra portant dans un bol de porcelaine un peu d'eau bénite et un brin de buis des derniers Rameaux. Avec l'aide d'Hortense, elle prépara la chambre pour la cérémonie qui allait s'y dérouler, étala une serviette blanche et un napperon sur la table à écrire, y posa un crucifix et le bol, enfin vérifia les vêtements et la coiffure de sa maîtresse. Puis revint ouvrir en grand la porte de la chambre...

Quelques instants plus tard, les deux femmes s'agenouillaient sur le passage du chanoine qui était allé revêtir dans une chambre les ornements du culte et qui, portant le Viatique, faisait son entrée précédé de François balançant l'encensoir... Enfin, Hortense, Clémence et François quittèrent la chambre laissant la mourante en compagnie de Dieu et de son mandataire.

– Elle ne passera pas la journée, dit Clémence en essuyant une larme au coin de son devantier. Ce matin, quand j'ai mis l'eau à bouillir pour la soupe, un tison a roulé hors du feu. Et puis, la nuit passée, j'ai entendu le cri du hibou...

Dauphine de Combert s'éteignit avec le dernier rayon du soleil et la maison entra dans le silence. On arrêta les pendules, et les volets, qui ne se rouvriraient plus tant que le corps serait dans la maison, furent soigneusement fermés. Réfugiée dans la chambre d'Hortense, Madame Soyeuse ouvrait de grands yeux tristes qui finirent tout de même par se fermer sous la caresse de la jeune femme.

Celle-ci était désormais la maîtresse de Combert. Avant de mourir, Dauphine l'avait solennellement intronisée comme telle et c'était à elle à présent de donner les ordres. Mais elle s'y était refusée. Tant que la châtelaine ne rejoindrait pas ses parents sous la dalle du petit cimetière semé autour de la chapelle au creux du vallon, aucun ordre nouveau ne serait donné.

– Chacun ici sait ce qu'il a à faire, dit-elle. Moi, je ne suis encore que son invitée.

– Cette délicatesse vous honore, ma chère enfant, approuva le chanoine qui devait rester à Combert jusqu'après les funérailles. Si vous le désirez, nous prendrons ensemble la première veille...

Ils n'y furent pas seuls. Le glas qu'avait sonné dès la première heure la cloche de la chapelle attirait ceux des alentours. Il en venait du petit village et des fermes isolées, solitaires ou par groupes, s'éclairant d'une lanterne, certains montrant une véritable affliction, voire des larmes, car Mlle de Combert était aimée de ses voisins. Ils arrivaient, saluaient le corps installé à présent au milieu du salon sous une gerbe de roses que François était allé cueillir presque à tâtons, lui jetaient une goutte d'eau bénite, saluaient Hortense et le chanoine puis s'agenouillaient ou demeuraient debout selon qu'ils étaient femmes ou hommes.

De lui-même, François décida que ses valets de ferme partiraient dès avant le lever du jour pour prévenir ceux des anciens amis trop éloignés pour que le son de la cloche les ait pu avertir. Mais il s'adressa à Hortense pour la seule question délicate :

– Dois-je envoyer à Lauzargues?

Elle n'hésita même pas :

– En dépit du mal qu'il lui a fait, je suis certaine que ma cousine a regretté de ne pas le revoir à son heure dernière. De toute façon, quelle que soit la gravité de ses fautes et de ses torts, le marquis est des premiers du pays. Personne ne comprendrait qu'il ne soit pas averti.

– En ce cas, j'irai moi-même.

Il revint vers midi et rendit compte. Le marquis l'avait reçu en personne dans le vestibule du château et l'avait écouté sans mot dire, se contentant de hocher la tête quand François avait fait savoir que les funérailles auraient lieu le lendemain. Puis il avait tourné les talons et disparu sans un merci...

– N'avez-vous vu personne d'autre? demanda Hortense un peu déçue.

– Rien qu'une servante. On ne m'a d'ailleurs pas invité à entrer plus outre. Mais j'ai entendu, dans le lointain de la maison, la voix de Godivelle qui chantait une berceuse... et qui riait comme fait une grand-mère pour son petiot.

– Merci, François. Vous avez trouvé la seule chose qui pouvait me faire plaisir. Reste Jean. Vous ne savez vraiment pas où il est?

– Je vous l'aurais déjà dit. Une chose est certaine : il n'est pas dans les environs immédiats. La cloche l'aurait déjà rappelé et il serait là...

Dans la journée, Hortense eut trop à faire pour songer à ses peines. Les uns après les autres arrivèrent : la douairière de Sainte-Croix, déjà vêtue de noir de la tête aux pieds, le vidame d'Aydit et le baron et la baronne d'Entremont. Il fallait veiller à leur installation car ils ne devaient repartir qu'après le repas de funérailles. Assistée de Clémence et de l'une de ses nièces que l'on avait envoyé chercher au village, Hortense dut prendre plus tôt qu'elle ne le pensait la direction de la maison et s'aperçut de ce fait que Dauphine lui avait fait là un bien joli cadeau. Devant les armoires pleines de beau linge fleurant bon les sachets de senteur, les buffets pleins de vaisselle et les coffres d'argenterie, elle comprit qu'elle venait d'hériter de plusieurs générations de femmes de goût.

Tandis qu'à la lumière des bougies elle travaillait auprès de Clémence, elle s'aperçut que, de temps à autre, celle-ci la regardait à la dérobée avec une sorte d'inquiétude.

– A quoi pensez-vous Clémence? Est-ce que je vous inquiète? Vous regrettez que Mademoiselle Dauphine m'ait laissé sa maison?

– Oh non!... J'ai seulement peur que vous ne restiez pas. Ce n'est pas pour vivre ici que vous êtes revenue. C'est pour Lauzargues.

– Détrompez-vous! Lauzargues n'est pas à moi, ne sera jamais à moi et je n'en veux pas. Jusqu'à présent, je n'avais plus de toit, Clémence. Grâce à votre maîtresse j'en ai un. Plus jamais je ne quitterai cette maison... sauf si elle ne veut pas de moi.

– Pas vouloir de vous, la maison? Mais elle vous a déjà adoptée. Demandez plutôt à Madame Soyeuse qui prend ses habitudes avec vous...

Cette nuit-là, Hortense put prendre un peu de repos. Dauphine, enveloppée dans un beau drap brodé de roses qu'elle avait préparé de longtemps pour la circonstance, reposait dans le cercueil et il y avait vraiment beaucoup de monde pour la veiller. Le chanoine alla dormir et exigea d'Hortense qu'elle en fît autant. Cette nuit-là appartenait aux vieux amis, ceux qui avaient aimé Dauphine depuis sa petite enfance et dont le cœur saignait de la voir partir avant eux.

– Laissez-la-leur! dit-il doucement. Ils vous en sauront gré. En outre, la journée de demain sera rude. Il vous faut à tout prix un peu de repos. Notre chère absente l'aurait désiré.

Mais Hortense savait que, dans sa chambre aux volets clos, elle aurait du mal à trouver ce repos qu'on lui recommandait. On n'impose pas silence à son esprit quand il est en travail et celui de la jeune femme refusait la tranquillité. Il présentait trop de questions sans réponses possibles. Par exemple : que se passerait-il demain quand on porterait Dauphine en terre? Le marquis se joindrait-il à ceux qui, déjà, s'assemblaient pour la cérémonie d'adieu? Et, en ce cas, qu'en serait-il de ce revoir entre le maître de Lauzargues et la nouvelle châtelaine de Combert? Les devoirs de celle-ci étaient nombreux et minutieux. Si le marquis venait, il était impossible, en face de tout le pays, de ne pas le prier au traditionnel repas de funérailles. Que faire alors?

Longuement, assise dans le fauteuil où elle avait veillé au soir de ses étranges fiançailles, Hortense y réfléchit. Accueillir le marquis serait offenser les fidèles serviteurs de Mlle de Combert, ne pas l'accueillir serait offenser la noblesse du pays. En ce cas, elle ne pouvait écouter que son cœur et elle en vint à cette conclusion : jamais le meurtrier ne pénétrerait dans la maison de sa victime. Jamais, dût Hortense se retrouver au ban de la société auvergnate, il ne prendrait place à la table dont il avait chassé la maîtresse...

L'âme en paix, Hortense alla enfin prendre le repos dont elle avait tant besoin.

Pour son dernier voyage à la surface de la terre, le ciel offrit à Dauphine de Combert un temps radieux. Beaucoup de monde était là. Il en était venu même de Saint-Flour et de Chaudes-Aigues. Le Dr Brémont était venu avec sa femme et ses filles qu'Hortense eut beaucoup de joie à revoir tant elle gardait un doux souvenir de leur accueil.

Après la messe, simple et profondément émouvante, dite par le chanoine, le corps de Dauphine fut enfin confié à la terre dans le petit cimetière où reposaient les siens et dans la tombe ouverte chacun vint jeter une poignée de terre. Hortense la première, les autres après elle, puis ceux qui n'étaient pas invités au repas de funérailles se dispersèrent après avoir salué la nouvelle maîtresse de Combert...

En remontant vers la maison, Mme de Sainte-Croix vint prendre le bras d'Hortense et s'y appuya.

– A mon âge, les longues marches ont cessé d'être un plaisir, dit-elle. L'appui d'un bras jeune et fort devient nécessaire...

Elle baissa la voix puis ajouta :

– Ne regardez pas mais il est là!

– Qui donc?

– Ce fou de Lauzargues! Je l'ai aperçu dans les derniers rangs des assistants, au cimetière. Il vient de s'approcher de la tombe à présent qu'il n'y a plus personne. Non, ne vous retournez pas! Vous ne devez pas le voir.

Hortense la regarda avec étonnement.

– Pourquoi me dites-vous cela?

– Parce que, si vous le voyez, vous serez obligée de

l'accueillir. La tradition l'exigerait alors que la morale vous l'interdit... Ne me regardez pas ainsi, ma petite ! Il y a encore beaucoup de choses que vous ignorez. Par exemple celle-ci...

Du bout de la canne où sa main libre s'appuyait, Mme de Sainte-Croix décrivit un large cercle qui embrassait le paysage tout entier.

– Nous sommes une terre de discrétion. Ce pays semble sourd et muet. Pourtant, au fond de nos châteaux et de nos demeures, nous finissons toujours par apprendre ce qui se passe chez nos pairs. Dame de Combert, vous n'avez plus le droit de « voir » M. de Lauzargues. Ce qui vous met, j'en conviens, dans une situation peu commode...

– Il faudra pourtant bien que je le voie un jour... Je n'ai pas l'intention de le laisser élever mon fils... Je craindrais trop qu'il ne le façonne à son image.

– En tant que femme je vous approuve. En tant que membre de la noblesse, je ne le puis. Nos fils doivent pousser leurs racines dans la terre ancestrale s'ils veulent continuer à exister. Votre fils est un Lauzargues. C'est la terre de Lauzargues qu'il lui faut.

Au tournant du chemin, Hortense ne put s'empêcher de se détourner sous l'abri de son voile noir. Elle aperçut en effet le marquis. Il quittait les abords de la tombe que les fossoyeurs achevaient de combler et remettait le chapeau à large bord, le chapeau paysan qui lui avait prêté un moment son anonymat. Elle le vit rejoindre le cheval qu'il avait attaché à un arbre, le détacher et se mettre en selle. Il n'eut pas un regard pour la petite foule qui remontait vers Combert. Personne d'ailleurs ne s'était approché de lui. Tournant la tête de son cheval vers les champs qui bordaient la rivière, il reprit son chemin sans regarder derrière lui...

CHAPITRE XII

LA NUIT DU FOU

Dans la semaine qui suivit, Me Aumont, notaire à Chaudes-Aigues, vint donner lecture du testament de Mlle de Combert. Le document prévoyait certains legs destinés à Clémence, à François et au chanoine mais la majeure partie des biens revenait à Hortense qui se retrouvait ainsi à la tête, non d'une fortune, mais d'une aisance qui lui donnerait de quoi vivre et élever son fils sans qu'il eût à déchoir. A condition, bien sûr, de vivre à la campagne.

– Cela me convient, dit-elle à François. J'aime cette maison et n'ai plus rien à faire à Paris.

– Vous y avez pourtant des biens, une fortune?

– Dont il ne doit pas rester grand-chose, hormis peut-être l'hôtel de mon père dont il faudra bien disposer. Mon fils sera un homme riche mais moi je n'ai aucun besoin de cette richesse. Tout ce que je souhaite c'est vivre auprès de Jean qui ne supporterait pas Paris. Si, toutefois, il se décide à rentrer un jour...

Un peu d'amertume perçait dans sa voix. D'après François, il y aurait bientôt deux semaines que le meneur de loups avait disparu. Où avait-il pu aller pour que le bruit de la mort de Dauphine ne l'eût pas ramené?

– Il rentrera, assura François. Ne soyez pas en peine. N'avez-vous plus confiance en lui? Je suis sûr, moi, que s'il vous savait ici, il serait déjà là. Lui aussi, il veut reprendre l'enfant au marquis...

– Luern doit être avec lui. Je n'ai pas entendu les loups depuis mon retour...

– La première neige les ramènera...

– Et Jean avec eux? Je n'ai pas l'intention d'attendre jusque-là. Je vais aller à Lauzargues ainsi que j'en avais primitivement l'intention.

– Ne faites pas cela, madame Hortense! Attendez que Jean soit de retour. Vous serez plus forts ensemble. Dieu sait, autrement, ce qu'il pourrait advenir de vous...

– Vous pourriez m'accompagner?

– Cela va de soi. Mais que ferai-je, seul, si le marquis décide de vous garder? Pourquoi voulez-vous qu'il renonce à une idée qui lui était chère?

– Pourquoi, en ce cas, a-t-il élevé une fortification et interdit-il que l'on prononce mon nom? Je crois, moi, qu'il me hait à présent. Mais je dois, au moins, sonder ses intentions. De toute façon, ajouta-t-elle avec un sourire, j'ai peut-être plus d'armes que vous ne l'imaginez. Nous irons demain...

En dépit des efforts de François pour la dissuader, elle s'en tint à sa décision et, le lendemain, elle ordonna à François de faire seller des chevaux. Avec un homme tel que le marquis, il était peut-être préférable de commencer par une simple visite. L'emploi d'une voiture suggérerait l'idée d'un enlèvement immédiat du bébé et de sa nourrice et risquerait d'indisposer le farouche seigneur. Ainsi, l'expédition aurait les couleurs paisibles d'une promenade, d'une visite de courtoisie. Après tout, la proximité de Combert pouvait faire tomber les exigences du marquis...

– Je pense lui offrir la paix, soupira Hortense. Les relations pourraient reprendre comme par le passé entre les deux maisons. S'il se montre raisonnable... nous pourrions essayer d'oublier le passé. Comprenez-moi bien, François, moi je n'oublierai rien mais une guerre ne donnera rien de bon et celle que nous menons a déjà fait suffisamment de morts. Je crois que Dauphine souhaiterait que la paix revienne, en apparence tout au moins.

– Elle l'a toujours souhaité, jusqu'à son dernier souffle je crois bien. Mais rien ne dit que le marquis soit disposé à accueillir le rameau d'olivier que vous lui apportez. Et je maintiens que vous devriez attendre le retour de Jean.

– Sans doute mais, je vous l'avoue, je ne souhaite pas tellement le voir affronté à son père. Ils ont en eux la même violence et si l'un d'eux succombait de la main de l'autre, le crime serait le plus grand peut-être qu'un homme puisse commettre.

– Vous êtes bien une femme! ronchonna François. Vous ne rêvez que dispenser la paix alors que vous êtes le brandon de discorde. Oubliez-vous que ces hommes vous aiment tous les deux?

– C'est déshonorer l'amour que donner son nom aux sentiments que le marquis nourrissait pour moi. D'autant qu'il y entrait sans doute plus de haine que de tendresse.

– Vous voyez bien? Et cependant vous êtes toujours décidée à entrer dans cette maison?

Les tours de Lauzargues venaient d'apparaître au détour du chemin – comme le marquis lors de sa visite au cimetière, les deux cavaliers avaient choisi le chemin du bord de l'eau, nettement plus court que la route.

– Plus que jamais! Je vous l'ai dit, François, j'ai une arme secrète...

Et, du bout de sa cravache, Hortense frappa doucement la croupe de sa monture pour l'inciter à aller plus vite. L'approche de la bataille qu'elle pressentait faisait courir son sang plus vite et lui mettait une flamme dans les yeux. En quelques minutes les deux cavaliers eurent atteint l'espèce de retranchement que le marquis avait fait élever entre le chemin et la rivière pour mieux protéger les abords de son château. Une ouverture permettait le passage des chevaux et même d'une voiture mais Robert, le fils du fermier Chapioux, y était en faction. Et comme les passants étaient plutôt rares, le garçon, visiblement, s'ennuyait à périr. L'apparition des cavaliers le tira de sa torpeur et il se leva. Dirigeant son fusil vers les nouveaux venus, il ordonna :

– Retenez vos chevaux! Que voulez-vous?

Ce fut François qui se chargea de la réponse :

– En voilà un accueil! Sommes-nous en guerre? En tout cas, quels que soient les ordres que tu as, Robert, ils ne t'ont certainement pas interdit la politesse et j'attends que tu salues madame la comtesse de Lauzargues.

En même temps, un pistolet était apparu dans la main du fermier qui ajouta, pour renforcer l'effet de son discours :

– Au cas où tu hésiterais, je te rappelle que je tire mieux et plus vite que toi...

– Oh! ça va!

Ôtant de mauvaise grâce son bonnet, le garçon marmonna :

– Bien le bonjour, Madame la Comtesse. Peut-on savoir ce qu'il y a pour votre service?

– Je désire voir le marquis. Allez lui dire que je suis là!

– Je vous demande pardon mais je ne peux pas. Si j'y vais, j'abandonne mon poste et...

– Et nous risquons d'investir un château pour lequel, jusqu'à présent, il fallait un bon millier d'hommes? Tout cela est d'un ridicule! Eh bien, appelez, au moins!

– J'oserai jamais.

– On va le faire pour toi, dit François qui décidément avait tout prévu. Et, tirant de ses fontes une corne de berger, il souffla dedans par trois fois sous l'œil éberlué du garçon. Hortense pour sa part ne put s'empêcher de rire.

– Nous voilà en plein Moyen Âge, fit-elle. De quoi avons-nous l'air?...

– Le ridicule n'est pas pour nous, Madame la Comtesse. Attendons l'effet.

– Nous allons voir surgir Godivelle. Le seuil de la porte est son poste privilégié...

Mais ce fut le marquis dont la silhouette s'encadra sous l'écu de pierre où se gravaient ses armes. Reconnaissant sa nièce dans cette longue amazone noire, il n'avança pas et se contenta de crier :

– Que voulez-vous?

– Un entretien avec vous, marquis, si ce n'est pas trop vous demander. Nous avons des paroles à échanger et je pense qu'il ne convient ni à vous ni à moi qu'elles s'envolent avec le vent?...

Ce fut pourtant le vent qui, un instant, resta maître du terrain, ce vent qui faisait voltiger les cheveux blancs du marquis comme au soir de l'arrivée d'Hortense. Enfin, celui-ci parla :

– La maison vous est ouverte, comme elle l'a toujours été, madame de Lauzargues. Dès l'instant où vous y entrez seule...

Vivement, la main de François se posa sur le bras d'Hortense :

– N'y allez pas, je vous en supplie! Cela cache un piège...

– C'est possible, François, mais je ne le crains pas. Encore une fois, j'ai pris mes précautions...

Cependant, du seuil, le marquis ajoutait...

– ... et dès l'instant où vous cesserez de mêler les domestiques aux affaires des maîtres.

– François Devès n'est pas un domestique et vous le savez.

– En dépit des efforts qu'il fit jadis dans ce sens, vous ne m'obligerez jamais à voir en lui un égal. Entrez si vous le voulez, mais entrez seule!

Sous couleur d'arranger le voile blanc qui, attaché à son haut chapeau, entourait son visage et semblait la gêner, Hortense se tourna vers François et lui glissa un billet qu'elle prit dans le crispin de son gant.

– En cas de piège, François, portez ce billet à Me Merlin, notaire à Saint-Flour. Cela si, dans trois jours, je n'étais par revenue à Combert.

– Vous pensez qu'il va vouloir vous garder?

– C'est possible mais ce n'est pas sûr. Il faut cependant tout prévoir...

– Alors pourquoi trois jours?

– Parce que je le veux, François, dit-elle doucement. Souvenez-vous que, quand nous nous sommes rencontrés, je venais ici...

– Eh bien? cria le marquis. Vous décidez-vous? Êtes-vous en train de dicter un testament?...

Le mot fit tressaillir François qui, de nouveau, voulut retenir Hortense :

– N'y allez pas, par pitié!

– Il le faut. Il est des abcès qu'il faut crever... Sans cela, toute vie est impossible.

Calmement, Hortense descendit de cheval, drapa sur son bras la traîne de son amazone et gravit le sentier rocheux qui menait au château. A son approche, le sourire triomphant de Foulques de Lauzargues se fit sardonique.

– Vos valets me prennent pour le diable, dirait-on, ma belle nièce? C'est le « testament » qui effarouche Devès?

– Admettez que c'est d'un goût douteux... Entrons-nous? J'ai hâte d'embrasser mon fils.

Au temps d'été, il était habituel de laisser ouverte la porte du château mais, cette fois, le marquis la referma soigneusement dès qu'Hortense fut entrée. Celle-ci n'eut pas le temps de s'en inquiéter. Godivelle accourait déjà vers elle au long du vestibule pavé de gros galets de la rivière. Sans souci de ce que penserait le marquis,

Hortense lui ouvrit les bras et les deux femmes s'embrassèrent avec une vraie chaleur...

– Vous m'avez beaucoup manqué, Godivelle, fit la jeune femme.

– Si je vous ai manqué, Madame Hortense, c'est bien sans le savoir et plus encore sans le vouloir. Vous le savez, n'est-ce pas?

– Bien sûr! Menez-moi à mon fils à présent! J'ai hâte de le voir.

– Le cher petit ange! Il a apporté la joie et le bonheur dans cette maison...

Considérant le vestibule sévère que la porte close faisait obscur, Hortense pensa qu'en vérité cette maison ne respirait guère la joie de vivre et moins encore le bonheur. Mais elle suivit Godivelle avec empressement jusqu'à la cuisine...

– On allait le faire téter, dit Godivelle. Vous arrivez juste au bon moment.

En effet, au moment où Hortense entrait dans la cuisine, Jeannette venait d'ouvrir son corsage et offrait un sein à la petite bouche avide qui s'en empara goulûment tandis que les doigts roses s'épanouissaient sur la peau blanche de la nourrice. A l'arrivée d'Hortense, le visage de celle-ci s'éclaira...

– Madame la Comtesse! Enfin! Quelle joie, mon Dieu, quelle joie!

– Bonjour, Jeannette! Moi aussi je suis contente de vous revoir. Mais vous me semblez bien pâle. Êtes-vous malade?...

– Cette sotte ne cesse de pleurer, ronchonna Godivelle! Du coup, son lait est en train de tarir. Elle n'en a plus beaucoup et...

– Plus beaucoup? gronda le marquis entré lui aussi dans la cuisine à la suite des femmes. Pourquoi ne me le dit-on pas? Croit-on que je vais laisser mon petit-fils mourir de faim? Si elle n'a plus de lait qu'on la renvoie!...

Du coup, les larmes, qui ne devaient jamais être bien loin, jaillirent des yeux de Jeannette qui, d'un geste instinctif, serra un peu plus fort contre elle le petit corps vigoureux du bébé.

– Oh non, je vous en prie, Monsieur le Marquis! Mon lait baisse un peu mais il va revenir, sûrement... et je serais trop malheureuse si j'étais séparée de lui...

– Dites Monsieur le Comte, malapprise, quand vous parlez de mon petit-fils! Quant à vos sentiments, nous n'en avons que faire ici. Justement votre oncle est là, en bas. Repartez avec lui si vous n'êtes plus bonne à rien...

La colère s'empara d'Hortense :

– Depuis quand les hommes se mêlent-ils de la nourriture des bébés? s'écria-t-elle. Ne pleurez pas, Jeannette! Jamais mon fils n'a été mieux soigné que par vous et j'entends que vous lui restiez attachée, même si vous n'avez plus de lait. Il faut bien, un jour ou l'autre, sevrer un enfant. Vous devez savoir cela, Godivelle?

– Bien sûr, Madame Hortense, bien sûr! On fera ce qu'il faut. Mais si Jeannette ne sert plus à rien ici, il vaudrait mieux qu'elle rentre chez elle...

La voix était toujours aussi unie; Hortense n'en perçut pas moins la note d'animosité. Godivelle devait être jalouse de la nourrice et, souhaitant avoir Étienne pour elle seule, faisait tous ses efforts pour l'éloigner...

– Oubliez-vous, Godivelle, qu'à présent Combert m'appartient? La place de Jeannette l'y attend en effet... avec mon fils. Il est temps, je crois, d'en venir au but de ma visite, marquis. Je suis venue chercher Étienne...

Son regard doré défia celui de son oncle tandis qu'elle appuyait intentionnellement sur le prénom détesté. Une flambée de colère fit rougir le teint pâle du vieux seigneur mais il n'en exprima rien.

– Une cuisine n'est pas l'endroit rêvé pour y discuter de nos affaires, ma chère. Voulez-vous que nous passions au salon?

– Soit. Je ne compte cependant pas m'attarder...

Brusquement, Godivelle se déchaîna. Un vrai déluge de larmes s'échappa de ses yeux tandis qu'elle s'écriait :

– Vous n'allez pas nous enlever le petit, Madame Hortense? Ce ne serait pas bien. Vous n'en avez pas le droit.

– Est-ce que vous n'oubliez pas un peu, comme tout un chacun ici, que je suis sa mère?

– N'importe! C'est un Lauzargues et il doit être élevé sur la terre de ses pères!

Les paroles de la vieille gouvernante rappelaient trop celles de Mme de Sainte-Croix pour être agréables à Hortense mais elle n'eut pas le loisir de les relever. Déjà le marquis coupait court en déclarant que cette affaire le regardait, lui le premier, et que ses gens n'avaient pas à s'en mêler. S'accordant tout juste le temps de poser un baiser sur le front de son fils, Hortense se dirigea vers le salon où le marquis la précédait.

L'aisance financière avait apporté à la grande salle d'autrefois plus de confort sans rien lui ôter de sa noblesse. On s'était contenté de créer, autour de la cheminée monumentale, une sorte de salon grâce à l'apport de quelques très beaux meubles Grand Siècle. Un petit bureau Mazarin, quelques meubles de Boulle et des fauteuils Louis XIV couverts de velours de Gênes vieil or voisinaient à présent avec le haut fauteuil seigneurial et la longue table médiévale sans se gêner mutuellement. Avec un goût très pur, le marquis avait choisi la grandeur plutôt que la mode. Des tapis réchauffaient le tout et apportaient leurs couleurs chaudes.

Au-dessus de l'immense cheminée, Dame Alyette et son époux continuaient à se sourire en se tournant le dos au milieu d'une prairie fleurie qui parut à Hortense plus fraîche que jamais et, en entrant, elle dédia un regard amical à ces naïfs personnages qu'elle avait toujours trouvés charmants. Mais elle n'était pas là pour admirer l'ameublement. Elle était là pour affronter le marquis et, visiblement, celui-ci s'y préparait. Adossé au bureau Mazarin, il désigna un siège à sa nièce et attaqua sans autre préambule :

– Vous êtes à présent maîtresse de Combert, ma chère, et vous m'en voyez fort heureux. Cette terre – qui est plus importante qu'on ne penserait dès l'abord – augmentera agréablement le patrimoine de mon petit-fils qui redeviendra ainsi le plus puissant seigneur de la région et, sans doute, le plus riche. Nous veillerons à ce que ce bien soit entretenu comme il convient afin...

– Vous n'avez pas à vous mêler de Combert, marquis! Vous venez de le dire, j'en suis maîtresse et j'entends y vivre désormais.

Foulques de Lauzargues eut le sourire indulgent que l'on réserve aux enfants capricieux ou légèrement attardés.

– Vous savez très bien que c'est tout à fait impossible. Vous ne pouvez vivre à Combert alors que votre fils vit dans ce château.

– Je partage votre opinion. N'ai-je pas eu l'honneur de vous dire, tout à l'heure, que je venais le chercher ou tout au moins vous avertir que j'allais le reprendre.

– Enfantillages! De par la loi des mâles, il est mien avant d'être vôtre, et nul, dans cette région, ne comprendrait que le dernier rameau du vieil arbre prétende pousser en terre femelle. Si vous voulez vivre avec votre fils, Hortense de Lauzargues, vous vivrez ici... ou ne le reverrez jamais!

Les doigts d'Hortense serrèrent les bras du fauteuil sur lequel elle était assise avec tant de force que les jointures blanchirent. Le fer était engagé à présent. Il fallait combattre et bien combattre.

– Nous ne sommes plus au Moyen Âge et vous n'avez aucun droit à me priver de mon enfant en vertu de je ne sais quelle coutume désuète. Il ne sera pas élevé ici parce que vous êtes indigne du nom de grand-père et que j'aurais horreur de le voir vous embrasser. Voulez-vous lire ceci?

De sa poche, elle tira la confession de Florent et la lui tendit...

– Qu'est-ce là?...

– Les aveux de l'homme qui a ouvert la porte de mes parents à leur assassin. Au prince San Severo pour être plus précise et j'ajouterai encore : votre complice.

Le marquis haussa les épaules et se mit à marcher de long en large avec fureur.

– Mon complice? Êtes-vous folle? Cet homme je ne le connaissais qu'à peine. Tout juste...

– D'où vient qu'en parlant de lui vous employiez le passé?

– Le passé?... Pourquoi pas?... Je ne le connais qu'à peine, si vous préférez...

– Ne cherchez pas d'échappatoire! Vous savez parfaitement qu'il est mort. Vous le savez parce que c'est vous qui l'avez tué. Oh, ne vous donnez pas la peine de nier : j'étais là! Cachée dans le bureau du secrétaire de mon père, j'ai tout vu. Je vous ai vu le tuer, d'une balle en pleine tête. Et vous l'avez tué parce qu'il s'était approprié la plus grosse part de cette fortune que vous convoitiez...

– Quel roman, en vérité! Et me direz-vous, pour le compléter, comment j'ai pu devenir le complice d'un homme qui vivait à Paris quand je ne quittais pas ce pays?...

– Très facilement! Avant de mourir, Mlle de Combert a, elle aussi, déchargé son cœur. Elle m'a tout dit. A présent, ordonnez que l'on prépare Étienne et faites atteler une voiture pour Jeannette et pour lui!

– Jamais!...

Le mot claqua comme un coup de fouet. Puis ce fut le silence. Le marquis avait cessé d'arpenter la pièce. Il s'était arrêté et regardait Hortense. Elle soutint son regard sans faiblir. En lui jetant la vérité au visage, elle avait éprouvé un instant de joie presque sauvage. Cela la libérait d'un long silence, d'une insupportable contrainte... Elle eut même un sourire.

– Jamais? Soyez raisonnable, marquis. Vous n'avez pas envie, je pense, que toute la province apprenne la vérité sur vous?

– Vous n'oseriez jamais dire cette vérité... pas si vous aimez votre fils! Songez au nom qu'il porte!

– Et que m'importe ce nom? Pourquoi ne porterait-il pas le mien? Il est sans tache et vous ne pourriez en dire autant...

Lentement, il marcha vers elle, si visiblement menaçant que la jeune femme se leva pour se diriger vers la porte mais il la rattrapa et la saisit brutalement par le poignet.

Elle poussa un cri...

– Inutile de crier. Personne ne vous aidera ici...

– Godivelle!...

– Elle ne répondra pas. Elle est auprès de moi depuis trop longtemps pour avoir envie de me trahir. En outre, elle a fort bien compris que vous voulez lui enlever le petit. Or, elle s'est pris pour lui d'une vraie passion. Il représente désormais son univers... Même moi j'ai moins d'importance à ses yeux...

– A merveille, alors! Pourquoi Godivelle ne viendrait-elle pas, elle aussi, à Combert? Elle ne quitterait pas Étienne... Lâchez-moi, vous me faites mal!

– Il s'appelle Foulques, vous entendez! Rien que Foulques. Quant à vous, petite misérable qui ne songez qu'à me dépouiller de tout ce que je possède, sachez que vous n'aurez plus l'occasion de me nuire. Vous voulez vivre avec votre fils, n'est-ce pas?... Eh bien, vous allez vivre avec lui... mais vous ne quitterez plus cette maison, plus jamais!...

Il avait un peu desserré son étreinte et elle en profita pour se libérer d'un geste brusque mais ne s'enfuit pas. Au contraire, elle fit face :

– Vous n'avez ni le droit ni la possibilité de me retenir ici. François Devès...

– Il va repartir, François Devès... et tout de suite! Et sur votre ordre si vous ne voulez pas qu'il se retrouve sous le feu des fusils de mes gens.

– Vous n'oseriez pas!

– Ici, je suis maître et seigneur. Personne n'osera jamais venir s'y frotter à moi... surtout pas les gendarmes de ce gros porc de Louis-Philippe. Ici, ce qui se passe à Paris n'intéresse personne. On préfère se tenir les coudes et arranger soi-même ses affaires. Alors choisissez mais choisissez vite!...

Hortense réfléchit encore plus vite. Ce misérable était très capable de faire assassiner froidement le fermier de Combert. Mieux valait le renvoyer afin qu'il puisse aller porter sa lettre au notaire de Saint-Flour. Sans répondre, elle marcha vers la fenêtre qui donnait sur l'entrée du château et l'ouvrit. François attendait toujours, immobile sur son cheval dont il flattait l'encolure de la main.

– Rentrez à Combert sans moi, François! lui jeta-t-elle. Je reste ici quelques jours...

– Vous voulez vraiment que je rentre? Vous êtes certaine de ne pas être contrainte?...

– Mais oui, François. Rentrez... et faites ce que vous devez faire quand je ne suis pas là!

– A vos ordres, Madame la Comtesse. Je reviendrai aux nouvelles!

Il avait fait signe qu'il comprenait le sens caché de ses paroles. Hortense le regarda partir sans trop d'angoisse. Trois jours sont vite passés et, dans trois jours, le notaire ouvrirait le pli cacheté qu'elle lui avait remis. Il saurait à quoi s'en tenir sur le marquis et ferait en sorte d'envoyer délivrer la mère et l'enfant... Lentement, Hortense referma la fenêtre, se retourna.

– Vous êtes satisfait? Que suis-je censée faire à présent?

– Un peu de repos vous ferait peut-être quelque bien? Je vous accompagne à votre chambre...

– Je ne suis pas fatiguée et je veux voir mon fils...

– Vous le reverrez tout à l'heure. Venez vous installer. Votre chambre n'a pas changé.

Il avait repris son bras et l'entraînait avec une force à laquelle il n'était pas question d'échapper sans lutte. Et Hortense pensa que, pour le moment, toute lutte était vaine. Il fallait paraître prête à la soumission et attendre...

Fermement tenue par une main qui prétendait seulement la soutenir, elle retrouva la large vis de pierre de l'escalier qu'elle connaissait bien, atteignit le palier où elle avait rencontré jadis le fantôme de Marie de Lauzargues et se demanda s'il se manifestait toujours à présent qu'Étienne avait rejoint sa mère.

Soudain, comme on allait atteindre la porte de son ancienne chambre, Eugène Garland se dressa devant eux et Hortense retint un cri tant l'aspect du bonhomme était devenu misérable. Visiblement, il ne prenait plus aucun soin de sa personne. Les rares cheveux qui demeuraient en couronne autour de son crâne chauve étaient sales et pleins de poussière. Derrière les grosses lunettes qui coiffaient son long nez et le faisaient ressembler à une cigogne, le regard de ses yeux paraissait absent, presque halluciné mais il avait bien reconnu Hortense car il déclara :

– Vous voilà de nouveau prisonnière, pauvre innocente?... Qu'avez-vous donc fait pour un sort si cruel?

– Cessez de déraisonner, vieux fou! Où prenez-vous que Mme de Lauzargues soit prisonnière? Je la ramène à sa chambre tout simplement...

– Une chambre dont elle ne pourra plus sortir puisque le souterrain est comblé à présent... Oh si, elle est prisonnière! Je le vois... Je le sens!

– Rentrez chez vous et laissez-nous en paix!... Vous en ferez tant qu'un jour je finirai par vous chasser...

Déjà l'ancien précepteur d'Étienne, sans faire plus de bruit qu'une ombre, avait gagné l'escalier de cet étrange pas précautionneux qui lui donnait si fort l'air d'un vieil échassier. Haussant les épaules avec colère, le marquis ouvrit la porte de la chambre et fit entrer Hortense...

– Vous voici de retour chez vous, comtesse. Je veux croire que c'est pour toujours...

– N'y comptez pas! Vous ne pourrez pas me garder plus longtemps qu'il ne me conviendra...

Elle s'avança de quelques pas dans la chambre où en effet rien n'avait changé à l'exception du mur, ce mur dans lequel Jean avait réussi à percer un trou pour en arracher Hortense. Il était à présent parfaitement reconstruit sous la tapisserie que l'on avait accrochée pour cacher la réparation ainsi que le marquis en fit la démonstration en disant :

– Si c'est à ce passage que vous faites allusion, il vous faut y renoncer, comme vous le voyez... De même le souterrain est comblé.

– Ce n'est pas à cela que je pense.

– Oh, je sais! Vous pensez à ce bâtard que j'aurais dû faire jeter à la rivière quand il n'était encore qu'un bébé... mais vous savez bien qu'il a disparu... Depuis qu'il est venu se casser les dents sur mes vieilles pierres, il a quitté le pays, dit-on... peut-être pour rejoindre ses amis les loups. Voici longtemps que l'on n'en a plus entendu hurler au fond de la nuit par ici... Peut-être sont-ils tous morts? Je sais qu'une grande battue a été organisée voici peu, vers Le Malzieu, une battue fructueuse... Peut-être a-t-on tué aussi ce loup-là?...

De nouveau, la colère fit perdre à Hortense son calme de commande :

– Il est de votre sang... votre propre fils et vous souhaitez sa mort comme vous avez poussé Étienne vers le suicide, comme vous avez tué votre femme, votre sœur, comme vous avez voulu me tuer moi! Ne savez-vous apporter que la mort à ceux de votre famille?... Vous êtes un monstre!

– Je ne souhaite pas la mort pour vous, Hortense, dit-il d'une voix soudain changée. Jadis, j'en conviens, la colère, la jalousie m'ont fait perdre la tête...

– La jalousie? Vous?

– Moi... Quand donc comprendrez-vous que je vous aime et que, si je vous enferme, si je veux vous garder ici c'est pour vivre auprès de vous, tout simplement! Vous regarder... contempler jour après jour votre beauté, cette grâce qui vous fait inimitable... Ne pouvez-vous comprendre cela?

– Cette sorte d'amour? Non, je ne puis la comprendre parce que ce n'est pas de l'amour. Comment pourriez-vous savoir ce que c'est, vous qui ne savez que détruire ce qui vous résiste? L'amour c'est le don de soi dans ce que l'on a de meilleur et cela va bien au-delà du corps...

– Restez avec moi et vous verrez si je ne sais pas vous aimer! Vous pourriez régner sur moi, Hortense, et sur tout ce qui est nôtre à présent... Jurez-moi de passer auprès de moi le temps qui me reste à vivre et les portes de cette maison seront ouvertes devant vous et le resteront... Nous pourrions aller ensemble à Combert, y séjourner de temps à autre... Nous regarderons ensemble l'enfant grandir... Oh, Hortense, nous pourrions être si heureux si seulement vous le vouliez...

Il s'était approché d'elle, les mains ouvertes et le regard égaré. Elle crut qu'il voulait la prendre dans ses bras. Vivement, elle s'écarta, ouvrit la porte :

– Sortez! Pour le coup, je crois que vous êtes fou. Oser me parler d'amour après tout le mal que vous avez fait! Oser penser à séjourner à Combert... à Combert où chacun sait que cette pauvre Dauphine est morte de vous, comme tous les autres!... Sortez de cette chambre et retenez bien ceci : vous ne me garderez pas ici au-delà de trois jours. Si, dans ce délai, je ne suis pas rentrée chez moi, sachez qu'il se passera quelque chose... quelque part, et que, de gré ou de force, vous serez obligé de nous libérer, mon fils et moi, parce que toute l'Auvergne connaîtra votre infamie!

Le marquis secoua la tête comme s'il cherchait à chasser les brumes d'un rêve et, graduellement, son regard reprit toute sa dureté glacée. Il toisa au passage la jeune femme qui tenait la porte ouverte devant lui.

– Qu'est-ce que cela me fait à moi l'opinion des croquants ou même celle de mes pairs dès l'instant où vous serez à jamais ma compagne? Vos menaces ne m'effraient pas, ma chère... C'est ne plus vous revoir qui me serait insupportable. Vous m'avez échappé à Paris mais ici vous ne m'échapperez pas.

– Qui parle de s'échapper? Qui parle de ne plus se revoir? Vous admettrez sans peine que la vie est plus agréable à Combert qu'ici?...

– Pas pour un Lauzargues! C'est ici le foyer de mon petit-fils, c'est aussi le vôtre...

– Alors c'est aussi celui de Jean. Si mon enfant est votre petit-fils c'est bien parce que lui est votre fils. Admettez-le au vu et au su de tous! Reconnaissez-le en tant que Jean de Lauzargues et alors, oui, je resterai ici, toute ma vie et pas seulement toute la vôtre...

– Mais avec lui, n'est-ce pas? Auprès de lui... pas auprès de moi?

– N'y seriez-vous pas aussi? Notre maison continuerait normalement, au grand jour... Ne pouvez-vous l'aimer, lui qui vous ressemble plus que quiconque? Rendez-lui justice! Il a tant souffert par vous... et moi j'oublierai, je vous le jure, tout le mal que vous avez fait, à moi et à d'autres. J'oublierai vos crimes...

Il eut un sourire grimaçant, diabolique, en face duquel Hortense, en dépit de son courage, de sa certitude, se sentit frémir.

– Quelle grandeur! Vous m'offrez le rôle de l'ancêtre assis avec sa canne au coin de la cheminée, chaque année plus frileux tandis que vous régnerez l'un et l'autre. J'aurai la joie de vous voir, tous les ans, devenir grosse des œuvres de ce rustre? Celle de voir se refermer chaque soir la porte de votre chambre sur vos baisers et vos caresses que je devinerai tandis que moi je rejoindrai, solitaire, les longues heures des nuits d'hiver où la seule compagnie est celle des souvenirs? N'y comptez pas, ma belle! Je vous veux pour moi, pas pour un autre...

– Vous acceptiez bien Étienne?

– Parce que c'était sans importance. Vous mettre dans le même lit n'était qu'une simple formalité. Vous ne pouviez l'aimer. Le bâtard, lui, a eu le privilège de vous faire un enfant. Cela doit lui suffire pour toute sa vie. Le reste de la vôtre m'appartient!...

La porte claqua derrière lui et Hortense se retrouva seule au centre de ce décor qu'elle avait bien cru ne jamais revoir. Elle n'avait pas entendu de clef tourner dans la serrure et le marquis était parti presque en courant. La porte, d'ailleurs, s'ouvrit sans peine sous sa main. Elle en fut satisfaite. Du moins ne serait-elle pas enfermée entre ces quatre murs et pourrait-elle aller et venir dans le château... L'attente ainsi serait moins longue.

Un peu rassurée, elle s'accorda la douceur de refaire connaissance avec cette pièce qu'au fil des mois elle avait presque appris à aimer. Rien n'y avait, en effet, changé depuis son départ. Les meubles et les objets étaient toujours à la même place. La grande armoire de chêne ciré dont la porte s'ouvrit en grinçant un peu révéla, bien rangées, les robes de jeune fille qu'elle n'avait pas pu emporter au moment de sa fuite. Elles fleuraient la citronnelle et de grandes housses de toile protégeaient les toilettes les plus fragiles : la robe de faille rose de ses fiançailles et surtout la corolle de satin blanc et de dentelles qui avait été sa robe de mariée. Tout auprès, il y avait la robe de laine bleue qui était d'uniforme chez les Dames du Sacré-Cœur et qu'elle portait le jour où l'on était venu lui apprendre la mort affreuse de ses parents. Toute sa véritable vie était là, entre cette armoire qui sentait bon la cire d'abeille et le petit secrétaire où tant de fois elle s'était assise et dont le casier secret s'ouvrit sans peine sous sa main comme la porte d'une maison amie. Le journal commencé au lendemain de son arrivée au château y reposait toujours. Hortense le prit et longuement parcourut les feuillets déjà jaunis où elle avait écrit l'histoire de son amour pour Jean. Il lui était doux de relire ces pages naïves qui lui semblaient à présent l'œuvre d'une autre. Le brasier de l'angoisse et de la passion avait fait naître une créature bien différente de la jeune pensionnaire d'autrefois...

Quelqu'un gratta à la porte et, avant même qu'Hortense eût permis d'entrer, Godivelle parut, portant Étienne avec l'orgueil qu'elle eût mis à porter un jeune roi. Mais Hortense ne vit que son enfant et se précipita vers lui.

– Mon tout petit!...

Elle l'enleva entre ses mains et couvrit de baisers affamés sa frimousse et ses petites mains. Le traitement parut plaire au bébé qui éclata de rire et se mit à gazouiller en essayant de tirer les longues boucles brillantes qui dansaient le long du cou de sa mère. Les mains nouées sur son ventre, dans la position qui lui était familière, Godivelle regardait la scène sans rien dire. Mais Hortense la connaissait trop bien pour ne pas deviner que ce silence ne durerait pas.

– Ça fait plaisir de vous voir là, Madame Hortense, assise dans votre fauteuil avec votre bébé sur les genoux. Au fond, vous êtes revenue à votre vraie place. Vous n'auriez jamais dû en partir.

– Cela n'a pas tenu à moi, Godivelle. Ou bien ne vous a-t-on rien dit de la façon dont j'ai quitté cette maison! A propos, comment va votre sœur Sigolène? Vous vous étiez rendue en grande hâte à son chevet au lendemain de la naissance de celui-ci...

Godivelle baissa la tête et rougit.

– Elle va bien... Elle n'a jamais été malade, Sigolène, et je l'ai bien vu quand je suis arrivée chez elle. Mais Monsieur Foulques ne voulait pas que je revienne : « Je ne veux pas te voir au château avant huit jours... » qu'il m'avait dit...

– Et cela ne vous est pas apparu comme un peu

étrange? J'étais seule dans cette chambre, sans forces et sans soins, aux prises avec un marché odieux, abominable : devenir la maîtresse de mon oncle ou mourir. Sans Jean, je serais morte...

Elle secoua la tête avec un sourire incrédule.

– Il n'aurait jamais fait ça... Il a voulu vous faire peur mais je crois qu'il vous aime trop...

– Ma mère aussi, il l'aimait trop! Pourtant il a froidement, calmement décidé sa mort. Godivelle, Godivelle! Vous qui êtes une brave femme, une femme de cœur, comment pouvez-vous tenter seulement de défendre un tel monstre? Et vous voudriez que je vive ici?...

– Je veux que le petit vive ici! Oh, Madame Hortense, vous ne savez pas ce qu'il est devenu pour moi. Je crois que je l'aime plus que s'il était de mon sang... Ne me l'enlevez pas!

– Mais personne ne songe à vous l'enlever. Pourquoi ne viendriez-vous pas vivre, vous aussi à Combert?...

De nouveau la gouvernante secoua la tête et cette fois avec une sorte de rage :

– Moi à Combert? Dans la maison de cette malfaisante?...

Se rendant compte de ce qu'elle disait, elle se signa précipitamment et reprit :

– Me demandez pas ça, Madame Hortense. C'est pas chez moi, là-bas... Ici, je me sens chez moi et vous savez bien que pour rien au monde, je n'abandonnerai Monsieur le Marquis!

– Il faudra peut-être que vous l'abandonniez si l'on vient l'arrêter. C'est un criminel qu'à Paris la police recherche pour avoir tué le prince San Severo, son complice...

– Marchez! Elle viendra pas le chercher ici, dans nos montagnes, votre police! Et puis qu'est-ce que ce prince-là?...

– Un pas grand-chose, je l'admets. Et vous avez raison quand vous dites que la police parisienne ne viendra pas ici. Mais la gendarmerie de Saint-Flour peut parfaitement y venir.

Un éclair de colère et de dédain brilla dans les petits yeux noirs de la vieille femme.

– On a tout ce qu'il faut pour les recevoir. Monsieur Foulques, il est ici maître et seigneur et tous ceux de sa parentèle doivent habiter avec lui. C'est ça la vérité!...

– Cela veut dire que, même en danger, vous ne m'aideriez pas à sortir d'ici, Godivelle?

– Vous n'y serez jamais en danger! Alors pourquoi est-ce que je vous aiderais?

Il y eut un silence. Hortense se sentait tout à coup triste et découragée. Elle avait tant escompté l'aide de Godivelle! La voir se tenir aussi résolument dans le camp ennemi lui était douloureux.

– Vous avez beaucoup changé, Godivelle! soupira-t-elle.

– Non, Madame Hortense. Je n'ai pas changé. J'ai été créée et mise au monde pour servir les maîtres de Lauzargues, présents ou à venir. Je ne sais pas faire autre chose et je ne sais le faire qu'ici. Vous aussi votre place est marquée... Donnez-moi le petit, à présent, c'est l'heure de le changer et puis vous avez juste le temps de faire un brin de toilette avant le dîner. C'est toujours servi à la même heure et je vous ai fait du pounti...

Ainsi, elle refusait de voir les réalités, de prendre en considération le moindre des sentiments de la jeune femme. Pour Godivelle, tout était bien puisque Hortense avait repris sa place au château. Il convenait qu'elle continue d'y jouer le rôle d'autrefois et seuls devaient compter, à présent, les menus événements de la vie quotidienne. Comme il convenait de fêter ce retour, la plus fameuse cuisinière de tout le Cantal avait confectionné le plat préféré de l'enfant prodigue... C'était presque touchant.

Étrange dîner dont les participants ne s'adressaient pas la parole. Les grossières faïences et les étains d'autrefois avaient fait place à la porcelaine fine, au cristal, à l'argent. Ce qui avait changé aussi, c'était le fabuleux appétit d'Eugène Garland. Lui qui dévorait avec tant d'enthousiasme avant le départ d'Hortense semblait manger du bout des dents. Hortense lui en fit la remarque :

– Où est votre bel appétit, monsieur Garland? Vous mangez à peine...

– Oui... mais c'est que je ne digère plus grand-chose, Madame la Comtesse. En général, je bois du lait, surtout du lait.

– Ce vieux fou s'imagine qu'on veut l'empoisonner, ricana le marquis... En tout cas, si au prochain repas, vous osez vous présenter à table aussi sale, vous irez boire votre lait dans la soue à cochons, monsieur le bibliothécaire! En présence d'une dame, je ne tolère pas une pareille tenue...

Lui-même, en frac noir et gilet broché, était, comme d'habitude, d'une parfaite élégance. Une élégance qui fit sourire Hortense avec quelque dédain :

– Ne pensez-vous pas que vous vous habillez vous-même un peu trop? Mon amazone n'est pas digne de ce superbe costume, dit-elle en désignant ses propres vêtements...

– Nous veillerons à cela. En attendant, vous pourriez porter vos robes de jeune fille. Il me serait agréable de vous revoir telle que vous étiez jadis... Mais nous ferons venir des toilettes dignes de votre beauté...

– Pour rester enfermée ici, cela me paraît une dépense superflue...

– Vous ne resterez pas enfermée. Nous sortirons... ensemble, toujours ensemble, nous faisant mutuellement honneur...

Hortense se leva si brusquement que sa chaise tomba derrière elle avec un fracas de tonnerre :

– Quelle comédie! s'écria-t-elle. Vous savez parfaitement que vous ne me garderez pas, que je ne veux pas rester ici...

– Vous l'avez déjà dit. Eh bien, soit, ma chère, partez! rentrez dans votre petite maison de Combert et votre petit jardin, allez rejoindre votre vieille bonne et votre chat... mais sachez que dès l'instant où vous franchirez le seuil de cette maison, vous devrez perdre tout espoir de revoir jamais votre fils!...

Sans répondre, Hortense haussa les épaules et quitta la salle en courant, renversant presque Sidonie qui apportait une tarte aux pommes. Elle monta d'une traite dans sa chambre et s'abattit sur son lit, secouée de sanglots incontrôlables. Elle s'en voulait à cette heure de n'avoir pas écouté François, d'avoir voulu affronter seule le vieux tyran. Qu'avait-elle espéré, mon Dieu? Qu'il lui rendrait l'enfant sans rien dire et consentirait à entretenir avec elle de vagues relations de voisinage? Elle en voulait aussi à Jean d'avoir disparu au moment même où elle avait tant besoin de lui. Cela commençait à être une habitude chez lui. Il avait disparu au moment des fiançailles d'Hortense, il l'avait laissée à Paris après ces deux jours de bonheur pour veiller sur Dauphine qu'il n'avait d'ailleurs pas réussi à sauver, sinon provisoirement. Et à présent où était-il? Comment ne sentait-il pas, au fond de lui-même, qu'Hortense l'appelait?...

Il était déjà tard quand elle se releva pour se déshabiller et se coucher enfin. La bougie, sur sa table de chevet était à demi consumée... Avec une sorte de hâte, elle se débarrassa de son amazone et alla bassiner son visage dans une cuvette d'eau fraîche. Godivelle avait sorti et étalé sur le lit une de ses chemises de nuit d'autrefois et elle la revêtit avec un certain plaisir. Cela lui donnait l'impression de revêtir du même coup son ancienne personnalité... Mais le visage que lui renvoya le miroir terni au-dessus de la cheminée n'était plus le même, en dépit du ruché candide qui l'encadrait. Les yeux y brûlaient comme des chandelles et elle se trouva l'air d'une sorcière.

Tournant le dos à la glace, elle se dirigea vers son lit. C'est alors qu'elle vit le loquet de sa porte se lever doucement, tout doucement, sous une main prudente... Suscité par la colère et l'effroi, un élan la jeta contre la porte et d'un geste sec, elle tira le verrou... Le bruit d'un pas léger qui retraversait le couloir parvint à l'oreille qu'elle avait collée contre le panneau de bois. Elle entendit se refermer doucement la porte du marquis et comprit qu'il ne lui faudrait plus commettre l'imprudence de dormir sans avoir auparavant tiré son verrou...

Les deux jours qui lui restaient à vivre dans ce château maudit lui parurent soudain une éternité et elle regretta de n'avoir pas dit à François de se rendre le jour même chez Me Merlin... L'attente lui devenait insupportable. Du moins espérait-elle que le tabellion, ayant lu le mémoire qu'elle lui avait confié, ne balancerait pas un seul instant et rendrait visite à la maréchaussée sans plus tarder.

Ce qu'il adviendrait d'elle quand le marquis se verrait affronté à la loi, Hortense osait à peine y penser. Elle savait qu'à cet instant elle risquerait sa vie mais elle gardait trop de confiance en Dieu pour ne pas espérer qu'Il lui donnerait le moyen de s'échapper à la faveur de la confusion...

Ayant mal dormi, elle s'éveilla tard. Ce fut pour apprendre d'une Godivelle qui cachait mal son triomphe que Jeannette, n'ayant décidément plus de lait, avait été renvoyée à Combert le matin même. Pierrounet, qu'Hortense n'avait pas vu la veille parce que le marquis l'avait envoyé sur sa terre de Faverolles, avait été chargé de la ramener chez son oncle. Naturellement, la jeune femme ne perdit pas une aussi belle occasion de se mettre en colère, mais uniquement pour le principe. Au fond d'elle-même et en pensant à la joie de François en retrouvant sa nièce, elle regrettait peu cette décision arbitraire. Jeannette devrait attendre elle aussi que son nourrisson lui soit rendu. Restait à savoir comment Étienne allait supporter le sevrage et, après avoir tancé vertement Godivelle, dit son fait au marquis, Hortense consacra cette journée au changement de nourriture du bébé qui, d'ailleurs, supporta la chose le mieux du monde. Ce vigoureux bout d'homme promettait de faire preuve d'une superbe santé et ce fut un plaisir pour la jeune mère de voir la petite bouche rose engloutir, cuillerée après cuillerée, la légère bouillie de blé cuite au lait et sucrée au miel tandis que les yeux bleus du bébé brillaient comme des étoiles. Auprès de son enfant, Hortense oubliait ses angoisses et la cruauté du marquis. Tout sauf le temps qui passait...

Le jour suivant, le maître de Lauzargues s'absenta. La jeune femme en éprouva un vif soulagement. Dépouillé de cette présence obsédante, le vieux château retrouvait du charme et devenait presque agréable. La porte en demeura fermée toute la journée mais, comme une pluie battante s'était installée depuis le lever du jour, Hortense ne regretta pas outre mesure de devoir rester au logis. Demain, ce serait le troisième jour...

Après le dîner, qui eut lieu plus tard que d'habitude parce que l'on avait dû attendre le marquis, celui-ci pria sa belle-fille de rester quelques instants au salon. Il avait à lui parler. Docilement, la jeune femme alla prendre place dans l'un des fauteuils disposés près de la cheminée et attendit que le marquis se fût débarrassé de Garland. En effet, le bibliothécaire, qui d'ordinaire filait dans sa chambre dès la dernière bouchée avalée, ne semblait pas disposé à quitter la table. Il avait fait preuve, durant tout le repas, d'une agitation inhabituelle qui lui avait valu quelques rappels à l'ordre et, à présent, il s'attardait comme s'il était pris de torpeur. On dut faire appel à Pierrounet et à Marthon, la plus vigoureuse des deux servantes, pour le tirer de sa place et le remonter au second étage sans d'ailleurs qu'il parût s'éveiller vraiment.

– Est-il malade? demanda Hortense que la mine du vieil homme inquiétait.

Foulques de Lauzargues haussa les épaules :

– Cela n'aurait rien d'étonnant. Voyant que vous pouviez manger et boire sans être incommodée, il s'est empiffré. Il a surtout bu plus que de raison. Mais laissons cela! J'ai à vous dire des choses qui me paraissent d'importance...

Il se dirigea vers un cabaret de salon posé sur une table à gibier, y prit deux petits verres et un flacon gravés d'or.

– Voulez-vous un peu de cette vieille prune? Elle est parfaite en tout point...

– Merci. Je n'aime pas les liqueurs fortes...

– Vous avez tort. Elles sont parfois d'un grand secours... Tenez, je vous en verse quelques gouttes seulement. Il se peut que vous changiez d'avis avant longtemps et je n'aimerais pas vous voir vous évanouir...

Joignant le geste à la parole, il fit couler un peu de prune dans le verre qu'il vint poser sur une petite table placée à portée de main de la jeune femme. Celle-ci leva les sourcils :

– Suis-je censée m'évanouir? Outre que c'est peu dans mes habitudes, je n'en vois pas la raison. Je me sens parfaitement bien...

– Je souhaite que cela dure mais je crains un peu l'effet que pourrait avoir sur vous l'écroulement de vos espérances...

Une brusque inquiétude tint Hortense muette. Elle n'aimait pas du tout, ce soir, le sourire trop aimable du marquis, ni la petite flamme méchante qui brillait dans ses yeux clairs. Cette inquiétude se changea en effroi quand, au bout des doigts de son tyran, elle vit apparaître un pli dont les trois cachets de cire verte étaient coupés. Heureusement, la colère vint tout de suite à son secours et la remit debout :

– Comment vous êtes-vous procuré cela? Je croyais qu'un notaire était un officier assermenté et que l'on pouvait lui faire entière confiance?...

– Sans doute et Me Merlin n'échappe pas à cette règle mais quand vous lui avez rendu visite, il lui est apparu que vous n'étiez pas en pleine possession de votre bon sens. Il n'en a rien montré, bien sûr, car il n'est pas bon de contrarier ceux dont l'esprit se dérange...

– Voulez-vous dire que cet homme m'a prise pour une folle?

– C'est... assez cela, encore que le terme soit un peu fort. Disons nerveuse... un peu agitée et visiblement sous le coup d'une idée fixe. Or, il se trouve que ce brave tabellion me voue depuis toujours une grande, une très respectueuse admiration qui va jusqu'à l'amitié. Nous nous connaissons depuis si longtemps!... Quand vous êtes allée le voir, il vous a écoutée gentiment puis il a rangé votre dépôt en pensant qu'un jour ou l'autre il s'en expliquerait avec moi. Et quand je suis allé chez lui, tout à l'heure, il n'a fait aucune difficulté pour me remettre ce pli. Je dois dire que nous avons beaucoup ri, ensemble, à sa lecture...

– Ri? Cet homme a ri à la lecture de vos crimes? Il faut vraiment qu'il vous aime beaucoup...

– Il faut surtout qu'il ait un grand bon sens. Voyez-vous, l'excès en tout effraie les âmes simples et les pousse à l'incrédulité. C'est un vrai roman que vous avez écrit là, ma chère, et je n'ai eu aucune peine à en mettre les péripéties sur le compte d'une extraordinaire imagination...

– Imagination! Il faut que cet homme soit un misérable presque aussi achevé que vous, marquis!...

– Lui? C'est le meilleur homme du monde. Ce n'est pas sa faute s'il m'estime et si vous lui êtes apparue comme un peu... exaltée. En outre, le fait que vous ayez abandonné votre enfant tout juste quelques jours après sa naissance a fait très mauvais effet dans nos montagnes. On y a l'esprit positif et les pieds sur terre. Il est vrai qu'en revanche les Parisiennes y sont réputées pour leur goût prononcé des aventures... Allons, ma chère, ne faites pas cette tête-là! Vous n'aviez tout de même pas escompté que les braves Saint-Florains allaient venir en foule mettre le siège devant cette maison en hurlant à la mort?

Sentant ses jambes fléchir, Hortense s'appuya à la petite table. Ses doigts rencontrèrent le verre froid et se refermèrent dessus. Elle avait trop besoin d'aide pour refuser ce secours si obligeamment préparé. Elle vida le verre d'un trait, s'étrangla mais sentit la chaleur lui revenir.

– Vous voyez que j'avais raison, persifla le marquis. Rien de tel que la vieille prune pour les émotions. Mais asseyez-vous donc et causons! Ceci, somme toute, n'est rien qu'une péripétie nouvelle de votre roman et ne changera rien à mes sentiments pour vous...

Elle refusa de s'asseoir.

– Comment avez-vous su que Me Merlin détenait ce mémoire?...

– Oh, c'est fort simple. En dépit de mon âge, j'ai bonne vue et j'avais remarqué ce papier que vous avez glissé, assez adroitement d'ailleurs, à Devès. Sur mon ordre Chapioux et son fils l'ont attendu au détour du chemin. Ils l'ont un tout petit peu assommé... oh, rassurez-vous! sans aucune gravité. Il a dû s'apercevoir en se réveillant qu'il avait une grosse bosse...

C'était plus qu'Hortense ne pouvait en entendre. Étouffant à la fois un sanglot et un cri de colère, elle quitta le salon en courant et remonta chez elle où elle s'enferma à double tour.

Il fallut à Hortense de longues minutes pour se calmer et pour tenter de remettre les choses à leur vraie place. L'idée que l'on pût la prendre pour une folle ou pour une mère indigne lui avait été cruelle mais elle s'aperçut à la réflexion que ce n'était rien d'autre qu'une nouvelle et gratuite méchanceté de son bourreau. Il lui suffisait de se rappeler les funérailles de Dauphine, le respect et l'amitié qui l'y avaient entourée et aussi les paroles de la douairière de Sainte-Croix : « Au fond de nos châteaux nous finissons toujours par apprendre ce qui se passe chez nos pairs... » Quant à la folie, personne n'y croirait. En revanche, elle en avait fait preuve en s'imaginant qu'un récit déposé chez un notaire pouvait suffire à la défendre des maléfices de Lauzargues. Folie aussi d'être venue se rendre à la discrétion de son ennemi et de s'être mise, ainsi, entre ses mains...

L'idée de se séparer de son fils lui était insupportable, pourtant, elle en vint peu à peu à cette conclusion : l'important pour elle était de quitter Lauzargues et de rentrer chez elle à Combert. La menace du marquis prétendant l'empêcher de jamais revoir l'enfant si elle quittait le château pouvait-elle être réellement prise au sérieux? Étienne ne pourrait passer toute sa vie sans sortir, enfermé derrière les murs d'une vieille forteresse? Ce qui importait à présent, pour Hortense, c'était de retrouver Jean. A eux deux, ils finiraient bien par venir à bout du marquis.

Le jour revenu, elle fit sa toilette, remit l'amazone qu'elle avait quittée depuis son arrivée et descendit à la cuisine où Godivelle s'activait en faisant le moins de bruit possible pour ne pas réveiller le bébé dont le berceau était installé près de la fenêtre. Armée du « buffadou [1] » elle soufflait sur les braises, qui avaient été couvertes durant la nuit. Déjà des flammes s'élevaient, le petit bois bien sec craquait. L'entrée d'Hortense fit sursauter la vieille femme :

– Déjà vous, Madame Hortense? Pourquoi si tôt?

– Je veux vous parler, Godivelle. Vous m'avez bien expliqué l'autre jour, que vous teniez à Étienne plus qu'à n'importe qui au monde?...

– C'est bien ça! Vous ne pouvez pas savoir à quel point je l'aime, ce petit ange...

– J'en suis persuadée... Aussi, je vais vous le confier, Godivelle. Moi, je pars...

– Vous partez? Mais...

– Oui, je sais. Le marquis fera tout au monde, dès à présent, pour que je ne le voie plus mais il faut que je prenne ce risque, si terrible soit-il. Je ne peux pas rester ici plus longtemps...

– Vous y resterez pourtant! fit derrière elle la voix du marquis dont elle n'avait pas entendu l'approche. Je vous ai entendue sortir de votre chambre en dépit des grandes précautions que vous avez prises et je me suis douté de quelque chose de semblable. Alors, je n'ai pas voulu vous laisser plus longues illusions. Autant vous en persuader définitivement : vous ne partirez plus jamais d'ici, ma chère Hortense.

– Voilà ce que vaut votre parole?... Ne disiez-vous pas que je pourrais partir quand je le voudrais dès l'instant où je renoncerais à vous prendre mon fils?...

– Et vous préférez courir les bois plutôt que vivre auprès de votre enfant? Quelle mère!...

– Ce n'est pas à vous d'en juger, vous qui n'avez jamais su être un père. Avez-vous dit cela, oui ou non?

Le marquis s'étira, bâilla et alla plonger une cuillère dans le pot de miel posé sur la grande table.

– Des problèmes, si tôt le matin! Vous êtes fatigante ma chère...

– Allez-vous me répondre? L'avez-vous dit?

1. Long bâton creux qui fait office de soufflet.

– Certes, certes... je l'ai dit. Mais vous devriez comprendre que, depuis hier, les choses ne se présentent plus de la même façon. Vous n'êtes pas quelqu'un que l'on puisse laisser, sans inconvénients, profiter d'une pleine et entière liberté. Aussi vous me permettrez de me rétracter. Jamais plus je ne vous permettrai de quitter cette maison, sous quelque condition que ce soit... A présent, voulez-vous prendre un peu de café ou préférez-vous remonter tout de suite dans votre chambre?...

– Vous ne prétendez tout de même pas me tenir enfermée entre ces murailles jusqu'à la fin de mes jours?...

– Qui peut prédire la longueur exacte de ses jours? soupira le marquis en levant les yeux au plafond. De toute façon, soyez sans crainte : je ne vous empêcherai pas de respirer l'air si pur de nos montagnes... mais toujours en ma compagnie.

– Ne soyez pas trop sûr de vous, marquis! Les choses pourraient ne pas aller toujours à votre convenance. Vous oubliez un peu trop qu'il y a un Dieu!

– Eh bien, demandez-lui de vous ouvrir la porte de cette maison. Moi, je m'y refuse... Godivelle, j'ai faim...

Incapable d'en entendre davantage, Hortense, qui ne voulait pas laisser voir à ce monstre son désarroi, reprit le chemin de sa chambre. Mais dans l'escalier, elle se heurta à M. Garland.

– Chut! fit-il précipitamment à voix contenue. Ne faites pas de bruit...

– Vous m'avez fait peur, souffla Hortense.

– Ce n'est pas moi dont vous devez avoir peur. J'ai tout entendu, hier soir et ce matin... Il faut prendre garde à vous... Cet homme est fou... un fou dangereux...

– Il me garde enfermée ici. A quoi, selon vous, dois-je encore prendre garde?...

– Au poison... Je sais qu'il en a parce qu'un certain flacon a disparu de mon laboratoire. C'est de cela qu'il se sert pour moi...

Devant l'air égaré de ce malheureux, Hortense pensa que le plus fou des deux n'était peut-être pas le marquis et elle voulut l'apaiser...

– Pourquoi voudrait-il se débarrasser de vous? De vous qui l'avez toujours si bien servi?...

– Justement parce qu'il n'a plus besoin de moi...

Remontons là-haut! On pourrait nous entendre... Et puis, je crois que je lui fais horreur à présent. J'ai sur mon visage la laideur de son âme. Alors, il veut ma perte...

– Eh bien, partez? Pourquoi restez-vous?...

– Où irais-je? C'est ma maison ici... mon ancêtre Bernard de Garland la tenait jadis. Je sais que son trésor est là, qui m'attend... alors je reste, je cherche. Mais je veux vivre... Alors je me suis nourri de lait, et de ce que j'ai pu trouver moi-même jusqu'à votre arrivée. Mais je vais recommencer...

– Pourquoi? Je suis toujours là?...

Le bonhomme hocha la tête d'un air pitoyable.

– Oui, vous y êtes. Mais pas pour très longtemps peut-être. Vous devriez, vous aussi, boire du lait...

Un bruit de pas dans le vestibule précipita Hortense vers sa chambre et Garland vers le second étage. Rentrée chez elle, la jeune femme alla droit à l'étroite fenêtre qui donnait jour à la pièce et l'ouvrit. Une rafale de pluie s'engouffra et trempa son visage mais elle ne referma pas, prenant plaisir à recevoir sur elle cette eau venue du ciel... Elle se sentait un peu de fièvre et cette fraîcheur l'apaisa. Songeuse, elle regarda l'austère et magnifique paysage étalé à ses pieds...

Jusqu'à présent, l'idée de fuir par cette fenêtre lui était apparue comme folle. La hauteur de la muraille en rendait la descente impossible sans une bonne corde. Et où pourrait-elle se procurer une corde assez longue? En faire une avec ses draps de lit, selon la technique chère aux prisonniers de romans? Ceux-ci ne seraient jamais assez longs ou alors il faudrait les couper en bandes trop minces... Et dire que Combert n'était qu'à un peu plus d'une lieue? Cette distance représentait à présent une immensité qui lui semblait impossible à franchir.

Combien de temps allait-elle rester enfermée dans ce château que l'hiver cernerait bientôt? Jean et François, dont elle ne doutait pas un instant qu'ils tenteraient l'impossible pour l'en arracher, auraient-ils assez de force pour venir à bout de la vieille forteresse et de l'implacable volonté du marquis? Réussiraient-ils à l'en tirer à temps?

A peine son esprit eut-il formulé ce dernier mot qu'elle sentit l'angoisse lui revenir. A temps? Cela voulait-il dire qu'elle attachait plus de créance qu'elle ne le supposait à la folle mise en garde de Garland? Est-ce qu'après toutes ces grandes protestations d'amour, le marquis, fatigué peut-être, ne tenterait pas de se débarrasser enfin d'une créature aussi encombrante? Il n'avait guère hésité jusqu'à présent lorsque quelqu'un le gênait... Et en dépit de ce que pensait Godivelle, qui pouvait dire comment se serait achevée la nuit lorsque Jean était venu faire fuir Hortense par la chapelle?...

Non, c'était insensé! Jamais Godivelle ne prêterait la main à pareille entreprise. Hortense en était absolument persuadée. Pourtant, quand, vêtue d'une de ses anciennes robes, elle redescendit à la cuisine, elle y absorba un grand bol de lait et plusieurs tartines de miel qu'elle se confectionna elle-même. Ce qui lui permit de déclarer, à déjeuner, qu'elle n'avait pas faim...

– Je ne vous laisserai plus vous bourrer comme ça de pain et de miel, lui déclara Godivelle, mécontente que l'on boudât sa cuisine. Tâchez de me retrouver un peu d'appétit pour ce soir... Vous aurez un potage aux cèpes et des beignets au fromage.

Hortense affectionnait ces deux plats que la vieille cuisinière réussissait particulièrement mais il était écrit que, ce soir-là, elle ne goûterait ni à l'un ni à l'autre...

Quand Godivelle, avec la gravité d'un diacre servant la messe, déposa sur la table la grande soupière et ôta le couvercle pour laisser s'échapper une buée odorante, Eugène Garland parut pris d'une véritable crise de folie... Se dressant brusquement, il tendit vers le récipient un doigt tremblant et glapit :

– Enlevez ça! Enlevez ça tout de suite, sorcière du diable!... C'est la mort! Nous allons tous mourir...

– La mort? Ma soupe? protesta Godivelle indignée. En voilà des façons?...

– Je sais ce que je dis! Ne mangez pas de ça, Madame Hortense, sinon vous ne verrez pas le jour se lever... Ils veulent vous tuer, je vous le dis!... Mais moi je ne les laisserai pas faire...

Et avant que l'on ait pu l'en empêcher, Garland empoigna la soupière par ses deux oreilles et l'envoya se fracasser sur le dallage où le potage crémeux se répandit. La réaction du marquis fut immédiate. Se levant de table, il empoigna son ancien complice par le col usagé de sa redingote et le traîna jusqu'à la porte :

– Dehors! hurla-t-il. Allez-vous-en! Je vous ai assez supporté, vieux fou! Vous n'encombrerez pas cette maison plus longtemps!... Hors d'ici, misérable vieille larve!

Fou de rage, possédé par une colère qui décuplait ses forces, il secoua le vieil homme d'une poigne féroce puis le lâcha brusquement pour le reprendre encore et le traîner le long du vestibule. Garland criait, tentait de se défendre mais il n'était pas de taille. Épouvantée, Hortense courut après eux.

– Laissez-le tranquille! Vous allez le tuer!...

– Ça ne meurt pas comme ça, un suppôt de Satan!... Écartez-vous!... Je ne veux plus le voir... Ouvre la porte, Godivelle!

– Vous n'allez pas le jeter dehors? cria Hortense. Il est vieux, malade et il fait un temps épouvantable...

– Il n'est pas malade, il est fou! La pluie le calmera...

– Je vous en supplie! Êtes-vous incapable d'un seul sentiment chrétien? Il ne sait pas ce qu'il dit... Godivelle, je vous en prie, n'ouvrez pas! Songez que s'il lui arrive quelque chose vous aurez sa mort sur la conscience...

Mais déjà la porte était ouverte. D'un violent coup de pied, le marquis propulsa Garland sur les pierres du sentier où il dégringola et disparut dans la nuit...

– Allez vous réfugier chez moi! cria Hortense hors d'elle. Allez à Combert et dites à François Devès...

Le grondement de la lourde porte qui retombait lui coupa la parole. Horrifiée, elle regarda Godivelle comme si elle la voyait pour la première fois mais frottant ses mains l'une contre l'autre, la gouvernante haussa les épaules...

– Il y a longtemps qu'on aurait dû faire ça! C'est le Diable cet homme-là... La maison se portera mieux sans lui... Venez manger le reste de ce malheureux souper...

Incapable de rester plus longtemps en compagnie du marquis, Hortense, s'emparant d'un morceau de pain posé sur la table, quitta la salle en déclarant que, pour ce soir, elle en avait assez.

Le lendemain, en voulant sortir de sa chambre, elle s'aperçut que la porte était fermée à clef et comprit que, cette fois, elle était véritablement prisonnière. Le ciel, décidément, s'obscurcissait de plus en plus et la jeune femme en vint à penser que Garland n'était peut-être pas, après tout, aussi fou qu'on voulait bien le dire...

Ce jour-là, elle ne vit que Godivelle qui lui apportait un plateau et à qui, bien entendu, elle se plaignit :

– Monsieur Foulques dit qu'il vaut mieux, pour vous, rester un peu chez vous. Il est très en colère après vous.

– Pourquoi? Parce que j'ai voulu l'empêcher de commettre un crime de plus?

– Ne venez pas me dire que vous plaignez ce vieux sacripant? Avez-vous oublié tout le mal qu'il a fait?...

– Il n'a fait qu'obéir, et le principal coupable, vous savez bien que ce n'est pas lui. Oh, Godivelle, comme vous avez changé! Autrefois vous m'aimiez... du moins je le croyais.

– Mais je vous aime toujours, Madame Hortense. Ce n'est pas moi qui ai changé. C'est vous qui ne voulez plus être des nôtres.

– Vous voulez dire vivre avec ce monstre? Comment le pourrais-je après tout ce que j'ai pu savoir de lui? Vous craignez Dieu, Godivelle, et vous dites que vous m'aimez, mais c'est la volonté du marquis que vous faites.

– Parce que je n'ai jamais rien fait d'autre. Et puis parce que je n'ai jamais cessé de l'aimer. Cela, je ne vous l'ai pas caché. Essayez de prendre un peu patience. Si vous savez rester sage, peu à peu Monsieur Foulques se calmera. Je suis certaine que tout finira par s'arranger. Le terrible, c'est que vous avez tous les deux le même sang et que ce n'est pas un sang commode!...

Hortense comprit qu'elle n'avait rien à attendre de la vieille femme. Celle-ci s'accrochait obstinément à ce rêve impossible d'une famille heureuse réunie autour du berceau de l'enfant qu'elle aimait sans vouloir comprendre, justement, que ce n'était qu'un rêve... Pour elle, l'incarcération d'Hortense n'était rien d'autre que la punition normale d'une petite fille qui n'avait pas été sage et à qui un père affectueux pardonnerait quand elle aurait fait amende honorable. C'était peut-être la vieillesse qui, après tout, était la cause principale du changement de Godivelle et lui faisait refuser de voir l'évidence. Mais c'était assez triste.

Quand, après son repas du soir, Hortense eut l'impression que les murs de sa chambre se mettaient à tourner et quand une nausée l'eut précipitée, défaillante, vers sa cuvette, elle sut que Garland avait dit la vérité et qu'à présent elle était véritablement en danger, qu'elle ne pouvait plus avoir confiance en personne...

Ce ne fut heureusement qu'un malaise mais la jeune femme ne réussit pas à trouver le sommeil et, le lendemain, elle dut rester au lit tant elle se sentait faible.

La trouvant pâle et défaite en lui apportant son petit déjeuner, Godivelle cependant ne s'émut pas.

– C'est la soupe aux choux d'hier qui n'a pas passé, dit-elle. Elle était trop grasse. Monsieur le marquis m'en a fait reproche, lui aussi a eu du mal à digérer. Je vais aller vous faire de la tisane...

En dépit de ses paroles rassurantes, Hortense ne put se résoudre à avaler autre chose que l'eau de sa cruche. Elle ne prit rien d'autre de toute la journée et se demanda combien de temps elle tiendrait à ce régime...

S'efforçant de raisonner clairement, elle en vint à cette conclusion : il fallait, tant qu'il lui restait quelques forces, qu'elle tentât de s'évader, fût-ce au risque de se rompre le cou au bas des tours du château. Tout vaudrait mieux que la lente agonie qu'on lui promettait...

Par chance, sa tête ne tournait plus et elle n'avait plus mal au cœur. Si elle réussissait, en découpant et en mettant bout à bout tout ce qu'elle pourrait trouver de tissu – draps, couvertures, rideaux du lit, robes même –, à se faire une espèce de corde assez longue pour atteindre le pied du château, elle était certaine de trouver la force et le courage de s'y suspendre.

Quand Godivelle eut emporté, en maugréant, son plateau intact, elle recommanda son âme à Dieu par une fervente prière et décida de se mettre à l'ouvrage. Elle commençait à tirer les draps de son lit lorsque, soudain, l'un des carreaux de sa fenêtre vola en éclats : lancée vigoureusement, peut-être avec une fronde, une petite pierre venait de le fracasser et roulait jusque devant la cheminée.

Depuis son aventure morlaisienne, Hortense était familiarisée avec ce mode de correspondance. Elle alla ramasser la pierre qui, en effet, était entourée d'un morceau de papier tenu serré par un brin de corde à fouet...

Fébrilement, elle coupa le lien et sentit son cœur s'envoler en reconnaissant l'écriture de Jean. Il n'y avait pourtant que huit mots : « Laisse ta fenêtre ouverte et éteins ta lumière » mais il lui sembla que c'était là le plus merveilleux des poèmes d'amour. Jean était revenu! Jean était là, tout près d'elle; il venait à son secours...

Soufflant sa chandelle, elle courut à la fenêtre et l'ouvrit. La nuit, noire et froide, portait déjà les senteurs de l'automne mais, heureusement, il ne pleuvait pas... En se penchant autant qu'il était possible, Hortense aperçut au pied de la muraille une ombre noire et un léger sifflement monta jusqu'à elle. Elle comprit alors que Jean se préparait à escalader cette muraille pour venir la rejoindre...

Au même moment, elle entendit des pas dans le couloir et vivement, repoussa la fenêtre, s'y adossa, le cœur battant la chamade. Les pas s'arrêtèrent devant sa porte... Le marquis était là, prêt à entrer peut-être et, cette fois, il avait la clef... Quelques instants coulèrent, interminables... S'il entrait, Hortense se dépêcherait de rallumer et elle crierait très fort. Jean comprendrait... Et puis, comme à regret, les pas s'éloignèrent. Hortense entendit nettement le bruit d'une porte qui se refermait doucement et bénit l'ordre de Jean qui lui avait fait éteindre sa lumière. La croyant endormie, le marquis n'avait pas jugé utile d'entrer...

De nouveau elle se précipita à la fenêtre. L'ombre était plus proche d'elle et elle entendit le bruit de sa respiration. L'effort que s'imposait Jean devait être rude... Elle le distinguait mieux à présent que ses yeux s'habituaient à l'obscurité. Mais lui, comment trouvait-il les endroits où accrocher ses doigts, où poser ses pieds? Elle se rappela alors qu'il voyait dans la nuit, comme les chats, les chats dont il avait aussi, semblait-il, l'agilité et la souplesse... D'autres minutes encore, si longues, si angoissantes!... et puis la main de Jean toucha le rebord de la fenêtre. Une seconde plus tard il était là et Hortense, réprimant son cri de joie s'abattait sur sa poitrine, le serrait contre elle... Il la repoussa doucement :

– Laisse-moi respirer, mon cœur!... J'ai besoin de reprendre souffle... C'est grand dommage que ce diable de marquis ait bouché l'autre chemin...

– Je désespérais de te revoir un jour, souffla Hortense. Où étais-tu donc?...

– Où voulais-tu que je sois? A Paris, voyons. Je te cherchais pour que nous menions ensemble le combat pour notre fils. Je n'ai trouvé que ton amie Felicia qui s'apprêtait à partir pour l'Autriche... Elle m'a dit de t'embrasser mais, avant de faire ses commissions, laisse-moi faire les miennes!

Ils s'embrassèrent longuement, passionnément. Contre la poitrine d'Hortense le cœur de Jean reprenait son rythme normal :

– J'aurais dû rentrer plus tôt, reprit Jean, mais la diligence qui me portait a eu des ennuis. Nous avons été attaqués par une bande armée, dévalisés. Certains d'entre nous ont été mis à mal...

– Tu as été blessé?

– Non mais un postillon a été tué. Il a bien fallu aider les autres, attendre les gendarmes... une infinité de retards! J'avoue qu'en allant à Paris j'espérais aussi que nous pourrions obtenir l'aide du nouveau roi, la possibilité d'obtenir enfin justice. Felicia m'a dit ce qu'il en était... Et toi, folle qui as jugé bon de venir t'enfermer dans ce château maudit sans m'attendre! Comment vas-tu?

– Pas très bien. Je crois que l'on a décidé ici, de m'empoisonner. Je n'ai bu que de l'eau aujourd'hui parce qu'hier j'étais malade. Je voulais tout de même tenter de m'enfuir cette nuit par cette fenêtre...

– Au risque de te tuer? Décidément, tu n'espérais plus me revoir?...

– Oh si!... j'avais seulement peur que tu n'arrives trop tard...

Pour toute réponse, il la serra étroitement contre lui puis la lâcha :

– A présent, il faut sortir d'ici. Ferme cette fenêtre et crie!

– Que je...

– Oui, appelle au secours, au feu, n'importe quoi. J'imagine que ta porte est fermée à clef? Et que le marquis habite toujours la même chambre?

– Oui...

– Alors, fais ce que je te dis! Je vais me mettre là, derrière.

Après une toute légère hésitation, normale quand il s'agit de troubler un silence profond, Hortense s'exécuta. Sa voix vrilla la nuit :

– A moi! Au secours!... A l'aide!... A moi!...

Elle criait si fort qu'elle n'entendit pas le marquis accourir. Bientôt, la clef tourna fébrilement dans la serrure. La porte s'ouvrit. Foulques de Lauzargues apparut en robe de chambre, une chandelle à la main :

– Qu'y a-t-il Hortense? Mais que...

Il n'eut pas le temps d'en dire davantage. D'un maître coup de poing, Jean l'avait assommé, couché sur le tapis... La chandelle avait roulé sans s'éteindre. Jean l'éteignit sous son pied, saisit la main d'Hortense :

– Viens! François nous attend près de la rivière... Où est l'enfant?

– Dans la cuisine. Godivelle le garde, mais...

– Il faudra bien qu'elle nous le rende...

Sans la poigne de Jean qui la soutenait, Hortense ne fût sans doute pas arrivée vivante au bas de l'escalier car il y faisait noir comme dans un four. Le meneur de loups se dirigeait avec une sûreté incroyable. Tous deux se précipitèrent dans la cuisine. Godivelle, réveillée par le bruit, s'était levée. A la lueur de la veilleuse, elle leur apparut comme un fantôme, en jupon, camisole et bonnet blancs... Du premier coup d'œil, elle reconnut l'envahisseur mais, contrairement à ce qu'Hortense avait craint, elle ne cria pas. Elle dit seulement :

– C'est donc toi Jean des Loups? Je savais bien que tu viendrais un jour...

– C'est parce que tu le savais, sorcière, que tu essayais d'empoisonner celle-ci?...

Sous le choc de l'accusation Godivelle vacilla :

– Moi? L'empoisonner?... La fille de Victoire? Il faut que tu sois un mauvais homme, Jean des Loups, pour penser pareille horreur. Et vous aussi, Madame Hortense? Je croyais que vous me connaissiez...

– Elle n'y est pour rien, Jean, tu peux en être sûr... Maintenant pressons-nous! Le marquis n'est qu'évanoui...

– Vous voulez le petit? gémit Godivelle, les larmes aux yeux.

– Le petit et vous avec, si vous le voulez. Venez avec nous, Godivelle! Vous ne pouvez pas rester dans cette maison maudite.

Hochant la tête, elle alla prendre le bébé dans son berceau et le mit dans les bras d'Hortense sans songer un instant à cacher ses larmes...

– Non. Je vous l'ai dit... Ma place est ici...

– Assez causé! dit Jean. Il faut fuir avant que Chapioux et les autres ne se réveillent... Ouvre-nous la porte, Godivelle!

Tout en parlant, il courait le long du vestibule. La voix de Godivelle l'arrêta net.

– Je n'ai pas la clef, Jean des Loups. Depuis que Madame Hortense est revenue, Monsieur Foulques la garde par-devers lui...

Dans la lumière jaune du chandelier qu'elle apportait, le lourd vantail médiéval apparaissait tel qu'il était : redoutable avec ses ferrures noires, ses verrous et son énorme serrure. Une infranchissable barrière contre laquelle toute force humaine se briserait...

– Restez-là ! ordonna Jean. Je vais remonter la chercher. Elle doit être dans sa chambre...

– Ne vous donnez donc pas cette peine !...

Sur la dernière marche de l'escalier, le marquis venait d'apparaître, un peu pâle et vacillant, sans doute, mais debout. Il tenait un fusil braqué sur le jeune homme. Le cri angoissé d'Hortense lui arracha un sourire.

– Vous auriez dû lui dire de frapper plus fort, ma chère. Le coup qu'il m'a assené n'est pas digne d'un Lauzargues...

– J'aurais pu vous tuer, gronda Jean. Il me suffisait de serrer les mains autour de votre damné cou. Seulement...

– Seulement, vous êtes un homme à principes, vous. Une race inconnue chez nous. C'est parce que je suis votre père que vous m'avez épargné ?

La réponse fut nette.

– Oui, dit Jean. C'est parce que vous êtes mon père.

– C'est fort beau. Eh bien moi, mon cher, je n'ai pas de ces délicatesses !

Il leva son fusil, tira. Au cri de douleur du meneur de loups répondit celui de la jeune femme mais en beaucoup plus violent. Hortense hurla littéralement et, en aveugle, serrant son fils contre elle, se jeta au-devant de l'arme.

– Ôtez-vous de là, espèce de folle, si vous ne voulez pas mourir tout de suite ! cria le marquis. Enlève-la, Godivelle. Elle va me faire tuer mon petit-fils...

Godivelle n'avait pas besoin de cet encouragement. Comme une vieille lionne elle s'était jetée sur Hortense et tentait de lui arracher le petit Étienne qui, cette fois, se mit à crier... Les deux femmes luttèrent un instant. Cependant, le marquis, sûr de sa victoire, s'avançait vers Jean qui, blessé et acculé à la porte, regardait venir sa mort...

– C'est bien la première fois que je me montre si

maladroit, ricana le marquis. Cela vient de ce que je suis encore un peu étourdi...

Il levait l'arme de nouveau. Lâchant Godivelle, Hortense allait se jeter sur lui quand, lancé d'une main qui, elle, ne tremblait pas, le vieux saint de bois, posé habituellement sur le grand coffre du vestibule, atteignit l'assassin à la tête. Celui-ci s'écroula tandis qu'Eugène Garland, couvert de terre comme une taupe qui sort de son trou, faisait son entrée. Derrière leurs grosses lunettes, ses yeux myopes firent le tour des personnages :

– On dirait que j'arrive à temps! Vous vous sauviez, Madame Hortense?...

Celle-ci avait rejoint Jean et le soutenait, épouvantée par le sang qui tachait sa veste. Garland vint à eux :

– Vous êtes gravement touché?...

– Non, dit Jean. Non, je ne crois pas... Mais je vous remercie. Sans vous...

– Laissez cela! Vous avez commencé à fuir, il faut continuer... Vous aussi Godivelle! Vous n'avez plus rien à faire ici...

– La clef! dit Hortense. Je vais la chercher. Elle doit être là-haut...

Mais Garland lui barra le passage.

– Dehors il y a Chapioux, son fils et son valet. Vous voulez tomber sous leurs balles après avoir échappé à celles-ci? C'est par là qu'il faut fuir...

Il écartait la tapisserie qui couvrait l'un des murs révélant une étroite ouverture.

– C'est par là qu'il faut fuir, répéta-t-il. Vous déboucherez près de la rivière... Soudain, il éclata de rire, un rire fêlé, aigu, presque dément. Vous vous souvenez des moqueries du marquis? A propos de mon souterrain?... Eh bien, je l'ai trouvé mais je n'en ai rien dit. Allez, filez!...

– Je ne partirai pas! protesta Godivelle. Je ne quitterai pas Monsieur Foulques!

– Il n'a plus besoin de vous, Monsieur Foulques...

– Tandis que mon fils, lui, a besoin de vous, Godivelle! Venez avec nous, je vous en supplie!... Tenez, reprenez-le!

C'était la seule chose à dire. Godivelle n'hésita plus, prit le bébé, le serra contre sa vaste poitrine et, sans un regard en arrière, suivit Garland qui lui montrait le chemin. Hortense s'engagea derrière elle dans le passage,

Jean suivit. La tapisserie retomba sur eux. Il n'y eut plus, dans le vestibule, que le marquis couché, les bras en croix, sur le dallage...

Par un escalier long et étroit on gagna une sorte de boyau où il était impossible de circuler sans se baisser. Jean pour sa part dut se plier en deux...

– C'est moi qui l'ai dégagé, dit Garland avec un rire de fierté. Je jetais la terre dans la rivière... A présent, vous pouvez aller seuls. Vingt mètres encore et vous êtes dehors.

– Vous ne venez pas avec nous? demanda Hortense. Je vous l'ai dit : Combert est prêt à vous accueillir.

– Non. J'ai encore à faire ici... Ce château est à moi, à présent. Je vais enfin pouvoir en faire ce que je veux!... Allons, dépêchez-vous! Et surtout, écartez-vous le plus vite que vous pourrez...

Au sortir du boyau qui débouchait en effet sur la rivière, on n'eut pas de peine à retrouver François Devès qui attendait là avec des chevaux. François installa Godivelle et l'enfant sur l'un d'eux, Jean et Hortense se mirent en selle sur le second et la petite troupe s'enfonça sous les sapins qui bordaient le cours d'eau écumeux. On entendait, de l'autre côté du château, les cris et les appels de Chapioux qui conjurait le marquis de lui ouvrir la porte.

– Que s'est-il passé? demanda François...

– Je te dirai plus tard, répondit Jean. Le marquis n'est sûrement pas mort et il faut faire le plus de chemin possible avant qu'il ne lance ses dogues à nos trousses. A Combert nous ne craindrons plus rien...

La violente détonation lui coupa la parole. En même temps, le ciel s'embrasa comme pour l'un de ces rouges couchers de soleil qui annoncent le vent. Un même élan jeta les fugitifs sur un tertre rocheux d'où l'on découvrait le château et ils restèrent là, figés de stupeur, incapables d'en croire leurs yeux : Lauzargues flambait. Une énorme gerbe de flammes et d'étincelles jaillissait du cœur du vieux donjon... Et ils comprirent alors pourquoi Eugène Garland leur avait recommandé de s'éloigner rapidement : pour assouvir sa vengeance, le vieux chimiste venait de faire sauter ce château dont il se proclamait follement l'héritier. Et le maître de Lauzargues venait de trouver son enfer.

D'un même mouvement, Hortense et Godivelle se

signèrent mais seule, la vieille femme laissa couler des larmes.

Vers la fin de la nuit, Hortense sortit de sa maison et s'avança sur la terrasse. Elle n'avait pas envie de dormir. En dépit de tout ce qu'elle venait de vivre elle ne voulait pas laisser le sommeil la priver de ces premiers instants de délivrance. Derrière elle, la maison était paisible. Jean, sa blessure pansée en attendant que le Dr Brémont vînt l'examiner, dormait dans l'une des chambres d'amis. Godivelle s'était installée avec Étienne dans l'ancienne chambre d'Hortense. François était retourné chez lui où Jeannette l'attendait. Tout était bien, tout était en place...

Le ciel qui bleuissait montrait à présent des étoiles brillantes. C'était un ciel froid qui annonçait l'hiver et, du jardin montait déjà l'odeur des feuilles mortes. Soudain, quelque part dans le lointain, éclata le hurlement d'un loup. Mais il n'avait plus le pouvoir de faire frissonner Hortense. C'était pour elle au contraire le signe de l'alliance à jamais scellée entre elle et la vieille terre d'Auvergne.

Le vent se levait, si frais que la jeune femme resserra autour de ses épaules son châle de laine blanche. Mais elle ne rentra pas. Elle attendait que se lève son premier jour de vrai bonheur...

Saint-Mandé, 15 août 1985.

TABLE DES MATIÈRES

Première partie

LES RUES DE PARIS

Deuxième partie

UN VENT DE RÉVOLUTION

Troisième partie

RETOUR A LAUZARGUES

Achevé d'imprimer en décembre 1997
sur les presses de l'Imprimerie Bussière
à Saint-Amand (Cher)

POCKET - 12, avenue d'Italie - 75627 Paris Cedex 13
Tél. : 01-44-16-05-00

— N° d'imp. 2437. —
Dépôt légal : juin 1987.

Imprimé en France